DENNIS JÜRGENSEN
TAUBEN SCHLAG

DENNIS JÜRGENSEN

TAUBEN SCHLAG

TEIT UND LEHMANN ERMITTELN

Aus dem Dänischen
von Ulrich Sonnenberg

Kiepenheuer
& Witsch

Der Verlag Kiepenheuer & Witsch hat sich zu einer nachhaltigen Buchproduktion verpflichtet. Gemeinsam mit unseren Partnern und Lieferanten setzen wir uns für eine klimaneutrale Buchproduktion ein, die den Erwerb von Klimazertifikaten zur Kompensation des CO_2-Ausstoßes einschließt. Weitere Informationen finden Sie unter www.klimaneutralerverlag.de

1. Auflage 2023

Titel der Originalausgabe: *Bloddue*
© Dennis Jürgensen and JP/Politikens Hus A/S 2021
in agreement with Politiken Literary Agency
All rights reserved
Aus dem Dänischen von Ulrich Sonnenberg
© 2023, Verlag Kiepenheuer & Witsch, Köln
Alle Rechte vorbehalten
Covergestaltung: Barbara Thoben, Köln
Covermotiv: © plainpicture/Ingrid Michel
Gesetzt aus der Minion Pro und der Futura
Satz: Buch-Werkstatt GmbH, Bad Aibling
Druck und Bindung: GGP Media GmbH, Pößneck
ISBN 978-3-462-00242-3

1

Es sah aus wie das Tor zur Hölle.

Der feuchte Modergeruch, der aus dem Loch stieg, vermischte sich in Aaron Frischs Fantasie mit Schwefel, Qualen und fernem Wehklagen. Der junge Mann trat unwillkürlich ein paar Schritte zurück, als die schwere Eisenluke in ihren Angeln aufschwang.

»Wie weit müssen wir rein?«

»Bis zum bitteren Ende«, erklärte Horst Böttger mit einem schiefen Grinsen.

Es war Aarons erster Job als Scout im Berlin Bunker Protocol. Er bereute es bereits, nicht die Stelle im Café angenommen zu haben. Er hätte weniger verdient, aber in angenehmerer Umgebung gearbeitet; außerdem hätte er umsonst essen können, und es gab jede Menge junger weiblicher Gäste. Und einige wollten nicht nur flirten und Trinkgeld geben. Das wusste er von einem Studienfreund.

Bei Berlin Bunker Protocol lief es anders. Im Büro saßen ein paar seiner neuen Kollegen in der Nähe der Kaffeemaschine im Warmen, aber draußen waren nur er und Böttger, der in seinem schmuddeligen Blaumann und den abgetragenen Stiefeln wie ein Relikt aus der Vergangenheit aussah. Das Charakteristischste an dem runden Kopf des Vorarbeiters war ein Zigarillostumpen, der fürchterlich stank, wenn er ihn in regelmäßigen Abständen wieder anzündete. Wer rauchte denn heute noch Zigarillos? Und wer rauchte überhaupt noch? Horst Böttger, der Alterspräsident der Firma, der laut eigener Aussage über fünfundzwanzig Kilometer unterirdischer Gänge und ausreichend Quadratmeter Schutzräume kartografiert hatte, um zwanzig Fußballfelder damit abzudecken.

»32 Ost« – wo sie sich gerade befanden, und den Böttger aufgrund eines Metallschildes an der Innenseite der verrosteten Luke so bezeichnet hatte – fand man in keinem Verzeichnis. Viele der unterirdischen Bunkeranklagen des Zweiten Weltkriegs waren in Vergessenheit geraten, und wenn sie gefunden wurden, mussten sie vermessen werden. Türen, Räume, Korridore und Treppen, alles musste registriert werden. Berlin Bunker Protocol lieferte eine Übersicht, bevor entschieden wurde, ob ein Komplex eventuell einem praktischen Nutzen zugeführt wurde. Beispielsweise als Vorratsraum – eine Käserei hatte ihr Lager in einem der Bunker – oder um Leitungen und Rohre zu verlegen, sodass man unnötige Grabungsarbeiten vermied.

Horst Böttgers fester Partner hatte sich bei einem Sturz von der Küchenleiter ein Bein gebrochen und war krankgeschrieben. Der Vormann hatte Aaron weismachen wollen, das Unglück sei während der Untersuchung eines unterirdischen Systems im Bezirk Charlottenburg-Wilmersdorf passiert. Eine Ratte hätte sich durch den Stiefel des Kollegen gebissen und ihn infiziert. Böttger hatte dem Grünschnabel von Anfang an Respekt beibringen wollen.

»Wieso hat man diesen Bunker erst jetzt entdeckt?«, wollte Aaron wissen, als Böttger die Technik seines transportablen *Room Scanner* justierte.

»Passiert manchmal«, murmelte Böttger durch das Zigarillo. »Die alten Aufzeichnungen gingen verloren, als Berlin 1945 unterging. 32 Ost war hinter einem alten Bauwagen versteckt.«

Er wies mit dem Kopf auf einen großen Haufen Schutt und Holzreste hinter ihnen.

Aaron schüttelte sich. Es war ein frostkalter Novembermorgen. Sie standen in einem geschlossenen Hinterhof, in der Ecke wuchs eine große Kastanie. Das Grundstück gehörte einem alten, erst kürzlich verstorbenen Sonderling. Die Erben wollten es verkaufen, daher hatte man den Bauwagen zerlegt – und hinter einem welken Brombeergebüsch die eiserne Falltür entdeckt. Ein paar Gärtner hatten die Umgebung gerodet, um an die Luke zu kommen.

»Das kann Stunden dauern, wenn wir jede Ecke registrieren wollen.«

»Wir sind hier schließlich nicht zum Sightseeing«, knurrte Böttger. »Das ist unser Job.«

»Ich glaube kaum, dass es da unten viel zu sehen gibt.«

»Ich habe mal eine Ratte gesehen, die war so groß wie ein Dackel.«

Böttger rollte das Zigarillo geschickt vom rechten in den linken Mundwinkel und stieg hinab in die Dunkelheit. Aaron blieb stehen.

»Was ist, Weichei?«, tönte es aus dem Loch. »Brauchst du eine Extraeinladung?«

Zögernd kletterte Aaron hinab, die Dunkelheit fraß ihn auf. Böttger schaltete die Stirnlampe seines Helms an. Aaron folgte seinem Beispiel. Man hatte ihn zusätzlich mit einer kräftigen Stablampe ausgestattet, die das Licht des Helms ergänzen sollte.

»So gefährlich ist das vermutlich gar nicht«, sagte er. »Hier kann nichts einstürzen. Der ganze Scheiß ist aus Beton.«

»Du redest, als hättest du Ahnung«, erwiderte Böttger. »Es gibt manchmal lockere Eisenträger und Löcher im Fundament. Das sind übrigens die Hindernisse, nach denen du Ausschau halten sollst, während ich die Messungen vornehme. Deshalb gehst du vor. Los!«

Aaron war nicht sonderlich begeistert, aber er befolgte die Anweisung. Acht bis zehn Meter weiter führte eine Steintreppe mehrere Stockwerke tief unter die Erde. Er warf einen sehnsuchtsvollen Blick zurück auf die Öffnung der Falltür. Es sah aus wie ein Gemälde aus einem früheren Jahrhundert. Das

Motiv war ein Teil der Mauer des Nachbarhauses und ein Ausschnitt des Kastanienbaums. Und je mehr sich die Falltür schloss, desto mehr verengte sich das Bild, bis sie mit einem dröhnenden Poltern zufiel. Zum Glück ließ sie sich nicht abschließen. Am Vortag hatten ein paar Handwerker die Luke aufgebohrt. Glücklicherweise geschah all das nur in seiner Fantasie.

Vorsichtig wagten sich die beiden Männer hinunter in den engen Schacht, Aaron voran. Mithilfe der Lampe achtete er eifrig auf Bewegungen. Ratten oder anderes Gewürm. Die Stufen waren an mehreren Stellen verwittert. Als er den Fuß auf den Boden setzte, blieb er stehen und horchte. Die Geräusche vom morgendlichen Verkehr in Berlin waren längst verschwunden. Sie befanden sich jetzt in einer anderen Welt, in der Dunkelheit und Stille herrschten. Die Lichtkegel beleuchteten einen neuen und sehr viel längeren Gang, der sich in die gleiche Richtung erstreckte wie der erste. Aaron konnte das Ende nicht sehen. Der Durchgang war schmal, ein klaustrophobisches Gefühl stieg in ihm auf. Sorgfältig achtete er darauf, die Wände nicht zu berühren, die an vielen Stellen mit rotbraunem Moos oder Schwamm überzogen waren. Er wunderte sich, dass es Pflanzen gab, die ohne Licht und Wasser auskamen. Nach einigen Minuten spürte er einen pelzigen Belag im Rachen. Vielleicht wäre es besser, die Atemschutzgeräte zu holen, aber er kannte die Antwort. Böttger konzentrierte sich auf den Scanner. Er sandte lange rubinrote Strahlen aus, die über die Wände flimmerten.

Aaron ging langsam weiter, die Schritte passten nicht zu seiner Pulsfrequenz. Es gibt keinen Grund, nervös zu sein, sagte er sich. Es waren lediglich ein paar unterirdische Gänge und Räume aus einer untergegangenen Zeit, aber der Gedanke, dass sie vermutlich die Ersten waren, die hier seit über siebzig Jahren vordrangen, stimmte ihn nachdenklich. Sie hatten ein Siegel gebrochen.

Eine unsichtbare Grenze überschritten. Wie Archäologen, die die Pyramiden öffneten und von einem Bann getroffen wurden. Aaron fluchte innerlich. Er hätte sich diesen Film niemals ansehen dürfen.

Ein Stück weiter vorn tauchten Öffnungen ohne Türen in der Dunkelheit auf. Die erste war sechs, sieben Meter entfernt auf der linken Seite. Aaron leuchtete in einen länglichen Raum. Er war leer. Böttger scannte ihn. Der Vorarbeiter hielt ihn als »Raum I« fest. Rechts kam eine weitere Kammer. Die Prozedur wiederholte sich. Die Laserstrahlen flimmerten lautlos über die Wände, Böden und Decken und meldeten mit einem Piepton, dass der gesamte Raum registriert war.

»Clear«, grunzte Böttger und hustete.

Seine Stimme klang belegt. Vielleicht war die Kombination aus Schwamm und Zigarillorauch nicht das Gesündeste. Das Licht der Stirnlampe des Vorarbeiters blendete Aaron, der nur die Umrisse seines Kollegen sehen konnte. Als hätte Böttger plötzlich kein Gesicht mehr. Ein Schatten ohne Seele. Es kratzte im Hals. Aaron hielt die Luft an.

»Los, weiter, Mann!«

Aaron trat drei Schritte zurück in den Gang und geriet in ein mannshohes Spinnennetz, das sich hier unten besonders klebrig anfühlte. Er fluchte und wischte sich mit der freien Hand hektisch das Gesicht ab. Böttger grinste, gackerte wie ein Huhn und wedelte mit den Armen. Aaron kniff die Lippen zusammen und tat so, als wäre nichts gewesen.

Alter Idiot. Er war garantiert impotent.

Ein Stück weiter gab es zwei Türöffnungen direkt gegenüber. Im rechten Raum standen einige Metalltische, an der Wand eine Reihe Blechregale. Möglicherweise eine ehemalige Speisekammer oder ein Aufbewahrungsraum. Die Hälfte einer alten Mehltüte lag verstreut auf dem Boden.

Aaron ging in den Raum gegenüber. Dort stand ein ramponierter Schreibtisch. Die Platte war mit rotbraunem Schwamm überzogen. Im Lichtkegel ähnelte der Schimmel Haaren, beinahe so, als würde das Holz leben. An der einen Seite fehlten die Füße. Es sah aus, als seien sie abgebrochen, sodass der Schreibtisch wie eine Rampe schräg auf die Decke zielte. Daneben stand ein einfacher Bürostuhl mit zerbrochener Rückenlehne. Auf dem Sitz lagen ein paar zusammengeknüllte Blätter. Aaron glättete sie. Ein alter Geldschein. »Hundert Billionen Mark«, ausgestellt von der Reichsbankdirektion. Der Schein war braun. Auf der einen Seite zeigte er das Porträt eines kräftig aussehenden Mannes mit einer hohen weißen Mütze. Er sah aus wie ein Bischof oder ein römischer Kaiser. In der linken unteren Ecke war das Symbol des deutschen Adlers zu sehen. Ein leichter Goldrausch verdrängte einen Moment Aarons Nervosität.

»Glückwunsch, Sohnemann«, sagte eine Stimme unvermittelt direkt hinter ihm.

Aaron zuckte zusammen. Beinahe hätte er die Stablampe fallen lassen, da er Böttger nicht hatte kommen hören. Der Vorarbeiter grinste amüsiert.

»Jetzt bist du Multimillionär.«

Aaron hielt den Lichtkegel fasziniert auf das Geld.

»Was glaubst du, wie viel ist das wert?«

»Heute mehr als damals, als es gedruckt wurde. Mit ein bisschen Glück bekommst du sicher fünf Euro dafür.«

»Für hundert Billionen Mark?«

Böttger justierte das Zigarillo im Mundwinkel und sprach, während er den Raum vermaß.

»Bist du nicht zur Schule gegangen? Der Schein wurde in den Zwanzigerjahren ausgegeben, zur Zeit der Wahnsinnsinflation während der Weimarer Republik. Damals war er weniger wert als eine Rolle Klopapier. Wahrscheinlich hat den Schein irgendein nostalgischer Feldwebel im Zweiten Weltkrieg von seinem Opa bekommen. Vielleicht war es sein Glücksbringer. Hoffen wir, dass er damit lebendig aus dieser Grabkammer herausgekommen ist. Na los, machen wir weiter.«

Der Gang führte noch immer geradeaus, weitere leere Räume zweigten davon ab. Aarons Stirnlampe flimmerte unruhig. Ein paar Mal fiel das Licht aus, schaltete sich aber wieder ein. Zum Glück hatte er die Stablampe.

»Wie weit sind wir gegangen?«, fragte er, als sie das Ende erreichten und sich der Gang teilte.

»Der Scanner sagt zweihundertsechsundfünfzig Meter.«

»Und jetzt? Wo entlang? Rechts oder links?«

»Das entscheidest du. Willst du die Frau oder willst du dem Tiger begegnen?«

»Äh, was?«

Böttger stöhnte resignierend.

»Sag mal, was lernt ihr jungen Menschen eigentlich heutzutage? *The Lady or the Tiger?* Kennst du das nicht? Es war einmal ein König, dessen Diener sich in seine Tochter verliebte. Die Tochter liebte den Diener auch, also bot der König dem Diener die Wahl zwischen zwei Türen an. Hinter der einen Tür befand sich seine Tochter und das halbe Königreich als Erbe und Besitz, hinter der anderen ein hungriger Tiger. Der Diener durfte selbst entscheiden, aber er *musste* eine der beiden Türen öffnen. Triff deine Entscheidung, Diener!«

Aaron leuchte in die beiden Gänge hinab. Sie sahen identisch aus. Zwölf, fünfzehn Meter weiter vorn gab es einen Knick von neunzig Grad. Sie mussten in jedem Fall alles vermessen. Aaron stand politisch links von der Mitte, also entschied er sich nach kurzer Bedenkzeit für diese Seite. Nach der Biegung setzte sich der Gang geradeaus fort. Sie kamen zu zwei nebeneinanderliegenden Räumen ohne Türen. Es sah nach einer Sackgasse aus.

»Weißt du, dass wir gerade eine historische Grenze überschritten haben?«, fragte Böttger, während er die rubinroten Strahlen geschickt über die Decke tanzen ließ.

»Was meinst du?«

»Irgendwo über uns stand die Mauer. Wir sind im alten Ostberlin runtergegangen, jetzt sind wir in Westberlin. Das ...«

»Riechst du das auch?«, unterbrach ihn Aaron.

»Was?« Böttger hatte auf seinen Scanner geblickt. »Warte, ich will nur noch den Gang vermessen.«

Aaron stand still. Er schnüffelte.

»Ich weiß nicht, nur ein übler Geruch.«

»Vielleicht die Kanalisation. Manchmal ist sie undicht und dringt in die Bunkeranlagen ein. Es könnten auch Ratten sein. Ich habe mal ein ganzes Nest gefunden.«

»Wie sollten Ratten hier runterkommen? Der Ort war doch hermetisch verschlossen.«

»Es gibt überall kleine Öffnungen. Die Satansbraten brauchen nur wenige Zentimeter, um sich da durchzuzwängen.«

Aaron wollte die Arbeit möglichst rasch hinter sich bringen. Er war bereits durchgefroren, und selbst die dicke Winterjacke, die Mütze unter dem Helm und die Fäustlinge schienen nicht auszureichen, um sich vor der feuchtklammen Luft zu schützen. Je länger sie sich hier aufhielten, desto stärker wurde das Gefühl, dass sie nicht allein waren. Als würde sie jemand beobachten oder ihnen in den dunklen Gängen heimlich auflauern.

»Willst du den linken oder den rechten Raum zuerst vermessen?«

»Die Frau oder den Tiger?«

Aaron ging nach rechts.

»Der Geruch wird stärker.«

»Ich rieche überhaupt nichts«, behauptete Böttger.

Aaron hätte gern gesagt, es läge daran, dass Böttger durch ein vertrocknetes Stück Pekinesenscheiße Luft holte, aber es war weder der richtige Zeitpunkt noch der richtige Ort dafür. Er leuchtete in den Raum. Er war leer, hatte aber eine Verbindung zu dem danebenliegenden Raum. In einer Ecke führten eiserne Stufen zu einer Öffnung in der Decke. Aaron leuchtete hinein, konnte aber nicht sehen, wo der Schacht endete.

»Sieht aus wie ein Ausgang.«

»Das *ist* ein Ausgang«, erklärte Böttger. »Er führt auf die Straße. Ich habe so etwas schon mal gesehen. Wird Kaminschleuse genannt. Vermutlich ist dort oben nur eine versiegelte Luke. Häufig wurde darüber gebaut, und dann sind sie in Vergessenheit geraten.«

»Wir müssen doch wohl nicht hinaufklettern?«

»Nein, *wir* nicht. Aber *du*.«

Aaron wollte protestieren. Das Licht seiner Stirnlampe fiel in den Nebenraum. Er ergänzte das Licht mit der Stablampe.

»Shit!«

Böttger folgte seinem Blick. »Mein Gott!«, stieß er aus, der Zigarillostumpen fiel zu Boden.

Ein paar dünne Beine in Nylonstrümpfen und hochhackigen Schuhen waren im Nebenraum zu sehen. Aaron ging langsam hinüber. Böttger folgte ihm. Eine Frau lag zusammengekrümmt auf der Seite. Sie war bekleidet und bedeckt von einer grauen Schicht aus Staub und Spinnweben. Und sie war schon lange tot. Der Boden um sie herum war dunkler als im übrigen Raum. Der Schwamm gedieh hier besser. Der Schädel trat unter der eingefallenen Gesichtshaut hervor, die Zähne zeigten ein verzerrtes Grinsen, das der Gesamtsituation widersprach. Ein Arm der Leiche war zur entlegensten Ecke ausgestreckt. Aaron leuchtete dorthin. Böttger fluchte erneut. Eine weitere Leiche. Den Füßen nach zu urteilen, die unter einem schweren Herrenmantel hervorlugten, war es ein Kind. Kaum älter als sechs, sieben Jahre. Ein Mädchen, sie sahen es an den Schuhen.

Böttger trat einen Schritt zurück und wäre beinahe gefallen. Er heulte auf. Aaron leuchtete auf eine dritte Leiche, einen Mann. Er lag ebenfalls in einer verkrampften Position auf dem Rücken, auch er vollständig bekleidet, allerdings ohne Mantel. Wie die Frau war er mit Staub und Spinnweben bedeckt. Die Verzweiflung und die Angst ließen sich noch immer aus seinen eingetrockneten Gesichtszügen ablesen.

Böttger flüsterte, als hätte er Angst, sie könnten ihn hören.

»Wie zum Teufel sind die hier gelandet?«

Der Anblick war fürchterlich. Traurig. Eine kleine Familie. Zusammen und trotzdem bis in alle Ewigkeit getrennt. Aaron spürte, wie Tränen in ihm aufstiegen.

»Sie sind ... sie sind fast ...«

»Skelette.«

»Mumien.«

»Ich glaube, sie sind verhungert.«

»Was ... was meinst du, wie lange haben die hier gelegen?«, fragte Aaron.

Böttger schüttelte den Kopf.

»Weiß nicht. Vielleicht seit dem Krieg.«

Zwei Taschen und ein Koffer standen in der Ecke, ebenso von Staub und Schwamm überzogen wie alles andere. Neben der Frau lag ein kleiner Kerzenhalter mit einem heruntergebrannten Rest Wachs. Das letzte Licht, bevor die Dunkelheit sich um sie gelegt hatte.

Aaron konnte die Tränen nicht länger zurückhalten, aber er riss sich zusammen und ging zu dem Gepäck.

»Vielleicht gibt's einen Ausweis.«

»Du darfst nichts anfassen!«, schrie Böttger. Er wühlte in seiner Hosentasche und zog sein Handy heraus.

»Scheiße! Natürlich habe ich hier keinen Empfang.«
»Wir müssen zurück und Hilfe rufen. Wer geht, und wer bleibt?«
»Verdammt, wir gehen beide«, erklärte der Vorarbeiter. »*Ich* bleibe jedenfalls nicht hier, und die laufen uns nicht weg!«

2

Der Mann im Sessel öffnete langsam die Augen und sah sich verwirrt um. Er konnte sich so gut wie nicht bewegen. Im ersten Moment glaubte er, es wäre die natürliche Fähigkeit des Körpers, im Schlaf die Glieder zu blockieren. Er hatte schon früher versucht, wach zu werden, doch die Paralyse war nicht gewichen. Ein wirklich unangenehmes Gefühl. Hier hielt es an. Zu seinem großen Entsetzen stellte er fest, dass er gefesselt war. Das Seil verband Brust und Beine fest mit dem Sessel. Als er versuchte, die Arme anzuziehen, traf er ebenfalls auf Widerstand. Die Hände waren fest an die breiten Armlehnen des Sessels gebunden. Er fühlte sich benommen und kraftlos. Als wäre er nach einer Operation erwacht. Panik überkam ihn, er versuchte sich zu befreien, er riss und zerrte an den Stricken.

Im Zimmer ertönte ein scharfes, metallisches Klatschen. Er hatte einige Male in seinem Leben mit Waffen zu tun gehabt und kannte das Geräusch, wenn eine Pistole durchgeladen wurde. Die Leselampe wurde eingeschaltet. Sie war umgestellt worden und stand nun direkt vor ihm. Er riss und zerrte weiter an den Stricken, die sich dadurch aber nur strammer zusammenzogen, bis es schmerzte.

»Vergiss es«, sagte eine Stimme. »Du bleibst, wo du bist.«

Die Sonne war untergegangen, die Nacht zeichnete sich blauschwarz auf den Fensterscheiben ab. Er hatte am Kamin gesessen und einen Roman gelesen, den er in der Bibliothek gefunden hatte. Steinbecks *Früchte des Zorns*. Klassiker gefielen ihm am besten. Er genoss es, von Regalen mit so vielen Büchern umgeben zu sein. So viele hatte er selbst nie besessen. Es gab Fachbücher über ganz unterschiedliche Themen und alle großen Klassiker in hübschen, ledergebundenen Ausgaben. Die Bibliothek hatte darüber hinaus den Vorzug, dass sie über einen Ausgang in den Garten verfügte. Der Koffer hatte in all der Zeit, die er hier verbracht hatte, bereitgestanden – bereit zur Flucht, falls jemand kommen sollte. Als es schließlich passierte, ging der Plan vollkommen schief.

Er war geistesgegenwärtig genug, um sich darüber zu wundern, wie er in diese Situation geraten konnte. Nach dem täglichen Spaziergang im Wald war er eingedöst. Die Hitze des Kamins. Das schwache Licht. Der Tee. Er war in einen tiefen, unruhigen Schlaf gefallen.

»Das wurde aber auch Zeit«, sagte die Stimme. »Kommen wir direkt zur Sache. Ich erkläre dir die Regeln. Sie sind sehr einfach: Ich stelle einige Fragen, die du beantwortest. Lügst du auch nur einmal, bringe ich dich um. Ich kenne die Antworten, daher kannst du mich nicht hintergehen, aber ich will die Wahrheit aus deinem Mund hören. Hast du verstanden?«

Er kniff die Augen in dem Licht der Leselampe zusammen. »Wer sind Sie? Und was wollen Sie?«

»Das war nicht die Frage. Versuchen wir's noch einmal: Verstehst du die Regeln?«

»Warum haben Sie mich gefesselt?«

Es war ein paar Sekunden still, dann ertönte ein Schuss, gefolgt von einem lauten Knall, als eine Vase auf dem Regal hinter ihm explodierte. Die Scherben regneten über den Mann im

Sessel, der sich instinktiv zusammenkrümmte. Staub wirbelte im Licht der Lampe. Die Stimme sprach weiter.

»*Ich* stelle die Fragen, und *du* antwortest. Und wenn du mich belügst, ist es vorbei. Kapiert?«

»J-ja«, stammelte er. »Ich verstehe.«

Der Fremde trat an den Schreibtisch und stellte etwas Schweres ab. Der Mann im Sessel konnte nicht sehen, worum es sich handelte, aber er erkannte das Geräusch einer Schreibmaschine, als ein Blatt Papier in die Walze gespannt wurde. Der Fremde begann zu schreiben. Das Geräusch der klappernden Tasten war beinahe noch erschreckender als der Pistolenschuss, weil es in dem Gesamtbild überhaupt keinen Sinn ergab.

»Jetzt habe ich deinen Namen für dich ergänzt«, sagte die Stimme. »Den kennen wir beide, darauf musst du nicht antworten.«

Sein Kopf brummte. Er begriff nicht, wie der andere ihn hatte fesseln können, ohne dass er aufgewacht war. Er sah sich um. Entdeckte die Tasse auf dem kleinen Tisch. Der Tee. Stöhnend wand er sich hin und her. War es wirklich so einfach?

»Frage Nummer eins«, sagte der Fremde. »Wann bist du geboren?«

Die Stimme stand in scharfem Kontrast zu der albtraumartigen Szenerie. Sie war sanft und ein wenig melodisch, sie ließ den Mann im Sessel an eine Mischung aus Nat King Cole und James Mason denken. Aber der Fremde sprach Deutsch, was nicht sonderlich überraschend war, schließlich befanden sie sich nur einige Kilometer außerhalb Lübecks.

»Ich kann dich nicht hören«, sagte der Maschinenschreiber und hob die Pistole. »Die Frage ist doch so einfach, dass sie ein Fünfjähriger beantworten kann. Wann bist du geboren?«

Es wurde ihm klar, dass der Fremde nicht wegen ihm gekommen war. Sondern wegen Werner Bauer. Dem Mann, dem dieses Haus gehörte. Aber der Eindringling wusste offensichtlich nicht, wie Bauer aussah – wie also konnte er den Fremden davon überzeugen, dass er nicht Bauer war?

Sein Hals war knochentrocken. Sein Blick fiel auf das Wasserglas neben der leeren Teetasse.

»Du hast drei Sekunden«, sagte die Stimme.

Es gab nur ein einziges Datum, das er nennen konnte, er betete, dass der andere es akzeptierte. Sein eigener Geburtstag.

»Ich wurde am 12. April 1963 geboren«, sagte er heiser. »Darf ich um etwas zu trinken bitten?«.

»Am 12. April 1963«, wiederholte die Stimme und ignorierte die Bitte, akzeptierte aber die Antwort. »Stimmt genau.«

Die Schreibmaschine klapperte munter. Der Mann konnte damit umgehen. Schnell.

»Du siehst erschöpft aus. Ich glaube, dein Leben war hart. Auf der Flucht, habe ich recht?«

»Zeitweise.«

Wieder wurden die Tasten bedient.

»Jetzt kommt eine der wichtigsten Fragen.« Eine kurze Pause. »Hast du jemals einen anderen Menschen ermordet?«

Er riss die Augen auf. Antwortete nicht. Verblüfft. Vergeblich versuchte er, seinen linken Arm zu befreien.

Der Schreibtischstuhl schrammte über den Boden. Der Fremde stellte sich hinter die Leselampe. Eine dunkle Silhouette. Erneutes Durchladen. Eine Glock 17 zeigte sich im Licht der Lampe. Ihre schwarze Mündung glotzte ihn an.

»Ich finde, es läuft nicht wirklich gut mit den Antworten.«

Der Fremde trat einen Schritt zur Seite, sodass der Mann im Sessel ihn sehen konnte. Instinktiv schlug er den Blick nieder. Der Schreibmaschinenschreiber steckte die Pistole unter den Gürtel und löste die Fessel des rechten Handgelenks.

Ein befreiendes Gefühl breitete sich in seinem Unterarm aus, der vom gestauten Blut blauviolett angelaufen war.

»Danke.«

Er blickte zu dem Fremden auf. Er hatte ihn noch nie zuvor gesehen. Eine graue Pappe und ein Kugelschreiber wurden ihm gereicht. Der Mann im Sessel nahm beides zögernd entgegen. Das Blatt Papier auf dem Karton hatte eine Reihe vorgedruckter Rubriken und ganz unten eine gestrichelte Linie für die Unterschrift. Das Datum war bereits eingetragen. Oben in der Ecke stand »Geständnisdokument Seite 2/2«. Es war eine Art Geständnisbericht mit irgendeinem offiziellen Stempel, aber er konnte nicht erkennen, von wem, denn der Fremde hielt den Daumen darüber.

»Tu mir den Gefallen und unterschreib. Dann ist das erledigt.«

Er legte die graue Pappe mühsam auf die breite Sessellehne, zögerte aber. Der Fremde zog die Pistole.

»Bitte!«

Er unterschrieb als »Werner Bauer«. Der andere ging wieder an den Schreibtisch und setzte sich.

»Na, wo waren wir? Ach ja, hast du jemals einen anderen Menschen ermordet?«

Der Mann im Sessel durfte nicht lügen. Er nickte vorsichtig.

»Es reicht nicht, dass du nickst. Ich muss die Antwort aus deinem Mund hören, sonst kann ich sie nicht aufschreiben, nicht wahr?«

»Nein, ich meine: ja.«

»Du *hast* jemanden getötet?«

»Ja.«

»Das ist korrekt. Und wir schreiben: ›Ja, ich habe einen anderen Menschen ermordet.‹ Und nun das Interessanteste: *Wen* hast du ermordet?«

3

Lykke hatte gerade das Badezimmer verlassen, als es klingelte, nicht nur einmal, sondern so beharrlich, dass es sich beinahe wie eine hässliche Melodie anhörte. Sie wickelte ein großes Handtuch um ihren noch dampfenden Körper, ging durch den Flur und hob den Hörer der Gegensprechanlage ab.

»Hören Sie schon auf«, sagte sie. »Wer ist da?«

»Ich bin's. Wieso gehst du nicht ans Telefon? Lass mich rein! Schnell!«

Die Stimme war so schrill wie damals, als sie frisch verliebt waren und er sich um Karten für ein Springsteen-Konzert betrogen fühlte.

»Thomas?«

»Ja, natürlich.«

»Ich habe jetzt keine Zeit. Ich muss in fünfundzwanzig Minuten im Präsidium ...«

»Es ist wichtig! Mach auf!«

Sie hörte, wie er an der Haustürklinke rüttelte.

»Verflucht, jetzt lass mich endlich rein!«

So zu fluchen, war eigentlich nicht seine Art. Das passierte nur, wenn er besonders gestresst war. Vielleicht hatte seine neue Frau auch schon genug von seiner unerträglichen Mutter.

»Lykke! Bist du noch da?«

Sie drückte auf den Knopf und öffnete die Wohnungstür einen Spalt.

Sie hatte es gerade noch geschafft, sich eine Unterhose anzuziehen, als er mit flatternder Jacke und zerzausten Haaren in ihr Schlafzimmer stürmte.

»Warum gehst du nicht ans Telefon?«, wiederholte er.
»Ich habe mir erlaubt, ein Bad zu nehmen, wenn es dir nichts ausmacht. Was ist denn los?«
Er hatte einen ganz besonderen Gesichtsausdruck, der ihre professionellen Alarmglocken schrillen ließ. Instinktiv spannte sie die Arm- und Beinmuskulatur an. Vor ihrer Scheidung hatte sie ihn ein paar Mal so gesehen, aber er hatte sie nicht angefasst. So war er nicht. Es musste sich um etwas anderes handeln. Sie ging ihm entgegen.
»Was ist los, Thomas?«
»Ich habe ihn gerade gesehen.«
»Wen?«
»Na, ihn. Das Schwein. Grys Mörder!«
Sie hatte das Gefühl, als würde die Wärme des Bades schlagartig verschwinden und eine Eisschicht den Nacken und Rücken überziehen.
»Wo? Was meinst du?«
Ihr Ex-Mann wedelte wie eine flügellahm geschossene Möwe hilflos mit den Armen. Lykke packte ihn hart an der Schulter und sah ihm fest in die Augen.
»*Wo*, Thomas. Erzähl mir, was passiert ist.«
Obwohl es über fünf Jahre her war, dass ihre Tochter unter tragischen Umständen gestorben war, standen beiden die Ereignisse noch klar vor Augen. Lykke hatte gearbeitet und Thomas auf Gry aufgepasst. Sie waren im Park gewesen. Thomas war bei den sommerlichen Temperaturen einen Moment eingenickt, als das Mädchen ihrem kleinen Hund nachlief. Es kam zu einer Konfrontation mit einem Pitbull Terrier, dessen Besitzer den Hund weder an der Leine noch unter Kontrolle hatte. Erst griff der Pitbull den Hund an, dann das Mädchen. Und mitten in dem ganzen Tumult verschwand der Hundehalter mit dem Hund. Trotz mehrerer guter Personenbeschreibungen hatte die Polizei ihn nie gefunden.

»Wo hast du ihn gesehen?
»Im Bus.«
»In welchem Bus? Welche Linie?«
»Er ging zu Fuß.«
»Wo stieg er aus?«
»Er war doch nicht im Bus.«

Sie versuchte, ihre steigende Ungeduld unter Kontrolle zu halten. Seine Frustration war ansteckend. Lykke zwang sich zu professioneller Distanz, als würde sie jemanden im Präsidium verhören.

»Ich verstehe nicht, was du meinst. Welchen Bus? Erklär's mir.«

Er schüttelte den Kopf.

»Ich bin sicher, er war es.«

»Nimm dich zusammen, Thomas!«

Er fuhr sich mit der Zunge über seine trockenen Lippen.

»Ich ... ich habe den Bus genommen, weil Cecilie das Auto braucht. An den Seen kam es zu einem Verkehrsstau. Ich war mit meinem Handy beschäftigt und habe irgendwann aus dem Fenster geguckt. Es war reiner Zufall. Plötzlich bemerkte ich einen Mann mit einem Hund. Er rauchte eine Zigarette, während der Hund an einen Baum pinkelte. Er hatte mir sein Gesicht direkt zugewandt. Der Abstand zwischen uns betrug höchstens zehn Meter. Zuerst konnte ich mich nicht erinnern, wo ich ihn schon mal gesehen hatte, er kam mir nur bekannt vor. Wie bei Schauspielern, die man in einer Menge Nebenrollen gesehen hat, aber sich nie erinnern kann, in welchem Film genau.«

»Du hast den Mörder deiner Tochter nicht sofort wiedererkannt? Na, großartig.«

»Beruhig dich, lass es mich erklären.«

»All right. Du hast also einen Mann mit einem Hund gesehen.

Ich sehe jede Menge Männer mit Hunden. Was war an ihm so besonders?«

»Das war's ja. Es war die Art und Weise, wie er dastand. Du hast mich doch selbst an seine merkwürdigen Zuckungen erinnert. Und der Hund war ein Pitbull.«

Sie runzelte die Stirn.

»Zuckungen? Du meinst Tics?«

»Tics, ja. Jedes Mal, wenn du mich verhört hast – und das hast du damals ja oft getan, Schatz –, habe ich erklärt, dass er diese Zuckungen oder Tics hatte.«

Lykke ignorierte, dass er sie »Schatz« genannt hatte. Alte Gewohnheit vermutlich. Ihr gefiel auch der Begriff »verhören« nicht, aber wahrscheinlich hatte sie genau das getan. Sie hatte ihn ausgequetscht, sich an so viele Details wie möglich zu erinnern. Mindestens ein weiterer Zeuge hatte der Polizei gegenüber auch diese Tics erwähnt.

»Wie hat es sich geäußert? Es gibt viele verschiedene Tics.«

Sie kannte die Antwort genau, aber sie wollte hören, ob die Antwort von seiner Erinnerung abwich.

»Es war der rechte Arm. Er zuckte am Ellenbogen vom Körper weg.«

Es passte zu seinen früheren Erklärungen.

»War das alles?«

»Es war die Art und Weise, wie er dastand, als er auf den Hund wartete. Er hob den Arm, um an seiner Zigarette zu ziehen, aber der Arm zuckte zur Seite, als ob jemand dem Ellenbogen einen Stoß versetzt hätte. Das wiederholte sich ein paar Mal, bevor er den Arm unter Kontrolle hatte. Es sah durchaus ein bisschen komisch aus. So hat er damals auch im Park gestanden, als er sein Raubtier angeleint hatte und versuchte, sich eine Zigarette anzustecken.«

Wieder eine Übereinstimmung.

»Hast du sein Gesicht gesehen?«

»So deutlich, wie ich dich jetzt sehe. Ich würde ihn in einem vollen Fußballstadion erkennen. Er hat sehr blasse Haut und … nicht kahl, aber sehr kurz geschoren, du weißt schon, so eine Schuhbürstenfris…«

»Welche Haarfarbe?«

»Hellblond, vielleicht ein bisschen rötlich, und so ein kantiges, etwas eingefallenes Gesicht. Seine Augen sind klein und sitzen dicht zusammen.«

»Farbe?«

»Grün.«

»Bist du sicher?«

»Oder blau. Auf jeden Fall nicht braun.«

»Bekleidung?«

»Er trug einen schwarzen Kapuzenpullover, eine Jogginghose und Turnschuhe.«

»Dick? Dünn?«

»Es war ein großer Pullover, aber er sah im Park eher dünn aus. Hör schon auf, wir haben das schon millionenfach durchgespielt. Er hatte an dem Tag ein eng sitzendes T-Shirt an. Er ist schmächtig und groß. Wie ich.«

»Du bist nicht groß, Thomas. Du bist mittelgroß.«

Er machte ein gekränktes Gesicht.

»Ich bin eins achtzig.«

Keine Übereinstimmung. Laut seinem Ausweis war er hundertzweiundsiebzig Zentimeter groß, allerdings *mit* Schuhen.

»Alter?«

»Zwischen fünfundzwanzig und dreißig. Er war es, Lykke. Ich bin mir absolut sicher.«

Sie musterte ihn skeptisch.

»An welchem See war das?«

»Sortedam. Der mit der Vogelinsel.«

»Warum bist du nicht ausgestiegen und hast ihn verfolgt?«
»Das wollte ich doch, aber dann wurde die Ampel grün, und der Bus fuhr weiter. Ich bin zum Fahrer gelaufen, er sollte anhalten und mich rauslassen, aber das wäre zwischen den Haltestellen nicht möglich, hat er gesagt. Er hätte einen Zeitplan und könnte nicht auf diese Weise den Verkehr blockieren. Ich sagte, es ginge darum, einen Mörder zu fangen, aber das hat er mir nicht abgenommen. Vermutlich hat er geglaubt, es mit einem psychisch Gestörten zu tun zu haben. Also musste ich bis zur nächsten Haltestelle warten, bevor ich aussteigen konnte.«

»Und was hast du dann gemacht?«

»Ich habe versucht, dich anzurufen. Und ich bin natürlich zurückgelaufen, bis zum Ende des Sees, aber er war nicht mehr da. Ich habe mehrere Fußgänger gefragt, ob sie einen Mann mit einem Hund gesehen hätten. Ich habe ihn beschrieben. Eine junge Frau meinte, sie hätte vielleicht einen Burschen gesehen, auf den die Beschreibung passt, aber sie wusste nicht, wohin er gegangen war. Ich bin auch durch die nächsten Seitenstraßen gelaufen, aber er war verschwunden.«

»Und der Hund war ein Pitbull? Bist du sicher?«

»Ja, absolut sicher. Er *war* es. Diese weiße Fratze, die Frisur und diese nervösen Zuckungen, diese Tics.«

Die Tics waren der vielversprechendste Hinweis. Nicht allzu viele Menschen hatten derartige Zuckungen, und die Götter wussten, dass sie in all den Jahren danach Tausende junger Männer in Kopenhagen und Umgebung beobachtet hatte, ob sie unfreiwillig mit den Armen zuckten.

»Vielleicht wird die Gegend von Videokameras überwacht«, murmelte sie vor sich hin.

»Da gibt's aber keine Läden«, wandte er ein.

Lykke grübelte.

»Die Verkehrsüberwachung könnte sie installiert haben.

Wieso hast du mich nicht einfach angerufen und weitergesucht, statt Zeit zu verschwenden und hierherzukommen?«

»Das *habe* ich doch schon gesagt. Du bist nicht ans Telefon gegangen.«

Das schlechte Gewissen meldete sich, obwohl es eigentlich keinen Grund dafür gab. Sie verteidigte sich.

»Ich war im Bad, okay?«

Plötzlich wurde ihr bewusst, dass er sie mit einem kleinen Lächeln betrachtete. Tatsächlich stand sie nur mit einem Höschen bekleidet vor ihm.

»Im Augenblick verstehe ich gar nicht, warum wir uns getrennt haben«, sagte er. »Die Jahre mit dir und Gry waren die schönste Zeit meines Lebens.«

Sie widersprach nicht, obwohl es eine Schlange im Paradies gegeben hatte. Seine Mutter.

»Du bist so hübsch«, fügte er hinzu und wollte ihre Hand ergreifen, aber sie zog sie zurück. Den Bruchteil einer Sekunde hatte sie gemeint, es sei ein billiger Trick, um ihr Verhältnis wieder aufleben zu lassen, aber eigentlich traute sie es ihm trotz allem nicht zu.

Sie ging zum Schrank und zog ein T-Shirt an.

»Ich werde es überprüfen. Vielleicht können wir ihn irgendwie lokalisieren, und sei es nur, um ihn auszuschließen.«

»Er *war* es, Lykke.«

Sie hörte, dass er es ernst meinte.

4

Als Hauptkommissar Rudi Lehmann ankam, glich der Tatort einer Belagerung. Streifenwagen, die Wagen der Kriminaltechnik und der Kombi eines Bestatters umringten das bescheidene Haus, das heruntergekommen aussah. In dem ungepflegten Garten ging ein Kollege der KTU suchend auf und ab. Die umliegenden Häuser waren größer und auch jüngeren Datums. Auf der einen Straßenseite stand eine Messstation, auf der anderen lag ein leer stehendes Grundstück. Man hatte den Eindruck, als hätten die Nachbarn sich von dem Haus mit dem Flachdach bewusst zurückgezogen. Als hätte man gewusst, dass hier eines Tages ein Gewaltverbrechen stattfinden würde.

Eine Gruppe von Anwohnern hatte sich hinter dem polizeilichen Absperrband auf der gegenüberliegenden Straßenseite versammelt, und ein uniformierter Beamter hielt diejenigen zurück, die es nicht respektieren wollten. Der erste Journalist war auch bereits erschienen. Vergeblich versuchte er, von dem Beamten Informationen zu bekommen.

Rudi parkte hinter dem Wagen des Bestatters, dessen Türen am Heck offen standen. Ein Mann sortierte mit dem Rücken zu ihm Materialien. Auf den Schienen wartete einer der Särge, in dem die Opfer abtransportiert wurden. Als der Kommissar ausstieg, drehte der Mann sich um und nickte. Horst Mihlnetz. Einer der Abgehärteten, der bei Mordfällen gerufen wurde. Vor allem bei den brutaleren.

»Tag, Rudi. Kalt heute.«

Rudi Lehmann setzte sich seinen Rangerhut mit dem geflochtenen Riemen auf und blickte in den grauen, regnerischen Himmel. Er nickte.

»Hm. Sieht nach einer guten Entschuldigung für ein gutes Buch im Sessel aus.«

»Aber nicht in dem Sessel da drin.«

Mihlnetz wies mit dem Daumen über die Schulter.

»Schlimm?«, erkundigte sich Rudi und steckte die Hände in die Taschen seiner offen stehenden Jägerjacke. Er ging nie auf die Jagd, aber die Jacke hatte eine Menge praktischer Taschen, außerdem ließ sie sich angenehm tragen.

»Eines der übelsten Verbrechen, die ich seit Langem gesehen habe.« Horst sah wütend aus. »Wer ermordet denn eine alte Dame auf so bestialische Weise?«

Rudi hob eine Augenbraue.

»Das klingt nach etwas Persönlichem. Also, was den Täter betrifft.«

Als er sich der Absperrung näherte, wurde er von dem Beamten wie auch von dem Journalisten erkannt. Der Polizist hob das Band, sodass Rudi darunter durchkriechen konnte, während der Journalist versuchte, auf sich aufmerksam zu machen.

»Hallo, Herr Kommissar! Können Sie uns einen Tipp geben, was hier passiert ist?«

»Vermutlich etwas mit einem Sessel.«

Der Journalist sah verwirrt aus.

»Was?«

»Eine offizielle Stellungnahme erfolgt später.«

Er ging um ein paar Streifenwagen herum. Zwei Beamte saßen in einem der Fahrzeuge und unterhielten sich. Sie winkten Rudi kurz zu, der auf eine schmale Haustür in der abgeblätterten Fassade zuging. Sie stand halb offen. In einem engen Flur mit drei Türen stand ein weiterer Kriminaltechniker mit einem Fotografen.

»Guten Tag, Rudi«, sagte der Techniker und zog ein paar Gummihandschuhe ab. Er zeigte auf die linke Tür. »Da drinnen geht's los.«

»Du klingst, als würde gleich die Vorstellung beginnen, Fritz.«

»Die Vorstellung ist zu Ende, und ich bin froh, dass ich nicht dabei war.« Er schüttelte den Kopf. »Ich werde die menschliche Boshaftigkeit vermutlich nie begreifen.«

Rudi warf einen Blick auf einen offenen Metallkoffer mit Utensilien.

»Muss ich den Strampelanzug anziehen?«

»Dazu bist du wahrscheinlich schon zu groß, aber nein, brauchst du nicht. Wir sind fertig, und Karli hat seine Fotos. Nicht wahr, Karli?«

»Jep. Ich gehe jetzt nach Hause und poste sie auf Facebook.«

Rudi sah ihn ein wenig verblüfft an. Fritz Tappert grinste.

Karli zuckte die Achseln. »Ihr wisst doch, wie das ist.«

Rudi verstand. Nach mehr als dreißig Jahren mit ernsten Verbrechen, brutalen Morden und Misshandlungen wusste er, dass ein wenig schwarzer Humor die erdrückende Stimmung erträglicher werden ließ, die immer an einem Tatort herrschte.

Er öffnete die Tür zu einem länglichen Wohnzimmer mit einer niedrigen Decke. Es war ebenso kalt wie draußen, kaum über zehn Grad, im Raum hing ein modriger Geruch. Die Einrichtung stammte aus den munteren Siebzigerjahren. Rudi sah sich einen Moment selbst als großen Teenager in Jeans-Klamotten. Mit seinen Freunden hatte er Hasch geraucht, Pink Floyd gehört und die Mädchen zu Touren auf dem Moped eingeladen.

Nahe am Fenster zur Straße befand sich ein quadratischer Esstisch mit zwei dazugehörigen Stühlen. Sie waren nicht auffällig schmutzig, aber die Tischplatte war staubig. Einige bedauernswert aussehende Topfpflanzen hingen an ihren Stängeln auf dem Fensterbrett. Überhaupt sah es so aus, als stünden die Möbel eher zufällig beieinander. Auffällig war der abgelaugte Dielenboden.

Mitten im Zimmer sah er ein kleines Sofa mit einem niedrigen Tisch. In der hintersten Ecke thronte eine große Kommode, daneben stand der Sessel, in dem die Leiche saß. Der Raum war in das grelle Licht transportabler Scheinwerfer getaucht, das der Tapete einen krankhaft violetten Ton verlieh, der irgendwo zwischen verfaulten Pflaumen und Wundbrand lag.

Zwei Polizisten in Zivil warteten am Esstisch. Kommissarin Nora Bender und Walter Krause, der jüngste Kriminalkommissar der Polizei Flensburg. Er war mit seinen siebenundzwanzig Jahren ehrgeizig, energisch und dienstwillig, aber im Augenblick war er so bleich, als müsste er sich jeden Moment übergeben.

»Na, da bist du ja, Lehmann«, sagte Bender mürrisch. »Wurde auch Zeit.«

Rudi tat, als hätte er es überhört.

»Tag, Bender. Hej, Walter.«

Krause schluckte und starrte zum Fenster hinaus, Nora Bender musterte Rudi, als wäre er ein Penner, der um fünfzig Cent für ein Bier bettelte.

»Sieht aus, als hättest du wieder mal gewonnen.«

»Äh, ich verstehe nicht …«, erwiderte Rudi.

Benders raue Stimme war dominant in dem Raum.

»Krause und ich hatten diesen Fall, aber ich erhielt gerade einen Anruf von Seibeck. Wir werden zu einem anderen Fall abgezogen, du bist dran.«

Franz Seibeck war der Polizeichef von Flensburg und ihr gemeinsamer Vorgesetzter.

»Warum?«

»Was weiß ich, welchen Arsch du geküsst hast, aber jetzt kannst du es dir mit ihr da gemütlich machen.«
Wütend wies sie mit dem Kopf in Richtung Sessel.
Nora Bender hatte Rudi nie gemocht, und er verstand nicht, warum. Sie war eine kräftig gebaute Frau mit schwarzer Bruce-Lee-Frisur und Gesundheitsschuhen. Immer trug sie braune oder schwarze Merkel-Hosenanzüge, roch nach Eukalyptus und verzog nie eine Miene zu einem Lächeln, selbst wenn er seine komischsten Witze erzählte.
»Ihr wart zuerst hier. Was habt ihr herausgefunden, wenn ich fragen darf?«
Nora Bender rümpfte die Nase. Sie ging zu dem Sessel, Rudi folgte ihr. Bei der Toten handelte es sich um eine ältere Frau, schmächtig und nicht sehr groß. Sie sah aus, als hätte sie ein paar Tage in dem Sessel gesessen. Die hervortretenden Blutadern zeichneten sich als blaue Linien unter der dünnen Haut ab. Rudi schätzte ihr Alter auf fünfundsiebzig bis achtzig Jahre. Ihr Gesicht war aufgedunsen und verunstaltet durch Faustschläge oder Schläge mit einem stumpfen Gegenstand. Die Haut war nicht aufgeplatzt. Sie hatte keine Möglichkeit gehabt, sich zu wehren, da sowohl die Arme als auch der Körper fest an den Sessel gebunden waren. Doch sie war nicht an den Misshandlungen gestorben. Das Einschussloch in der Herzregion war gesprenkelt von Pulverrückständen, was einen Schuss aus nächster Nähe vermuten ließ. Rudi hatte in seiner langen Karriere viele bedauernswerte Mordopfer gesehen, aber die Frau im Sessel übertraf die meisten. Die Gewalt und die Erniedrigung waren schlimm genug, aber es war ein Detail, das den Ausschlag gab. Im Schoß der Leiche lag der Kadaver eines blutverschmierten Vogels. Es sah aus, als wäre er dort sorgfältig hingelegt worden, er lag auf einem Flügel, der andere war ausgestreckt. Eine Taube. Ein blauer Kunststoffring saß um das eine Bein.

Rudi räusperte sich.
»Irgendwelche Erkenntnisse?«
Nora Bender zuckte die Achseln.
»Es ist eine Taube«, sagte sie.

5

»Wo bist du, du Köter?«
Lykke scannte das nördliche Ende des Sortedam Sø mit einem Taschenfernglas. Ein Jogger und eine junge Mutter mit Kinderwagen waren die Einzigen auf dem Weg, an dem sie stand. Am gegenüberliegenden Ufer sah sie zwei junge Mädchen auf einer Bank und ein Paar mit einem kleinen Kind.

Es war zwanzig Minuten her, seit sie ihre Wohnung in der Dannebrogsgade mit Thomas verlassen hatte. Ihn traf keine Schuld an der Tragödie, und doch gab es irgendwo ganz tief in ihr ein Gefühl der Wut, dass er an diesem Tag nicht besser aufgepasst hatte. Er war eingeschlafen und hatte ihr Kind einem fürchterlichen Schicksal im Maul eines geifernden Pitbull Terriers überlassen.

Thomas nahm immer wieder Kontakt zu ihr auf, als versuchte er, ihre Beziehung wiederzubeleben. Allerdings wusste sie, dass dies unmöglich war. Er war noch immer ein durchaus attraktiver und charmanter Mann, aber er konnte seine nicht sofort ersichtlichen irritierenden Verhaltensformen und Gewohnheiten nicht ablegen, und sie hatte sich in den vergangenen fünf Jahren definitiv weiterentwickelt. Grys Tod würde immer über ihren Köpfen schweben, egal, was sie unternahmen. Das Glück ließ sich nicht wiederherstellen, aber der Täter konnte gefunden und bestraft werden.

»Du hast meine Tochter ermordet«, dachte sie, als sie sich auf der Straße von Thomas trennte. Sie wusste nicht genau, ob sie den Mann mit dem Hund oder ihren Ex-Mann meinte.

Sie hatte das Fahrrad genommen. Man kam damit leichter und schneller voran. Außerdem hatte sie dadurch die Möglichkeit, sich sämtliche Fußgänger anzusehen, an denen sie vorbeifuhr. Vielleicht entsprach ja jemand der Beschreibung des Mannes, der seinen Hund ausgeführt hatte. Obwohl er laut Thomas in Richtung Østerbrogade gegangen war, war sie vom Planetarium aus an allen drei Seen entlanggefahren – in der Hoffnung, einem schwarz gekleideten Mann mit einem charakteristischen Tic und einem Pitbull zu begegnen. Sie zählte insgesamt fünf Hundehalter, aber keiner von ihnen passte auch nur annähernd auf die Gesuchten, weder die Halter noch ihre Hunde.

Sie konnte sich nur an die Augenzeugenberichte ihres Ex-Mannes und einiger weniger anderer Parkbesucher halten, und damit kam sie nicht weiter. Denn einige meinten, der Mann mit dem Pitbull sei jung gewesen, während andere sich an einen Mann mittleren Alters erinnerten. Einige behaupteten, er hätte einen Bart, andere nicht, er war gleichzeitig rothaarig und blond und hatte eine Glatze, er war sowohl schlank als auch kräftig gebaut. So etwas erlebte sie häufig. Diesmal war es nur besonders enervierend.

Ein einziger Zeuge hatte mit seinem Handy etwas von dem Vorfall gefilmt und die Sequenz der Polizei überlassen, aber der Hundebesitzer war nicht auf den Aufnahmen. Er war vermutlich zu dem Zeitpunkt verschwunden, als die Aufmerksamkeit der meisten Anwesenden sich auf das leblose Kind in den Armen des schreienden Mannes richtete. Lykke hatte sich die Aufnahme nicht angesehen. Sie wusste, dass sie nie die Chance bekommen würde, in dem Fall selbst zu ermitteln, aber das hinderte sie nicht daran, ihre Antennen auszufahren.

Im Polizeipräsidium gab es einen ähnlichen Fall. Die Ehefrau des Ermittlungsleiters Roland Triel war in ihrem Haus brutal ermordet worden. Als der Fall nach mehreren Jahren geschlossen wurde, stellte sich heraus, dass Triel sämtliche Akten und Fotos kopiert hatte. Er ermittelte in dem Mordfall auf eigene Faust, allerdings erfolgreich. Es blieb bei einer Missbilligung in der Personalakte, mehr nicht. Triel war Lykkes Vorbild geworden. Er kannte ihre Geschichte, und obwohl sie selten miteinander sprachen, hatte er sie eines Morgens mit einem Gruß aufgehalten und ihr den freundschaftlichen, verständnisvollen Rat gegeben: »Gib niemals auf. Er ist irgendwo da draußen.«

Thomas hatte sich nach Grys Tod psychiatrisch behandeln lassen. Auch Lykke waren Krisenhilfe und eine Therapie angeboten worden, aber sie hatte dankend abgelehnt. Damals war der erste Nagel zu dem Sarg ihrer Ehe eingeschlagen worden, obwohl es schon vorher Krisen gegeben hatte, an denen vor allem ihre unerträgliche Schwiegermutter Schuld hatte.

Thomas verstand nicht – ebenso wenig wie seine omnipräsente Mutter –, dass Lykke die ganze Situation scheinbar kaum berührte. Natürlich war dies keineswegs der Fall, aber sie war nun einmal von Natur aus jemand, der nicht aufgab und nach außen hin keine Gefühle zeigte. Sie wusste, dass ihre Karriere und damit auch die Möglichkeit beendet wäre, das Ungeheuer zu erwischen, wenn sie erst einmal in den Klauen eines Psychiaters landete.

Diese Überlegungen gingen ihr durch den Kopf, während sie frustriert die Wege rund um die Seen absuchte.

Als die Seeufer keinerlei Ergebnis brachten, setzte sie sich wieder aufs Fahrrad und fuhr die Webersgade hinunter. Danach durchkämmte sie sämtliche Seitenstraßen in nordöstlicher Richtung. Sie suchte das alte Reihenhausviertel ab, das nur »Kartoffelreihen« genannt wurde, dann die Viertel bis zur Dag

Hammarskjölds Allé. Sie endete auf dem Holmens Kirkegård, ein Friedhof, der ein populärer Ort für Gassi gehende Hundebesitzer war, aber auch hier gab es keine Spur des Mannes.

Lykke wischte sich über die Stirn. Zwischen den Grabsteinen wehte ein kalter Wind. Sie trug nur eine dünne Jogginghose und ein T-Shirt unter der Windjacke – sie schwitzte und fror gleichzeitig. Lykke sah auf die Uhr. So konnte sie nicht aufs Präsidium fahren. Sie musste erst nach Hause und sich umziehen. Sie hatte weder gefrühstückt noch sich geschminkt. Es war Viertel vor neun. Sie konnte ihren Chef Hans Odín in seinem Büro bereits hören, aber das ließ sich nicht ändern. Gewisse Dinge ließen sich nun einmal nicht aufschieben.

6

»Sie heißt Andrea Hahne«, erklärte Nora Bender. »Siebenundsiebzig Jahre alt. Offenbar wohnte sie hier allein. Es gibt nur ein Bett im Schlafzimmer und auch sonst keinerlei Anzeichen von einem Mann oder anderen Quälgeistern.«

Rudi betrachtete die Leiche im Sessel. Ein Auge der Frau stand halb offen. Das milchige Häutchen war ein Beleg, dass sie zwei Tage hier gesessen hatte. Ihr weißer Haarknoten hatte sich gelöst, wahrscheinlich infolge der heftigen Schläge, die sie ins Gesicht bekommen hatte. Die Zähne saßen schief zwischen den Lippen. Sie trug ein Gebiss, das allerdings nicht herausgefallen war.

»Was ist das an ihrer Hand?«, erkundigte er sich.

»Brandwunden, aber wir haben weder Asche noch einen Zigarettenstummel gefunden«, antwortete Bender.

»Wer hat sie gefunden?«

»Ein Bote des Supermarkts. Sie hatte Lebensmittel bestellt und nutzte den kostenlosen Lieferservice. Der Bote konnte sich gut an sie erinnern. Sie trug immer einen weiten, zugeknöpften Mantel, eine Mütze und bei jedem Wetter eine Sonnenbrille. Sie sprach mit niemandem, war immer allein und kaufte nur die billigsten Sachen. Krause hat mit einem Nachbarn geredet. Was hat er gesagt, Walter?«

Der junge Ermittler blieb auf Abstand am Esstisch stehen.

»Dass sie nur mit heruntergelassenen Jalousien lebte und nie Besuch bekam. Sie war verheiratet. Wir fanden einen Ehering und eine Heiratsurkunde, aber auch einen Totenschein.«

»Was ist mit dem Vogel? Habt ihr irgendeine Idee, was das soll?«

»Vielleicht eine Botschaft?«, vermutete Bender.

»Könnte sein, dass sie die Taube angelockt hat, um sie zu essen, aber der Täter hatte eine andere Idee«, vermutete der junge Mann.

»Das ist eine zahme Taube«, widersprach Rudi. »Sie ist beringt. Sie gehört irgendjemandem.«

»Der kann jetzt Schadenersatz fordern«, bemerkte Bender übellaunig.

»Vielleicht hat der Mörder sie mitgebracht«, sagte Krause.

»Ich glaube, es war ihre eigene Taube«, erklärte Nora Bender. »Der Mörder hat ihr wahrscheinlich vor Frau Hahnes Augen den Hals umgedreht. Das ist wirklich einer der widerlichsten Morde, die ich in meinem Leben gesehen habe.«

»Noch weitere Spuren?«, wollte Rudi wissen.

»Die KTU hat eine Patronenhülse von einer 9-mm-Pistole gefunden. Sie lag an ihrem linken Fuß. Der Kreis auf dem Fußboden zeigt die Stelle, falls du Zweifel haben solltest. Also, entweder ist der Täter kurzsichtig oder es war ihm egal. In jedem Fall wurde der Schuss ins Herz aus nächster Nähe abgegeben.«

Rudi warf ihr einen Blick zu.

»Das sehe ich.«

»Da bin ich sicher.«

Nora Bender war mürrischer als je zuvor. Rudi war kurz davor, sie zu fragen, was er sich hatte zuschulden kommen lassen, aber er konzentrierte sich auf die Arbeit. Er ging in die Küche. Sie war ebenso alt und heruntergekommen wie der Rest des Hauses, aber aufgeräumt. An der Rückseite gab es eine Tür zur Terrasse. Ein einzelner Teller mit dazugehörendem Besteck und ein Glas standen im Spülbecken. In einer Pfanne auf dem Herd waren die Reste eines Spiegeleis zu erkennen. Die letzte Mahlzeit. Rudi öffnete den Kühlschrank. Die Lampe schaltete sich langsam ein und offenbarte leere Fächer mit nur wenigen Lebensmitteln in Gläsern.

»Wisst ihr, ob ...«

Er hörte, wie die Wohnzimmertür geschlossen wurde, und ging zurück. Er war mit der Leiche allein. Sie saß in dem grellen Licht der Scheinwerfer. Die Schusswunde, die Schlagverletzungen und das geronnene Blut. Eine Hand lag verkrümmt auf der Armlehne, die andere hing an der Seite herunter. Es war der traurigste Anblick, den er je gesehen hatte. Möglicherweise verstärkte die tote Taube den Eindruck zusätzlich. Der Kopf und der Rumpf des Vogels waren voller Blut.

Er zog die Schubläden der Kommode heraus. Die Handgriffe waren bereits auf Fingerabdrücke untersucht worden. Die oberste Schublade war voller Papiere, einem Fotoalbum und anderen Kleinigkeiten. Die mittlere enthielt Besteck für sechs bis acht Personen, und in der untersten Schublade lagen Tischdecken und Handtücher. Die Oberfläche der Kommode war von einer feinen Staubschicht überzogen. Er ging zum Sofa. Auf dem kleinen Tisch lag ein Stoffdeckchen, darauf stand ein Salz- und Pfefferset aus billigem Silberimitat.

Rudi sah hinüber zum Esstisch. Etwas störte ihn. Es dauerte einen Moment, bis er wusste, was es war. Der Esstisch war ebenso staubig wie die Kommode. Vermutlich, weil sie beim Essen auf dem Sofa saß, um fernzusehen. Eine betagte Kiste mit Zimmerantenne.

Lehmann trat an den Tisch. Der rechte Stuhl war herausgezogen, als hätte sich jemand darauf setzen wollen, aber der Staub war unberührt. Er beugte sich über die Tischplatte und bemerkte vier kleine Punkte im Staub. Jeder Abdruck hatte die Größe einer Zehn-Cent-Münze. Sie bildeten ein Rechteck von circa fünfundzwanzig mal fünfunddreißig Zentimetern.

Rudi richtete sich auf. Auf dem Fensterbrett lag eine kleine Pappschachtel zwischen den traurigen Topfpflanzen. Er hob sie mit zwei Fingern auf und hielt sie ins Licht. KORES stand auf der Schachtel, und darunter das Wort »Farbband« in vier Sprachen. In der Schachtel lag etwas drin. Vorsichtig öffnete er den Deckel. Ein Farbband zwischen zwei Rollen.

Horst Mihlnetz steckte den Kopf zur Tür herein.

»He, Rudi. Weißt du, wann wir die Leiche abholen können? Der Rechtsmediziner will sie so rasch wie möglich sehen. Seibeck fürchtet, dass die Medien sich auf den Fall stürzen werden, er möchte daher vorbereitet sein.«

»Wegen mir könnt ihr gern anfangen.«

»Super. Dann beginnen wir ...«

»Ist Fritz schon gefahren?«

»Er ist dabei, seine Sachen zu packen.«

»Schickst du ihn bitte noch mal zu mir, wenn du den Leichensack holst?«

»Klar, einen Moment.«

Es verging eine Minute. Dann kam der Kriminaltechniker. Er hatte seinen Overall bereits ausgezogen.

»Was kann ich für dich tun, Rudi?«

Der Kommissar hielt die Schachtel hoch.
»Nimm das hier mit zur Untersuchung. Es ist ein Farbband für eine Schreibmaschine. Hast du im Haus eine gesehen?«
Tappert schüttelte den Kopf.
»Aber ich habe auch nicht danach gesucht.«
»Würdest du ...«
»Ich fange im Schlafzimmer an.«
Fritz steckte die Schachtel vorsichtig in eine Plastiktüte, die er aus der Tasche gezogen hatte.
Rudi spürte das Vibrieren seines Telefons. Eine SMS von Franz Seibeck. Er schrieb in Versalien: KOMM IN MEIN BÜRO, SOBALD DU WIEDER IM PRÄSIDIUM BIST. ES IST WICHTIG.

7

Es war beinahe halb elf, als Lykke ihr Rad am Polizeipräsidium abstellte. Sie warf einen Blick hinauf zu Hans Odíns Büro, wo der Ermittlungsleiter ihr am Fenster zusah, die Hände in die Seiten gestemmt. Sie winkte ihm kurz zu. Ihr Gruß wurde von einem Zeigefinger beantwortet, der erst auf sie und dann auf den Boden des Büros wies.

Sie eilte am Wachlokal vorbei, in dem Mikkel Joesen saß, einer der jungen Beamten. Sie lief die breite Wendeltreppe hinauf, die Bewegung tat gut.

Die Tür zu Odíns Büro stand offen. Sie überlegte ein paar Sekunden, ob sie einen Anschiss bekommen würde, sodass alle, die auf dem Korridor vorbeigingen, es hören konnten, doch so ging er trotz allem mit seinen Kollegen nicht um. Im Gegenteil. Hans

Odín gefiel Lykkes draufgängerische Art und ihr Enthusiasmus. Sie hatte die Vermutung, dass er sie gern förderte, obwohl er das nie zugeben würde. Odín war ein Alpha-Hahn im mittleren Alter mit einem mürrisch-zähneknirschenden Äußeren und einer recht attraktiven dichten, schwarzen Mähne, der niemals lächelte. Über sein Privatleben wusste sie nicht viel, abgesehen davon, dass er verheiratet war und Kinder hatte. Und dass sein Lieblingsfilm *Dirty Harry* war.

Als Lykke eintrat, notierte er etwas in einer Mappe.

»Mach die Tür zu«, sagte er, ohne aufzublicken.

Sie gehorchte und ging auf den Schreibtisch zu. Der Ermittlungsleiter ließ ein wenig die Muskeln spielen, indem er weiterschrieb, während sie wartete. Okay, sie war zu spät gekommen, aber es gab im Augenblick keine dringenden Fälle in der Abteilung für Gewaltkriminalität, und sie hatte es zumindest geschafft, sich ordentlich anzuziehen und Make-up aufzulegen.

Schließlich hob er mit einem müden Gesichtsausdruck den Kopf.

»Und welche Entschuldigung haben wir heute? War es der Wecker, der Paketbote oder dein reicher Onkel aus Amerika, der dich daran hinderte, pünktlich zum Dienst zu erscheinen?«

»Ich musste einer Sache nachgehen, die sich nicht verschieben ließ«, sagte sie.

Odín zog die Augenbrauen hoch, als wäre er überrascht.

»Aha. Im Gegensatz zu deiner Arbeit.«

Sie wusste, wie weit sie bei ihm gehen konnte, also hielt sie noch ein bisschen dagegen.

»Das *ist* meine Arbeit. Ich ging einem frischen Hinweis auf eine gesuchte Person nach.«

»Ah ja. Vermutlich wird das niemals Marcel Proust sein.«

»Wer?«

Er ließ die Hand kreisen, als würde er eine Schnur aufwickeln.

»Marcel Proust. Zeit. Dein großes Problem. Dass du zwanzig Minuten zu spät geboren wurdest.«

Sie starrte ihn verständnislos an.

»*Auf der Suche nach der verlorenen Zeit*«, sagte er. »Das hat doch Marcel Proust geschrieben, oder?« Resignierend warf er den Kugelschreiber auf die Mappe. »Zum Teufel, Lykke! Ich habe keine Lust, dir gegenüber sarkastisch zu sein, wenn du es nicht kapierst!«

»Ach so, der.« Sie lächelte angestrengt. »Jetzt ist der Groschen gefallen.«

Odín verbarg einen Moment sein Gesicht in den Händen. Dann lehnte er sich mit einem Stöhnen zurück.

»Erzähl mir, wer dieser Zeitdieb gewesen ist.«

»Der Mörder meiner Tochter.«

Der Gesichtsausdruck des Ermittlungsleiters veränderte sich schlagartig. Er sah aus, als hätte sie ihm eine Ohrfeige gegeben. Mit tiefen Furchen auf der Stirn stützte er sich auf den Rand des Schreibtisches.

»Der ...? Was meinst du? Der ist doch verschwunden?«

Sie erklärte ihm, was passiert war. Dass Thomas dachte, er hätte den Mann gesehen, und dass sie den Vormittag damit verbracht hatte, die Gegend rund um die Seen abzusuchen.

»Na, verdammt. Wie sicher war er, also dein Mann? Ich meine, dein Ex-Mann.«

»Ziemlich sicher. Thomas hat ein gutes Gedächtnis und Sinn für Details. Damals, an diesem Tag, herrschte totales Chaos, aber er sagt, dass ihm das Gesicht des Kerls ins Gedächtnis gebrannt ist, außerdem hatte er diesen charakteristischen Tic im Arm, den er damals gesehen hat.«

»Möchtest du, dass ich etwas unternehme?«

»Vielleicht könnte man ...«

»Was? Lass hören.«

»Also, wenn ich selbst suchen darf, wenn ich Zeit dafür habe. So ganz privat.«

»Daran kann ich dich selbstverständlich nicht hindern, aber wenn du ihn aufspürst oder einen Tipp bekommst, musst du das melden. Du darfst dich nicht einmischen. Wir brauchen nicht noch so ein Disziplinarverfahren wie bei Triel.«

»Das ist klar.«

»Ich muss auf meine Leute achten, und du bist eine meiner besten, wenn du auch selten genug auftauchst.«

Lykke lächelte.

»Danke.«

»Deine Schlickwanderung im Wattenmeer ist im Übrigen höheren Orts positiv zur Kenntnis genommen worden. Man ist der Ansicht, ihr hättet es gut gemacht, du und der Deutsche.«

Lykke verspürte ein herzliches Gefühl.

»Rudi«, sagte sie. »Das freut mich.«

»Gut. Das war der Anschiss und das Lob des Tages. Jetzt verschwinde und sieh zu, dass du auf deinen Posten kommst. Wir müssen diese Typen finden, die sich auf das Ausschlachten von Unternehmen spezialisiert haben.«

»Aber ich bin doch bei der Gewaltkriminalität.«

Odín baute sich ein wenig in seinem Stuhl auf.

»Wenn die Leute keine Lust haben, sich gegenseitig umzubringen, muss ich dich doch anderweitig einsetzen, oder?«

Sie ging zur Tür.

»Und Lykke?«

»Ja?«

Hans Odín knirschte mit den Zähnen. Er hatte etwas von Eastwood.

»Find das Arschloch!«

8

»Komm rein, Lehmann!«, rief Polizeidirektor Franz Seibeck. Das charakteristische Klopfgeräusch hatte ihm signalisiert, dass nur eine bestimmte Person vor der Tür seines Büros stehen konnte. Die Tür wurde vorsichtig geöffnet. Seibeck streckte verwundert seinen dicken Hals vor. Mit dem stilvollen Lederhut und der dunkelgrünen Jägerjacke glich der Kommissar einer älteren, korpulenten Ausgabe eines australischen Rangers. So, wie er an der Tür stand, sah er ein wenig unsicher aus. Oder es war geschauspielert. Bei Rudi Lehmann wusste man nie so genau, woran man war.

»Ich habe deine SMS bekommen. Gibt's was Besonderes?«

»Komm rein und setz dich.«

Der Bürostuhl des Polizeidirektors stöhnte gequält auf, als er sich vorbeugte. Franz Seibeck war ein gewichtiger Mann. Manch einer hätte ihn als fett bezeichnet, aber nur hinter seinem Rücken.

»Warst du am Tatort in Mürwik?«

»Da komme ich gerade her«, antwortete Rudi und setzte sich. »Sehr hässliche Sache.«

»Genau darüber wollte ich mit dir reden. Ich habe Nora Bender hingeschickt und diesen jungen ...«

»Walter Krause.«

»Krause, ja. Allerdings habe ich ihnen den Fall etwas zu vorschnell gegeben. Hast du sie getroffen?«

»Und wie. Bender hat mich beinahe beschuldigt, den Mord begangen zu haben.«

Seibeck zog die Brauen hinter dem Metallgestell seiner Brille zusammen.

»Mir ist durchaus bewusst, dass ihr nicht die allerbesten Freunde seid. Ich wünschte, es wäre anders.«

»Es liegt wahrlich nicht an mir. Sondern an ihr. Ich weiß nicht, was sie hat. Sie hasst mich.«

»Sie ist eifersüchtig, aber das bleibt bitte unter uns.«

»Wieso?« Rudi breitete die Arme aus. »Weil ich männlicher bin als sie?«

Seibeck zeigte mit einem ärgerlichen Gesichtsausdruck auf Rudi.

»Diesen Kommentar habe ich nicht gehört. Ich hoffe, du läufst nicht hier im Präsidium herum und klopfst solche Sprüche.«

»Nur denjenigen gegenüber, die sie auch verstehen.«

Franz Seibeck wusste nicht recht, ob er Lehman einen Rüffel erteilen sollte, aber er hatte zu gute Laune, also ging er nicht weiter darauf ein. Rudi Lehmann war einer seiner fähigsten Leute. Und das war durchaus ein Problem, denn von seinen Beamten erwartete er ein gewisses Maß an Anstand und Benehmen. Er beugte sich über den Schreibtisch und faltete die Hände.

»Ich übertrage dir den Mürwik-Fall aus zwei Gründen. Bender ist eine tüchtige Ermittlerin. In vieler Hinsicht ebenso erfolgreich wie du. Ihre fachlichen Qualifikationen sind in Ordnung und sie hat Erfahrung, aber sie hat nicht deine Intuition. Es ist wie bei Musikern: Einige beherrschen ihr Instrument, andere benutzen es, so gut sie können. Bender weiß, welche Tasten sie anschlagen muss, um eine Melodie zu produzieren, aber sie kann nicht spielen. Du kannst spielen. Ich glaube, das hat sie kapiert, und deshalb ist sie so angefressen.«

»Was ist der andere Grund?«

»Du kennst CEPOL, nicht wahr?«

»Äh, ja, das steht für …«, begann Rudi unsicher.

»Collège européen de police«, übernahm sein Chef in breitestem Schul-Französisch. »Die CEPOL fördert die europäische

Polizeizusammenarbeit durch Ausbildung über die Landesgrenzen hinweg. Ich sitze im Verwaltungsrat und war, wie du vielleicht weißt, letzte Woche bei unserer regelmäßigen Konferenz. Unter anderem haben wir über dich und diesen spektakulären Fall im Oktober an der Grenze im Wattenmeer gesprochen.«

»Der zusammen mit Lykke Teit aus Kopenhagen gelöst wurde.«

»Genau. Gewisse Kreise in der CEPOL sind auf Teit und Lehmann aufmerksam geworden. Wie es im Augenblick aussieht, ist es nicht üblich, Polizisten von einem Land in ein anderes zu schicken, um bei Mordfällen zu helfen, da die nationale Polizei normalerweise die Dinge selbst regeln will, aber Teile der CEPOL möchten diese Praxis ändern. Dabei wurde der Wattenmeer-Fall als Schulbeispiel hervorgehoben. Euer Vorgehen bei dem Mord, der mit der Aufklärung von fünf Mordfällen endete, wurde von der Leitung ungewöhnlich positiv bewertet. CEPOL möchte es als Argument für eine engere Zusammenarbeit der Polizei in den Ländern der EU nutzen. Daher ...«

Der Polizeidirektor trommelte kurz auf seinen Schreibtisch. Rudi wartete, ob es sich dabei um den Auftakt zu einer Zirkusnummer handelte.

»Daher?«

»Daher möchte ich dich bitten, die Kopenhagener Polizei zu kontaktieren und in Erfahrung zu bringen, ob sie Lykke Teit für die Ermittlungen in Mürwik entbehren können.«

»Während ich Fahrraddiebe jage?«

»Nein, verdammt, zusammen mit dir!«

Rudi zwinkerte mit einem schiefen Grinsen.

Seibeck ließ die Schultern fallen und lachte pflichtschuldig.

»Ich werde mich wohl nie an deinen Humor gewöhnen, aber wenn du nur tust, was ich dir sage, bin ich glücklich und zufrieden.« Er lehnte sich unter lautstarkem Protest seines Stuhls zurück. »Was genau ist in dem Haus passiert?«

Rudi lieferte einen kurzen Bericht.

Seibeck war entsetzt. »Der Fall hat höchste Priorität. Hast du irgendeine Idee, wer der Täter sein könnte?«

»Es ist zu früh, um etwas zu sagen, aber es sieht nach einem Racheakt aus. Entweder das, oder wir haben es mit einem regelrechten Sadisten zu tun. Die gibt's ja auch. Die alte Dame hatte keine Chance. Er hat sich Zeit gelassen, sie zu misshandeln, bevor er sie erschoss.«

»Und niemand hat den Schuss gehört?«

»Wenn es jemanden gibt, dann hat er sich noch nicht gemeldet. Die Frau galt als Sonderling.«

»Bizarr, die Sache mit der Taube. Was könnte das bedeuten, was glaubst du?«

»Keine Ahnung, aber ich gedenke, es herauszufinden.«

»Wenn möglich, zusammen mit Lykke Teit. Ruf in Kopenhagen an.«

9

Lykke ging die Treppe des Polizeipräsidiums hinauf, als ihr Telefon in der hinteren Hosentasche klingelte. Sie hatte einen Aktenordner in der einen und einen Kaffeebecher in der anderen Hand, sodass sie gezwungen war, den Becher auf die Stufen zu stellen.

Als sie aufs Display schaute, hatte sie das Gefühl, einen lieben alten Freund zu betrachten, den sie lange nicht mehr gesehen hatte.

»Rudi! Bist du es wirklich?«

Ihr begeisterter Ausbruch hallte auf der leeren Treppe wider.

»Hej, Lucky, du klingst nicht gerade glücklich über meinen Anruf.«

Sie setzte sich auf die Treppe.

»Ich hatte eigentlich die Hoffnung aufgegeben, noch mal etwas von dir zu hören. Wieso rufst du nie zurück, wenn man dir etwas auf den Anrufbeantworter spricht?«

»Du hast mich angerufen? *Ich* habe *dich* nämlich mehrfach versucht anzurufen.«

»Wann?«

»Zu Weihnachten und an Neujahr, aber du hast nicht geantwortet, also dachte ich, du würdest gerade den Weihnachtsbaum schmücken oder du wärst stockbesoffen.«

Sie lachte und trank einen Schluck ihres Kaffees. Die angenehme Stimme des Kommissars mit dem leichten Akzent rief automatisch eine ganze Serie von Eindrücken der dramatischen Tage im Wattenmeer hervor.

»Es gab Probleme mit meinem Anrufbeantworter«, sagte sie, »aber jetzt funktioniert er wieder. Na, aber es ist schön, deine Stimme zu hören. Wie geht's?«

»Es geht so, dass ich dich nach Flensburg einlade, selbstverständlich, weil ich dich sehen will, aber auch, weil ich deine Hilfe bei einem aktuellen Fall hier in der Gegend brauche.«

»Sehr gern! Aber ...«

»Aber?«

»Flensburg ist Deutschland. Das ist außerhalb meines Zuständigkeitsbereichs.«

»Das ist ein Teil der Pointe. Weißt du etwas über CEPOL?«

»Äh, ja ... Das hat doch irgendetwas mit der europäischen Zusammenarbeit der Polizeischulen zu tun, oder?«

»Korrekt. Unter anderem. Wir haben eine besondere Aufgabe bekommen.«

»Wir?«

»Teit und Lehmann. Das famose dänisch-deutsche Gespann und gute Beispiel für grenzüberschreitende polizeiliche Zusammenarbeit.«

»Du meinst es ernst?«

»Aber sicher.«

Rudi berichtete, worum ihn sein Chef gebeten hatte.

»Das Ganze steht und fällt also damit, ob du hierherkommen kannst«, sagte er. »Hast du in Kopenhagen viel zu tun?«

»Nee. Bei der ›Gewaltkriminalität‹, wie meine Abteilung heißt, ist es ungewöhnlich ruhig. Glücklicherweise. Ich sitze im Moment an einem todlangweiligen Fall, bei dem es um irgendwelche Firmenschwindeleien geht.«

»Vielleicht können ja ein paar andere die Schubläden der Leute durchwühlen, damit du nach Flensburg kommen kannst. Ich würde dich auch gern Beate vorstellen. Ich habe ihr so viele Räuberpistolen über dich erzählt, dass sie vor Neugierde beinahe platzt.«

»Wenn du wüsstest, wie oft ich an unsere Zusammenarbeit in Südjütland gedacht habe. Natürlich war der Fall makaber und tragisch, aber ich habe trotzdem jede Minute unserer Ermittlungen genossen. So etwas dürfte man eigentlich nicht sagen, aber es war geradezu eine Therapie für mich.«

»Dann komm so rasch wie möglich, um dich noch mal therapieren zu lassen«, sagte er begeistert.

»Sehr gern, aber ich kann nichts versprechen. Mein Chef ist im Moment nicht ganz einfach.«

»Versuch es, Lykke. Es ist auch eine Feder an seinem Hut, dass jemand von seinen Leuten für diesen Versuch ausgesucht wurde.«

»Gute Idee. Ich glaube, diese Karte spiele ich. Er ist schon ein wenig ehrgeizig.«

»Es wäre großartig, dich wiederzusehen. Mir fehlt jemand,

der über meine Witze lachen kann. Meine Kollegen verstehen sie nicht.«

Lykke stellte den Becher wieder auf die Treppenstufe.

»Was ist das für ein Fall?«

»Eine hässliche und bizarre Geschichte. Eine alte Frau wurde an ihren Sessel gefesselt und misshandelt, bevor man sie aus nächster Nähe erschossen hat. Wir suchen nach einer Schreibmaschine.«

»Einer Schreibmaschine?«

»Ja, du weißt schon, so ein veralteter Computer ohne Festplatte, der sofort ausdruckt.«

»Ich weiß schon noch, was eine Schreibmaschine ist.«

»Natürlich. Ich vergaß, dass du auch nicht mehr ganz jung bist.«

»Nun werd mal nicht frech, Herr Lehmann. Erzähl mir mehr.«

»Geh lieber zu deinem Chef und hol dir die Erlaubnis. Gebrieft wirst du, wenn du hier bist. Wir bleiben in Kontakt. Tschüss.«

Er unterbrach die Verbindung, ein Gefühl der Leere und mindestens zehn Fragen summten in ihrem Ohr.

»Rudi, verdammt.«

Typisch. Rudi war ein guter Psychologe. Jetzt wusste er, dass sie sich besonders anstrengen würde, um die Erlaubnis zu bekommen, nach Flensburg reisen zu dürfen.

10

Lykke war in Flensburg gerade aus dem Zug gestiegen und stand vor dem Bahnhofsgebäude in der nachmittäglichen Sonne. Sie hatten vereinbart, dass Rudi sie abholen sollte, aber als sie weder ihn noch sein Wohnmobil sah, zog sie ihr Telefon heraus.

»Entschuldigen Sie, gnädige Frau, aber wissen Sie, wann der Zug nach Hamburg abfährt?«

»Ja, ja, ist schon gut, Herr Hauptkommissar!«, antwortete sie lachend und steckte ihr Telefon wieder ein. »Wenn du meinst, ich falle zweimal auf diese Nummer herein, dann hast du dich aber geirrt ...«

Als sie sich umdrehte, stand ein gut angezogener, aber vollkommen unbekannter Mann vor ihr.

»Entschuldigung, sind Sie aus Dänemark?«

»Äh, ja, aber ich ... jeg mener ... Hamburg? Das weiß ich nicht«, brachte sie in einer Mischung aus Deutsch und Dänisch heraus.

Der Mann sah sie fragend an, aber bevor er noch mehr sagen konnte, erklang eine wohlbekannte Stimme von der Seite.

»Hey, Lucky!«

Der Kommissar näherte sich mit hastigen Schritten und einem herzlichen Lächeln unter seinem Rangerhut.

»Rudi!«

Sie verspürte eine besondere Form der Erleichterung und umarmte ihn stürmisch. Rudi klopfte ihr auf den Rücken. Der gutangezogene Herr trat diskret zur Seite.

»Entschuldigung, ich wusste nicht, dass Ihre Tochter aus Dänemark ist«, sagte er. »Ich dachte, vielleicht wüsste sie, wann der Zug nach Hamburg abfährt. Die Information ist geschlossen, und ich kann mein Telefon nicht finden.«

»Tatsächlich ist die junge Dame meine Gattin«, erwiderte Rudi und verzog keine Miene. »Hamburg, sagen Sie?« Er zog sein eigenes Telefon heraus und googelte. »Um 16:15 Uhr auf Gleis 2, Sie können also noch eine Tasse Kaffee im Café trinken. Ich empfehle die dunkelbraunen Muffins.«

»Vielen Dank«, antwortete der Herr und verbeugte sich leicht. Sie sahen ihm nach, als er im Bahnhofsgebäude verschwand.

Lykke versetzte Rudi mit der Rückseite ihrer Hand einen leichten Klaps auf die Brust.

»Alter Schurke! Mein Deutsch ist nicht besonders gut, aber hast du dem höflichen Mann da gerade erzählt, dass wir verheiratet sind?«

»Ich dachte, es würde ihn am ehesten beruhigen.« Der Kommissar zuckte die Achseln. »Er sollte doch nicht glauben, dass ich am Bahnhof irgendwelche jungen Damen aufsammele. Ich muss an meinen guten Ruf denken.«

Lykke lachte und schüttelte den Kopf. Sie hatte dasselbe herzliche Bauchgefühl wie bei ihrer ersten Begegnung vor vier Monaten in Esbjerg.

»Wie schön, dich wiederzusehen«, sagte sie.

»Geht mir genauso. Ich habe mich darauf gefreut, dir Flensburg zu zeigen, aber ich weiß nicht, ob wir viel Zeit für Sightseeing haben werden.«

»Vielleicht schaffen wir's in den Pausen.«

»Wenn es welche gibt. Die CEPOL-Typen sind völlig aus dem Häuschen über diesen Fall. Sie glauben an uns.«

»Dann strengen wir uns besser an. Wie heißt die Tote?«

»Darüber reden wir, sobald wir dich im Hotel einquartiert haben«, erklärte er und griff nach ihrem Koffer. »Und dann kommst du zum Abendessen in die Norderstraße. Beate macht den weltbesten Schweinekammbraten mit Rotkohl, gebratenen Äpfeln und Kartoffeln. Als Dessert hat sie einen Kaiserschmarrn versprochen. Und ich habe eine Schachtel Pralinen hinterm Sofa versteckt. Zum Kaffee.«

»Wie ich höre, hat sich an deinem Appetit nichts geändert. Das klingt wunderbar, Rudi. Ich freue mich darauf, deine Frau kennenzulernen.«

»Das beruht auf Gegenseitigkeit, soll ich ausrichten.«

Sie gingen auf einen silbergrauen Mercedes älteren Datums

mit roten Ledersitzen zu, die aussahen, als säße man darin ausgesprochen bequem. Rudi legte den Koffer in den Kofferraum.

»Wo ist der Campingbus?«, wollte sie wissen, als sie eingestiegen waren.

»Das Batmobil bekomme ich leider nur, wenn es nötig ist, sonst fahre ich mit dieser alten Dame. Dafür ist sie aber auch viel schneller. Und man merkt nicht, dass sie sechshunderttausend Kilometer draufhat, oder?«

»Bestimmt nicht.«

»Wo bist du untergebracht?«

»Hotel Alte Post. Die Verwaltung hat es gebucht.«

»Oh, ich muss schon sagen, die dänische Polizei ist großzügig. Es liegt nicht weit von unserer Wohnung entfernt. Und im Übrigen nahe an der Polizeidirektion.«

»Es klingt nach einem ungewöhnlich hässlichen Mord«, sagte sie nach einer kleinen Pause. »Habt ihr schon irgendjemanden im Verdacht?«

»Nein, aber es gibt gewisse Details, die auf einen möglichen Serienmörder hinweisen.«

»Ja?«

»Es sieht sowohl rituell als auch genau geplant aus. Nichts deutet auf einen zufälligen Mord im Affekt hin. Auch nicht auf einen Einbrecher, der erwischt wurde.«

Ein merkwürdig erwartungsvolles, aber auch ein wenig angespanntes Gefühl breitete sich in Lykke aus. Wenn es sich wirklich um einen Serienmörder handelte, hatte sie das erste Mal mit so einem Fall zu tun, aber es bedeutete auch, dass der Tod der alten Dame wahrscheinlich nicht der letzte Mord war.

11

Am Abend zog ein heftiges Unwetter über Norddeutschland. Der Himmel verwandelte sich in schwebendes Patchwork betongrauer Schmutzflecken. Gegen achtzehn Uhr fing es an zu tropfen. Menschen, die von der Arbeit kamen oder beim Einkaufen waren, beeilten sich. Um neunzehn Uhr hatte man den Eindruck, unter einer Dusche zu stehen. Die Abwasserkanäle liefen über, die Fahrbahnen schwammen, und alle, die keine dringenden Besorgungen oder Termine hatten, blieben daheim oder in ihren Büros. Mit Ausnahme der Menschen, die draußen arbeiten mussten.

Und denen, die Mordgedanken hegten.

Er hatte einen dunklen Baumwollmantel angezogen und den Kragen unter einem breitkrempigen Hut bis an die Ohren hochgeschlagen. Der Mantel war tropfnass. In der einen Hand hielt er eine Schreibmaschine, in der anderen zwei Plastiktüten. In der Innentasche des Mantels steckte die geladene Glock 17.

Er blickte auf die gegenüberliegende Straßenseite. In Kiels vornehmerem Viertel versuchte sich eine alte Villa in einem großen Garten zu verstecken. Die wild wachsende Hecke an allen vier Seiten des Grundstücks konnte für ihn nur von Vorteil sein.

Er überquerte die Fahrbahn, versuchte den Pfützen auszuweichen und blieb an der Einfahrt stehen. ROTH stand auf dem Briefkasten. Er musterte das Haus und die Situation durch die von der Hutkrempe fallenden Tropfen. Die Straße war aufgrund des Sturzregens vollkommen leer. Langsam öffnete er das Gartentor.

*

Christoph Roth saß in einem Sessel und döste vor sich hin, während der Regen hart auf die Platten der Terrasse fiel. Die Tropfen prallten ab und wurden gegen die Scheibe der Terrassentür geschleudert, die leicht offen stand und mit einem Haken gesichert war.

Er hatte den Kamin ordentlich angefeuert, sodass es im Wohnzimmer sehr warm geworden war. Während seines Nickerchens wollte er ein wenig lüften. Obwohl er bereits den größten Teil seines Lebens hinter sich hatte, war er nicht sonderlich kälteempfindlich. Er war noch immer recht gut in Form, trainierte täglich mit dem Fahrrad oder joggte, wenn die Wege frostfrei waren, außerdem aß und trank er vernünftig.

Seine militärische Ausbildung hatte er in den frühen Siebzigerjahren in der DDR erhalten, deren uniformes und autoritäres Regierungssystem er vermisste. Seit dem Fall der Mauer hatte die Welt sich nur zum Schlechteren entwickelt. Seiner Ansicht nach hatte es niemandem genützt, dass die beiden deutschen Staaten wiedervereinigt wurden. Wie erwartet, hatte die Dekadenz gesiegt, Schlamperei und der Mangel an Disziplin waren vom Kindergarten bis zum Pflegeheim alltäglich, und rückgratlose, willensschwache Schwule und Emanzen versuchten, die Menschen zu regieren, die ihnen den Lebensunterhalt als Politiker verschafften. Niemand wusste mehr, was der Sinn und das Ziel einer Gesellschaft war oder auf welchem Weg man sich befand.

Christoph Roth wusste es jedenfalls nicht, und es irritierte ihn maßlos. Seine Frau war vor vier Jahren an Krebs gestorben, und er hatte seit Langem keinen Kontakt mehr zu seinen Kindern oder deren Familien. Dazu kam, dass deren Ansichten und Haltungen ihm überhaupt nicht gefielen. Dies betraf vor allem seine Schwiegertochter, die Christoph Roth mit ihrem Gerede über Klimawandel, Umweltschutz und Flüchtlingspolitik an den Rand des Wahnsinns treiben konnte. Freiheit, Gleichheit und Brüderlichkeit für alle, von den Flüchtlingen aus der Dritten Welt bis zu den vom Aussterben bedrohten Lurchen und Kröten. Es hatte so viele erhitzte Diskussionen und Streitereien gegeben, dass sie schließlich nichts mehr miteinander zu tun haben wollten. Christoph Roth ärgerte sich. Nicht über die ausbleibenden Besuche seiner Schwiegertochter – auf den Blocksberg mit ihr –, sondern dass sie ihm Gunnar abspenstig gemacht hatte, denn obwohl er sich wie ein kastrierter Schlappschwanz aufführte, mochte Christoph Roth seinen Sohn. Ja, er liebte seinen Sohn, auch wenn er es natürlich nie laut gesagt hätte. Über so etwas redeten Männer nicht. Überhaupt wurde in dieser Welt viel zu viel geredet und zu wenig gehandelt.

Der alte Vernehmungsleiter war mit einem Schlag hellwach, als er ein ungewohntes Geräusch aus dem Garten vernahm. Echte Umsicht verlernte man nicht. Auf gewisse Situationen reagierte er. Wie zum Beispiel auf Lärm, der nicht da sein sollte. In diesem Fall war es ein Gartenstuhl, der leicht über die Steinplatten schrammte. Er stand auf, ging zur Terrassentür und schaute hinaus in die Dunkelheit und den Regen. Vom Wohnzimmer aus gelangte man in den Garten hinter dem Haus, und die Hecke zum Nachbarn war dicht. Der größte Teil des Rasens war leicht zu überblicken. Unmittelbar war dort draußen nichts zu sehen.

*

Der Mann mit der Schreibmaschine drückte sich direkt neben der Terrassentür an die Mauer. Rechts und links der Tür gab es zwei Panoramafenster. Er fluchte innerlich, dass er mit der Hüfte an den Gartenstuhl gestoßen war. Er hielt den Atem an, stellte so leise wie möglich die Schreibmaschine auf die nassen Platten und steckte die Hand in die Innentasche. Griff zur Pistole. Wartete.

Sein Blick klebte an der Tür. Er sah, wie sich Roths Schatten wie ein Fleck auf dem Glas abzeichnete. Eine Minute verging. Der Regen schien nachzulassen, aber die Tropfen fielen noch immer schwer von den Bäumen und Dachrinnen. Dann verschwand der Schatten und ein munteres Pfeifen begann. Es klang wie ein altes Kampflied, aber die Melodie war ein wenig schräg. Die Geräusche wurden schwächer.

Der Mann ließ die Pistole in der Innentasche, nahm seine Schreibmaschine und schlich unter dem Fenster zur Terrassentür. Er wagte einen Blick hinein. Mit einem Finger hängte er den Haken aus und öffnete die Tür. Das Wohnzimmer war warm und stickig, es roch nach Rauch. Feuer knisterte munter im Kamin. Die Möbel waren praktisch, die Gemälde naturalistisch, alles schon etwas älter, aber gut erhalten. Nichts Modernes.

Das Pfeifen wurde von einem Radio abgelöst, das irgendwo im Haus Musik spielte. Ein blubberndes Geräusch mischte sich in die Melodie. Es wurde Kaffee gekocht.

Der Mann trat ein. Vorsichtig stellte er die Schreibmaschine ab, legte die Tüten auf den Boden, zog die Tür zu und hakte sie wieder ein. Es hatte aufgehört zu regnen, aber noch immer fielen Tropfen von den Bäumen. Er trocknete sich die Hände an einer Gardine ab und zog die Pistole. Dann schlich er vorsichtig zu einer offenen Tür. Sie führte in einen langen Flur. Am Ende lag die Küche. Von dort hörte er einen alten Schlager. Roth pfiff das Lied mit, während er mit Porzellan und Besteck klapperte. Es klang, als würde er jede Strophe kennen.

Der Mann schlich langsam den dunklen Flur entlang. Plötzlich sah er Roth, der den Kühlschrank öffnete, um etwas herauszuholen. Er stand mit dem Rücken zu ihm. Der Mann packte seine Pistole fester. Roth verschwand wieder aus seinem Blickfeld. Pfeifend. Er hatte nichts gesehen.

Der Mann schlich bis zum Türrahmen. Das Radio stand auf

dem Küchentisch und dröhnte in voller Lautstärke. Roth war nicht zu sehen.

Plötzlich schoss von rechts ein Schatten auf ihn zu. Roth stieß bei seinem Angriff gegen ein Regalbrett, sodass Glas durch die Luft flog und auf dem Küchenfußboden zersplitterte. Ein lähmender Schlag traf den Mann im Nacken, er ließ seine Pistole fallen und fiel vornüber. Es wurde schwarz.

*

Als der Mann zu sich kam, saß er auf einem Stuhl am Esstisch, gefesselt mit dem Seil, das er selbst mitgebracht hatte. Mit einem übel zugerichteten Gesicht drehte er den Kopf hin und her. Er blinzelte in die Lampe, die ihm grell ins Gesicht leuchtete. Er hatte noch immer den Mantel an, aber keinen Hut auf dem Kopf. Es war warm im Wohnzimmer. Er schwitzte. Die Feuchtigkeit drang durch den Stoff und verursachte ein klammes Gefühl, als wäre er in ein feuchtes Laken gewickelt. Hinter der Lampe ahnte er Roth. Die beiden starrten sich an. Roth zeigte mit der Pistole auf ihn.

»Wer bist du?«, fragte er.

Der Mann schwieg.

»Los, raus mit der Sprache! Wie heißt du?«

»Klieber. Emil Klieber.«

Er konnte Roths Gesicht nicht sehen, aber die Reaktion kam umgehend.

»Ich habe gefragt, wie du heißt. Nicht, was dir in aller Eile gerade einfällt.«

Roth hatte sich viele Male zuvor in dieser Situation befunden, sicherlich unter anderen Bedingungen, aber dennoch. Beim Verhör von wehrlosen Gefangenen hatte er keine Skrupel.

»Michael Döllinger«, sagte der Mann.

»Bist du allein?«

»Nein, ich ...« Er hielt inne, als Roth aus dem Licht trat und ihm den Pistolenlauf auf die Stirn setzte. Fest. Insistierend. »Ich bin allein.«

»Versuch ja nicht, mich hinters Licht zu führen, Bursche.« Er war nur fünfzehn Jahre jünger als Roth, aber man hatte ihm immer gesagt, er sähe so jung aus. In diesem Moment hatte er nicht dieses Gefühl.

»Ich habe die Hälfte meines Lebens mit Lügnern zu tun gehabt«, erklärte Roth. »Ich erkenne einen Quatschkopf, wenn ich ihm begegne. Was willst du? Wieso kommst du hierher und bedrohst mich mit einer Pistole?«

Döllinger sah noch eine Chance.

»Wieso rufen Sie nicht die Polizei und lassen die all diese Fragen stellen?«

Roths kalter Blick wurde noch boshafter. Er hämmerte Döllinger den Pistolenschaft gegen die Stirn, der einen alarmierten Schrei ausstieß und sich zu wehren versuchte – ein hoffnungsloser Versuch, da er sorgfältig an den Stuhl gefesselt war.

»Ich habe gesagt, du sollst nicht versuchen, mich hinters Licht zu führen, du Haufen Scheiße. Beantworte meine Fragen. Oder ich puste dir den Schädel weg!«

Döllinger kniff das linke Auge zu, als das Blut der Wunde durch die Braue bis zum Nasenrücken lief. Es tropfte dunkel auf die nasse Hose.

Roth trat ein paar Schritte zurück.

Döllinger meinte, eine gewisse Unsicherheit im Gesicht des alten Mannes zu sehen. Sie waren sich nie zuvor begegnet, Zweifel lauerten hinter der harten Fassade.

»Du glaubst wohl, du bist clever«, sagte Roth leise. »Aber du bist nur ein lausiger Amateur. Wie alle anderen.«

»Wer ist denn sonst noch hinter Ihnen her?«

Roth antwortete nicht. Er blickte über die Schulter zur Terrassentür. Vielleicht glaubte er Döllinger nicht, dass er allein gekommen sei. Vielleicht war es ein Bluff. Roth ging rückwärts zur Terrassentür, ohne den Blick von ihm abzuwenden. Er öffnete und schaute mit erhobener Pistole hinaus. Während Roth seinen Blick durch den Garten schweifen ließ, zerrte Döllinger an dem Seil, aber es war nichts zu machen. Roth warf die Terrassentür zu und schloss sie ab. Er blickte auf die Dinge, die auf dem Boden lagen.

»Du hast eine Schreibmaschine mitgenommen? Eine alte Continental Wanderer. Ich muss schon sagen, was für ein Geschenk. Ich habe viele Berichte auf so einer Maschine geschrieben. Da wird man ja ganz nostalgisch.«

Döllinger hielt den Atem an.

»Und was haben wir hier?«

Roth schaute in die zweite Tüte. Er war offensichtlich verblüfft, als er die tote Taube herausnahm. Der Kopf des Vogels baumelte schlaff zwischen seinen Fingern. Roth sah ihn verständnislos an.

»Ist das dein Abendessen?«

Döllinger schwieg.

»Du bist ja ein ganz durchgeknallter Scheißkerl«, sagte Roth und warf den Vogel zurück in die Tüte. »Mit dir werde ich noch viel Spaß haben.«

Er blickte noch einmal auf die Schreibmaschine, sein Gesicht wurde ernst.

»Bist du gekommen, um meine Memoiren zu schreiben?«

Roth ahnte nicht, wie nah er der Wahrheit kam. Er stellte die Maschine auf seinen Schreibtisch und nahm den Deckel ab. Döllinger wartete, ohne ein Wort zu sagen. Wieder sah es so aus, als verstünde der alte Mann nichts, dann riss er die Augen auf. Er warf einen Blick auf Döllinger, runzelte die Stirn und zog das Papier aus der Walze. Es war ein Vordruck des Ministeriums für Staatssicherheit der DDR. Diese Formulare gab es tausendfach für die unterschiedlichsten Zwecke. Über diesem stand GESTÄNDNISBERICHT.

Die ersten vier Rubriken waren bereits ausgefüllt mit Christoph Roths Daten: Name, Geburtsdatum, Stellung und Adresse. Der Zorn in Roths Gesicht wuchs, aber er vermischte sich mit Nervosität, auch wenn er es zu verbergen suchte. Es war der Gesichtsausdruck von jemandem, der jahrelang seine Geheimnisse vertuscht hatte, nun aber endlich aufgespürt worden war und für seine Taten zur Rechenschaft gezogen werden sollte. War Roth bisher nur zornig gewesen, schäumte er nun vor Wut.

»Was hat das zu bedeuten?«, brüllte er und wedelte mit dem Blatt Papier.

Döllinger wollte nicht riskieren, dass Roth sich noch mehr aufregte, aber es nützte auch nichts, die Tatsachen zu leugnen, also entschied er sich für die Konfrontation.

»Stimmt es etwa nicht, dass Sie von 1976 bis 1989 für die Stasi gearbeitet haben?«

Roth richtete sich mit einem stolzen und trotzigen Gesichtsausdruck auf.

»Und wenn es so wäre?«

»Sie waren Vernehmungsleiter der Stasi. Christoph Roth. ›Roth der Tod‹ war Ihr Spitzname in Berlin-Hohenschönhausen. Wie viele unschuldige Menschen haben Sie in den Tod geschickt?«

»Niemanden. Alle waren schuldig.«

»Mindestens einen«, widersprach Döllinger.

Roth kam mit dem Blatt Papier langsam auf ihn zu. Er hatte offensichtlich die Pistole vergessen, die auf dem Tisch lag. Er vertraute seinem Pfadfinderknoten.

»Wer zur Hölle bist du?«

»Das habe ich doch schon gesagt, Michael Döllinger.«

Roth stellte sich vor den Stuhl. Er starrte ihn an und schlug ihm plötzlich mit der flachen Hand fest ins Gesicht.

»Du hast nur die ersten Spalten ausgefüllt.«

»Ich ging davon aus, dass Sie mir beim Rest helfen«, erwiderte Döllinger mit belegter Stimme.

Roth kniff die Augen zusammen.

»Dann bist du gekommen, um mir ein Geständnis abzupressen? Was soll ich zugeben? Bist du so eine Art Beichtvater?«

»In gewisser Weise.«

Ein kleines Lächeln zeigte sich auf dem Gesicht des alten Mannes, aber es war boshaft und ohne jedes Mitgefühl.

»Eigentlich hatte ich gedacht, heute mit einem guten Buch früh zu Bett zu gehen, aber ich glaube, ich ändere den Plan.«

Döllinger blickte ihn trotzig an.

»Lassen Sie mich raten: *Mein Kampf*?«

Die Faust traf ihn so hart an der Wange, dass der Stuhl umkippte. Er landete mit der Schulter zuerst auf dem Boden. Er spuckte Blut und einen abgebrochenen Zahn auf den Boden. Der alte Mann baute sich über ihm auf, die Schuhspitzen direkt vor Döllingers Gesicht.

»Ich werde schon noch herausfinden, woher du kommst und wer dich geschickt hat. Es sieht aus, als würde es ein langer, gemütlicher Abend.«

»Gemütlich?«

»Ich finde es immer gemütlich, wenn ich Leute verhöre.«

12

»Willkommen, Lykke«, sagte Beate Lehmann, als sie die Tür öffnete. »Ich habe mich so auf deinen Besuch gefreut. Rudi hat mir viel von dir erzählt.«

Rudis Ehefrau war eine dieser Frauen, die eine Schönheit ausstrahlten, ohne im klassischen Sinn hübsch zu sein. Sie war rundlich und einen Kopf kleiner als ihr Mann. Ihr prächtiges dunkles Haar hatte sie im Nacken zu einem Knoten gebunden. Sie hatte elegante kleine Hände und Füße und das süßeste Lächeln. Es fiel nicht schwer zu verstehen, warum Lehmann sich seinerzeit in sie verliebt hatte. Die Männer hatten sich sicher nach ihr auf der Straße umgedreht, als sie jünger war, und von dieser Attraktivität hatte sich durchaus etwas erhalten.

Rudi kam aus einem der Zimmer.

»Bist du hierher geschwommen?«, fragte er.

»Rudi!« ermahnte ihn seine Frau streng, konnte aber dennoch ein Lächeln nicht unterdrücken. »Er ist fürchterlich, aber das kennst du ja bereits.«

»Das ist mir längst klar«, erwiderte Lykke mit einem schiefen Lächeln.

Der Witz war nicht ganz unberechtigt. Sie sah aus wie eine Schiffbrüchige, die zu spät ins Rettungsboot gekommen war. Ihre Haare klebten an den Wangen, die Hose war klatschnass.

»Komm erst einmal rein, Liebes.« Beate nahm sie am Arm. »Wir müssen dich abtrocknen.« Sie schloss die Wohnungstür und stieß ihren Mann an. »Hör auf, dich zu amüsieren. Hol ein Handtuch für Lykke.«

Hatte Lykke Rudi Lehmann innerhalb von zehn Minuten ins

Herz geschlossen, so übertraf ihn seine Frau in einem Viertel der Zeit. Beate hängte Lykkes Mantel auf einen Bügel, wobei sie den Kopf schüttelte.

»Ich weiß nicht, was ich mit ihm machen soll.«

»Nichts«, sagte Lykke und überreichte Beate Lehmann etwas, das in feuchtes grünes Seidenpapier eingepackt war. »Bitte, und danke für die Einladung. Das war einmal ein Blumenstrauß. Die Flasche hat sich besser gehalten.«

Sie hatte in Kopenhagen einen dänischen Kräuterschnaps und den Blumenstrauß in einem Laden neben dem Hotel gekauft.

»Um die Flasche kümmere ich mich«, erklärte Rudi, als er mit einem großen gelben Handtuch zurückkam, das nach Seife duftete.

Auf Beates Aufforderung zeigte er Lykke das Badezimmer. Es war groß und gemütlich, mit holländischen Kacheln und Terrazzoboden. Ein altes Waschbecken mit schimmernden Messinghähnen und eine elegante Badewanne mit Löwenfüßen passten zu dem Patriziergebäude, in dem die Wohnung lag. Neben der Toilette stand ein inzwischen selten gewordenes Bidet, während die Handtücher ordentlich über einer Stange aus hellem Holz hingen. Alles war peinlich sauber und ohne Kalkflecken.

Lykke betrachtete ihr nasses Gesicht in dem Spiegel mit Goldrahmen, der über dem Waschbecken hing. Sie hatte häufig den gleichen Gedanken, wenn sie vor einem fremden Spiegel stand. Eine Art Schuldgefühl. Dass sie nicht da gewesen war, als Gry im Park starb.

»Eines Tages ... *wenn* ich dich finde«, flüsterte sie dem Spiegel zu.

Es klopfte an der Tür. Ihr Herz setzte beinahe aus.

»Sag Bescheid, wenn dir etwas fehlt, Lykke. Beate hat eine Bluse, die du dir leihen kannst.«

»Nicht nötig«, antwortete sie. »Der Regen ist nicht durch den Mantel gedrungen. Ich komme gleich.«

»Lass dir ruhig Zeit. Ich habe mich schon heimlich am Kühlschrank bedient.«

Sie schüttelte lächelnd den Kopf und frottierte ihr Haar.

Sie war zur Wohnung gelaufen, die einen knappen Kilometer von ihrem charmanten Hotel entfernt lag. Den schwarzen Himmel hatte sie durchaus bemerkt, als sie auf die Straße trat, aber sie hatte gedacht, sie würde es schaffen, bevor der Regen einsetzte. Auf der Hälfte des Weges hatten die Wettergötter ihr widersprochen.

Als sie fertig war, zeigte Rudi ihr die Wohnung, während Beate die Mahlzeit anrichtete. Eine stilvolle Wohnung, in der man Aussicht auf die Förde hatte. Es waren drei Meter hohe Räume und außer dem Schlafzimmer und Rudis Arbeitszimmer hatte das Ehepaar zwei große Zimmer für sich. Das Mobiliar und die Gemälde waren älteren Datums, aber alles war bestens erhalten und von guter Qualität. Auf den Böden lagen echte Teppiche, und im Esszimmer beherbergte eine hohe Vitrine Kristallvasen, Porzellan und Figurinen.

In Rudis »Höhle« stand außer einem bequemen Sessel und einem Regal voller Romane ein schöner, alter Schreibtisch aus Mahagoni. An den Wänden hingen verschiedene Kuriositäten. Eine dickbäuchige Muskete mit einem Trompetentrichter, ein Diorama mit einigen ausgestopften Fischen und eine Sammlung alter Taschenuhren. Hinter dem Sessel stand ein kleiner Schrein mit einer Glasscheibe. Sie enthielt ein Messer mit einem breiten, gebogenen Blatt und einem schönen, bernsteinfarbenen Griff.

»Das alte Jagdmesser meines Vaters«, sagte er. »Ein Chinese hat es ihm geschenkt, dem er einen Gefallen getan hatte. Der ursprüngliche Schaft ging vor vielen Jahren kaputt, daher hat er einen neuen gießen lassen.«

»Sehr schön.« Sie ging näher heran. »Und was ist da drin? Sieht aus wie zwei Zähne.«

»Das sind die Milchzähne von meinem Bruder Dieter und von mir. Wenn du genau hinguckst, erkennst du ein kleines weißes R unter dem einen und ein D unter dem anderen Zahn. Mein Vater hatte die verrückte Idee, sie in den Griff gießen zu lassen.«

Rudi hatte die Kochkünste seiner Frau nicht übertrieben. Der Braten, die Kartoffeln, der Nachtisch – alles war vortrefflich. Aber am allerbesten war die Gesellschaft.

Lykke war vor der Begegnung mit Beate nervös gewesen. Zum einen, weil sie Rudi so sehr mochte und ihr Bild von ihm keinen Kratzer bekommen sollte. Zum anderen hatte sie schon erlebt, dass sie auf eine deutlich eisige Atmosphäre stieß, wenn sie den Ehefrauen von Kollegen oder Freunden vorgestellt wurde – in einem Fall sogar auf regelrechten Permafrost.

Das war bei Beate Lehmann überhaupt nicht der Fall.

Das Ehepaar war beinahe doppelt so alt wie sie, und Rudi interessierte sie lediglich als guter Freund und Kollege. Das spürte Beate zweifellos. Sie war eine intelligente Frau mit wachen Augen und einem feinen psychologischen Gespür. Sie hatte innerhalb von zwei Minuten durchschaut, wie Rudis und Lykkes Verbindung aussah.

Nach dem Abendessen servierte sie Kaffee.

Der Kommissar wurde ziemlich schnell müde von ein bisschen zu viel Wein, doch als Lykke zum Hotel aufbrechen wollte, hielt er sie auf und erklärte, sie und Beate sollten sich ruhig noch weiter unterhalten, während er untersuchen wollte, ob sein Kopfkissen noch da war.

»Ja, du darfst noch nicht so früh gehen«, sagte Beate und legte eine Hand auf Lykkes Arm.

Nachdem Rudi ins Bett gegangen war, öffnete sie noch eine Flasche Wein, und die beiden unterhielten sich, als wären sie seit

Jahren miteinander befreundet. Irgendwann kam das Gespräch natürlich auch auf den Kommissar.

»Rudi ist so cool. Seine Freundschaft bedeutet mir sehr viel«, sagte Lykke. »In Südjütland waren wir sofort auf einer Wellenlänge. Es klingt verrückt, aber er ist ein bisschen so etwas wie eine Vaterfigur für mich. Mein Vater war Vertreter und viel unterwegs, sodass ich ihn als Kind selten gesehen habe. Jetzt habe ich das Gefühl, als sei er mit Rudi zurückgekommen.«

Beate lächelte.

»Das ist ein wirklich netter Gedanke, Lykke. Ich glaube, du hast einen größeren Einfluss auf Rudi, als ihm klar ist. Wir lieben unsere Kinder, und sie lieben uns, aber wir sehen sie zu selten. Elisa ist vierunddreißig, verheiratet und wohnt in Hannover, während Fabian mit seiner Familie in Düsseldorf lebt. Es vergeht immer sehr viel Zeit, bis wir uns besuchen. Meist zu Weihnachten oder bei runden Geburtstagen. Du weißt vielleicht, wie das ist. Aber du bist so eine Art Reservetochter für Rudi geworden. Das würde er nie zugeben, wenn wir ihn fragen, aber so ist es. Er meint, er hätte sich zu wenig um Elisa gekümmert, weil er immer an irgendeinem Fall arbeitete, als die Kinder klein waren. Das stimmt nicht, aber er hat dieses Gefühl.«

»Merkwürdig, wie es zusammenpasst«, freute sich Lykke.

»Tja, manchmal ist das Leben doch großzügig.«

13

Döllinger lag auf dem Boden und stöhnte, noch immer an den Stuhl gefesselt. Seine linke Hand schmerzte heftig, aber zumindest schien sie nicht gebrochen oder verstaucht zu sein. Dafür blutete er aus dem Mund.

Roth stand mit dem Geständnisformular in der Hand da, als wäre er tief in Gedanken versunken. Glücklicherweise bemerkte er nicht, dass Döllinger durch den Sturz seine linke Hand befreien konnte. Döllinger warf einen Blick auf die Pistole, die auf dem Schreibtisch lag. Es waren vier, fünf Meter bis dorthin, aber es hätten ebenso gut vier, fünf Kilometer sein können. Roth erwachte aus seiner »Trance«, trat an den Schreibtisch, öffnete eine Schublade und nahm einen kleinen Erste-Hilfe-Kasten heraus. Döllingers Puls stieg. Der alte Mann hatte sicherlich nicht vor, ihn zu verbinden. Er konnte sich unmöglich ganz befreien, bevor Roth reagieren würde. Der ehemalige Vernehmungsleiter war möglicherweise ein älterer Herr, aber er sah aus, als wäre er in ausgezeichneter Form. Außerdem lag die Pistole in seiner Reichweite.

Roth schloss die Schublade, stellte den Kasten auf den Boden, ging in die Hocke und betrachtete Döllinger.

»Als ich noch im Dienst war, hatten wir immer einen ›Nothilfekasten‹. Du weißt schon, um die Leute zusammenzuflicken, wenn wir noch nicht alle Informationen bekommen hatten und sie noch ein wenig länger am Leben lassen wollten.«

Er öffnete den Kasten, und Döllinger sah ein wenig vom Inhalt. Ganz oben lagen ein paar Mullbinden, eine Packung Pflaster und ein Fläschchen mit Jod. Roth nahm es heraus und griff tiefer in den Kasten. Er nahm eine kleine Schere und ein Plastiketui heraus. Dollinger starrte auf das Skalpell, dessen scharfe Klinge im Schein des Kaminfeuers blinkte.

»Manchmal waren wir gezwungen, an besonders widerständigen Feinden des Systems kleinere operative Eingriffe vorzunehmen. Nicht, weil es uns gefiel. Das heißt, mir gefiel es durchaus ein wenig.« Er lächelte. »Wir handelten auf Befehl. Es war ein Teil unserer Arbeit. Ein Mittel, um die Wahrheit zu erfahren. Sonst hätte man unsere Loyalität angezweifelt.«

Döllinger versuchte wegzurutschen, aber ihm gelang lediglich eine komische Vierteldrehung. Roth sah nicht aus, als würde es ihn amüsieren.

»Hören Sie, ich bin nicht gekommen, um Ihnen zu schaden«, sagte Döllinger. »Ich wollte nur die Wahrheit erfahren.«

»Dann sitzen wir ja im selben Boot. Und deshalb hast du auch die Pistole mitgenommen?«

»Ich ging nicht davon aus, dass Sie es mir freiwillig erzählen.«

Der alte Mann kniff ein Auge zu.

»Wie ich schon sagte, bin ich vielen Lügnern begegnet, und du bist leider einer der schlechtesten, die ich je kennengelernt habe. Nun machen wir es folgendermaßen: Ich stelle Fragen, und du antwortest. Wenn du mich anlügst – und ich kann *sehen*, ob du lügst –, wirst du es bereuen. Wenn du kooperierst, werde ich überlegen, Gnade vor Recht ergehen zu lassen und nur die Polizei rufen. Du wirst natürlich wegen Einbruch und versuchter Körperverletzung belangt. Also ... wie entscheidest du dich?«

Roth drehte abwartend das Skalpell zwischen den Fingern.

Döllinger presste die Lippen zusammen.

Roth zog dessen linkes Hosenbein bis zum Knie hoch. Döllinger hatte größte Lust, ihn zu treten, aber er hielt sich zurück. Er wollte nichts riskieren, da ihm völlig bewusst war, dass der ehemalige Vernehmungsleiter einige Leben auf dem Gewissen hatte.

Roth packte seinen Knöchel. Der Griff war erstaunlich kraftvoll. Langsam näherte sich die Hand mit dem Skalpell. Döllinger versuchte, sein Bein wegzuziehen.

»Lieg still!«

Er spannte sämtliche Muskeln seines Körpers an. Der Stuhl knackte.

»Leider habe ich kein Betäubungsmittel.«

An seinem Schienbein spürte Döllinger die kalte Klinge des Skalpells als eine dünne Linie aus Eis. Roth zog das Skalpell mit einem ruhigen Schnitt durch. Nicht langsam, nicht sadistisch, nur nüchtern arbeitend. Döllinger zischte gequält, er stieß einen Schrei aus. Roth hielt sein Bein noch einen Augenblick fest, dann ließ er los und betrachtete sein Werk. Döllinger keuchte vor Schmerz. Die Wunde brannte entsetzlich.

Roth blickte auf das Skalpell. Von der Klinge tropfte es rot.

»Wie gesagt, ich habe den ganzen Abend Zeit. Und auch noch die Nacht, wenn es sein muss.«

»Nein, warten Sie!« Döllinger schrie lauter, als er es wollte. »Was wollen Sie wissen?«

»Wie ist dein Name? Dein richtiger Name?«

Döllinger wollte kein Risiko mehr eingehen, aber er war dazu gezwungen, wenn er überleben wollte.

»Ich *heiße* Michael Döllinger«, sagte er mit zusammengebissenen Zähnen. »Ich schwöre es.«

Roth sah ihn nachdenklich an. Döllinger hielt seinem Blick stand. Würde er den Blick abwenden, hätte er verloren. Roth hielt ihm das Skalpell direkt vors Gesicht, sodass die Klinge nur wenige Zentimeter von seinen Augen entfernt war.

»Ich rate dir, ganz still liegen zu bleiben.«

Roth rollte ihn mit dem Stuhl auf den Rücken, aber er bemerkte noch immer nicht, dass eine Hand Döllingers frei war. Der Vernehmungsleiter durchsuchte seine Hosentaschen und fand einen Autoschlüssel und ein bisschen Kleingeld. Er warf alles auf den Boden. Wieder zitterte die Skalpell-Klinge in Döllingers Augenwinkel. Er glaubte, den kühlen Stahl beinahe spüren zu können, der von seinem Blut rot war.

»Ich habe keinen Ausweis bei mir, wenn Sie danach suchen«, sagte er, als Roth seinen Baumwollmantel öffnete und dessen Taschen durchsuchte. »So dumm bin ich auch wieder nicht.«

»Aha«, erwiderte Roth kühl. »Aber was haben wir denn hier?«

Er drückte auf Döllingers Bauch, es ertönte ein charakteristisches Geräusch. Roth riss Döllingers Hemd auf, sodass mehrere Knöpfe auf den Boden rollten, und zog einen Aktendeckel heraus

Döllinger erwog einen Angriff mit der freien Hand, aber das Skalpell war die ganze Zeit zu dicht an seinem Gesicht. Roth breitete die Blätter vorsichtig auf dem Fußboden aus. Die übrigen Blätter des vorgedruckten Geständnisprotokolls. Der alte Mann schüttelte verwundert den Kopf.

»Wer hat dich geschickt?«

»Ich bin aus eigener Initiative hier.«

Merkwürdigerweise schien Roth bei dieser Antwort besonders skeptisch zu sein, vielleicht war er doch nicht so gut darin, die Menschen zu durchschauen, wie er sich einbildete. Er blätterte die Papiere durch.

»Soweit ich es verstehe, bist du der Ansicht, dass eine Person vom Sicherheitsdienst ungerecht behandelt worden ist. Jemand, der dir nahestand. Eine Ehefrau? Nein, dazu bist du zu jung. Ein Vater oder eine Mutter? Vielleicht die Großeltern. Habe ich recht?«

Döllinger verbiss sich den Schmerz in seinem Schienbein.

»Mein Vater.«

»Ist er tot?«

»Ja.«

»Während des Verhörs?«
»Nein, im Gefängnis.«
»In Hohenschönhausen?«
Döllinger nickte gequält.
»Woran ist er gestorben?«
»Das weiß ich nicht. Wir haben nur erfahren, dass er tot ist.«
»Wir?«
»Meine Mutter, meine Schwester und ich. Wir bekamen einen Brief.«
»Der Staatssicherheitsdienst hat den Familien immer Bescheid gegeben, selbst bei abtrünnigen Bürgern. Es war Teil des Systems. Lag kein Totenschein dabei?«
»Doch, aber darin stand nur, dass er nach einem Sturz auf einen Steinboden gestorben sei.«
Roth zuckte die Achseln.
»Dann ist es vermutlich auch so gewesen. Er könnte gestolpert sein. Er könnte auch bei einem Versuch, sich zu erhängen, gefallen sein. Das Seil oder das Laken ist gerissen, und er ist mit dem Kopf auf den Boden gefallen. So etwas habe ich mehrfach erlebt. Dafür kann man nicht das Gefängnis verantwortlich machen. Es war gesetzwidrig, Selbstmord zu begehen. Wusstest du das? Wenn es misslang oder verhindert wurde, wurde derjenige bestraft. Vielleicht ist ja auch das passiert.«

Das Seil um das andere Handgelenk hatte sich ein wenig gelöst, als Roth ihn herumgerollt hatte, aber nun lag er wie eine Schildkröte auf dem Rücken. Keine gute Ausgangsposition für einen Angriff.

Roth war in die Papiere vertieft.
»Wie hieß dein Vater mit Vornamen?«

Die Geschichte mit dem Gefängnis war korrekt, nur entschied sich Döllinger für ein gewagtes Spiel, er wollte den alten Mann mit falschen Informationen in die Irre führen.

»Antworte! Wie hieß dein Vater?«

»Ludwig.«

»Ludwig Döllinger. Das sagt mir nichts, aber ich habe ja auch Tausende Feinde der Gesellschaft verhört. War er beim Dienst? Wir hatten durchaus ein paar schwarze Schafe.«

»Nein.«

»Was war er von Beruf?«

»Er war bei der Post.«

»Als was? Stand er am Schalter oder war er Briefträger?«

»Er fuhr Pakete aus. Er arbeitete viele Jahre in ganz unterschiedlichen Stadtteilen. Eine Zeit lang war er auch Müllmann, aber das war zu harte Arbeit für seinen Rücken.«

»Ordentliche, gesellschaftlich nützliche Beschäftigungen.«

Man hätte es als Hohn verstehen können, aber irgendwie schien es, als würde Roth es ernst meinen. Vielleicht hatte er wirklich den sozialistischen Traum aus ehrlichem Herzen geträumt.

»Diese Formulare sind vertraulich«, sagte er dann. »So etwas kann man nicht auf dem Flohmarkt kaufen. Selbst heute nicht. Du hast sie auch nicht von deinem Vater, da mein Name darauf steht. Also, ich will jetzt eine Antwort: Wo stammen diese Papiere her?«

Döllinger dachte verzweifelt nach. Er konnte nicht sagen, dass er sie in einem unbeobachteten Augenblick zusammen mit einem Bündel anderer Formulare aus den Stasi-Archiven gestohlen hatte, als er Akteneinsicht in den Fall seines Vaters bekam.

»Los! Raus damit!«, fauchte Roth ungeduldig und griff wieder nach Döllingers Bein. Es ging blitzschnell, und bevor er reagieren konnte, zog Roth das Skalpell an seinem Bein herunter, diesmal länger und tiefer. Döllinger schrie und zappelte, Roth konnte das Bein nicht festhalten, Blut spritzte über den Fußboden.

»Stopp! Stopp!«

»Ich schneide dir das ganze Bein ab, wenn du nicht spurst!«, brüllte Roth. »Und anschließend mach ich mit dem Rest deines Körpers weiter! Erzähl mir, wo du das Scheißformular herhast.«

Ein kranker Ausdruck zeigte sich auf seinem Gesicht, als wäre ein Teil seines rationalen Verstandes von ergebnisorientiertem Sadismus ausgehebelt worden. Die Situation hatte sich verschärft, und Döllinger sah ein, dass er umgebracht würde, wenn er nicht etwas unternahm, egal, ob er die Wahrheit sagte oder nicht. Er musste Roth auf Abstand halten.

»Zum letzten Mal, wo kommen diese Papiere her?«, wiederholte der Vernehmungsleiter, nun etwas beherrschter.

»Ich habe sie gekauft.«

»Von wem?«

»Von einem Mann, der für die Stasi gearbeitet hat.«

Roths Stirn sah aus, als wäre sie von Ackerfurchen durchzogen.

»Unmöglich. Es sei denn ... War es Schöeler? Ich dachte, er sei tot und längst begraben. Du arbeitest für Schöeler, nicht wahr?«

Roths Wut steigerte sich wieder, gleichzeitig aber auch seine Unaufmerksamkeit gegenüber eventuellen Reaktionen Döllingers.

Döllinger hatte keine Ahnung, wer dieser Schöeler war, abgesehen davon, dass es sich offensichtlich um einen Feind Roths handelte. Natürlich hatte es auch in einer Organisation wie der Stasi jede Menge Streit gegeben. Nicht offiziell, aber intern, genau wie überall sonst auch, wo viele machtgierige und ehrgeizige Menschen arbeiten. Dieser Schöeler war vermutlich tot oder verschwunden. Jedenfalls war er nicht länger aktiv, nur noch in Roths Fantasie, aber vielleicht konnte Döllinger diesen Umstand ausnutzen.

Er nickte langsam, als würde er aufgeben.

»Sie haben recht. Schöeler hat mich geschickt.«

Ein triumphierender Ausdruck breitete sich auf Roths runzligem Gesicht aus. Er hockte sich dicht neben Döllinger. Der Geruch seines Schweißes vermischte sich mit Döllingers feuchter Kleidung zu einem ekelerregenden Gestank. Aber das war eine Bagatelle. Die Wunde im Unterschenkel war tief, der Puls pochte darin. Als Döllinger einen Blick auf den Boden warf, sah er eine größere Pfütze aus Blut in dem halbdunklen Zimmer. Die Wunde musste rasch verbunden werden.

Roth beugte sich über ihn. Er hatte Mundgeruch, starrte seinen Gefangenen böse an und wedelte mit dem Skalpell.

»Ich wusste es«, zischte er zwischen seinen schiefen braunen Zähnen. »Dieser feiste Schafficker gibt niemals auf. Milaw Schöeler, ein beschissener, drittrangiger Beamter, aber ich werde es ihm zeigen. Verflucht, ich werde es diesem kleinen ...«

Aus der Küche ertönte unerwarteter Krach, als sei etwas Schweres auf den Boden gefallen. Roth richtete sich wie eine Kobra auf und starrte auf die Tür. Döllinger folgte verwirrt seinem Blick.

Roth knirschte mit den Zähnen und fuchtelte mit dem Skalpell vor Döllingers Nase.

»So, du bist allein gekommen, was?«

Döllinger nickte nur. Er sah, wie das Gesicht des alten Mannes wieder von Zweifel beherrscht wurde. Roth erhob sich erstaunlich geschmeidig. Döllinger sah sich verzweifelt nach der Pistole um. Roth war bereits auf dem Weg in die Küche, als er innehielt und zuerst zum Schreibtisch ging, um die Waffe zu holen.

Sobald der ehemalige Vernehmungsleiter in dem langen Flur verschwunden war, wand Döllinger sich aus dem Seil und kam auf die Beine. Der Stuhl schrammte ein bisschen über den Boden, aber Roth kam nicht zurück. Döllinger war schwindlig. Das Blut aus der offenen Wunde hatte den Boden unter ihm rot gefärbt.

»Bleib stehen, wo du bist!«, brüllte Roth, der vor der Küchentür stand. »Ich weiß, dass du da drin bist! Ich warne dich, ich bin bewaffnet!«

Döllinger humpelte zum Schreibtisch. Er blickte zögernd in Richtung Terrassentür, aber er war nicht gekommen, um zu fliehen. Und Roth war nicht der Letzte auf seiner Liste. Er hörte, wie der alte Tyrann die Küche stürmte.

»Verdammt!«

Döllinger wusste plötzlich Bescheid. Es war das Regal an der Wand. Bei Roths Angriff auf ihn hatte er ein Regalbrett losgerissen, jetzt hatte sich der Rest des Regals von der Wand gelöst und war auf den Boden gefallen.

Roth kam durch den Flur zurück. Döllinger griff nach der Schreibtischlampe, als ihr Besitzer sich an der Tür zeigte und den leeren Stuhl in der Blutpfütze sah. Es gelang Roth nicht auszuweichen, als der schwere Lampenfuß ihn hart an der Schläfe traf. Er ließ die Glock fallen und stürzte zu Boden. Er war nicht bewusstlos, lag aber geschlagen am Boden. Er wollte nach der Pistole greifen, aber Döllinger trat ihn mit dem gesunden Bein gegen die Brust. Der Schmerz der Schnittwunde jaulte in Döllingers Hirnrinde auf, als er das Gewicht auf das verletzte Bein verlagerte, aber er dachte in diesem Moment nur an Roth, der sich zusammenkrümmte und versuchte aufzustehen. Döllinger schlug ihm mit der Faust fest ins Gesicht, Roth fiel auf den Rücken. Aber er war zäh und versuchte es noch einmal, doch Döllingers nächster Schlag schickte ihn endgültig zu Boden.

14

Lykke erwachte zu einer Instrumentalversion von »Rocketman« dicht an ihrem rechten Ohr. Langsam öffnete sie die Augen. Um sie herum war es dunkel. Die Ausnahme war ein schmaler Lichtstreifen an der Tür zum Korridor. Der Regen schlug noch immer gegen die Scheiben hinter den schweren Gardinen.

Sie war erst weit nach Mitternacht ins Hotel zurückgekehrt. Beate hatte eine weitere Flasche Wein geöffnet, sie hatten sich ausgezeichnet unterhalten.

Nun sah sie auf eine fremde Uhr, die 05:57 zeigte. Träge griff sie nach ihrem Telefon. Es war Rudi. Sie versuchte, den Knopf zu drücken, dabei glitt ihr das Telefon aus der Hand und fiel ihr auf die Brust. Beim zweiten Versuch gelang es.

»Ha-hallo?«

Sie hatte das Gefühl, den Mund voller Brei zu haben.

»Schläfst du noch?«, erkundigte sich der Kommissar munter.

»Normalerweise mache ich das nachts. Ich bin total platt.«

»Das kommt davon, wenn man so spät ins Bett geht. Du hast meine Frau unter den Tisch getrunken. Jetzt muss ich mir meinen Morgenkaffee selber kochen.«

»Du hast es schwer.«

Er lachte. Sie legte die Hand an die Stirn.

»Komm zur Sache, Rudi. Ich habe Kopfschmerzen. Ist irgendetwas passiert, dass du mich so früh anrufst?«

»Es wurde ein weiterer Mord begangen. In Kiel.«

Sie schaltete die Lampe ein und kniff bei dem scharfen Licht die Augen zusammen. Es pochte in ihren Schläfen, und sie hatte fürchterlichen Durst.

»Kiel? Was, bist du der einzige Kriminalbeamte in Norddeutschland?«

»Nein, aber es gibt gewisse Ähnlichkeiten mit unserem Fall. Deshalb. Wir haben *carte blanche* von unseren neuen CEPOL-Freunden.«

»Erzähl.«

»Ein Mann wurde in einer Villa in einem der mondänen Viertel der Stadt ermordet aufgefunden. Saß in seinem Sessel. Gefesselt und aus nächster Nähe erschossen, aber vor dem Mord wurde er übel zugerichtet. Eine blutige Geschichte.«

Lykke schlug langsam die Bettdecke zur Seite und schwang vorsichtig die Beine aus dem Bett. Balancierte den Kopf.

»Und der erste Fall? Eine alte Frau und eine Schreibmaschine, mehr weiß ich doch noch immer nicht.«

Sie hatten sich gestern so sehr über ihr Wiedersehen gefreut, dass sie über ihren eigentlichen Fall gar nicht gesprochen hatten.

»Sie hieß Andrea Hahne und war siebenundsiebzig Jahre alt. Auch sie saß in ihrem Sessel. Gefesselt und erschossen. Verletzungen am Körper durch Misshandlungen.«

Lykke stand auf und wankte ins Badezimmer, öffnete den Kaltwasserhahn und füllte ein Glas.

»Das kann Zufall sein«, sagte sie.

»Möglich. Aber das Beste habe ich noch gar nicht erzählt, ein Detail, das die beiden Fälle auf ganz besondere Weise verbindet.«

»Was?«

»Bei der Leiche in Kiel lag eine tote Taube im Schoß. Wie bei Andrea Hahne.«

Lykke hatte das Glas an die Lippen gesetzt, stellte es aber wieder ab.

»Machst du Witze?«

»Bei Mord nie.«

»Meinst du, wir haben es mit einem Serienmörder zu tun?«

»Einiges deutet darauf hin. Der Täter hat mit dem Opfer gekämpft. Ich habe nur eine kurze Zusammenfassung erhalten, aber es klingt ziemlich dramatisch. Mein Chef hat uns gebeten, um halb sieben in seinem Büro zu erscheinen, um uns grünes Licht zu geben. Es muss nur noch mit der örtlichen Polizei abgestimmt werden. Der guten Ordnung halber. Und dann fahren wir nach Kiel. Du hast zwanzig Minuten, um dich fertig zu machen.«

Lykke richtete sich ruckartig auf. Sie war mit dem Kopf am Seitenfenster eingenickt, in den Schlaf gewiegt von der komfortablen Federung des alten Mercedes. Die Rückseite ihrer rechten Hand war rot und eiskalt, weil sie den Kopf in die Hand gestützt hatte, doch der Rest ihres Körpers kochte dank des Heizgebläses. Sie stöhnte und rieb sich die Stirn. Griff nach der Wasserflasche, die allerdings bereits leer war.

Sie seufzte und sah sich um. Sie fuhren über eine Brücke mit Aussicht auf den Nord-Ostsee-Kanal. Eine Reihe kleiner Segelboote lag am Ufer vertäut. Ihre Masten ragten auf wie die Stäbchen in einem Mikado-Spiel.

Rudi summte ein Lied aus dem Radio mit.

Lykke war noch nie in Kiel gewesen. Es sah aus, als wäre es eine charmante Stadt. Sie bogen von der Brücke ab und fuhren an mehreren alten Gebäuden und einer großen Kirche mit einem hohen Turm vorbei.

Es ging ihr inzwischen etwas besser. Zwei Tassen schwarzer Kaffee und ein Croissant kombiniert mit ein paar Aspirin hatten Wunder gewirkt.

Auf dem ersten Teil ihrer Fahrt hatte der Kommissar sie gründlich über den Fall Andrea Hahne informiert, sodass sie vorbereitet war, wenn sie den Tatort erreichten.

Es war halb zehn.

Drei Stunden zuvor war sie zum Büro des Polizeidirektors in der Polizeidirektion Flensburg geführt worden. Walter Krause, ein junger Kriminalbeamter, hatte ihr den Weg gezeigt. Ein netter Kerl, der sehr höflich war und gut Englisch sprach.

Rudi hatte sie seinem Chef, Franz Seibeck, vorgestellt, der erklärte – hauptsächlich auf Deutsch, obwohl er versuchte, ein paar dänische Begriffe einzuflechten –, dass die Kieler Polizei instruiert worden sei, ihnen volle Akteneinsicht in den Fall zu gewähren. Wenn sie mit der Presse redeten, wollte er das Wort »Serienmörder« nicht hören. Das würde früh genug kommen. Ihre Kontaktperson, Kommissar Conrad Abel, würde ihnen Zutritt zum Tatort verschaffen und sie unterstützen, wenn es nötig sein sollte. Seibeck kannte Abel und beschrieb ihn als kompetent und energisch.

Es war nicht schwer zu erkennen, in welchem Haus der Mord begangen worden war. Eine übergewichtige Hecke verbarg die Villa, aber auf der Straße vor der Hausnummer 26 herrschte ein Wirrwarr aus Polizeiwagen und den Fahrzeugen der Kriminaltechniker. Ein Leichenwagen hatte die Heckklappe geöffnet, und wie in Flensburg mischten sich neugierige Zuschauer unter die uniformierten Beamten. Ein Wachposten stand vor dem Tor zu einer Einfahrt. Ein Fernsehteam berichtete vom gegenüberliegenden Bürgersteig, Wagen des NDR und der Kieler Nachrichten waren zu sehen.

Rudi parkte, sie stiegen aus. Lykke zog den Reißverschluss ihres Mantels zu und schauderte. Es war kühl und stürmisch, aber immerhin regnete es nicht, obwohl eine graue Wolkendecke drohte, diese optimistische Sichtweise zu beenden.

Das Viertel wurde dominiert von alten Häusern, die außerhalb der finanziellen Reichweite von gewöhnlichen Gehaltsempfängern lagen, und war bekannt als eine »Kolonie von Einsiedlerkrebsen«, in der jeder Bewohner sich um seine eigenen Angelegenheiten kümmerte und sich nicht in die seines Nachbarn einmischte, es sei denn, es war unbedingt nötig.

Die Kontrolle vor dem Tor hatte ein uniformierter Beamter mittleren Alters übernommen. Rudi und Lykke wiesen sich aus und gingen auf einer mit Platten belegten Einfahrt durch einen dunklen Garten mit alten Bäumen und dichten Büschen mit taufeuchten Spinnweben. Die Einfahrt endete an einer offen stehenden Garage, in der ein älterer Audi stand.

Ein Mann in Rudis Alter mit einem melancholischen Gesichtsausdruck ging ihnen in einem hellen Overall entgegen. Er kam von der Rückseite des Hauses und glich ein wenig einem Gespenst, bis er hustete und sich mit einem Taschentuch die Nase putzte.

»Conrad Abel. Willkommen in Kiel«, grüßte er mit ausgestreckter Hand. »Ein höchst ungewöhnlicher Fall. Soweit ich Seibeck verstanden habe, schlagt ihr euch mit einem ähnlichen Fall in Flensburg herum?«

»Einiges deutet darauf hin«, sagte Rudi. »Mal sehen, wie viele Parallelen es gibt.«

Sie folgten Abel in einen großen Garten hinter dem Haus und einer länglichen Terrasse. Die Panoramafenster auf beiden Seiten der Terrassentür spiegelten den grauen Himmel und verhinderten so den Blick ins Haus.

»Das Opfer heißt Christoph Roth«, berichtete Abel und reichte ihnen Overalls und Gummihandschuhe. »Die Haushaltshilfe fand ihn. Sie hat einen Schlüssel und dachte, sie sei allein, weil Roth ihr normalerweise die Tür öffnet, wenn er zu Hause ist. Er sitzt gefesselt in seinem Sessel. Er ... na ja, Sie können es sich ja selbst ansehen.«

Abel ging als Erster in das Zimmer, in dem ein Mann von der KTU und ein Fotograf arbeiteten.

Die Leiche »empfing« sie auf ihre eigene Weise. Der Tote saß in einem Sessel der Terrassentür zugewandt, beinahe so, als würde er sie bewachen. Er starrte mit einem leeren Blick und einem gequälten Gesichtsausdruck auf den Boden, der bewies, dass seine letzten Minuten furchtbar gewesen sein mussten. Und blutig. Seine Arme waren hinter der breiten Rückenlehne des Sessels gefesselt, sodass er in einer ungelenken, halb vorgebeugten Stellung dasaß. In seinem Schoß lag eine blutverschmierte Taube mit gespreizten Flügeln und den Beinen in der Luft. Lykke bückte sich und sah sich den toten Vogel an. Eines der milchigen Augen glotzte sie matt an. Sie wandte sich Rudi zu. Er nickte verständnisvoll, während sein erfahrener Blick von Punkt zu Punkt sprang.

Das Zimmer glich einem Schlachtfeld.

Um die Leiche und den Sessel gab es eine blutige Pfütze, aber noch mehr Blut fand sich auf dem Boden neben einem umgefallenen Stuhl des Esstischs. In dieser Pfütze waren Schleifspuren der Stuhlbeine und Fußabdrücke zu erkennen. An einigen Stellen war das Blut verschmiert, als ob jemand darin herumgerührt hätte. Es gab auch matschige Fußspuren, die von der Terrassentür zur Tür in den Flur führten. Lykke schätzte die Schuhgröße auf vierundvierzig. Nahe der Tür zum Flur lag eine schwere Messinglampe mit zerbrochenem Schirm. Auch hier war Blut verspritzt, sowohl auf dem Boden als auch unten an der Wand.

Die drei Polizisten gingen in die Küche. Ein Regal war umgefallen und lag auf zerbrochenem Porzellan und Glas. Es knirschte unter ihren Schuhen, als sie vorsichtig umhergingen. Dort gab es unmittelbar keine Fußspuren. Es roch nach verbranntem Kaffee. Der Kolben der Maschine belegte, dass sie schon eine ganze Weile eingeschaltet war.

»Er hat seinen Kaffee nicht mehr trinken können«, bemerkte Rudi.

Conrad Abel schwieg, während sie die Eindrücke in sich aufnahmen, wofür Rudi sehr dankbar war, da er sich immer gern persönlich einen Eindruck vom Tatort verschaffen wollte, bevor er über den möglichen Tathergang informiert wurde. Im Haus von Andrea Hahne hatte er Nora Bender nur gefragt, um ihr entgegenzukommen. Es hatte aber auch nichts genützt.

Sie gingen zurück ins Wohnzimmer. Rudi stellte sich zwischen den Kamin und den Sessel, während er die Flecken auf dem Boden betrachtete.

»Viel Blut hier.«

»Sie sind in die Vollen gegangen.«

»Sie?«

»Der Täter und Roth. Den Fußspuren nach zu urteilen, glauben wir, dass es sich um nur einen Täter handelt. Er ist durch die Terrassentür hereingekommen. Ob sie offen stand oder das Opfer ihn hereingelassen hat, wissen wir nicht, aber der Täter hatte nasse Schuhe, was den Zeitraum seiner Ankunft eingrenzt. Laut Deutschem Wetterdienst begann es hier in Kiel um 17:54 Uhr zu regnen. Der Regen hielt bis 20:30 Uhr an.«

»Da liegen ein paar kleine Knöpfe um den Stuhl«, sagte Rudi. »Sieht aus, als sei ein Hemd zerrissen worden.«

Lykke trat an den Sessel.

»Vom Opfer stammen sie nicht«, sagte sie. »An seinem Hemd sind noch alle Knöpfe dran.«

Abel ließ die Kriminaltechniker die Knöpfe einsammeln.

Lykke hatte schon früher misshandelte Leichen gesehen, sogar schlimmer zugerichtete, aber der Anblick dieses alten Mannes hatte etwas schmerzhaft Einsames. Zwei Schusswunden sprachen für sich. Abgefeuert aus nächster Nähe hatten sie Löcher in das Hemd gerissen. Sie sahen beinahe aus wie ein paar schwarze, tief liegende Augen. Christoph Roth saß in einer vollkommen wehrlosen Haltung da, als hätte er dem Täter freie Hand für die

Tortur gelassen, die dem Tod vorausgegangen war. Das Seil, mit dem die Handgelenke fixiert waren, hatte sich tief ins Fleisch geschnitten und rote Ringe hinterlassen.

Sie betrachtete Roths misshandeltes Gesicht.

»Ich glaube, er wurde auf dem Sessel gefesselt, als er bewusstlos war. Auf diese Weise konnte der Täter es allein schaffen. Er hat eine große Wunde an der Schläfe.« Sie sah sich im Zimmer um. Ihr Blick fiel auf die Schreibtischlampe auf dem Boden. »Verursacht durch die Lampe da, würde ich sagen.«

Aber das war nicht das Schlimmste. Die Leiche hatte lange, tiefe Schnittwunden an den Wangen und der Stirn, sodass ihm Blut übers Gesicht gelaufen war und dem Toten einen maskenhaften Ausdruck des Entsetzens gab.

Lykke bückte sich noch einmal und betrachtete die Taube, die im Schoß der Leiche lag. Sie trug einen gelben Plastikring um eines der Beine.

»Habt ihr irgendetwas gefunden, was nicht zum Haus zu gehören scheint?«, erkundigte sich Rudi.

»Nein, aber möglicherweise fehlt etwas.«

Abel ging zum Kaminsims, auf dem ein offener Erste-Hilfe-Kasten stand.

»Hier ist kein Blut dran, aber dort liegt die leere Verpackung eines Skalpells. Ich habe selbst eins zu Hause.«

»Das passt zu den Schnittwunden an der Leiche«, sagte Lykke.

»Das Blut vor dem Kamin, das zerrissene Hemd und ...« Rudi bückte sich und hob etwas auf. »Sieht aus wie der Stumpf eines abgebrochenen Zahns. Ich glaube, der Täter hat selbst mit Blut und Schmerzen bezahlt. Er muss verletzt worden sein.«

»Das war auch mein Gedanke«, bestätigte Abel. »Natürlich wird ein DNA-Test des Blutes veranlasst. Ich denke, es wird sich herausstellen, dass es sich nicht nur um Roths Blut handelt.«

Abel nieste und putzte sich die Nase. »Irgendwelche Theorien?«

»Schwer zu sagen, aber es hat ganz sicher ein Kampf stattgefunden«, antwortete Rudi. »Genau wie in der Küche. Vielleicht haben sich die Kräfteverhältnisse geändert?«

»Aber wieso hinterlässt jemand eine tote Taube?«, wunderte sich Abel.

Rudi zuckte die Achseln.

»Es sieht nach einer symbolischen Handlung aus. Wir fanden auch einen toten Vogel bei der Toten in Flensburg, aber das ist vertraulich. Unsere Vorgesetzten wollen den Begriff Serienmörder nicht hören, wenn es sich vermeiden lässt.«

»Verstanden.«

»Hat Christoph Roth allein gelebt?«, erkundigte sich Lykke.

»Ja«, antwortete Abel. »Seine Frau ist tot. Wir haben ein paar Fotos gefunden, auf denen möglicherweise seine Kinder zu sehen sind, aber keinerlei Hinweise, die unmittelbar zu ihnen führen.«

»Was ist mit der Haushaltshilfe, die ihn gefunden hat?«, fragte Rudi. »Wo ist sie jetzt?«

»Im Krankenhaus. Sie steht unter Schock. Sie ist noch recht jung, erst sechzehn Jahre alt, und sie leidet an Schlaflosigkeit. Daher kam sie sehr früh, um sauber zu machen. Sie ist die Enkelin eines alten Kollegen von Roth.«

»Wurden irgendwelche Türen oder Fenster aufgebrochen?«, wollte Lykke wissen.

»Nein«, antwortete Abel. »Und der Reserveschlüssel lag da, wo er hingehört, als das Mädchen kam.«

»Unmittelbar sieht es so aus, als hätte Roth sehr zurückgezogen gelebt«, überlegte Lykke. »Hätte er einem Fremden aufgemacht, der plötzlich in seinem Garten steht?«

»Vielleicht war es eine Verabredung«, meinte Rudi.

»Ich glaube, Roth kannte seinen Mörder«, sagte Abel. »Es sieht nach einem persönlichen Racheakt aus. Der Täter muss ihn wirklich gehasst haben.«

»Vielleicht wollte er auch Informationen von ihm«, schlug Lykke vor. »Ein Verhör mit anschließender Liquidierung.«
»Genau«, stimmte Rudi ihr zu. Er sah Abel an. »Was war Roth von Beruf, bevor er in Rente ging?«
»Das untersuchen wir gerade. Im Schrank im Schlafzimmer hängen ein paar alte Uniformen der ehemaligen ostdeutschen Polizei. In der Wohnung findet sich auch historisches Material, und es gibt Sachbücher über Politik und Kriegsführung. Es könnte ein Hobby sein, vielleicht sind es aber auch Erinnerungsstücke seiner ehemaligen Arbeit. Im Keller gibt es einen verschlossenen Safe.«
»Wurde versucht, ihn aufzubrechen?«
»Sieht nicht danach aus. Alles deutet darauf hin, dass der Täter sich nur hier im Zimmer und im Flur aufgehalten hat. Mit anderen Worten, ein Raub war nicht beabsichtigt.«

Lykke umkreiste den Sessel und bemerkte erst jetzt die Verletzungen an der Hand des Opfers. Der Mittelfinger war halb angeschnitten, hing aber noch an ein paar Sehnen der Hand. Zwei der anderen Finger hatten kleinere, aber tiefe Schnittwunden. Das Blut war über den Fußboden gespritzt und in kleinen Pfützen rund um den Sessel geronnen. Sie ging in die Hocke und betrachtete die gefesselten Hände. Vorsichtig zog sie Roths Hemdsärmel hoch.

»Merkwürdig«, murmelte sie vor sich hin.

»Was denn?« Rudi kam mit Abel zu ihr.

»Es sieht aus, als wäre sein rechtes Handgelenk zweimal gefesselt worden«, sagte Lykke. »Es gibt noch Spuren weiter oben an seinem rechten Arm.«

»Interessantes Detail«, sagte Rudi. »Andrea Hahnes Leiche hatte die gleichen Spuren an ihrem rechten Arm.«

»Vielleicht hat der Täter ihn beim ersten Mal nicht sorgfältig genug gefesselt«, vermutete Abel und zog die Nase hoch.

»Oder es gab einen Grund, dass die rechte Hand des Opfers frei sein musste, bevor sie wieder festgebunden wurde«, sagte Lykke.

15

»Carmen! Spielst du schon wieder mit dem Brei? Wie oft habe ich dir schon gesagt, dass man nicht mit Essen spielt! Muss ich denn die ganze Zeit aufpassen? Iss jetzt endlich auf.«

Kathrin Gesner musste durch die große Küche schreien, weil die beiden philippinischen Au-pair-Mädchen mit dem Staubsauger und dem Rührgerät lärmten. Sie verstanden kaum Deutsch und wussten nicht recht, ob der Anpfiff ihnen galt, da die Hausherrin die Angewohnheit hatte, gern verbale Ohrfeigen zu verteilen, wenn ihr Mann nicht zu Hause war.

Aric hatte Kathrin nie erzählt, wie viel Geld er tatsächlich besaß, aber wenn man das Haus, die Autos, die Jacht, die Villa in Monaco, die Kapitalanlagegesellschaft und den ganzen Rest in Betracht zog, lag man mit rund fünfundzwanzig Millionen Euro sicherlich nicht falsch. So viel konnte sie sich ausrechnen, und Kathrin war beim Ausrechnen besonders tüchtig. Sie war eine achtunddreißigjährige erfolgreiche Eventmanagerin, sie hatte die richtigen Ziele, vor allem nach der Brustvergrößerung, und sie war eloquent.

Im Grunde dachte sie nur an zwei Dinge im Leben – an sich selbst und an Geld. Und als Aric Gesners Ehefrau an Krebs starb, hatte sie ihre Chance gewittert. Sie und Aric waren nun seit drei Jahren verheiratet.

Doch obwohl Kathrin eine gute Strategin auf dem goldenen

Catwalk der Glücksjäger war, hatte sie nicht damit gerechnet, dass der Mann eine behinderte Tochter hatte. Sie wusste nichts von Kindern, obwohl er immer wieder in Illustrierten oder im Fernsehen auftauchte. Auch als sie sich schon regelmäßig trafen, hatte er nichts davon erzählt.

Kathrin hasste ihre achtzehnjährige Stieftochter von ganzem Herzen, weil sie der Augenstern ihres Vaters war und damit in der Rangordnung höher stand als sie selbst. Das Balg litt unter einer Krankheit, deren Namen sich Kathrin nie merken konnte, irgendetwas Lateinisches, das im embryonalen Stadium entstanden war und dazu geführt hatte, dass Carmen Schwierigkeiten hatte, sich in der realen Welt zurechtzufinden. Sie lebte in ihrer eigenen Blase, und obwohl sie wie eine ganz normale junge Frau aussah, war sie mental auf dem Entwicklungsstand einer Siebenjährigen. So hatte Carmen sie einmal um drei Uhr nachts geweckt, weil Aric für den nächsten Tag einen Ausflug in den Wald angekündigt hatte. Carmen hatte sich die ganze Woche darauf gefreut und aus diesem Anlass Gummistiefel angezogen und den alten Strohhut ihrer Mutter aufgesetzt.

Insgeheim bezeichnete Kathrin Carmen Gesner als »Idiotin«. Nicht der Standardtyp, der Geldbußen wegen nicht eingehaltenem Parkverbot verteilte, im Restaurant das falsche Gericht servierte oder im Hotel oder Flughafen Kunden doppelt buchte, sondern ein waschechter, diagnostizierter Idiot, obwohl dies natürlich eine überholte Bezeichnung war, die in einer zivilisierten Gesellschaft nicht länger verwendet wurde.

Aber vielleicht war sie auch gar nicht so dumm, wie alle glaubten. Kathrin hatte jedenfalls den Verdacht, dass sie mehr begriff, als man im ersten Moment meinte, und das war ein Problem, denn Carmen war eine Konkurrentin um Arics Herz und damit auch um seinen Geldbeutel – eine Gegnerin, von der Kathrin wusste, dass sie mit normalen Mitteln nicht zu schlagen war. Sie hatte sich kundig gemacht. Menschen mit Carmens Diagnose lebten nicht so lange wie normale Menschen, allerdings konnte die Stieftochter durchaus fünfunddreißig bis vierzig Jahre alt werden. Vielleicht sogar älter. Kathrins große Sorge war, dass Aric vorzeitig aus dem Leben scheiden könnte. Der Mann war einundsiebzig Jahre alt und einigermaßen gut in Form. Er war nicht übergewichtig, trieb ein bisschen Sport und aß vernünftig, aber er hatte erst vor drei Jahren das Rauchen aufgegeben, und er hatte bereits zwei kleinere Herzinfarkte hinter sich. Aric hatte sie gut überstanden, aber wer konnte schon sagen, ob er beim dritten Mal ebenso viel Glück hatte? Dann würde eine siebenjährige Idiotin Kathrins Gewinn einstreichen, und dieser Gedanke gefiel ihr überhaupt nicht. Sie hatte mehrfach versucht, von Aric etwas über seine eventuelle Testamentsplanung zu erfahren, aber er war kein einziges Mal auf das Thema eingegangen. Carmen war seine Alleinerbin.

Es sei denn ...

In der Regel strengte Kathrin sich an, Carmen gegenüber nett zu sein. Sie versuchte auch, sie zu umarmen und ihr Küsse auf die Wange zu geben, aber Carmen wollte sich nur von ihrem Vater umarmen und küssen lassen.

Kathrin hatte den Verdacht, dass das Mädchen sie und ihren Plan auf ihre eigene einfältige Art durchschaute. Sie sagte es nie und wandte auch meist den Blick ab, wenn Kathrin mit ihr sprach. Augenkontakt war nicht Carmens Stärke. Jedenfalls nicht mit Kathrin. Sie widersprach auch nie, wenn sie ausgeschimpft wurde, aber Trotz und Misstrauen schwelten in ihren blauen Augen. Sie hatte andere Methoden, sich zu wehren. Carmen erzählte Fantasiegeschichten. Angeblich war eines Tages ein Hund ins Haus gelaufen, hatte eine von Kathrins kostbaren Vasen zerbrochen und war wieder verschwunden. Oder eines von Kathrins teuersten Kleidern verschwand aus ihrem begehbaren Kleiderschrank und wurde in einem Abfluss im Keller gefunden. Beide Male bestritt Carmen, etwas damit zu tun zu haben, aber selbstverständlich war sie es gewesen. Wer sonst? Aber Aric glaubte immer den Lügen des Mädchens. Er ergriff jedes Mal ihre Partei. Er vergötterte diese debile Göre, die mit ihren blonden Haaren, ihren Pausbacken, ihrem verschleierten Blick und ihren – zugegeben – größeren Brüsten als Kathrin ihren eigenen Charme hatte. In Aric Gesners Augen war sie geradezu »göttlich hübsch«.

Kathrin hatte einmal – aber nur einmal – angedeutet, dass es für das Mädchen vielleicht besser wäre, zusammen mit anderen, denen es ähnlich erging, in einer Einrichtung zu leben, ein Vorschlag, den Aric mit einem zornigen Blick quittiert hatte. Zehn Minuten hatte er ihr erklärt, dass seine Tochter keineswegs krank oder retardiert sei, sondern nur ein wenig langsam bei gewissen Dingen. Kathrin sollte nicht noch einmal mit einem derartigen Vorschlag kommen, wenn sie nicht eine Ohrfeige riskieren wollte. Kathrin erschreckten nicht die Handgreiflichkeiten. Sie war schon von früheren Liebhabern geschlagen worden. Eher hatte sie Angst vor den Vereinbarungen, die Aric mit seinem Anwalt traf.

Also ritt sie den Sturm ab, entschuldigte sich für ihre Unbesonnenheit und versicherte ihm, wie sehr sie Carmen mochte. Sie hoffte, dass sich eines Tages eine Gelegenheit bot, die Situation zu ihrem eigenen Vorteil zu nutzen.

16

»Was jetzt, Lucky?«, sagte Rudi, nachdem sie zehn Minuten lang nichts gesagt hatte. »Hast du deinen elektrischen Frisierstab vergessen?«

Lykke saß mit konzentriertem Gesichtsausdruck da und rollte eine Strähne ihres Haares um den Zeigefinger. Sie schüttelte den Kopf.

»Ich denke an diese Taube. Was bedeutet das?«

»Vielleicht kann der Mörder Vögel nicht leiden.«

Sie waren auf dem Rückweg nach Flensburg.

»Sie hatte einen gelben Plastikring am Bein. War das bei der Taube, die ihr bei Andrea Hahne gefunden hat, auch so?«

»Ja. Der Ring war blau.«

»Es waren also zahme Tauben. Kann man dem nachgehen?«

»Ich habe es gestern überprüft«, sagte Rudi. »Notwendig ist ein Metallring mit einer Nummer, die irgendwo registriert ist, zum Beispiel in einem Brieftaubenverein. Entweder weiß der Täter darüber Bescheid und hat den Metallring entfernt, bevor er das Tier auf die Leiche gelegt hat, oder er hat seine Vögel lediglich mit farbigen Ringen markiert, um sie auseinanderzuhalten.«

»Er?«

»Oder ›sie‹ im Namen der Gleichberechtigung. Ich denke, die Brutalität, mit der die Morde begangen wurden, sprechen für einen männlichen Täter. Das sagt die Statistik, aber wir müssen uns selbstverständlich alle Möglichkeiten offenhalten.«

»Genau.«

»Was geht dir noch durch den Kopf, wenn wir die Taube abziehen?«, erkundigte sich der Kommissar.

»Ich denke über das Motiv nach. Es war kein schiefgegangener Einbruch, und es war auch kein Raubüberfall. Wie sah es bei Andrea Hahne aus?«

»Die Szenerie war ähnlich, allerdings war dort nur Blut am Opfer, es hat keinen Kampf gegeben. Die alte Dame war wehrlos. Die Haustür war verschlossen, aber die Verandatür stand einen Spalt weit offen. Der Garten hinter dem Haus ist ebenso überwuchert und unübersichtlich wie bei Roth. Eine ideale Möglichkeit, um ungesehen ins Haus einzudringen.«

»Hm, ja. Und der Vogel belegt eindeutig, dass wir es offensichtlich mit ein und demselben Täter zu tun haben.«

»Ich bin ganz deiner Meinung.«

»Kannte er seine Opfer oder nicht?«

»Ich glaube, er kannte sie«, antwortete Rudi. »Aber woher? Privat, beruflich oder eher entfernt?«

»Vielleicht war es Rache. Oder Eifersucht.«

»Oder regulärer Wahnsinn. Wenn wir keine direkte Verbindung zwischen Hahne und Roth finden, müssen wir in andere Richtungen denken.«

Eine Weile fuhren sie schweigend weiter. Lykke schaute sich die Gegend an. Die Bäume standen wie nackte Gespenster in der braunen, matschigen Landschaft. Eine Schar Möwen flatterte wie weiße Wimpel darüber.

»Wenn wir in Flensburg sind, gönnen wir uns ein spätes Mittagessen«, erklärte Rudi dann. »Nur mit trockenen Fakten funktioniert mein Gehirn nicht.«

»Ich könnte auch etwas vertragen«, gab Lykke zu. »Ich hatte nur ein Croissant zum Frühstück.«

»Gleich kommt eine Tankstelle, an der wir ein Sandwich kaufen könnten, wenn wir nicht warten wollen. Das Ablaufdatum ist zwar in der Regel überschritten, aber dafür sind sie billig.«

»Du bekommst doch das Gehalt eines Kommissars?«

»Die Gehälter von dänischen und deutschen Polizisten sind nicht vergleichbar. Gut möglich, dass dein Chef Millionär ist, aber ich arbeite fast umsonst.«

»Ja, du bist gut. Ich würde gern einen Kaffee zu meinem Sandwich trinken, und der soll frisch sein. Wir müssen ein ordentliches Lokal finden. Du willst doch nicht, dass deine Partnerin gleich an ihrem ersten Arbeitstag krank wird?«

»Nee, es reicht, dass sie einen Kater hat.«

Sie grinste.

»Stell dir vor, was die bei der CEPOL sagen würden.«

»Gut, du bekommst deinen Willen, Lucky. Ich bin froh, dass ich nicht der Täter bin. Der Taubenmörder hat keine Chance.«

Als sie am späten Nachmittag zurück nach Flensburg kamen, hatte Lykke das Gefühl, dass Rudi weder zur Polizeidirektion noch zum Hotel fuhr.

»Was jetzt?«, fragte sie.

»Ich möchte ein kleines Experiment durchführen«, erklärte er geheimnisvoll. »Wir fahren zu Andrea Hahnes Haus in Friedheim. Es ist ein altes Arbeiterviertel am nordöstlichen Ende der Stadt.«

»Und worauf läuft dein sogenanntes Experiment hinaus?«

»Deine kleinen grauen Zellen sollen in Bewegung bleiben«, erwiderte er mit einem Schalk im Auge. »Du hast ein Gespür für Details, vielleicht siehst du etwas am Tatort, das ich übersehen habe, obwohl das eigentlich unmöglich ist. Okay?«

»Ja. Und nein.«

»Du weißt, was du weißt. Ich möchte deine Gedanken hören. Unterschiede und Übereinstimmungen. Das ist ein Vorteil bei dieser neuen Art der polizeilichen Zusammenarbeit, denke ich. Mehr Augen, verschiedene Winkel. Und außerdem glaube ich, dass du eine gute Ermittlerin werden kannst, also, wenn du dich zusammenreißt.« Wieder hatte er diesen schelmischen Ausdruck im Gesicht. »Aber das erfordert Fleiß. Fleiß, einen vernünftigen Überblick, Intelligenz und Entschlossenheit. Alles Fähigkeiten, die ich persönlich verkörpere. Also, wenn du gut zuhörst, wirst du eines Tages vielleicht ebenso tüchtig wie ich sein. Beinahe.«

Hätte einer ihrer männlichen Kollegen in Dänemark dasselbe gesagt, hätte sie sich provoziert gefühlt, aber Rudi war Rudi, also lachte sie nur. Sie wusste, dass er sie zutiefst respektierte. Daher konnte er sich erlauben zu sagen, was er wollte.

Nach ein paar Kilometern bog der Kommissar ab und fuhr in ein Viertel, das hauptsächlich aus Reihenhäusern und Mehrfamilienhäusern bestand. An einigen Stellen wucherte Unkraut zwischen den Platten des Bürgersteigs, an anderen Stellen gab es überhaupt keinen Bürgersteig. So war es auch vor Andrea Hahnes Haus.

Rudi parkte auf einem matschigen Randstreifen gegenüber einem Haus, das man in Dänemark nur einem sehr kreativen Handwerker überlassen könnte. Die Haustür war mit Absperrband der Polizei versiegelt. Der Ort wirkte vollkommen verlassen.

Ein niedriges, weiß gestrichenes Haus mit einem flachen Dach. Die Haustür saß wie ein brauner Klotz mitten in der Fassade, rechts und links gab es je ein Fenster. Eine Tür in der Mauer neben dem Haus führte in den Garten. Auch sie war versiegelt. Ein rostiger Briefkasten hing an der Mauer. Ein paar nasse Anzeigenblätter steckten darin und sahen aus wie schwarz-weiße Zungen.

Lykke schlug bei dem kalten Nordostwind den Kragen ihres dicken Mantels hoch und zog den Reißverschluss bis zum Hals zu. Von hier konnte man die Förde nicht sehen, aber sie roch das Salz im Wind.

Rudi Lehmann hielt seinen Hut fest.

»Na, was siehst du?«

Sie musterte das Haus. Die umliegenden Gebäude sahen deutlich neuer aus.

»Im Gegensatz zu Christoph Roths Villa ist das die entgegengesetzte Preisklasse. Ich kenne den Immobilienmarkt in Flensburg nicht, aber ich würde meinen, dass selbst ich mir diese Bruchbude leisten könnte. Allerdings würde ich auch nicht für Geld darin wohnen wollen. Also stammen die Opfer aus ganz unterschiedlichen sozialen Schichten. Hahne und Roth dürften sich kaum gekannt haben.«

»Bist du sicher?« Er sah sie einen Moment an. »Wollen wir?«, sagte er dann und bot ihr einen Arm an.

Sie gingen auf die Haustür zu. Lykke schaute durch ein schmutziges Fenster in ein dunkles Zimmer. Sie sah nichts als einen Esstisch, ein paar Stühle und ein entsprechendes Fenster auf der Rückseite des Hauses.

Rudi schloss auf, und sie krochen unter dem Absperrband durch. Der Kommissar warf die Tür zu und schaltete Licht in einem winzigen Flur ein, in dem ein Mantel hing und ein Paar Stiefel und einige ausgetretene Schuhe standen. Alles für eine Frau ohne Sinn für Farben oder Moden.

»Hat Andrea Hahne allein gelebt?«

»Ja.«

»Kinder?«

»Nicht, dass ich wüsste.«

Sie betraten ein längliches, niedriges Zimmer. Es war kalt und feucht und roch muffig. Das ganze Haus strahlte Tristesse und das Gefühl von verpassten Träumen aus. Das Inventar war alt, aber waren bei Roth die Möbel von hoher Qualität und gut erhalten, wirkten sie hier billig und abgenutzt.

Sie sagte es laut.

»Hm«, murmelte Rudi. »Du bist noch jung, aber erinnert es dich an etwas?«

»In gewisser Weise schon. Als Kind war ich oft zu Besuch bei meinem Onkel und meiner Tante. Sie hatten die gleichen alten Möbel, bis sie starben. Siebzigerjahre-Stühle. Orange, grüne und braune Farben. Es war wirklich deprimierend. Sogar ihr Fernseher war eine schwarz-weiße Antiquität. Es sah aus wie im alten Ostdeutschland, das ich auf Fotos und in Filmen gesehen habe. Es lag nicht daran, dass sie sich nichts Besseres leisten konnten. Sie waren auch nicht geizig. Sie wohnten einfach nur gern so, weil sie in einer Wohngemeinschaft mit diesem Stil aufgewachsen waren. Es gab ihnen wohl ein Gefühl von Geborgenheit.«

»Andrea Hahne ging es vielleicht ebenso.«

»Oder sie hatte kein Geld.«

»Etwas muss sie gehabt haben«, sagte Rudi. »Für Miete und Lebensmittel.«

»Vielleicht bezog sie eine kleine Rente?«

Lykke ging zu einem hässlichen Sessel mit hoher Rückenlehne.

»In dieser Geschmacklosigkeit saß sie, als sie gefunden wurde?«

Rudi nickte. Die Blutspritzer auf den Armlehnen sprachen für sich. Der Sessel stand auf einem abgetretenen Teppich mit einem braun-grauen Muster, das aussah wie Biersuppe an einem grauen Regentag. Auch auf dem Boden waren noch Blutspuren zu erkennen.

»Sie wurde im Sessel erschossen, nicht wahr?«

»Ja.«

»Als sie gefesselt war?«

»Ja.«

»Genau wie bei Roth?«

»Wenn man so will, war der Täter etwas barmherziger, als er sie tötete. Ihre Arme waren an die Armlehnen gebunden, nicht hinter der Lehne, aber sonst ...«

»Na ja, wenn du es barmherzig nennen willst, dass er sie umgebracht hat.«

»Nein. Aber vermutlich war das bei beiden Opfern von Anfang an die Absicht. Informationen rausholen, Pistolenkugel reinschießen.«

Lykke sah sich weiter um.

»Roth wurde in die Brust geschossen«, sagte sie. »Ich glaube, das Gleiche ist hier passiert.«

Rudi schlug die Arm übereinander, ein bisschen wie ein Prüfer.

»Wieso?«

»Man kann an den Blutspritzern sehen, wie die Leiche gesessen hat. In der Mitte, wo der Körper es abgedeckt hat, ist nichts, aber rechts und links sind Blutspritzer. Die Kugel hat die Spritzer gleichmäßig verteilt. Das passt dazu, dass sie direkt ins Herz oder in die Aorta getroffen wurde.«

Er zeigte ihr einen erhobenen Daumen.

»Es geht doch, wenn du willst.«

»Halt die Klappe, Rudi«, sagte sie amüsiert, aber ihr Lächeln verschwand, als sie sich eine einsame alte Frau vorstellte, die in ihrem tristen, muffigen und kalten Heim an ihren Sessel gefesselt war, während ein entschlossener Peiniger ihr Leben beendete.

Lykke blickte aus dem Fenster in den kleinen Garten hinter dem Haus. Das Gras stand hoch um ein paar krummgewachsene Bäume und blattlose Büsche. Ein hoher, schiefer Zaun umrahmte das Grundstück. In der Ecke lehnten ein paar alte Fahrradrahmen an einem Schuppen.

Sie ließ ihren Blick noch einmal durchs Zimmer schweifen. Die Möbel waren nicht nur billig, es gab auch nicht sonderlich viele. Außer dem Sessel standen ein prähistorisches Radio auf einer zerkratzten Kommode und ein Sofa für zwei Personen mit einem dazugehörenden niedrigen Tisch in dem Raum. Ein

Stapel alter Illustrierten und Zeitungen lag neben dem Brennofen zum Anfeuern bereit. Vor den Fenstern hingen rot-braune Gardinen, und vier Gemälde von Landschaften und Gebäuden, die ein begrenztes Talent geschaffen hatte, hingen als einziger Schmuck an den Wänden. Nahe dem Fenster zur Straße ein quadratischer Esstisch mit zwei Stühlen.

»Es sieht aus, als hätte sie bewusst versucht, so trostlos wie möglich zu leben«, meinte Lykke. »Selbst Menschen mit Sozialhilfe würden sich mehr leisten.«

»Ja. Pop-Art und Moderne suchst du hier vergeblich. Vermutlich würde es uns schwerfallen, irgendeinen Gegenstand zu finden, der nicht mindestens vierzig Jahre alt ist.«

»Wer möchte denn so wohnen? Auch wenn sie eine arme und alleinstehende Rentnerin war, müsste sie sich doch etwas mehr leisten können als das hier.«

»Hm«, sagte Rudi noch einmal und zupfte nachdenklich an seiner Unterlippe. »So wie es aussieht, suchte sie das erbärmliche Leben und bekam einen erbärmlichen Tod.«

»Könnte es eine Art Selbstkasteiung gewesen sein?«

»Was meinst du?«, wollte er wissen.

»Vielleicht wollte sie irgendetwas wiedergutmachen? Irgendwelche Sünden aus der Vergangenheit.«

Er zuckte die Achseln.

»Tja, oder sie sehnte sich einfach nach der Vergangenheit, als das Leben noch anders war. Die Einrichtung hat sie möglicherweise daran erinnert.«

Lykke verspürte ein gewisses Mitgefühl mit der alten Dame, die sie nie kennengelernt hatte. Was auch immer sie getan haben mochte, so war ihr Ende unwürdig. Sie empfand eine Wut, die sie sich in ihrem Beruf nicht erlauben durfte. Trotzdem war sie vorhanden. Erneut ließ sie ihren Blick durchs Zimmer schweifen.

»Der Sessel steht so ähnlich wie bei Roth. Abgewandt von den anderen Möbeln. Mit der Rückenlehne zum Esstisch und dem Sofa. Das ist merkwürdig. Diese Position passt weder zum Fernseher noch zum Sofa. Und wer will schon in einen Garten voller Schrott und verwelkter Pflanzen schauen?«

»Der Sessel könnte verschoben worden sein«, wandte Rudi ein.

»Darf ich ihn anfassen?«

»Die KTU ist fertig. Du kannst machen, was du willst.«

Sie ging in die Hocke und betrachtete den abgetretenen Teppich. Hob den Sessel vorsichtig an, sodass beide Vorderbeine in der Luft hingen. Die Abdrücke im Teppich waren deutlich zu sehen. Dasselbe galt für die hinteren Beine, was darauf hindeutete, dass der Sessel lange an derselben Stelle gestanden hatte.

»Er wurde nicht verschoben, aber ...«

Rudi wartete mit gespanntem Gesichtsausdruck.

»Ja?«

Der Teppich war quadratisch und hatte eine Kantenlänge von knapp anderthalb Metern. Lykke stand auf, griff nach der Sessellehne und drehte ohne größere Probleme den Sessel samt Teppich um.

»Jetzt passt es im Verhältnis zum Fernseher. Ich glaube, der Sessel wurde umgedreht, sodass er auf die Rückenlehne blickte.«

»Wer?«

Sie zeigte auf den Esstisch.

»Der Täter. Er saß dort.«

Sie trat an den Esstisch.

»Stehen die beiden Stühle so, wie sie vorgefunden wurden?«

»Ja.«

Sie setzte sich auf den Stuhl, der unter dem Tisch hervorgezogen worden war. Die vier Abdrücke im Staub waren deutlich zu sehen.

»Er hat hier mit seiner Schreibmaschine gesessen, und sie gehörte dem Täter, denn hier im Haus gab es keine Schreibmaschine, aber du hast dort auf dem Fensterbrett ein benutztes Farbband gefunden. Das ist merkwürdig. Warum hat er nicht ein Notebook oder ein iPad mitgebracht? Die wiegen deutlich weniger und nehmen auch weniger Platz weg.«

»Sie passen aus unbekannten Gründen möglicherweise nicht zu seiner Absicht«, vermutete Rudi.

»Nein, es reichte nicht, etwas elektronisch zu notieren und später auszudrucken. Es musste auf Papier geschrieben sein.«

»Ich bin ganz deiner Meinung«, sagte er. »Aber was hat der Täter geschrieben?«

»Er muss etwas aufgeschrieben haben, das nur Andrea Hahne wusste. Für Roth gilt dasselbe. Er brach ein, überwältigte sie, erzwang durch Folterungen die Informationen und erschoss sie, nachdem er bekommen hatte, was er wollte.«

Lykke blickte auf den Sessel und den Esstisch.

»Dreh den Sessel und den Teppich bitte in ihre ursprüngliche Position«, bat sie.

Rudi folgte ihrer Bitte, sodass der Sessel nun wieder zum Fenster in den Garten ausgerichtet war.

»Setz dich bitte mal in den Sessel.«

»Ernsthaft?«

»Tu so, als seien deine Arme an den Lehnen festgebunden.«

Er setzte sich und legte die Arme flach auf das Holz.

»Versuch mal, zu mir zu gucken, aber denk dran, dass deine Arme festgebunden sind. Du hast auch ein Seil über der Brust. Sehr weit kannst du dich nicht strecken.«

Rudi presste die Unterarme auf die Lehnen und versuchte, Schulter und Hals nach links zu drehen, ohne den Kontakt zur Rückenlehne zu verlieren. Die Hals- und Nackenmuskulatur sperrte sich.

»Kannst du mich sehen?«

»Selbstverständlich nicht, der Stuhl steht ja mit dem Rücken zu dir. Was willst du mit dieser Übung beweisen?«

»Dass der Täten den Stuhl gedreht hat, damit Andrea Hahne ihn nicht sehen konnte.«

»Aber er hätte sie doch ohnehin erschossen, also könnte es ihm doch egal sein, ob sie sein Gesicht sieht oder nicht.«

»Ich glaube, es geht nicht um die Angst vor einer Identifizierung. Trotzdem hat er die Opfer so platziert, dass er außerhalb ihres Blickfeldes blieb. Warum?«

Der Kommissar versuchte, ihren Überlegungen zu folgen.

»Das ist wichtig, weil … Ich glaube, du bist da etwas auf der Spur, aber was?«

»Roth saß ebenfalls mit dem Rücken zu seinem Schreibtisch«, fuhr sie fort. »Sie konnten den Täter nicht sehen, während er sie verhörte. Und genau das hat er getan, da bin ich sicher. Er hat sie verhört. Und die Opfer konnten ihren Peiniger nicht nur nicht sehen, sondern sie hörten ihn gleichzeitig auf der Maschine klappern. Das hat eine Menge mit Psychologie zu tun. So ist es für den Verhörenden leichter, das Opfer zu bearbeiten.«

»Also, was ist die Konklusion?«, fragte Rudi. »Beide Opfer kannte der Mörder, oder er wusste zumindest von ihnen, aber Hahne und Roth haben sich wahrscheinlich nicht gekannt. Wo ist die Verbindung?«

»Ich glaube in jedem Fall, dass sie ein Teil der Antwort auf die Frage nach dem Motiv ist«, erklärte Lykke.

17

Nach dem Brainstorming in Andrea Hahnes Wohnung fuhren sie zurück zu dem schönen alten Gebäude der Flensburger Polizeidirektion in der Norderhofenden. Ein kalter, unversöhnlicher Wind wehte über die Fassade des Gebäudes, doch die Atmosphäre in Rudis Eckbüro im zweiten Stock war warm und herzlich. Ein paar grüne Bürolampen, kleine Gemälde an den Wänden und ein echter Teppich unter dem Schreibtischstuhl des Kommissars erhöhten die wohnzimmerhafte Stimmung. Der Teppich war abgenutzt wie eine Startbahn am Flughafen.

»So, hier sitzt du und brütest all deine großartigen Gedanken aus, Rudi. Wie gemütlich.«

»Ich verstecke mich eher vor meinem Chef. Du hast Franz Seibeck ja kennengelernt. Er kann an einem Montagmorgen bei Regenwetter durchaus Furcht einflößend sein, wenn sein Wagen nicht anspringen will. Na, setz dich, dann bestelle ich gleich den Roomservice.«

»Wie lange ›wohnst‹ du schon hier?«, erkundigte sie sich und ließ sich in einem komfortablen Stuhl mit breitem Lederrücken nieder. »In diesem Büro, meine ich.«

»Acht Jahre. Vorher saß ich in einer anderen Abteilung in einem todlangweiligen Großraumbüro, aber dann wurde ich befördert und bekam meine eigene Höhle. Das solltest du auch machen, wenn du nach Hause kommst. Du hast Potenzial.«

»Ich glaube, ich bin nicht dafür geeignet, die Leitung der Ermittlungen zu übernehmen. Ich bin mehr für die Freiheit draußen in der freien Wildbahn gemacht. Auf eigene Faust oder mit einem Partner. Als Koordinator hat man zu viel Verantwortung.«

»Überhaupt nicht. Du lässt bloß deine Leute all das Lästige erledigen, machst dir ein paar Gedanken und erntest das Lob, wenn der Mörder im Netz zappelt.«

Sie wussten beide, dass die Arbeit natürlich nicht so aussah, aber sie spielte mit dem Gedanken, während Rudi telefonierte.

»Hej, Walter. Ist der Bericht über Andrea Hahne gekommen? ... Würdest du ihn bitte zweimal ausdrucken und in mein Büro bringen? Und bring doch auch eine Kanne Kaffee und zwei Becher mit ... Was? Du hattest gerade eine Tasse? Der Becher ist doch nicht für dich, Bursche, sondern für unsere dänische Kollegin Lykke Teit. Und Kekse, wenn es welche ... Was? Du bist gerade mit etwas anderem beschäftigt? Na ja, es eilt nicht, Hauptsache, du bist in drei Minuten hier ... Walter, du bist ein *life saver*.«

Er legte auf.

»Du bist streng mit deinen Leuten«, meinte Lykke.

»Kurze Leine. Das ist das Rezept.« Er blinzelte. »Walter kann damit umgehen. Er kennt mich. Er hat viel über unsere Aktion in Melum geredet. Er freut sich, dich zu begrüßen.«

»Ich habe ihn heute Morgen schon kennengelernt. Er hat mir den Weg zu Seibecks Büro gezeigt. Ein sehr höflicher junger Mann.«

»Und unverheiratet. Ich sag's nur.«

Rudi klimperte mit den Augenbrauen. Lykke schüttelte den Kopf.

Fünf Minuten später trat der junge Kriminalbeamte mit einem Tablett ein, auf dem eine Thermoskanne und Becher standen. Unter dem Arm hatte er kopierte Blätter. Er stellte das Tablett auf den Tisch, verlor dabei die Kopien und sammelte sie auf. Beim Anblick von Lykke schien er sich zu freuen.

»Du hast den richtigen Kampfgeist, Walter«, lobte Rudi. »Du wirst es weit bringen. Nora Bender hat dich hoffentlich nicht gesehen?«

Walter schüttelte grinsend den Kopf.

»Äh, ich habe vergessen, den Bericht zu paginieren«, erklärte er verwirrt auf Englisch und wusste nicht recht, ob er Rudi oder Lykke ansehen sollte.

»Danke für deine Hilfe, Walter«, sagte der Kommissar. »Wir kommen schon zurecht.«

»Kann ich sonst noch etwas tun?«

»Die Kekse...«

»Es gab keine.«

»Hat ALDI geschlossen? Na, vergiss es.«

»Na ja ... dann gehe ich mal«, erklärte der junge Beamte und zeigte auf die Tür, falls Lykke Zweifel haben sollte, wo er hinausging. »Die Pflicht ruft.«

Sie lächelte.

»Nett, dich wiedergesehen zu haben, Walter.«

Er stieß beim Öffnen der Tür mit dem Fuß dagegen, zuckte errötend die Achseln und hastete aus dem Büro. Rudi kicherte, ohne den Blick vom Bildschirm zu nehmen.

»Meine Güte, Lucky. Hast du immer diesen Effekt bei jungen Männern?«

»Was meinst du?«

»Walter ist normalerweise sehr kontrolliert. So habe ich ihn noch nie gesehen. Gut, dass er den Kaffee nicht verschüttet hat.«

Sie tat, als wäre nichts gewesen, obwohl sie sich durchaus geschmeichelt fühlte.

»Sehen wir zu, dass wir weiterkommen«, sagte sie und goss in die Becher ein, bevor sie sich mit einem Exemplar des Berichts hinsetzte.

Sie lasen lange schweigend und nutzten den Rest der späten nachmittäglichen Stunden, um mehr über den Hintergrund der beiden Mordopfer zu erfahren.

Lykke hatte ihren Laptop dabei und erhielt nun Zugang zu den wichtigsten Datenbanken der schleswig-holsteinischen Polizei.

Sie vereinbarten, dass sie eine Stunde über jeweils eines der beiden Opfer recherchierten, bevor sie ihre Resultate verglichen.

»Findest auch nichts Richtiges?«, fragte Rudi irgendwann, aber sie wusste nicht genau, ob er sie auf den Arm nehmen wollte.

»Jede Menge«, antwortete sie mit einem geheimnisvollen Gesichtsausdruck. »Aber die Stunde ist noch nicht um.«

Als es draußen dunkel geworden war und die Straßenlaternen Norderhofendens erleuchteten, lehnte der Kommissar sich zurück.

»Jetzt ist es wohl an der Zeit nachzuzählen, wer die höchste Punktzahl hat.«

»Das ist kein Wettbewerb, Rudi, aber wenn du so scharf darauf bist, kannst du ja anfangen.«

Er rückte auf seinem Stuhl näher an den Schreibtisch.

»Ich habe Folgendes zu Christoph Roth: Er wurde am 17. Januar 1946 geboren, er ist also sechsundsiebzig Jahre alt geworden. Verheiratet mit Anna Roth, geborene Valentiner, die 2009 an Dickdarmkrebs gestorben ist. Er hat ein paar erwachsene Kinder. Die Familie wohnte bis 1991 in einer Vierzimmerwohnung in Prenzlauer Berg, dann kauften sie das Haus in Kiel. Prenzlauer Berg ist ein Stadtteil im ehemaligen Ostberlin. Roth muss aufgrund seines Vermögens wohl eine leitende Stellung gehabt haben, allerdings weiß ich nicht, wo. Vielleicht war er an der Universität oder einer höheren Lehranstalt, vielleicht aber in der kommunalen Verwaltung. Ich habe Abel eine Mail geschrieben und ihn gebeten, das Haus zu durchsuchen, um weitere Details zu finden. Vielleicht können wir auch ein paar Informationen von der jungen Haushaltshilfe bekommen, sobald sie wieder vernehmungsfähig ist. Außerdem ist es denkbar, dass seine Kinder mit weiteren Fakten behilflich sein können. Es ist uns noch nicht gelungen, sie aufzuspüren. Und bei dir?«

»Andrea Hahne wurde am 26. Mai 1944 in Berlin geboren, also noch vor Kriegsende. Ihr Mädchenname war Stattenburger, sie heiratete Tobias Hahne 1966. Soweit ich sehen kann, bekamen sie ein Kind, Ulrike, die 1972 als Siebenjährige starb.«

Lykke atmete tief durch und verdrängte die eigene Tochter aus ihren Gedanken.

»Ich habe zwei verschiedene Versionen der Todesursache gefunden. Ein Arzt hat Grippe diagnostiziert, ein anderer eine ansteckende Infektionskrankheit, die Psittakose heißt, was immer das auch ist.«

»Gut. Fahr fort.«

Sie schaute in ihre Notizen.

»Das Ehepaar Hahne verließ nach dem Fall der Mauer Ostberlin, allerdings erst 1992, und kaufte das Haus in Friedheim. Der Mann war gelernter Schmied, arbeitete aber als Fahrlehrer. Eine Zeit lang war er in einer Fabrik beschäftigt, die Landmaschinen herstellt.«

»Hat Andrea Hahne gearbeitet?«

»Ja, sie war bei einer Versicherungsgesellschaft, bevor sie 2012 in Rente ging. Ihr Mann war bereits 2004 gestorben.«

»Noch etwas?«

»Die Tochter wurde auf dem Zentralfriedhof Friedrichsfelde begraben, aber später umgebett...«

»Friedrichsfelde? Der Friedhof ist bekannt als Gedenkstätte der Sozialisten«, unterbrach sie Rudi. »Der größte Teil der ehemaligen DDR-Führung liegt dort. Es war eine Ehre, dort begraben zu werden, wenn man Ostberliner war und an den sozialistischen Traum glaubte. Waren Andrea und Tobias Hahne gute Sozialisten?«

»Tja, wer weiß?«, erwiderte sie mit einem Achselzucken. »Wie auch immer, 1992, also in dem Jahr, in dem das Ehepaar nach Flensburg zog, vergingen keine zwei Monate, bevor Ulrikes irdische Reste auf einen Friedhof hier in der Stadt umgebettet wurden.«

»Das ist ungewöhnlich, oder?« Rudi zupfte sich nachdenklich am Ohrläppchen. »Das Grab zu verlegen?«

»Sie wollten ihr vermutlich nahe sein«, meinte Lykke. »Manchen Menschen bedeutet es viel, einen Ort zu haben, an den sie gehen können. Meinem Ex-Mann zum Beispiel. Es ist weit, jedes Mal bis Berlin zu fahren, um die letzte Ruhestätte seiner Tochter zu besuchen.«

»Da hast du recht, aber beide Mordopfer waren also alte Ostdeutsche und verließen kurz nach dem Mauerfall die Stadt.«

»Du meinst, da könnte eine Verbindung zu den jetzigen Ereignissen bestehen?«

»Wir sollten es in jedem Fall in unsere Überlegungen mit einbeziehen.«

18

Anderthalb Stunden später war Lykke bereit zum Abendessen.

Beate hatte Rudi im Büro angerufen und ihn daran erinnert, dass sie eine Verabredung zum Essen mit einem befreundeten Paar hatten. Bei dieser Gelegenheit bot sie an, Lykke ihr Auto zu leihen. Beate benutzte es selten, sodass sie es ebenso gut Lykke in den nächsten Tagen zur Verfügung stellen konnte. Sie war mit Rudi in die Norderstraße gefahren, wo er ihr nach einem Schnellkurs, wie man mit einem Hybridauto umgeht, den Autoschlüssel und die Wagenpapiere überreichte. Beate winkte ihr vom Fenster aus zu, Lykke winkte zurück. Sie hatte das Gefühl, ein Paar Reserveeltern bekommen zu haben.

Beates Wagen war ein nagelneuer Golf eHybrid Style. Er roch noch immer nach Leder und Plastik, und der Kilometerzähler zeigte nur etwas mehr als fünftausend Kilometer. Lykke war überrascht über den energischen Anzug, als sie die Norderstraße in Richtung Hotel fuhr. Im Vergleich zu ihrer eigenen Klapperkiste war dieser Wagen eine unbedingte Verbesserung.

Mit Rudi hatte sie ein Treffen am nächsten Morgen um acht Uhr im Büro vereinbart, den Abend hatte sie also zur freien Verfügung. Allerdings fühlte sie sich nach diesem langen ersten Arbeitstag reichlich erschöpft und warf sich aufs Bett, sobald sie in ihrem Zimmer war.

Die Wohnzimmer von Christoph Roth und Andrea Hahne standen ihr deutlich vor Augen. Die Blutspuren, die Misshandlungen und der Gedanke, was sie durchgemacht hatten, bevor sie kaltblütig liquidiert wurden. Welcher gestörte Geist kam bloß auf so etwas? Beide waren ältere Menschen, aber vor allem das Ende der wehrlosen Frau berührte sie.

Sie googelte den Friedhof Friedenshügel. Er lag nur ein paar Kilometer von ihrem Hotel entfernt. Sie stellte sich das Grab der Tochter vor. Erst Ulrikes, dann Grys. Thomas hatte sie wiederholt aufgefordert, Grys Grabstätte zu besuchen, aber sie konnte es nicht. Wollte es nicht. Gry war nicht mehr da. Dort war lediglich eine Urne mit Asche unter Humus vergraben. Wer konnte daran Freude haben? Sie nicht. Lykke fror und bereute, dass sie trotzdem zum Friedhof gefahren war. Der Name auf dem Stein war schwierig zu erkennen, weil er von Regen verwischt wurde – oder waren es Tränen? Stand da Ulrike? Nein, es war kürzer, dort stand Gry!

Lykke erwachte ruckartig und stöhnte erleichtert auf.

Sie nahm ein rasches Bad und überlegte, sich ein Lokal in der

Stadt zu suchen, entschied sich dann aber für das Hotelrestaurant, da es bereits relativ spät war und sie ziemlichen Hunger hatte.

Das Restaurant befand sich in einem offenen Atrium unter einem beeindruckenden Glasdach. Bis zur Decke waren es bestimmt zwölf bis fünfzehn Meter, es gab große weiße Säulen und sehr viele grüne Pflanzen. Aus unsichtbaren Lautsprechern strömte angenehm gedämpfte Musik. Die Touristensaison war lange vorbei, sodass nicht viele Gäste im Restaurant saßen.

Ihr wurde ein Tisch empfohlen, und Lykke bestellte eine Vorspeise und ein Hauptgericht. Die Wartezeit überbrückte sie mit einem Glas Weißwein und genoss die Ruhe und die Atmosphäre.

Als sie ihre Vorspeise aß, bekam sie Blickkontakt mit einem gut gekleideten Herrn, der allein an einem der Tische saß. Er war schwarzhaarig und glich ein wenig dem jungen Al Pacino. Um die vierzig. Er las Zeitung, ließ aber mehrfach unverfroren seinen Blick auf ihr ruhen. Zunächst ignorierte sie ihn, aber er sah gut aus, und obwohl sie eigentlich den Blick abwenden wollte, sah sie doch ein paar Mal zu ihm hinüber. Beim dritten Mal hob er sein Glas und prostete ihr zu. Sie nickte freundlich.

Das Hauptgericht kam, und sie konzentrierte sich auf ihre Mahlzeit und das große Gemälde an der Wand. Ein abstraktes Motiv, das mit dem Meer zu tun hatte. Fische und Meerjungfrauen, eine Unterwasserstadt in der Tiefe, die der Betrachter von oben sah, stilvoll auf eine eigene bizarre Weise. Sie war in Gedanken versunken, als jemand sie ansprach.

»Entschuldigung, sind Sie Pianistin?«

Lykke drehte sich überrascht um. Der Mann stand an ihrem Tisch. So nah sah er noch attraktiver aus, und er roch gut.

»Tut mir leid, ich spreche nicht so gut Deutsch«, erwiderte sie auf Englisch.

»Oh, ich bin auch besser in Englisch«, sagte er mit einem gepflegten Lächeln. »Ich fragte, ob Sie Pianistin sind. Ich meine, ich hätte Sie vor ein paar Jahren bei einem Konzert in Hamburg gesehen. In der Elbphilharmonie?«
Vielleicht nicht der beste Spruch, aber auch nicht der schlechteste.
»Nein, leider nicht. Ich spiele kein Instrument«, sagte sie mit einem kleinen Lächeln.
»Aber Sie mögen Musik?«
»Wer mag keine Musik?«
»Natürlich. Machen Sie Urlaub in Flensburg?«
»Ich bin hier im Zusammenhang ... mit einer Privatangelegenheit.«
Der Mann richtete sich verständnisvoll auf.
»Oh, natürlich. Entschuldigen Sie die Störung. Ich wollte mich nicht aufdrängen. Ich hätte Sie nur gern auf einen Drink an der Bar eingeladen, wenn Sie mit dem Essen fertig sind.«
Lykke wusste, wohin es führen konnte, und der Mann war durchaus attraktiv, aber noch immer spukte Bjarke Laumann in ihrem Hinterkopf herum. Als man seine Leiche vor einigen Monaten im Wattenmeer fand, war es der Auftakt für den ganzen Melun-Fall gewesen. Obwohl es Zufall war, dass sie mit Laumann eine kurzfristige Affäre hatte, war sie seither vorsichtig bei One-Night-Stands. Nicht, dass es unbedingt damit etwas zu tun gehabt hätte, aber mit Rücksicht auf ihren Beruf lehnte sie höflich ab.
»Vielen Dank für die Einladung, aber ich bin etwas müde«, antwortete sie. »Ich muss morgen früh raus.«
»Das verstehe ich. Darf ich Ihnen eine gute Nacht wünschen?«
»Danke.«
Er deutete eine Verbeugung an und verließ das Restaurant.
Sie beendete ihre Mahlzeit und blieb noch einen Moment

sitzen, bevor sie in ihr Zimmer ging, sich aufs Bett legte und den Fernseher einschaltete.

In einer Nachrichtensendung des NDR erschien Conrad Abels erkältete Gestalt vor Christoph Roths Gartentor. Der Kommissar lieferte lediglich ein paar sparsame Informationen, »mit Rücksicht auf die Ermittlungen«. Das war immer eine gute Methode, die Journalisten in Schach zu halten, gleichzeitig aber auch die Wahrheit.

Nach den Nachrichten kam eine Folge *Tatort*, der sie zu folgen versuchte, um ihr Deutsch zu verbessern. Als der Film zu Ende war, schaltete sie den Fernseher aus. Es war 23:30 Uhr, aber nach ihrem Grabtraum und zwei Tassen Kaffee nach dem Essen war sie hellwach.

Sie checkte auf ihrem Laptop die Nachrichten im Netz. Der Kieler Fall wurde als ein »brutaler Mord an einem älteren Mann in seinem eigenen Haus« bezeichnet, »möglicherweise ein außer Kontrolle geratener Raubüberfall«. Es waren keine Details nach außen gedrungen. Es wurden auch keine Parallelen zum Mord an Andrea Hahne gezogen. Noch nicht. Sie wusste nicht, wie viele Details die deutsche Polizei in diesem Fall veröffentlicht hatte.

Lykke hatte einen bitteren Knoblauchgeschmack im Mund. Als sie in ihrer Tasche nach ein paar Lakritzpastillen suchte, fand sie einen Schlüssel. Sie hatte abgeschlossen, als sie Andrea Hahnes Haus verließen, weil in diesem Moment Rudis Telefon geklingelt hatte. Sie hatte den Schlüssel in ihre Tasche gesteckt, ohne weiter darüber nachzudenken. Nun drehte sie ihn zwischen den Fingern. In gewisser Weise sagte er ihr, dass die Haustür noch einmal aufgeschlossen werden sollte.

Ebenso wie Rudi hatte sie das Gefühl, am Tatort etwas übersehen zu haben. Sie sah das Zimmer vor sich. Spürte die feuchtklamme Atmosphäre und die grässliche violette Tapete. Der alte Sessel, der blutbespritzte Bezug und die Blutflecken am Fußboden, der Teppich und der Esstisch mit den vier Abdrücken im Staub. Die Möbel, die an den Wänden standen. Was hatte sie übersehen?

Sie traf eine rasche Entscheidung, zog ihren dicken Wintermantel, eine Strickmütze und die Stiefel an, griff nach den Schlüsseln und verließ das Hotelzimmer.

19

Zwanzig Minuten später parkte sie auf dem matschigen Grundstück gegenüber von Andrea Hahnes Haus. Die nächste Straßenlaterne stand über fünfzig Meter weit entfernt, sodass sie das Gefühl von tiefschwarzer Nacht hatte, als sie ausstieg und die Wagentür zuwarf. Ein eisiger Nachtwind hatte die Wolkendecke weggeblasen und die Aussicht auf die Sterne freigegeben.

Das Haus sah noch trauriger und abstoßender aus als bei Tage. Lykke hatte keine Angst vor der Dunkelheit, aber sie wusste, was darin geschehen war – und das war keine angenehme Vorstellung.

Die ruhige Straße war menschenleer, es herrschte keinerlei Verkehr. Das nächste Licht kam von einem Schild hinter einem großen Gebüsch. AUTOWERKSTATT STEGMANN stand mit großen blauen und weißen Buchstaben darauf. In dem Gebäude neben der Werkstatt brannte Licht. In der entgegengesetzten Richtung waren alle Häuser dunkel. Vermutlich Bewohner, die von acht bis sechzehn Uhr arbeiten mussten und bereits zu Bett gegangen waren.

»So ist das bei uns nicht«, ging ihr durch den Kopf, als sie ihr Telefon aus der Tasche holte.

Als Ermittler bei der Mordkommission sollte man zu jeder Tageszeit zur Verfügung stehen, und das war ihr nur recht. Sie hatte keine Familie mehr, auf die sie Rücksicht nehmen musste, außerdem wollte sie sich bei diesem Fall beweisen. Gegenüber Rudi als auch der CEPOL. Es ging darum, Resultate zu präsentieren. Und im Hinblick auf die Bevölkerung und die Medien gern sehr schnell.

Sie schaltete die Taschenlampe ihres Telefons ein und ging in den Vorgarten. Der Lichtkegel traf auf das Wohnzimmerfenster, das Fenster links von der Haustür. Ihr Spiegelbild wurde in der Scheibe als scharfer gespenstisch weißer Schimmer reflektiert. Lykke hielt das Telefon an das Glas und schirmte mit der anderen Hand die Augen ab, um hineinzublicken. Sie sah den Esstisch und am anderen Ende des Raums den Sessel. Das Licht fiel auf die billigen Gemälde über dem Sofa. Ein trostloses Motiv, graue Straßen mit vornübergebeugten Gestalten und schiefe Autos bei Regenwetter. Vielleicht war es in Ostberlin gemalt worden, obwohl es auch an anderen Orten auf der Welt regnete und Menschen bedrückt waren.

Sie ging an dem anderen Fenster vorbei, das mit einer Milchglasscheibe versehen war. Die Toilette. Vor der Haustür suchte sie in ihrer Tasche den Schlüssel. Es war ganz still in der nächtlichen Kälte, als ein unerwartetes Flattern sie zusammenzucken ließ. Sie musste lachen. Der Wind klatschte das Absperrband gegen die Hauswand. Sie leuchtete die Fassade entlang bis zur Gartenmauer und der Tür zum Garten. Auf der rechten Seite der Haustür gab es ein weiteres Fenster. Ein Schlafzimmer mit einem Bett, einem kleinen Nachttisch und einem großen, robusten Kleiderschrank.

Lykke fand den Schlüssel und schloss die Haustür auf.

Die Tür schwang lautlos ins Dunkle auf. Sie fummelte neben dem Türrahmen und fand den Lichtschalter. Ein alter schwarzer

Schalter. Nichts passierte. Vielleicht hatte jemand den Strom abgestellt. Es war noch hell, als sie mit Rudi hier gewesen war. Es könnte natürlich auch sein, dass die Birne an der Decke kaputt war.

Lykke schloss die Tür, ging ins Schlafzimmer und probierte den Lichtschalter dort. Auch hier funktionierte das Licht nicht. Sie stieß einen kleinen Schrei aus, als jemand sie von der anderen Seite des Raums anstarrte.

»Närrin«, flüsterte sie irritiert ihrem Spiegelbild zu.

Merkwürdigerweise war sie ein wenig angespannt. Sie erinnerte sich an einen Sommerabend vor sehr langer Zeit, an dem sie und eine Freundin sich aufgemacht hatten, um das sogenannte Geisterhaus in dem kleinen Ort bei Roskilde zu erkunden, in dem sie aufgewachsen war. Ein gewaltig großes Gebäude mit zerbrochenen Scheiben, das, solange sie denken konnte, leer gestanden hatte. Es gingen Geschichten über einen im Keller hausenden Vampir und die Menschen um, die er dort ermordet hatte.

Aber in diesem Haus war tatsächlich ein Mord geschehen.

Sie warf einen raschen Blick ins Schlafzimmer, bevor sie ins Wohnzimmer ging. Dann leuchtete sie in die Küche an der Rückseite des Hauses. Der Teller und das Glas standen noch immer in der Spüle. Eine Tür mit kleinen Fenstern führte in den Garten. Sie war geschlossen, aber nicht abgeschlossen. Lykke steckte den Kopf hinaus auf eine kleine überdachte Veranda mit einem morschen Gartentisch und einem schäbigen, nassen Stuhl. Hatte Andrea Hahne im Sommer hier gesessen und ihren morgendlichen Kaffee getrunken? Und dabei über ihr Leben und ihre verstorbene Familie nachgedacht? Nur Erinnerungen waren geblieben. Der einzelne Stuhl ließ das Szenario noch einsamer und tragischer erscheinen.

Lykke hörte ein Geräusch und drehte sich um. Es klang wie Schritte. Oder vielleicht irgendwo ein Zug. Vielleicht war es auch

Einbildung. Sie stand eine halbe Minute still und horchte. Nichts. Dann schloss sie die Gartentür und ging zurück ins Wohnzimmer. Die feuchtklamme Atmosphäre lag eher an der fehlenden Heizung als an schlechter Reinigung, obwohl es nicht der sauberste Ort war, den sie je gesehen hatte. Im Haus war es eiskalt.

Sie wollte nicht länger als unbedingt notwendig bleiben, aber nun war sie hier und meinte, sich das Wohnzimmer noch einmal genau ansehen zu müssen. Sie leuchtete über die Möbel. Der Lichtkegel warf lange Schatten hinter das Sofa, den Sessel, den Fernseher, einige blumenlose Vasen und die Kommode. Sie öffnete die Schubladen. Es gab nichts Bemerkenswertes, ein paar Tischdecken und Servietten, Teller, ein Kaffeeservice.

In der obersten Schublade lag ein altes Fotoalbum in rot-braunem Leder mit Goldprägung. Die Fotos waren alle älter, und unter mehreren Fotografien standen kleine Texte. Die ersten Seiten waren einem jungen Brautpaar gewidmet. Er trug einen Anzug mit Krawatte, sie ein geblümtes Kleid, das ihr bis zu den Knien ging. Die Andeutung eines Bauches. Ulrike. *Hochzeit im Rathaus, Berlin, 22. Juni 1966*, stand unter einem der Fotos. Sie waren bürgerlich getraut worden.

Dann folgten Fotos der Hochzeitsfeier. Eine kleinere Gesellschaft, die aber bester Laune war. Andrea und Tobias waren natürlich der Mittelpunkt. Tobias sah auf beinahe allen Bildern ernst aus. Andrea war offener und recht hübsch, wenn sie lächelte.

Lykke blätterte weiter und hielt bei einem Foto eines niedlichen Babys in einem Gitterbett inne. *Ulrike, 14 Tage alt*, verriet der Text. Lykke fiel es schwer, den Gedanken an Andreas Tochter zu verdrängen, die mit sieben Jahren gestorben war. Sie hatte fünf Jahre länger als Gry gelebt, aber es war noch immer viel zu früh. Eltern sollten ihre Kinder nicht überleben. Sie schloss einen Moment die Augen. Atmete durch und riss sich zusammen.

Hastig blätterte sie den Rest des Familienalbums durch und wollte es schon wieder in die Schublade legen, als sie bei einer Doppelseite plötzlich aufmerksam wurde.

Es handelte sich um vier Fotografien. Auf dem obersten Bild links sah man Tobias in Shorts und nacktem Bauch, wie er einen Sessel vor einen Holzzaun und einen großen Rosenbusch schob. Darunter klebte ein Foto von Andrea, die Ulrike im Arm hielt. Laut Text war das Mädchen neun Monate alt.

Auf dem obersten Foto auf der gegenüberliegenden Seite sah man einen Ausschnitt desselben Zauns, aber aus einem anderen Blickwinkel, offensichtlich vom Grundstück des Nachbarn, da auch die Spitze des Rosenbuschs auf der anderen Seite zu erkennen war. In einer Ecke ahnte man etwas, das aussah wie eine Art Voliere, vielleicht ein kleiner Hühnerhof. Das Foto darunter zeigte Andrea Hahne mit einigen Menschen am Gartentisch. Es sah gemütlich aus.

Es waren die großen roten, beinahe explosiven Blockbuchstaben, die Lykkes Aufmerksamkeit erregt hatten.

Über dem oberen Foto stand MÖRDERHAUS, während das Wort ENTFERNT dem unteren Foto mit der Gruppe am Gartentisch hinzugefügt worden war. Die Worte hatten etwas Brutales, als wären sie in unkontrolliertem Zorn in den Karton gekratzt worden.

Lykke aktivierte die Kamera ihres Telefons und machte ein Foto. Dann fiel ihr die einfache Lösung ein.

»Natürlich nehme ich das ganze Album mit. Rudi soll sich das ansehen. Vielleicht ist es etwas, dass wir ...«

Ein neues Geräusch unterbrach ihre Gedanken. Sie hatte das Gefühl, als hätte die Dunkelheit im Wohnzimmer zugenommen, als sie sich mit der Handylampe als einzige Lichtquelle über das Album beugte.

Sie leuchtete zur Tür des kleinen Flurs.

Es war jemand im Haus!

Lykke griff mit der rechten Hand an ihre Hüfte, um die Heckler & Koch zu ziehen, doch ihr rechter Arm war nicht lang genug. Die Pistole lag im Holster auf dem Boden ihres Koffers im Hotel. Sie hielt den Atem an und leuchtete durchs Zimmer, um eine mögliche Schlagwaffe zu finden. Das Einzige, was sie sah, war eine der großen Bodenvasen. Sie nahm sie, schaltete das Licht des Telefons aus und schlich zur Tür. Der Fußboden knarrte unter ihren Schritten. Die Haustür war noch immer geschlossen. Vorsichtig trat sie in den kleinen Flur. Leer. Sie starrte auf die Badezimmertür, die Vase fest im Griff. Sie stand einen Spalt weit offen. Sie konnte sich nicht entsinnen, ob sie dort gewesen war, als sie das Haus betreten hatte. Sie streckte den Arm zur Türklinke aus, doch in diesem Moment flog die Tür auf und eine dunkel gekleidete Person stürmte heraus – wie ein Teufel aus der Schachtel. Eine Faust traf ihre Brust. Sie verlor die Vase und fiel hintenüber. Der Lärm des splitternden Porzellans setze sich in ihrem Hirn fort, gleichzeitig schlug sie mit dem Hinterkopf gegen die Wand und sank bewusstlos zusammen.

20

Wie lange sie bewusstlos gewesen war, wusste sie nicht, aber als sie wieder zu sich kam, lag sie zusammengekrümmt in der Dunkelheit. Sie versuchte, sich zu strecken, doch die Absätze ihrer Stiefel stießen gegen eine Wand. Es war eng und roch säuerlich nach Holz und Mottenkugeln. Ihr Kopf schmerzte und das Haar über dem Nacken war feucht. Sie blutete. Auch diese Wunde schmerzte und brannte, aber sie schien nicht sehr tief zu sein.

Sie lag auf einer unebenen Unterlage. Es fühlte sich an wie mit weichen und harten Gegenständen gefüllte Plastiktüten. Es gelang ihr, sich in eine sitzende Position aufzurichten. Das Brustbein schmerzte. Ihr Kopf steckte zwischen verschiedenen Kleidungsstücken – Lykke wurde klar, dass sie in einem Schrank saß. Das Naheliegendste war der Kleiderschrank, den sie in Andrea Hahnes Schlafzimmer gesehen hatte. Sie drückte die Handflächen gegen die Türen, aber sie waren abgeschlossen. Ihr fiel ihr Telefon ein. Sie konnte es nicht finden. Sie musste es im Fallen verloren haben, oder der Angreifer hatte es an sich genommen. Sie blieb einen Moment sitzen und erholte sich. Ein schwaches Licht zeigte sich wie ein kleiner Punkt langsam in der Dunkelheit. Mit den Handflächen tastete sie die Innenseite der Schranktüren ab und fühlte zwei Schlüssellöcher. Mühsam drehte sie sich um und hockte nun auf den Knien.

Ein Schlüsselloch war verstopft, vermutlich steckte der Schlüssel darin, durch das andere konnte sie einen verschwommenen Ausschnitt des Flurs sehen. Sie legte ihr Ohr an das Schlüsselloch und horchte, hörte aber nur ihren eigenen Atem.

Die Luft im Kleiderschrank war stickig, und es war eisig kalt. Sie zitterte vom Schock und von der Auskühlung. Jetzt bereute sie es, die Einladung des attraktiven Mannes zu einem Drink an der Bar ausgeschlagen zu haben.

Wieder legte sie die Hände auf die Schranktüren und drückte. Sie gaben ein wenig nach, aber sie war nicht kräftig genug. Sie drehte sich so, dass sie mit dem Rücken an der Rückwand des Kleiderschranks saß, und hob die Stiefel auf die Höhe der Schlüssellöcher. Dann stemmte sie sich mit aller Kraft gegen die Türen, allerdings war es schwierig in dem engen Raum. Es half nichts.

Sie überlegte, um Hilfe zu rufen, aber wer sollte sie hören? Sie kämpfte mehrere Minuten, bis sie – abgesehen von der Wunde im Nacken und dem Schlag auf die Brust – auch noch Rückenschmerzen hatte.

Während sie erneut Kraft sammelte, meinte Lykke plötzlich, Rauch zu riechen. Sie richtete sich auf und blickte alarmiert durch die Schlüssellöcher. Sie sah, dass es im Wohnzimmer unruhig flackerte, und als sie das Ohr noch einmal ans Schlüsselloch legte, hörte sie das charakteristische Knistern von brennendem Holz. Panik überkam sie. Lykke versuchte, sie zu verdrängen, so wie sie es im Krisentraining gelernt hatte. Sie musste rational denken. Sie musste hier raus. Jetzt!

Sie ließ sich so weit wie möglich auf den Schrankboden gleiten und krümmte sich zusammen. Von Natur aus war sie ziemlich geschmeidig und ihr Yoga-Training war eine zusätzliche Hilfe. Wieder stemmte sie die Absätze ihrer Stiefel gegen die Schranktüren, spannte sämtliche Muskeln ihres Körpers an und drückte und trat, so fest sie konnte. Der Schrank knarrte, öffnete sich aber nicht. Lykke gab ebenfalls nicht auf. Normalerweise hatte sie ein ruhiges Temperament, aber sie wusste, dass sie hier sterben würde, wenn sie sich nicht so schnell wie möglich befreien konnte.

Rauch drang durch die schmalen Ritzen und brannte in den Augen und im Hals. Fieberhaft hämmerte sie mit den Stiefeln gegen den schwachen Punkt des Schlosses. Die Angst übermannte sie beinahe, aber es gelang ihr, zusätzliche Kräfte zu mobilisieren.

»Geh schon auf, du verdammtes Scheißding!«

Sie fing an zu husten.

Plötzlich gab das Schloss nach. Die Türen flogen auf. Dichter Rauch quoll aus dem Wohnzimmer. Benommen rollte sie auf den Fußboden und versuchte, auf die Knie zu kommen, aber ihr wurde schwindlig, sie verlor das Gleichgewicht und blieb auf dem Rücken liegen. Eine bleischwere Müdigkeit überkam sie. Der Drang, sich auszuruhen.

»Nein, das geht nicht. Du musst hier raus!«, ermahnte sie sich. »Du kannst nicht liegen bleiben. Los, hoch! Hoch! Hoch!«

Im Wohnzimmer brüllte das Feuer wie ein wütendes orangegelbes Monster, ein verzweifelter, brennender Tiger. Alles knisterte und heulte. Ein lautes Klirren ertönte, als eine Fensterscheibe zersplitterte. Sie hörte, wie die Glasscherben im Wohnzimmer über den Esstisch und den Boden regneten. Lykke drehte sich auf den Bauch, kam auf die Knie und kroch in den Flur. Eine fürchterliche Hitze schlug ihr entgegen, sie hustete und schnappte nach Luft. Sie sah ein, dass dieser Weg keine Möglichkeit war. Sie drehte um, versuchte, sich zu orientieren.

Das Fenster!

Sie konnte es in dem Rauch nicht sehen. Das Zimmer war klein, alles war jetzt grau und schwarz, und der Schein des knisternden Feuers half ihr nicht, die Richtung zu finden. Der Rauch brannte im Hals, die Feuerzungen leckten nach ihr. Sie hustete, bis ihre Augen tränten. Wenn sie sich nicht innerhalb der nächsten zwei Minuten befreite, riskierte sie, Luft einzuatmen, die so heiß war, dass ihre Lungen verbrannten.

Wieder fiel sie entkräftet auf den Boden, aber es gelang ihr, weiterzukriechen. Tastend. Sie stieß gegen Flaschen, die klirrend umfielen, alte Kleider lagen im Weg. Mit der linken Hand stieß sie irgendwo heftig an, doch sie beachtete den Schmerz nicht. Sie griff an ein rundes Bein aus Holz. Das Bett. Sie war auf dem richtigen Weg. Durch den Rauch ahnte Lykke einen schwachen Umriss. Ein Kreuz. Sie kämpfte sich weiter vor, den heißen Atem des Feuers im Nacken. Irgendwo hörte sie jemanden rufen.

»Hier drin!«, schrie sie, aber ihre Stimme klang schwach und fern in ihren eigenen Ohren und wurde übertönt von dem prasselnden Feuer. Sie schaute über die Schulter. Der gesamte Flur war jetzt von Flammen eingeschlossen. Es erinnerte sie an ein Gemälde von William Turner, den Lieblingsmaler ihres Vaters, allerdings hatte dieser Anblick nichts Schönes. Nur Entsetzen und den baldigen Tod.

»Weiter!«

Sie streckte die Arme zum Fenster aus, als jemand von außen an die Scheibe klopfte.

»Ist da jemand?«

»Hier drin«, versuchte sie es hustend, kam auf die Knie und hämmerte mit den Fingerknöcheln gegen das Glas.

»Weg vom Fenster!«

Die Scheibe wurde eingeschlagen, Glasscherben regneten über sie. Es schien ein leichter Ruck durch das Haus zu gehen, als das Zimmer den Sauerstoff einsog und das Feuer noch lauter hinter ihr brüllte, wütend darüber, dass ihm sein Opfer verweigert wurde. Ihr Retter hakte das eingeschlagene Fenster aus, und Lykke sah, wie der Rahmen ins Zimmer schwang.

»Geben Sie mir Ihre Hand!«

Lykke streckte die Arme aus und spürte ein paar starke Hände an ihrem Handgelenk. Sie wurde durch die Öffnung gezogen, hinaus in die befreiend kalte Nachtluft, fort von dem Feuer, dem Rauch, dem Inferno und dem sicheren Tod.

Ihr war schwindlig, als der Mann sie hochhob und über der Schulter forttrug. Sie konnte nicht aufhören zu husten, während sie in einen sicheren Abstand zum Haus und dem Brand gebracht wurde. Durch die Rauchschwaden nahm sie mehrere Menschen wahr, die angelaufen kamen. Was um sie herum passierte, begriff sie erst allmählich, als gäbe es eine Art Zeitverschiebung.

Der Mann, der sie trug. Die erfrischend kühle Luft. Ein bremsendes Auto, Musik, und eine zufallende Tür. Besorgte Stimmen.

»Hat jemand die Feuerwehr angerufen?«, fragte eine Frauenstimme.

»Ja«, antwortete eine andere.

Der frische Sauerstoff half bei der Atmung, aber sie hörte nicht auf zu husten, während sie versuchte, bei Bewusstsein zu bleiben.

»Legen Sie sie hier rein.« Die Heckklappe eines Pick-ups wurde geöffnet.

Vorsichtig wurde sie auf eine harte, aber trockene Fläche gelegt, jemand steckte ihr eine zusammengerollte Jacke unter den Kopf. Die Andeutung eines dunklen Gesichts tauchte über ihr auf.

»Ist noch jemand da drin?«, fragte ihr Retter. »*Anyone else in there?*«

Sie öffnete den Mund, um etwas zu sagen, aber es führte nur zu einem neuen Hustenanfall. Es brannte fürchterlich im gesamten Hals- und Rachenbereich.

»Können Sie mich hören? Ist noch jemand da drin?«

Das Scheinwerferlicht eines Autos, das im Leerlauf hielt, fiel auf ihren Retter. Es verbarg sein Gesicht in einem undefinierbaren Lichtschein aus Haaren und Bart. Die Nase war spitz, und seine aufmerksamen Augen hatten einen zweifarbigen Schimmer. Der Mann wiederholte seine Frage.

Lykke schüttelte langsam den Kopf.

Eine Sirene ertönte in der Ferne.

Dann verlor sie zum zweiten Mal das Bewusstsein.

21

Lykke spürte, dass jemand sie betrachtete. Langsam öffnete sie die Augen und sah zwei Männer. Der linke trug einen Rangerhut und eine Jägerjacke, ihn kannte sie sehr gut. Der andere war ein Mann mittleren Alters mit einem markanten Gesicht, einem weißen Kittel und einer Brille. Sie lag in einem Bett, umgeben von weißen Wänden. Irgendwo im Hintergrund wurde ein Arzt über einen Lautsprecher aufgefordert, zur Intensivstation zu kommen.

»Willkommen im Malteser Krankenhaus St. Franziskus«, sagte Rudi mit fester Stimme. »Das ist Doktor Lohm. Er ist für dich verantwortlich. In gewisser Hinsicht bin ich das zwar auch, aber darüber reden wir später. Doc?«

»Wie geht es Ihnen, Frau Teit?«, erkundigte sich der Arzt und beugte sich mit einem prüfenden Blick über sie.

»Als hätte ich drei Packungen Lucky Strike an einem Abend geraucht. Mein Hals ist vollkommen ausgetrocknet, und ich habe fürchterliche Kopfschmerzen.«

»Sie haben eine leichte bis mittelschwere Rauchvergiftung erlitten«, erklärte der Arzt. »Und Sie hatten Glück, dass Sie noch rechtzeitig aus dem brennenden Haus gerettet wurden.«

»Was schon sehr merkwürdig ist, wenn man bedenkt, dass du eigentlich ins Hotel gehen und wir uns heute Morgen in der Polizeidirektion treffen wollten«, fügte Rudi hinzu. Es klang wütend und besorgt zugleich.

»Ja, ich ...«

Sie bekam einen Hustenanfall und versuchte, sich aufzusetzen. Der Arzt richtete das automatische Bett mit einem Knopfdruck auf und reichte ihr ein Glas Wasser. Sie trank und spürte den Verband an ihrem Kopf.

»Drei Stiche«, sagte Doktor Lohm. »Nichts von Bedeutung.«

»Ich hatte Mühe, aus dem Haus zu kommen, aber jemand kam mir zu Hilfe und schlug ein Fenster ein«, sagte sie langsam und erinnerte sich an den brennenden Türrahmen zu dem kleinen Flur. »Wie schlimm ist es? Wird es zu bleibenden Schäden kommen?«

»Nichts deutet darauf hin«, sagte der Arzt. »Wir haben Sie in der vergangenen Nacht mit reinem Sauerstoff behandelt. Ihr Zustand scheint stabil zu sein, aber Sie müssen darauf achten, wie sich Ihr Husten entwickelt. Hört es nicht auf, ist eine weitere Behandlung nötig.«

Sie nickte und blickte zum Fenster, das einen Ausschnitt des grauen Winterhimmels und ein großes rotes Gebäude zeigte.

»Haben Sie Hunger?«, fragte der Arzt sanft.

»Ich könnte durchaus etwas vertragen. Danke.«

»Ich bitte eine Krankenschwester, Ihnen Frühstück zu bringen.«

Er verließ das Zimmer.

Rudi sah sie mit einem Gesichtsausdruck an, der ihr nicht gefiel.

»Ich verlange eine befriedigende Erklärung«, sagte er kurz angebunden.

Sie atmete tief durch und räusperte sich.

»Entschuldigung, Rudi, ich ...«

»Warte!«, unterbrach er sie und hob eine Hand. Er zog einen Stuhl heran und setzte sich ans Bett. »Ich gehe davon aus, dass es eine längere Geschichte wird. Und ich habe keine Lust, so lange zu stehen.« Er setzte sich. »Na los, erzähl mir, was zum Teufel passiert ist.«

Glücklicherweise hatte das Erlebnis keinerlei Einfluss auf ihr Gedächtnis. Lykke berichtete fließend, nur unterbrochen durch ein paar kürzere Hustenanfälle. Es kam zu einer Pause, als eine Krankenschwester mit einem Tablett mit Kaffee, Joghurt, Brot mit Käse und einem großen Glas Saft hereinkam. Der Kommissar wartete mit übergeschlagenen Armen. Er sah noch immer wütend aus, daher beeilte sich Lykke, mit ihrer Geschichte fortzufahren.

»Dann erinnere ich mich an nichts mehr, bevor ich hier aufgewacht bin«, schloss sie und trank einen Schluck Kaffee, der halb kalt geworden war.

Er lehnte sich mit einem säuerlichen Gesichtsausdruck zurück und nahm den Hut ab.

»Lykke, Lykke ...«

»Ich weiß, aber ich wollte einen guten Eindruck bei dir und Cepol machen.«

»Meinst du, das hast du bisher nicht gemacht?«

»Doch, aber ...«

»Ich verstehe ja, dass du eifrig bist, aber wir müssen die Ermittlungen gemeinsam angehen. Wir haben es mit einem extrem gefährlichen Menschen zu tun, der keine Mittel scheut. Ich weiß, dass du zäh bist, und ich weiß auch über die Frauenemanzipation und all das Bescheid, aber wir müssen uns an die Spielregeln halten, nicht wahr? Ich vertraue dir hundertprozentig. Ich hoffe, darüber bist du dir im Klaren.«

»Ja, das gilt umgekehrt genauso. Es war dumm, und ich werde nie wieder ...«

»Gut, vergiss es. Wir müssen weiterkommen. Wir gehen die Details der Nacht noch einmal durch, wenn du wieder fit bist. Vielleicht hilft uns ja irgendetwas davon.«

Lykke trank einen Schluck Saft. Es tat ihrem ausgetrockneten Hals gut.

»Der Mann, der das Fenster eingeschlagen und mich herausgezogen hat. Wer war das? Wissen wir das?«

»Nein. Ich wurde gerufen, nachdem du ins Krankenhaus gebracht worden bist. Wir haben mit mehreren Zeugen gesprochen. Von der Frau, die ihre Jacke unter deinen Kopf gesteckt hat, haben wir den Namen und die Adresse. Und von dem Mann, in dessen Auto du gelegt wurdest, aber den, der dich herausgetragen hat, konnten wir nicht finden. Wir haben alle befragt, die sich am Tatort befanden, aber niemand wusste, wer dein Retter war. Er muss verschwunden sein, bevor wir eintrafen.«

Lykke zog die Beine unter der Decke an.

»Glaubst ... du, es war der Brandstifter?«

»Er war zumindest der Erste vor Ort. Und er verschwand spurlos. Das ist verdächtig.«

»Aber warum sollte er mich erst einsperren und dann retten?«

»Vielleicht hat er es bereut? Das ist schon vorgekommen.«

»Hm. Er ist schon eigenartig. Ein Detail, das mir noch einfällt«, fügte sie hinzu. »Aber wahrscheinlich findest du es albern.«

»Erzähl es mir trotzdem.«

»Ein anderes Auto hat meinen Retter von hinten beleuchtet. Er beugte sich über mich, sodass ich nur die Umrisse von ihm sehen konnte. Er erinnerte mich an David Bowie.«

»An David Bowie?«

»Ich weiß, das klingt schräg. Ich war benommen. Vielleicht gab's da ein Radio, in dem eine Nummer von Bowie gespielt wurde. Ich weiß es nicht ... außerdem roch er seltsam. Nach Tanne. Oder Kiefernholz, glaube ich. Wie heißt dieser griechische Wein?«

»Retsina?«

»Ja.«

Sie erwartete, dass er lachen oder den Kopf schütteln würde, aber im Gegenteil, Rudi schien es zu interessieren, er beugte sich auf dem Stuhl vor.

»Kannst du ihn genauer beschreiben?«

»Ich kann mich nur daran erinnern, dass er hell wirkte, aber das lag wahrscheinlich an den Autoscheinwerfern, die ihn von hinten beleuchteten. Und ich glaube, er trug eine Brille. Und einen Bart.«

Rudi verschränkte die Hände auf den Knien. Dann machte er plötzlich wieder ein wütendes Gesicht.

»Wenn dieser Fall bisher ernst war, dann ist er jetzt doppelt so ernst. Du hast einen Mordversuch überlebt, Lykke. Der Brand hätte sich zu einer tödlichen Falle entwickeln können. Ich glaube, wer auch immer es ist, er ist wahnsinnig. Ich wage gar nicht daran zu denken, was passiert wäre, wenn du dich nicht aus dem Schrank befreit hättest. Das war gute Arbeit. Ich bin dankbar, dass du mit dem Schrecken davongekommen bist.«

»Glaubst du …?« Sie hustete. »Das kann doch eigentlich nur Andrea Hahnes Mörder gewesen sein. Und Christoph Roths.«

»Ich kann mir nicht vorstellen, wer es sonst hätte sein sollen. Natürlich wissen die Leute im Viertel von dem Verbrechen, und es ist nicht das erste Mal, dass Einbrecher in ein leeres Haus einsteigen, in dem eine Straftat begangen wurde, ohne dass sie etwas mit dem Mord zu tun hätten, aber das hier riecht doch geradezu danach, dass der Täter einen Fehler begangen hat und fürchtete, wir könnten ihn entdecken. Es war der erste Tag seit dem Mord, an dem das Haus leer und unbewacht war. Er hat einfach nicht damit gerechnet, dass jemand so spät am Abend noch vorbeikommen könnte.«

»Was ist stehen geblieben?«

»Von dem Haus? Es ist bis auf die Grundmauern niedergebrannt.«

»Dann ist das Fotoalbum, von dem ich dir erzählt habe, sicher auch verbrannt.«

»Es sei denn, er hätte es mitgenommen.«

»Ich habe mein Telefon verloren. Weißt du, ob die Feuerwehr es gefunden hat?«

»Nein, aber ich überprüfe es gleich. Hast du nur ein Foto von dem Album gemacht? Du hättest das Album mitnehmen sollen.«

»Das wollte ich doch auch, aber dann habe ich ein Geräusch gehört und wusste, dass noch jemand im Haus war.«

»Der Brandstifter. Und du hast ihn nicht gesehen?«

»Er stürmte aus dem Badezimmer, in dem er sich versteckt hatte. Wie ein fliegender Schatten. Er hämmerte mir die Faust auf die Brust, sodass ich das Gleichgewicht verlor und mit dem

Kopf gegen die Wand geknallt bin. Wie gesagt, das hat mich ausgeknockt.«

»Du hast wirklich Glück gehabt«, sagte Rudi. »Aber warum bist du überhaupt noch einmal dorthin gefahren?«

»Ich hatte das Gefühl, dass es weitere Spuren geben könnte. Ich war ehrgeizig. Es war Mist. Wäre ich nicht gekommen und hätte ihn gestört, hätte er vielleicht nicht das ganze Haus abgefackelt.«

»Vermutlich kam er, um genau das zu tun, dein Besuch hat also nichts damit zu tun«, erwiderte Rudi. »Wir suchen nach einer komplett skrupellosen Person, der jedes Mittel recht ist. Aber er ist auch vorsichtig. Ich glaube, das Farbband, das auf dem Fensterbrett lag, gehört ihm. Er hat es ausgewechselt, während er schrieb, aber vergessen, als er das Haus verließ. Er konnte erst wiederkommen, nachdem die Polizei ihre Arbeit beendet hatte und das Haus leer stand. Aber dann kamst du.«

»Hat die KTU etwas auf dem Band gefunden?«

»Sie arbeiten noch daran, aber ich habe keine großen Erwartungen. Es ist ein Seidenband, und es ist sehr viel schwerer, darauf Abdrücke zu erkennen als auf einem Plastikband. Wir müssen uns auf die eigenartige Angewohnheit konzentrieren, dass er jedes Mal eine Schreibmaschine mitbringt.«

22

Um Viertel nach acht betrat Lykke am nächsten Morgen Rudis Büro, in dem der Kommissar mit einem dampfenden Becher Kaffee und einem Käsebrötchen vor seinem Computer saß. Er hatte aus der Kantine eine Kanne Kaffee und einen zusätzlichen Becher mitgenommen. Ein Stuhl stand für Lykke bereit.

»Schön, dich wieder senkrecht zu sehen. Wie geht's?«

»Ich habe heute Nacht gut geschlafen und huste kaum noch.«

»Du bist ja auch nicht nach Flensburg gekommen, um deine Zeit im Krankenhaus zu vertrödeln.«

Er zwinkerte. Sie hängte den Mantel an einen Kleiderständer in der Ecke und setzte sich.

»Gibt's was Neues von unserem Serienmörder?«

Rudi goss ihr Kaffee ein.

»Lass uns noch ein wenig warten, bevor wir diese Bezeichnung verwenden.«

»Was meinst du?«

»Es gibt zu viele Abweichungen. Serienmörder wählen in der Regel eine bestimmte Gruppe als Opfer aus. Kinder, Prostituierte, oder Schwarze. Hier haben wir es mit zwei Morden zu tun, bei denen die Opfer unter ähnlichen Umständen gefunden wurden, aber es gibt trotz allem Abweichungen. Ein Mann und eine Frau. Ein Opfer stammt aus der Arbeiterklasse, das andere ist wohlhabend. Eins in Kiel und eins in Flensburg.«

»Serienmörder können durchaus über große Distanzen operieren, und ich kann eher Ähnlichkeiten erkennen«, widersprach Lykke.

»Lass hören.«

Sie zählte sie an den Fingern ab.

»Abgesehen von der Schreibmaschine und dem Sessel wohnten beide Opfer in ihrem eigenen Haus, und zwar allein, beide waren eher betagt, bei beiden handelt es sich um ehemalige Ostdeutsche, und beide sind kurz nach dem Mauerfall aus Ostberlin weggezogen.«

»Richtig, das *ist* ein Muster, aber ich sehe es in einer anderen Form. Er plant detailliert. Er weiß genau, was er tut, aber ihn treibt mehr als einfach nur der Drang zu töten.«

»Rache?«, schlug sie vor.

»Könnte sein. Aber wir müssen um alles in der Welt verhindern, dass die Presse Serienmörder schreit. Wir riskieren, dass er kalte Füße bekommt und verschwindet, bevor er sein Vorhaben beendet hat, und dann wird er schwer zu finden sein, gerade weil er in einem so großen Gebiet operiert. Mich hat Seibeck heute Morgen angerufen. Er will tun, was er kann, um unsere Ermittlungen abzuschirmen. Er sähe es gar nicht gern, wenn das CEPOL-Projekt beendet wird, bevor es überhaupt richtig begonnen hat.«

»Was glaubst du, wo sich unser Täter verbirgt?«

Bevor Rudi antworten konnte, klopfte es an der Tür.

»Ah, das ist mein junger Freund. Komm herein, Walter!«

Die Tür ging auf, und der verlegene junge Kommissar mit dem etwas hölzernen Äußeren schlich herein. Er errötete beim Anblick von Lykke, aber sie lächelte ihn einfach an.

»Guten Morgen. Ich habe von deinem ... Erlebnis gehört. Fürchterlich. Wer kommt bloß auf so etwas?«

»Das wollen wir unter anderem herausfinden, Walt«, sagte Rudi und schnipste nach der Tüte, die der Beamte in den Händen hielt. »Sind das die Sachen von der Kriminaltechnik?«

»Ja.«

»Wie läuft's mit Bender? Hat sie einen anderen Fall?«

Krause lieferte die Tüte ab.

»Öh, ja, wir ermitteln im Mordfall eines Fahrradmechanikers. Nora meint, ihn hätte ein unzufriedener Kunde umgebracht.« Er blickte sich zur offenen Tür um und senkte die Stimme. »Sie ist stocksauer, dass du ihr den Andrea-Hahne-Fall geklaut hast, wie sie es ausdrückt. Und sie ist auch wütend darüber, dass ihr Lykke habt kommen lassen. Sie meint, wir müssten unsere Fälle selber lösen.«

»Nun gut«, sagte Rudi mit einem kleinen Lächeln. »Behandelt sie dich wenigstens ordentlich?«

»Sie hat mich losgeschickt, um die Kunden des Fahrradmechanikers zu vernehmen, ich sehe sie also nicht so oft. Nora bleibt im Büro.«

»So bleibst du wenigstens in Bewegung.«

»Ja. Na ja, ich muss jetzt ...«

Er zeigte auf den Korridor und sah Lykke an.

»Einen schönen Tag noch, Walter«, sagte sie.

»Gleichfalls, und gute Besserung.«

»Danke.«

Walter Krause schloss die Tür hinter sich.

Der Kommissar fischte einen undefinierbaren schwarzen Gegenstand aus der versiegelten Tüte und legte ihn auf den Schreibtisch. Es sah aus wie ein großer Klumpen gekaute Lakritze.

»Was ist das?«

»Dein Telefon.«

Lykke starrte ungläubig darauf. Es lief ihr kalt den Rücken hinunter, als sie sich vorstellte, wie es hätten enden können. Sie zuckte zusammen, als Rudi ihr die Hand auf die Schulter legte.

»Bist du wirklich okay?«

Sie sah ihn mit einem ängstlichen Blick an. Er tätschelte ihre Schulter.

»Ganz ruhig. Wir besorgen dir ein neues Telefon. Übrigens gab es bei mir zwei Verbrecher, die versucht haben, mich zu ermorden«, sagte er. »Beide sitzen heute hinter Schloss und Riegel. So wird es deinem Täter auch ergehen.«

Sie nickte und trank einen Schluck Kaffee, während Rudi die Hand erneut in die Tüte steckte und einen zweiten Gegenstand herauszog. Er lag in einer eigenen Plastiktüte und war kleiner als ein Puzzleteil.

»Glaub es oder lass es, aber es ist der KTU gelungen, deine SIM-Karte zu retten.« Er fummelte sie aus dem Tütchen. »Und vielleicht auch deine Daten.«

»Wirklich?«

Es war kaum zu glauben, wenn man das Telefon sah.

»Wie viele Fotos hast du im Haus gemacht?«

»Nur dieses eine von Andrea Hahnes Fotoalbum, von dem ich dir erzählt habe.«

»Genau das interessiert mich.«

Er schaltete sein Handy aus und holte die SIM-Karte heraus. »Praktisch, dass wir das gleiche Modell haben. Meins sieht bloß besser aus als deins.«

Rudi setzte die SIM-Karte ihres Telefons ein. Dann reichte er ihr sein Handy.

»Bitte. Hoffen wir, dass es klappt.«

Es dauerte nur wenige Sekunden, bis sie das Foto gefunden hatte. Sie schickte eine Kopie an Rudis Computer, damit sie es sich gemeinsam auf dem Bildschirm ansehen konnten.

»Wow!«, sagte er überrascht, als er ihre Mail öffnete. »Da hast du wirklich etwas fürs Team geleistet und unsere Ermittlungen an einen wichtigen Punkt gebracht.«

Sie sah ihn zweifelnd an.

»Ich meine es ernst. All meine Alarmglocken schrillen. Das hier ist toxisch. Das kann der Durchbruch sein, nach dem wir suchen. Ich weiß zwar nicht wie, aber probieren wir, es zu dechiffrieren.«

Sie betrachteten eine Weile die vier Fotos.

»Wer auch immer diese Worte geschrieben hat, war sehr wütend«, sagte Rudi schließlich und zoomte an die roten, hitzigen Buchstaben heran. »Sieh mal, da wurde beinahe ein Loch in den Karton gekratzt. In diesen Worten steckt eine infernalische Wut.«

»Es sieht wüst aus«, bestätigte Lykke. »Was bedeutet ›entfernt‹?«

»Beseitigt, entsorgt.«

»Ich meine, was hat das zu bedeuten?«

Der Kommissar legte die Hand ans Kinn und schüttelte den Kopf.

»So viel Hass und Wut«, sagte er. »Das ist schon seltsam.«

»Was?«

»Wir können davon ausgehen, dass das Foto von der Gruppe beim Mittagessen bei den Nachbarn aufgenommen wurde. Es ist derselbe Zaun wie bei den anderen Fotos, aber man kann die Voliere im Hintergrund sehen, also muss es bei den Nachbarn sein.«

»Und was ist daran so seltsam?«

»Wenn Hahnes sich mit den Nachbarn überworfen hatten, warum sind sie dann bei denen zum Mittagessen? Alle sehen aus, als würden sie sich amüsieren.«

»Sie könnten doch als gute Nachbarn begonnen haben und gerieten später in Streit?«

»Zugegeben, das soll schon vorgekommen sein.«

»Ich gehe davon aus, dass mit dem ›Mörderhaus‹ das Haus der Nachbarn gemeint ist. Aber wie soll man es verstehen?«, fragte Lykke. »Hat dort ein Mörder gewohnt, oder wurde dort ein Mord begangen?«

»Gute Frage. Beides ist theoretisch möglich. Es wäre interessant, den Ort zu besuchen, wenn er noch immer existiert.«

»Vielleicht interpretieren wir auch zu viel hinein«, wandte sie dann ein. »Könnte es von einem Kind geschrieben sein?«

»Denkst du an die Tochter?«

»Ja. Ulrike war sieben, als sie starb. Sie konnte sicher schon ein bisschen lesen und schreiben. Es sind ja nur zwei einfache Worte. Vielleicht hat irgendein banaler Vorfall bei ihr den ›Angriff‹ auf die Fotos ausgelöst? Der Nachbar hat ihre Katze überfahren oder so etwas. Kinder überreagieren manchmal total.«

Er sah sie mit einem schiefen Lächeln an.

»Redest du aus Erfahrung?«

»Das weiß ich nicht. Doch, vielleicht. In der Straße, in der ich als Kind gewohnt habe, gab es einen Mann. Er schimpfte immer über uns, egal, ob wir etwas getan hatten oder nicht. Er bekam den Spitznamen Brüll-Børge. Zuerst war er nur doof. Später ging das Gerücht um, er hätte einen Hund getreten, und schließlich hatte er seine Frau und seine Kinder umgebracht und im Garten vergraben. Aber Brüll-Børge war nur ein armer Sonderling, der in Ruhe gelassen werden wollte.«

Der Kommissar sah nachdenklich auf den Bildschirm.

»Ich glaube, es steckt mehr dahinter. Ein Kind würde ›Das Haus vom doofen Børge‹ schreiben oder ›Scheiß-Børge‹. Aber ›Mörderhaus‹ ist eine Anklage. Und ›entfernt‹ eine Konsequenz. Das hier sind verborgene Botschaften.«

»Das heißt, Andrea oder ihr Mann haben es geschrieben. Die meisten Menschen kleben ihre Fotos in chronologischer Reihenfolge in ihre Fotoalben, und diese Fotos kamen nach den Bildern von der Hochzeit und einige aus Ulrikes früher Kindheit. Sie müssen gemacht worden sein, als die Familie noch in Ostdeutschland lebte.«

»Ist es denkbar, dass das Ehepaar den Besitzer des Nachbarhauses für einen Mörder hielt?«

»Vielleicht war er ja ein Mörder«, antwortete sie.

Der Kommissar zupfte sich an der Unterlippe.

»Hahnes zogen 1992 um, war es nicht so? Und die Fotos hier sind von wann? Aus den Sechzigern? Sie heirateten 1966, und der Reihenfolge der Fotos nach müssen sie zu ihrer Zeit in der DDR gemacht worden sein. Der Nachbar, wenn er denn noch lebt, müsste ungefähr so alt sein wie die Opfer.«

»Wo wurde Tobias Hahne begraben?«, erkundigte sich Lykke.

»Mal sehen.«

Rudi klickte auf ein Register und suchte.

»Ein Tobias Hahne liegt auf dem Friedhof Friedenshügel hier

in Flensburg, demselben Friedhof, auf dem auch Ulrike liegt. Geboren 1940, gestorben 2004. Das muss er sein.«

»Wer zum Teufel will hier Rache nehmen?«

23

Döllinger drückte zwei Schmerztabletten aus dem Blisterstreifen und schluckte sie mit etwas Wasser. Dann goss er sich noch einen Schnaps ein und stürzte ihn in einem Zug hinunter. Der Schnaps brannte im Hals, aber auf eine angenehme Weise im Gegensatz zu der scharfen Klinge des Skalpells. Er rutschte auf dem Stuhl herum und blickte auf sein linkes Bein, wo das Blut schon wieder die äußerste Lage des Verbands rot färbte. Er musste in kurzen Hosen und mit nackten Füßen dasitzen.

»Verdammt«, stöhnte er und erhob sich mühsam, verärgert darüber, dass er die Vorbereitungen zum nächsten Teil des Plans abbrechen musste. Er humpelte ins Badezimmer und öffnete den Medizinschrank über dem Waschbecken. Auf dem unteren Brett lagen fünf Rollen Gaze und eine Flasche Isopropylalkohol, eine Tüte Watte und eine kleine Schere. Er klappte den Toilettendeckel hinunter, stellte den Fuß darauf und löste den Verband. Je weiter er den Verband abwickelte, desto dunkler und größer wurden die Flecken. Vielleicht hätte die Wunde genäht werden müssen, aber diese Möglichkeit war ausgeschlossen. Im Krankenhaus würden Fragen gestellt werden, und wenn die Polizei mit dem Mord an die Öffentlichkeit ging, würde man sich möglicherweise an einen Mann mit schweren Verletzungen am Bein erinnern.

Er hatte Roth eindeutig unterschätzt, weil er ein alter Mann war. Aber Roth hatte auf Augenhöhe gekämpft. Es war reines Glück gewesen, dass Döllinger gewonnen hatte.

Es war verdammt schwer gewesen, die Wahrheit aus diesem geriatrischen Biest herauszubekommen, und noch schwerer war es, ihn das Stasi-Formular unterschreiben zu lassen, aber zumindest lagen die Papiere nun in seinem Safe.

Roth war kein schöner Anblick, als er ihn mit einem Loch im Herz im Sessel zurückließ, aber nichts anderes hatte der Schweinehund verdient.

Döllinger hatte das Haus auf demselben Weg verlassen, den er gekommen war. Er war über den Rasen im Garten gehumpelt, hatte sich durch die Hecke auf das Nachbargrundstück gequetscht und war zur Parallelstraße geschlichen. Er war niemandem auf seinem qualvollen Weg zum Auto begegnet. Auf dem Heimweg waren die Schmerzen beinahe unerträglich gewesen. Wenn er die Kupplung trat, platzte die Wunde auf und saugte sich im Stoff fest. Er musste sechzig Kilometer fahren und hatte Angst, auf dem Weg in eine Verkehrskontrolle zu geraten. In der winterlichen Dunkelheit wurden häufig die Scheinwerfer kontrolliert, und obwohl der Wagen erst kürzlich bei der Inspektion gewesen war, wusste man nie, wann eine Birne durchbrannte. Er hatte geronnenes Blut an den Händen und sein Hosenbein war von Blut durchnässt. Glücklicherweise war er nicht angehalten worden.

Jetzt betrachtete er die Verletzungen im Badezimmerlicht. Anderthalb Tage später sah es noch immer recht übel aus. Roth hatte eine beinahe dreißig Zentimeter lange Wunde in sein Schienbein geschnitten, die zum Glück aber nicht sehr tief war. Sie glich einer roten Leitung auf der Haut. Etwas Gaze hing darin fest und riss Teile der Wunde wieder auf, sodass das Blut wieder anfing zu sickern, aber nur oberflächlich und tröpfchenweise.

Problematischer war es mit der Wade, die nur schwer heilte, weil die Wunden sich ständig wieder öffneten, wenn er sich auf das Bein stützte. Der alte Vernehmungsleiter hatte seine Macht ganz offensichtlich genossen. Sein Gesichtsausdruck hatte Döllinger mehr erschreckt als die eigentliche Folter. Drei tiefe Wunden an der Wade hatte er ertragen müssen, bevor es ihm gelungen war, das Blatt zu wenden.

Er schraubte die Flasche mit dem Isopropylalkohol auf, befeuchtete ein Büschel Watte und verlagerte das Gewicht vorsichtig auf den Unterschenkel. Die Wundränder öffneten sich wie die Kiemen eines Fischs. Vorsichtig beseitigte er Watteflusen und Blut. Es brannte heftig, aber es half, dabei an Roths toten Körper im Sessel zu denken.

Döllingers Blut war über den ganzen Fußboden gespritzt. Wenn die Polizei entdeckte, dass der Täter geblutet hatte, würden sie natürlich ein DNA-Profil erstellen. Glücklicherweise stand er in keinem Strafregister.

24

Am folgenden Tag klingelte Lykkes neues Telefon, als sie im Restaurant des Hotels frühstückte.
»Guten Morgen, Rudi.«
»Guten Morgen. Wie weit bist du?«
Er klang hektisch.
»Irgendwo zwischen einem leckeren Omelett mit Spinat und der zweiten Tasse Kaffee.«
»Beeil dich mit dem Frühstück. Wir müssen los.«
»Warum?«

»Es wurde eine weitere Leiche gefunden. Ein Mann. Gefesselt auf einem Sessel. Er wurde zuerst gefoltert und dann durch einen Schuss ins Herz getötet. Dekoriert mit einer toten Taube. Klingt das bekannt?«

Sie schluckte ihr Ei überrascht herunter und spülte mit einem Schluck Saft nach.

»Scheißstart in den Tag.«

»Es könnte noch schlimmer kommen. Die Medien haben ein paar Details der Morde an Hahne und Roth in Erfahrung gebracht und fangen an, Parallelen zu ziehen. Unsere Presseabteilung wird mit Fragen bombardiert. Es wird bereits über einen Serienmörder spekuliert.«

»Hat die neue Leiche einen Namen?«

»Werner Bauer. Mehr weiß ich nicht. Ich wurde gerade von dem Kollegen angerufen, der die Ermittlungen leitet. Die Lübecker Polizei ist über die Morde an Hahne und Roth informiert. Das wird bald in ganz Norddeutschland der Fall sein, und im übrigen Deutschland liest man auch Zeitung. Lübeck sagt, wir sollen sofort kommen. Ich glaube, sie befolgen eine Anordnung von oben. Seibeck war gerade bei mir und hat betont, wie wichtig eine schnelle Aufklärung ist. Als wüssten wir das nicht selbst. Ob es ihm um die Opfer oder seine Karriere geht, kann ich nicht sagen.«

»Wo ist die dritte Leiche?«, fragte sie, während ein Kellner ihr Kaffee nachgoss.

»Etwas außerhalb von Lübeck. Das ist von hier aus fast doppelt so weit wie Kiel. Hunderteinundsechzig Kilometer sagt das Navi. Wir werden knapp zwei Stunden brauchen, aber die Tage sind kurz im Moment, also müssen wir uns beeilen.«

»Ich stehe in zwanzig Minuten vor dem Hotel.«

»Gut, Lucky. Bis gleich.«

Sie legte das Telefon auf den Tisch. Der Kellner sah blass aus.

Der junge Mann hatte sie jeden Morgen auf eine nette, diskrete Art bedient. Er verstand Dänisch.

»Danke für den Kaffee, aber ich schaffe die Tasse nicht mehr. Ich muss aufbrechen.«

»Sie haben hoffentlich kein Problem?«

»Nein, nein. Ich bin Polizistin. Mordkommission«, fügte sie auf Deutsch hinzu.

Sie sprach das Wort gern auf Deutsch aus. Es hörte sich kraftvoll an. Der Kellner sperrte die Augen auf.

»Cool. Ich kann Ihnen einen Coffee-to-go machen, den sie mitnehmen können.«

»Danke, das wäre sehr nett.«

»Du musst Bescheid sagen, wenn die Kopenhagener Polizei etwas zum Benzin beisteuern soll«, sagte sie und nippte an ihrem Kaffee.

»CEPOL bezahlt, aber beim nächsten Mal darfst du deinen Freund gern um zwei Kaffee bitten.«

Lykke lachte.

»Er glaubt wahrscheinlich, ich arbeite allein.«

Rudi schüttelte den Kopf.

»Unglaublich, dass du den jungen Mann so ausnutzt.«

»Ich habe ihn um nichts gebeten. Er hat es von sich aus angeboten.«

»So ging es mir auch einmal mit den jungen Damen.«

»Hast du weitere Informationen über den neuen Mord erhalten?«

»Nein. Der Kommissar sagte nur, dass der Bursche ungefähr zwei Wochen tot dagesessen haben muss.«

»Äh, wie traurig.« Sie steckte den Becher in den Kaffeehalter. »Er muss ziemlich einsam gewesen sein. Stell dir vor, du bist so lange tot, ohne dass dich jemand vermisst.«

»Vierzehn Tage sind nichts. Ich hatte mal einen Fall, bei dem wir eine alte Dame fanden, die beinahe drei Jahre in ihrem Hof gelegen hatte. Erst als die Gemeinde von ihr ein Stück Land für eine neue Straße wollte, hat jemand bei ihr geklingelt.«
»Oh Gott. Wie ...?«
»Sie hatte zwei Hunde. Die haben eine ordentliche Portion von ihr verspeist, bevor sie selbst an Hunger und Durst eingingen. In dem Magen des einen Hunds fand der Rechtsmediziner die ...«
»Nein, hör auf, Rudi!«
»Das ist die Realität, liebes Kind. Es ist selten schön in unserer Branche. Man muss auf alles vorbereitet sein.«

Lykke war als Teenager schon einmal in der Hansestadt Lübeck gewesen. Eine Klassenfahrt. Sie erinnerte sich vor allem an das Holstentor, einen Burschen, der Niklas hieß, und an Niederegger, das Marzipan-Geschäft. Dort hatte sie den größten Teil ihres Taschengeldes ausgegeben und anschließend gewaltige Bauchschmerzen gehabt.

An diesem Tag gab es weder die Gelegenheit für Sightseeing noch für Süßigkeiten. Sie umfuhren die Stadt in östlicher Richtung. Rudi hatte eine Adresse in dem Landschaftsschutzgebiet Palinger Heide an der Grenze zwischen Schleswig-Holstein und Mecklenburg-Vorpommern bekommen. Lykke gefiel die norddeutsche Landschaft. Hätten sie nicht ein ernstes Anliegen gehabt, wäre das klare Winterwetter perfekt für einen Spaziergang gewesen.

Rudi bremste an einer langen, geraden Straße, die laut einem Schild zu dem kleinen Ort Palingen führen sollte, der mitten im Wald lag.
»Irgendetwas nicht in Ordnung?«
»Ich glaube, wir sind zu weit gefahren. Wir müssen zur Haus-

nummer 5, aber Google Maps findet die Adresse nicht. Unsere Zielfahne steckt mitten im Wald.«

»Ich habe beim Vorbeifahren einen kleinen Seitenweg bemerkt, ungefähr hundert Meter von hier.«

Der Kommissar wendete den Wagen auf der leeren Straße. Sie fanden die Abzweigung, die lediglich aus einer von zwei Büschen flankierten Wagenspur bestand.

»Gut beobachtet«, lobte er und fuhr langsam den Feldweg entlang.

Der Wald war mit Raureif überzogen, in dem sonnigen, aber bleichen Licht war es windstill. Der Mercedes fuhr über einen unregelmäßigen Teppich aus abgefallenen Zapfen, die zwei braune Linien auf den Waldboden zeichneten.

Ein einzelnes Gebäude mit schrägem Dach und ein paar dazugehörende Schuppen kamen zwischen den Bäumen zum Vorschein. Dahinter stand ein mit verwelkten Blättern geschmückter niedriger Steinzaun, allerdings gab es keine unmittelbare Begrenzung des Grundstücks. Es ging direkt in den Wald über, der von alten Buchen, Eichen und welken Kletterpflanzen dominiert wurde.

Vor dem Haus hielten ein Streifenwagen, der Wagen eines Bestatters und einige zivile Fahrzeuge. Als sie parkten, kam ein Mann mit einem spitzen Gesicht direkt auf sie zu. Er war in Lykkes Alter und trug einen Anzug.

Sie stiegen aus.

»Kommissar Lehmann? Mein Name ist Florian Kosowek, Kriminalbeamter. Und Sie müssen Lykke Teit aus Kopenhagen sein. Willkommen.«

Lykke und Rudi grüßten zurück.

Kosowek wechselte aus Rücksicht auf den dänischen Gast ins Englische.

»Wir sprachen gerade darüber, wann Sie wohl hier sein könnten. Mein Vorgesetzter wurde zu einem anderen Fall gerufen, daher bin ich hier verantwortlich. Die KTU ist fertig, und der Bestatter ist bereit, die Leiche abzutransportieren, aber mir wurde gesagt, dass Sie vorher den Tatort besichtigen sollen. Es sieht sehr ähnlich aus wie auf den Fotos, die wir von den Morden an Andrea Hahne in Flensburg und Christoph Roth in Kiel gesehen haben.«

Er ging auf das Haus zu, vor dem sich ein paar uniformierte Beamte unterhielten.

»Seien Sie darauf vorbereitet, dass es kein schöner Anblick ist. Werner Bauer heißt das Opfer. Oder zumindest glaubten wir es, aber wir wurden gerade darüber informiert, dass er es nicht sein kann.«

»Wieso?«, fragte Rudi und blieb stehen.

Kosowek stemmte die Hände in die Seiten.

»Weil Werner Bauer vor drei Jahren gestorben ist. Das hat seine Schwester bestätigt. Er wurde auf einem Friedhof hier ganz in der Nähe begraben.«

»Das müssen Sie uns genauer erklären«, sagte Rudi. »Wenn Werner Bauer tot ist, weshalb besitzt er noch immer ein Haus?«

»Natürlich ist es nicht mehr seins. Tatsächlich gehört es seiner Schwester. Sie ist die Alleinerbin und wohnt in Lübeck. Aber sie kommt nie hierher. Mein Vorgesetzter hat mit ihr gesprochen. Das Haus ist unbewohnt, seit der Bruder vor drei Jahren starb. Sie hat einen Aufseher, der alle Vierteljahre nach dem Rechten sieht. Er hat den Toten gefunden. Es sieht so aus, als hätte der Mann eine Weile hier gelebt, das Haus war ja noch komplett möbliert. Die Leute vom Elektrizitätswerk sagen, die Zähler wären mindestens anderthalb Monate gelaufen, und es gibt Lebensmittel im Kühlschrank. Wie es aussieht, hatte unser anonymer Freund hier eine gute Gratis-Unterkunft gefunden. Nicht dumm, wenn man nicht so viel Geld hat.«

»Oder von der Polizei gesucht wird«, warf Lykke ein.

»Wissen wir, wer es ist?«, erkundigte sich Rudi.

»Nein, wir haben keinen Ausweis gefunden. Einiges deutet darauf hin, dass er nur vorübergehend hier lebte. Er hatte sich darauf vorbereitet, sofort flüchten zu können, sollte jemand auftauchen. Im Flur steht ein gepackter Koffer. Außerdem haben wir ein abgeschlossenes Auto im Wald gefunden. Darin liegen noch eine Menge Sachen.«

»Gestohlen?«

»Wir untersuchen es gerade.«

»Und wieso hat die Schwester das Haus nicht verkauft?«, wollte Lykke wissen.

»Das wunderte mich auch. Aber Ilsa Bauer ist wohlhabend. Ursprünglich war es das Haus ihrer Eltern, und nachdem sie gestorben waren, hat der Bruder das Elternhaus übernommen. Vielleicht hat sie es aus sentimentalen Gründen behalten. Oder sie hat gewartet, bis sie es zu einem vernünftigen Preis verkaufen konnte. Das ist kein schlechter Ort, wenn man seine Ruhe und keinen Nachbarn haben will.«

Sie betrachteten das Haus. Eine massive, kräftige Holzkonstruktion mit zwei Stockwerken. Die rot-braunen Wände benötigten ein bisschen Farbe und Pflege, passten aber ausgezeichnet in die Winterlandschaft und würden zweifellos noch viele Jahre Bestand haben.

Kosowek führte sie zur offenen Haustür. Sie betraten einen geräumigen Eingangsbereich, in dem ein Kriminaltechniker im Overall seine Ausrüstung zusammenpackte. Er grüßte. Der Leichengestank war durchdringend, obwohl sämtliche Türen und Fenster offen standen.

»Wir sind fertig, aber, wie gesagt, bereiten Sie sich darauf vor, dass er kein schöner Anblick ist«, sagte Kosowek. »Ich sage es nur. Sie müssen keine Overalls anziehen, aber vielleicht möchten Sie etwas Tigerbalsam?«

Lykke nahm das Angebot dankbar an und schmierte sich die kräftig riechende Creme unter die Nase, um den schlimmsten Gestank abzumildern, der die Luft in einer Art Vorzimmer mit alten Radierungen von Jagd- und Naturmotiven verpestete. Über der Tür hing ein Jagdhorn, und an der Wand stand ein leerer Gewehrschrank mit Platz für drei Waffen.

»Er ist dort drinnen«, sagte der Techniker und wies in das nächste Zimmer.

Kosowek ging als Erster in den Raum, den man am ehesten als eine Bibliothek bezeichnen konnte. Vor einigen Regalen stand ein breiter Schreibtisch zwischen zwei hohen Fenstern. In einer der Ecken sahen sie ein zweisitziges Sofa und eine Anordnung des Mobiliars, die ihnen bekannt vorkam. Der Sessel stand neben einem Holzofen gegenüber vom Schreibtisch.

Der junge Kriminalkommissar trat beiseite, sodass sie die gesamte Szenerie überschauen konnten. Lykke bemerkte, wie Rudi heftig zusammenzuckte. Sie sah ihn aufmerksam an. Sein Gesicht hatte jegliche Farbe verloren, er starrte den Toten mit einem Ausdruck an, als würde er nicht glauben, was er sah. Der Mann im Sessel war bestimmt kein schöner Anblick, aber diese heftige Reaktion was alles andere als normal. Dann drehte sich der Kommissar auf dem Absatz um und ging hastig zurück in den Eingangsbereich.

»Rudi?«

Lykke sah ihm nach. Die Haustür wurde zugeworfen. Sie sah Kosowek verständnislos an, der die Achseln zuckte.

»Passiert manchmal selbst erfahrenen Polizisten.«

»Ja.«

»Soll ich ihm nachgehen?«, erkundigte sich der junge Beamte.

»Nein. Ich kenne ihn. Er braucht vermutlich nur ein bisschen frische Luft und kommt gleich zurück.«

»All right.«

Lykke begann, die Bibliothek zu inspizieren.

Sie sah sich zunächst den Toten im Sessel an. Der Verwesungsprozess hatte bereits seit einiger Zeit begonnen, die Leiche war aufgedunsen. Die Gesichtszüge des Mannes ließen sich noch erahnen, aber falls ihn jemand kannte, war es nicht sicher, ob er ihn identifizieren könnte. Sie schätzte sein Alter auf fünfzig bis sechzig Jahre. Er war kräftig gebaut und trug eine dunkle Hose, Hausschuhe und ein rot kariertes Hemd. Gefesselt war er mit dem gleichen Typ Nylonseil wie Roth und Hahne.

Langsam umkreiste Lykke den Sessel. Er war ebenso chancenlos gewesen wie die anderen. Das Seil war drei-, viermal um die Brust gezurrt und an der Rückenlehne befestigt. Zwei andere Seile fixierten die Waden an den Stuhlbeinen. Schließlich waren die Handgelenke an die Armlehnen gebunden. Es gab zwei deutliche Einschusslöcher an der linken Brustseite. Ein Schuss wurde direkt in die Herzregion gesetzt. Das Blut war auf der anderen Seite in einem Fächer verspritzt, ein Teil war über die Brust gelaufen und zu braunen Flecken geronnen, die sich mit dem Muster des Hemdes vermischten. Soweit sie es sehen konnte, hatte er keine Schnittwunden an den Fingern oder andere Verletzungen, wie sie Hahne und Roth zugefügt worden waren. Dafür wies er Blessuren nach Faustschlägen ins Gesicht auf. Die Taube, die in seinem Schoß lag, war blutverschmiert. Sie trug einen grünen Plastikring am Bein.

»Eine neue Bluttaube«, dachte sie. »Wer weiß, wie viele Tauben der Täter wohl hat. Ob er weitermacht, bis alle verbraucht sind?«

Lykke warf einen Blick aus dem Fenster, aber Rudi war nicht zu sehen, und sie versuchte, sich ganz normal zu verhalten. Sie wollte Kosowek gegenüber ihre Sorge nicht zeigen, vor allem, da sie doch für das neue »Wunderteam« gehalten wurden.

Der Kriminalassistent räusperte sich.

»Ich gehe mal kurz raus. Lassen Sie sich ruhig Zeit.«
»Danke.«
»Ich werde die Techniker fragen, ob sie Material für einen DNA-Test gesammelt haben. Vielleicht finden wir den Burschen ja in unseren Dateien.«
»Ja, machen Sie das.«

Kosowek verließ die Bibliothek, und einen Augenblick später fiel die Haustür zu. Lykke wusste, dass es ein Vorwand gewesen war, um an die frische Luft zu kommen. Die DNA-Probe war Standard, den kein Kriminaltechniker vergaß, aber wenn er nach dem Kommissar sehen wollte, war das vollkommen in Ordnung. Rudi hatte vermutlich eine Erklärung für sein Verhalten. Lykke war überzeugt, dass nicht der Anblick einer halb verwesten Leiche der Grund für seine Reaktion war.

Sie zog sich die Einweghandschuhe über, hielt den Atem an und schob vorsichtig die Hemdsärmel am rechten Arm der Leiche hoch. Sie hatte beinahe das Gefühl, den Jackpot geknackt zu haben. Der Mann war zweimal gefesselt worden. Außer dem Seil, das sein Handgelenk an der Armlehne fixierte, gab es noch einen roten Streifen weiter oben am Arm. Auch er hatte also vermutlich irgendwann eine freie rechte Hand gehabt.

Sie machte ein Foto des Arms und einige weitere Bilder von der Leiche und dem ganzen Arrangement in dem Raum.

Kosowek kam zurück.

»Haben Sie sich den Koffer im Vorzimmer angesehen?«, erkundigte sie sich.

»Ja. Überwiegend Kleidung und einige Toilettenartikel. Wir haben auch ein Portemonnaie mit einigen Euros gefunden, aber keine persönlichen Papiere. Und ein paar Reiseprospekte. Paris und Lissabon. Es könnten Städte sein, in denen er war oder in die er möglicherweise wollte.«

»Was ist mit einem Handy? Oder Schlüsseln?«

»Nur ein Autoschlüssel.«

»Vielleicht hat er etwas in den Hosentaschen?«

Kosowek schaute mit einer Grimasse auf die Leiche. »Ich weiß nicht, wie sorgfältig die Jungs von der KTU ihn untersucht haben, aber falls noch etwas in der Kleidung sein sollte, finden wir es.«

Lykke betrachtete den Schreibtisch. Eine alte Lampe beleuchtete mehrere Behälter mit Schreibutensilien, einen Briefbeschwerer in Form eines in Harz gegossenen Skorpions, ein altes schwarzes Festnetztelefon mit Wählscheibe, ein großes betagtes Radio mit einer braunen Holzverkleidung und einen Laptop.

Wenn man am Schreibtisch saß, hatte man den Sessel im Rücken. Dort stand eine Leselampe, deren Schirm direkt auf die Leiche gerichtet war.

»War die Lampe eingeschaltet, als man ihn fand?«

»Ja, es wurde nichts verändert.«

Der Täter hatte also am Schreibtisch gesessen, das Opfer konnte ihn nicht sehen.

Das Haus im Wald vermittelte den gleichen Eindruck wie Andrea Hahnes Wohnung. Das Gefühl, als würde die Zeit stillstehen. Und die Möbel waren wie bei Christoph Roth von solider Qualität.

Ihr Blick fiel auf etwas neben dem Schreibtisch. Sie hatte es im ersten Moment nicht bemerkt, weil es direkt an der Wand stand, halb verborgen hinter einer langen braunen Gardine. Eine Schreibmaschine.

»Da!« Lykke zeigte darauf.

»Eine Schreibmaschine? Was ist damit?«

»Ich möchte, dass Sie die untersuchen lassen, sowohl auf Fingerabdrücke und um zu sehen, ob sich von dem Text auf dem Farbband noch etwas rekonstruieren lässt.«

»Okay. Darf ich fragen, warum?«

»Wir haben den Verdacht, dass der Täter bei seinen Morden eine Schreibmaschine benutzt. Vermutlich hat er selbst eine mitgebracht, aber überprüfen wir die da, und sei es nur, um sie auszuschließen.«

»Verstanden. Ich informiere die Techniker.«

Lykke ging zur Tür. Sie wollte wissen, was mit Rudi los war.

»Frau Teit?«, rief Kosowek.

»Ich komme gleich wieder.«

»Was ist mit dem Toten?«

»Sie können ihn abtransportieren lassen.«

25

Als Lykke aus dem Haus trat, war Rudi nirgendwo zu sehen, aber sein Auto stand noch dort, wo sie es geparkt hatten.

»Er ist da langgegangen.« Einer der Beamten zeigte auf die Reifenspur.

»Danke.«

Die frische Waldluft war befreiend nach der beklemmenden Bibliothek. Sie zog ihr Telefon heraus und rief ihn an. Es war noch so kalt, dass der Atem in kleinen Wölkchen vor Nase und Mund stand, aber die Sonne schien angenehm durch die kahlen Baumkronen.

Rudi meldete sich sofort.

»Na, Lucky? Alles in bester Butter?«

Er versuchte, unbeschwert zu klingen, aber sie hörte, dass ihn etwas mitgenommen hatte.

»Also, Rudi, das sagt doch kein Mensch mehr, nicht mal in

Jütland. Du musst wirklich einen Kurs in modernem Dänisch belegen, wenn du mich in Kopenhagen besuchst.«

»Kann sein.«

»Wo steckst du?«

»Ich stehe hier unten. Ich kann dich sehen.«

Sie entdeckte ihn ein Stück weiter auf dem Weg, an einer Kurve vor einigen großen Lärchen. Er winkte.

»Ich komme zu dir«, sagte sie und unterbrach die Verbindung.

Rudi schlenderte ihr entgegen. Als er vor ihr stand, war offensichtlich, wie sehr ihn das Erlebnis im Haus getroffen hatte. Sein Gesicht war bleich, er hatte rote Ränder unter den Augen.

»Du siehst aus wie jemand, der im Lotto gewonnen hat«, sagte er.

»Ich glaube, ich habe vielleicht eine Spur gefunden.«

Rudi steckte die Hände in die Taschen und kniff ein Auge zu.

»Ich höre.«

»In der Bibliothek steht eine alte Schreibmaschine.«

»Die habe ich nicht gesehen, tut mir leid.«

»Sie stand ein bisschen versteckt zwischen dem Schreibtisch und einer Gardine. Ich bezweifele, dass sie dem Täter gehört, aber ich habe Kosowek gebeten, sie untersuchen zu lassen. Dann sehen wir weiter.«

»Gut. Sonst noch was?«

»Das Szenario sieht aus wie bei den beiden anderen Morden.« Lykke erklärte, wie der Schreibtisch, der Sessel und die Leselampe standen. »Ein Verhör. Und irgendwann hatte er die rechte Hand frei. Es gibt den Abdruck eines Seils am rechten Handgelenk.«

Rudi blickte auf den Wald, während er nachdachte. Die Idylle um sie herum schien nicht gestört zu sein. Windstille, Sonne und ein Vogel, der hoch oben auf einem Zweig zwitscherte.

»Wenn er dort ein paar Wochen gesessen hat, und so sieht es

aus, dann wurde er vor Hahne und Roth ermordet, was ihn zur Nummer eins in der Reihe macht.«

»Es sei denn, es sitzt noch eine andere Leiche irgendwo, die noch nicht entdeckt wurde«, warf Lykke ein.

»Das können wir natürlich nicht ausschließen. Was ist mit der Taube?«

»Der gleiche Typ. Eine gewöhnliche Taube, wie sie bei uns um die Würstchenwagen herumlaufen. Beringt.«

Rudi schob den Hut zurück in den Nacken und schnaufte.

»Er hat ein besorgniserregend großes Revier, dieser Bluttaubenmörder.«

»Tja.«

»Noch etwas Bemerkwertes im Haus?«

»Kein Ausweis des Opfers, aber ein paar Reiseprospekte und etwas Bargeld, nicht viel. Er könnte auf der Flucht gewesen sein ... Ich habe eine Frage.«

»Bitte.«

»Was zum Teufel war in der Bibliothek mit dir los?«

Der Kommissar stieß ein tiefes Stöhnen aus.

»Können wir später darüber sprechen? Ich muss erst noch nachdenken.«

»Okay, aber sag Bescheid, wenn dich etwas bedrückt. Ich bin bereit zuzuhören.«

26

Ilsa Bauer, die nach dem Tod ihres Bruders die rechtmäßige Eigentümerin des Grundstücks war, auf dem man den Unbekannten gefunden hatte, wohnte in einem merkwürdig kleinen Haus.

Es war hoch und schmal, und da es gleichzeitig auf einer kleinen Erhebung hinter einem Haus mit normalen Proportionen stand, wirkte es ein wenig wie ein Turm. Eine lange Treppe führte von der Straße zu einer grünen Haustür.

»Ich hoffe, sie ist zu Hause«, schnaufte Rudi, als sie die halbe Strecke bewältigt hatten. »Sonst habe ich mich vollkommen sinnlos sportlich betätigt.«

Normalerweise hätte Lykke jetzt eine spöttische Bemerkung fallen lassen, aber sie spürte, dass sie im Moment behutsam mit ihm umgehen musste, also ging sie langsamer. Sie hatte versucht, auf dem Rückweg ein paar Informationen von ihm zu bekommen, aber er hatte sie mit der Bemerkung abgespeist, er müsse erst sicher sein. Worüber er sicher sein wollte, hatte er nicht erklärt.

Ilsa Bauer war eine uralte und gebrechlich aussehende Dame, die offenbar über keine Klingel verfügte, denn erst nach anhaltendem Klopfen an die Haustür öffnete sie die Tür einen Spalt und hatte einen so erschrockenen Gesichtsausdruck, als würde sie alle Qualen der Hölle auf der Fußmatte erwarten.

Rudi Lehmann hob kurz den Hut, streckte ihr seinen Dienstausweis entgegen, stellte Lykke und sich in seiner charmantesten Art vor und fragte, ob es möglich sei, ihr ein paar Fragen zu stellen. Die Dame beruhigte sich rasch und bat sie herein. Sie wurden in eine Küche geführt, die mit allen möglichen Einmachgläsern, Krügen, Porzellan, Pflanzen und Kräutern vollgestellt war. Sie bat Lykke und Rudi, an einem winzigen Esstisch Platz zu nehmen, auf dem eine riesige Katze lag, die wie ein gut geölter Elektromotor schnurrte und nur kurz die Augen öffnete, um sich die Gäste anzusehen. Rudi balancierte auf einem wackligen Stuhl, während Lykke sich auf eine Bank klemmte, die mit der Wand verschraubt war.

»Ich weiß nicht, ob ich euch helfen kann, ihr Lieben«, sagte

Frau Bauer, während sie mit einem Kessel hantierte, der beinahe ebenso groß war wie sie. »Es ist lange her, dass ich draußen im Waldhaus war. Ich habe jemanden, der dort ein paar Mal im Jahr nach dem Rechten sieht. Er hat viele seltsame Dinge im Haus gefunden, aber noch nie eine Leiche. Das erinnert mich an eine Episode aus meiner frühen Jugend ...«

Die alte Dame redete ohne Punkt und Komma, wie es oft bei Menschen vorkommt, die selten Besuch bekommen. Lykke verstand beinahe alles und streichelte der Katze den Kopf, während Rudi aufstand und Ilsa Bauer half, den Wasserkessel auf den uralten Herd zu stellen.

»Danke, Herr Kommissar. Die Lübecker Polizei war bereits zweimal hier und hat mich ausgefragt, aber ich verstehe das Ganze nicht. Werner, mein jüngerer Bruder, hat uns vor drei Jahren verlassen. Er wurde auch tot in diesem Sessel gefunden. Es scheint beinahe so etwas wie eine Warnung gewesen zu sein. Ich glaube, ich lasse den Sessel jetzt wegwerfen, bevor noch jemand darin stirbt. Ich dachte im ersten Moment, unsere Polizei sei ein bisschen verkalkt, als sie mir mitteilten, Werner sei tot. Das wusste ich doch, aber ich hatte keine Ahnung, dass in dem Haus im Wald ein Fremder wohnt. Ich hätte ja nichts dagegen gehabt, aber ich würde schon gern Bescheid wissen, bevor die Leute einfach einziehen. Mein Bruder hatte keine Freunde oder Bekannte, es handelt sich also um niemanden, den er kannte. Werner war ein Einzelgänger. Wir hatten sehr wenig Kontakt in seinen letzten Lebensjahren.«

»Ich habe ein Foto des Toten.« Lykke zog ihr Telefon aus der Tasche. »Vielleicht können Sie ihn identifizieren?« Sie reichte der alten Dame ihr Telefon. »Allerdings muss ich Ihnen sagen, dass es kein besonders schöner Anblick ist.«

Ilsa Bauer verstand kein Englisch, Rudi musste übersetzen. Er blickte aus dem Fenster, während sie das Display betrachtete.

»Ich bin pensionierte Krankenschwester«, erklärte die alte Dame. »Ich habe Schlimmeres gesehen. Werner hatte auch bereits eine Weile dagesessen, bevor er gefunden wurde, aber nicht so lange wie der hier.«

Sie schüttelte den Kopf und gab Lykke das Telefon zurück.

»Nein, ich habe ihn noch nie gesehen.«

Der Kessel begann zu pfeifen. Während Frau Bauer den Tee aufsetzte, starrte Rudi weiter aus dem Fenster.

»Wenn du etwas weißt, solltest du mir es erzählen, finde ich«, flüsterte Lykke.

»Ich weiß gar nichts«, entgegnete er.

Sie glaubte ihm nicht, aber hier konnte sie keine Diskussion mit ihm beginnen.

Die alte Dame servierte den Tee in großen geblümten Bechern, dazu gab es selbst gebackenen Kuchen, den zu akzeptieren der Kommissar kein Problem hatte.

»Lassen Sie mich kurz umreißen, was wir bisher wissen, Frau Bauer«, sagte er kauend und rührte den Tee um. »Ihr Bruder lebte in dem Haus im Wald, bis er vor drei Jahren starb. Danach stand das Haus leer, war aber möbliert und abgeschlossen. Korrekt?«

»Ja.«

»Und Sie haben es geerbt?«

»Ja, ja. Werner hatte keine Familie.«

»Warum haben Sie das Haus nicht verkauft, wenn ich fragen darf?«

Ilsa Bauer legte die Hände in den Schoß, bevor sie antwortete.

»Mein Großvater wurde in dem Haus geboren. Es war seit vier Generationen im Familienbesitz, und ich bin als Kind häufig dort gewesen. Ich habe im Wald gespielt, es war meine schönste Zeit. Dann kam der Krieg. Meine Eltern wohnten in Berlin, und wir hatten ein paar harte Jahre, wie so viele Deutsche. Mehrere meiner Familienmitglieder wurden während der Bombenangriffe getötet. Als der Krieg zu Ende war, hatten sich die Zeiten geändert. Meine Eltern blieben in Berlin, aber wir fuhren nicht länger zur Palinger Heide.«

»Warum nicht?« Lykke stellte die Frage auf Deutsch.

»Weil wir in Ostberlin wohnten, Liebes, es war sehr schwer, dort herauszukommen. Ja, beinahe unmöglich, es sei denn, man hatte eine besondere Erlaubnis oder konnte fliehen. Aber viele verloren bei dem Versuch ihr Leben.«

Rudi drückte auf dem unbequemen Stuhl den Rücken durch.

»Und Sie stammen aus Ostberlin?«, fragte er.

»Ursprünglich ja. Aber ich war nie mit dem Herzen Berlinerin. Vielleicht hätten wir herauskommen können, wenn wir gewollt hätten. Mein Vater hatte Verbindungen, aber meine Großeltern entschieden zu bleiben. Sie liebten das kommunistische System. Mein Bruder auch. Ich hasste es. Das Viertel in der Nähe des Alexanderplatzes, in dem wir wohnten, war durchaus angenehm, aber die Menschen hatten Angst, überwacht und angezeigt zu werden. Viele redeten beinahe im Kommandoton miteinander. Ich glaube nicht, weil sie böse oder rücksichtslos waren. Die Leute hatten ganz einfach Angst. Eine Heidenangst vor einer Anzeige und den Folgen. Wir lebten jeden Tag mit Kontrollen und Rationierungen, mit all diesem billigen Mist und dem Mangel, aber das durfte man nicht laut sagen. Nach außen hin preise ich mich glücklich, nicht den dekadenten Sitten des Westens ausgesetzt zu sein. Wenn man etwas anderes äußerte, riskierte man, wegen Unterminierung ins Gefängnis geworfen zu werden. Oder noch schlimmer, ein Spion zu sein.«

Rudi drehte seinen Teebecher mit einer finsteren Miene.

»Meine Kollegin und ich ermitteln in einigen Mordfällen, die in den letzten Wochen in Norddeutschland verübt wurden. Haben Sie davon gehört? Ein Mann wurde in seinem Haus in Kiel umgebracht, und eine Frau in ihrem Haus in Flensburg gefunden. Beide waren relativ alt.«

Ilsa Bauer nickte. Durch die zahlreichen Runzeln in dem kleinen bleichen Gesicht hielt man sie möglicherweise für eine senile Alte, aber Lykke hatte das unbedingte Gefühl, dass ein sehr waches Hirn hinter den lebendigen blauen Augen arbeitete.

»Ich verfolge durchaus die Nachrichten, Herr Kommissar. Ja, ich habe es im Fernsehen gesehen. Kriminalfälle verfolge ich immer. Der Mann hieß Ruhr oder so, und die Frau Hahne. Andrea, so wie meine alte Freundin, die leider inzwischen auch gestorben ist.«

»Sie haben recht. Der Mann aus Kiel hieß Christoph Roth. Sagt Ihnen der Name etwas?«

Ilsa Bauer dachte eine Weile nach. Erst schüttelte sie den Kopf, dann erstarrte sie. Sie zog ihre spinnwebenfeinen Brauen zusammen.

»Christoph Roth! Ja, jetzt erinnere ich mich an den Namen.« Sie hielt einen Moment inne, wirkte plötzlich peinlich berührt. »Ich bin nicht stolz auf das, was ich Ihnen jetzt erzähle, aber mein Bruder hatte eine Tätigkeit, für die ich mich geschämt habe, seit er seinen Posten antrat. Werner arbeitete einige Jahre für die Stasi, und er hatte einen Vorgesetzten, der, wenn ich mich recht entsinne, Christoph Roth hieß. Ich bin ziemlich sicher, denn ich bin ihm ein paar Mal begegnet. Ein ausgesprochen unsympathischer Mensch. Ich weiß natürlich nicht, ob es derselbe Mann ist, Roth ist ja ein gewöhnlicher Name.«

Sie klang wenig hoffnungsvoll.

»Würden Sie ihn erkennen, wenn Sie ein Foto von ihm sähen?«, fragte Lykke.

Rudi übersetzte.

»Ich denke schon.«

Lykke öffnete die Fotogalerie ihres Telefons. Conrad Abels

Kriminaltechniker hatten Fotos des Mannes an Lykke und Rudi geschickt. Unter anderem ein Passfoto, das in Roths Haus abfotografiert worden war. Sie zeigte es der alten Dame.

»Ja. Das ist Christoph Roth. Kein Zweifel. Er saß meinem Bruder ständig im Nacken. Aber Werner hatte sich selbst entschieden, für das System zu arbeiten. Er hat mir nicht leidgetan. Er hätte natürlich aufhören können, aber so viele Möglichkeiten, Arbeit zu finden, gab es nicht, und die Leute, die für den Staat arbeiteten, gehörten zu den bestbezahlten.«

»Wo hat Ihr Bruder für die Stasi gearbeitet, Frau Bauer?«, erkundigte sich Rudi eifrig. Wenn er noch immer über den Toten in dem Haus im Wald grübelte, hörte Lykke es ihm nun nicht mehr an.

»Sagte ich das nicht?«

»Nein.«

»Er war Aufseher in Hohenschönhausen, dem Stasi-Gefängnis in Berlin.«

27

Döllinger hatte herausgefunden, dass Aric Gesners schwacher Punkt Carmen hieß.

Die junge Frau war seiner Schätzung nach etwa zwanzig Jahre alt, ihre mentale Entwicklung aber auf dem Stand eines kleinen Kindes. Er hatte nicht in Erfahrung bringen können, was ihr fehlte, aber es war offensichtlich keine physische Behinderung.

Ob Gesner aus Scham, Furcht oder Fürsorge seine Tochter nicht in der Öffentlichkeit zeigte, wusste er nicht. Vermutlich war es eine Kombination. Aric Gesner war ein kalter und rücksichtsloser Geschäftsmann. Solche Leute haben häufig Feinde, es gab also keinen Grund, seine Achillesferse zu präsentieren. Aber ebenso eifrig versuchte er, seine eigene dunkle Vergangenheit zu verbergen. Denn in Wahrheit hieß er nicht Aric Gesner, sondern Ralph Hitzig - und ihn jagte Döllinger.

Es gab nicht viele Informationen über die ersten vierzig Jahre im Leben des Ralph Hitzig. Sie begrenzten sich auf sein Aufwachsen und den Schulbesuch in einer kleinen Stadt in der Nähe von Leipzig in der alten DDR, bevor die Familie nach Ostberlin umzog. Hitzig war sechzehn Jahre alt, als sein Vater eine leitende Position im System antrat, eine Position, die seinem jungen Sohn später ebenfalls zu einer ordentlichen, wenn auch nicht sonderlich gut bezahlten Funktion in dem enormen bürokratischen Apparat verhalf. Nach dem Mauerfall hatte Ralph Hitzig sich aus den eher schlichten Verhältnissen im alten Ostdeutschland langsam zu einem erfolgreichen Geschäftsmann hochgearbeitet. In diesem Zusammenhang hatte er auch seinen Namen geändert. Gesners Gen für Geschäfte war unbestritten und imponierte auch der Finanzwelt, sodass der Mann nie Probleme gehabt hatte, Investoren für seine ständig größeren finanziellen Abenteuer zu finden.

Verlässliche Wirtschaftsquellen schätzten, dass er über ein Vermögen von rund fünfundzwanzig bis dreißig Millionen Euro verfügte, das sich auf verschiedene Geschäftsbereiche, Immobilien und ein hochwertiges Aktienportfolio verteilte. Er hatte immer hart gearbeitet und für seine Mitarbeiter gesorgt, und seine Angestellten sprachen im Großen und Ganzen nur gut über ihren Chef, obwohl einige ihn für ausgesprochen verschlossen hielten. Aber das war kein Verbrechen. Viele reiche Menschen bauen einen Schutz gegenüber Leuten auf, die sie ausnutzen wollen.

Als Gesner vor sechzehn Jahren seine Ehefrau verlor - Carmens Mutter -, hatte ziemlich schnell eine junge Frau ihren Platz eingenommen. Kathrin Gesner hieß sie. Eine attraktive Frau, dreiunddreißig Jahre jünger als ihr Mann und offensichtlich eine ausgesprochene Goldgräbernatur.

Doch der Ausgangspunkt und das zentrale Ziel von Döllingers Aufmerksamkeit war die Tochter. Wenn er Carmen zu fassen bekam, hätte er Gesner in der Hand, davon war er überzeugt. Das Mädchen tauchte nie in der Presse auf, wohnte aber in Gesners Villa in Hamburgs wohlhabendem Quartier an der Außenalster. Es waren große Häuser mit gewaltigen ummauerten Gärten und bester Aussicht auf die Alster, die erheblich mehr kosteten, als die meisten Deutschen in ihrem ganzen Arbeitsleben verdienten. In Hamburg zeigte man sich meist weltoffen, hatte man jedoch Geld, war Diskretion eine Selbstverständlichkeit. Darüber zu reden, überließ man anderen. Gesner befolgte diese Regel hundertprozentig. Er blieb so diskret wie möglich, Privatleben und Öffentlichkeit wurden scharf getrennt.

Döllinger hatte die Adresse verhältnismäßig leicht in Erfahrung gebracht. Ein unauffälliges silbernes Schild an der Gegensprechanlage des Tores verriet, wer in der Villa wohnte. GESNER.

Nach ein paar Tagen Überwachung auf dem öffentlichen Weg an der Alster – getarnt als Birdwatcher, wodurch sich auch das kräftige Fernglas erklärte – wusste er über das Haus, seine Bewohner und ihr Kommen und Gehen Bescheid.

Außer Gesner und seiner Ehefrau lebten dort nur Carmen und ein paar Hausangestellte – zwei asiatische Au-pairs, die abwechselnd einkauften und putzten. Dazu kam ein Gärtner, der aber nur sehr sporadisch auftauchte.

Die Familie hatte sehr feste Routineabläufe.

Gesner verließ das Haus in seinem teuren Daimler Double Six um 08:45 Uhr. Eine gute Stunde später wurden die Gardinen im Schlafzimmer des ersten Stocks aufgezogen, und die Dame des

Hauses zeigte sich kurz im Nachthemd und mit vom Schlafen zerzausten Haaren, während eine der Hausangestellten die Bettdecken auf den großen Balkon zum Lüften hängte.

Weitaus interessanter aber war, dass Carmen zwischen 08:45 und 10:00 Uhr allein das Haus verließ. Die junge Frau ging einen guten Kilometer das Alsterufer entlang bis zu einer Nebenstraße, in der es einen kleinen Lebensmittelladen gab. Mal kam sie mit einem Liter Milch zurück, dann mit einem Blumenkohlkopf. Eigentlich sinnlos, da es doch zwei Angestellte im Haus gab, die für die Einkäufe sorgten. Vermutlich hatte es eher eine symbolische Bedeutung, um die junge Frau zu beschäftigen.

Eine normale, rasch gehende Person hätte den Fußweg in ungefähr zwanzig Minuten bewältigt, Carmen Gesner benötigte häufig über eine halbe Stunde. Es lag daran, dass sie ständig stehen blieb, um sich irgendetwas auf dem Fußweg, im Rinnstein oder an der Böschung anzusehen. Döllinger begriff, dass sie von der Natur fasziniert war. Sie sah sich Pflanzen, Bäume, heruntergefallene Eicheln, ein leeres Schneckenhaus oder einen Tannenzapfen an.

Mit dem Fernglas beobachtete er, dass sie jeden Tag etwas von der Größe eines Bierdeckels in der Hand hielt, einen Gegenstand, den sie, auch wenn sie stehen blieb, nicht losließ. Eines Tages aber hatte sie den Deckel verloren, ohne es zu bemerken.

Es gab keine weiteren Fußgänger, also war Döllinger zu der Stelle gelaufen und hatte ein Stück Pappe aufgehoben, auf das jemand eine Tüte gezeichnet und das Wort *Kaffee* geschrieben hatte. Mit anderen Worten ein illustrierter Einkaufszettel, den sie dem Kaufmann zeigen sollte, der das Mädchen und ihre Gewohnheiten kannte.

Döllinger ging ihr nach. Er musste sich nicht beeilen, denn Carmen war schon wieder stehen geblieben, um einen toten Vogel aus einem Gebüsch zu ziehen. Sie wandte ihm den Rücken zu, als er auf sie zuging.

»Entschuldigung, du hast das hier verloren.«

Sie drehte sich um. Döllinger war von ihrem Aussehen fasziniert. Carmen hatte lange blonde Haare, auf denen eine rote Strickmütze saß, lebendige grüne Augen und einen Schmollmund.

Er gab ihr den Pappdeckel. Sie nahm ihn, hielt aber mit der anderen Hand noch immer den toten Vogel an einem Bein fest. Der Vogel erinnerte ihn an die Tauben und seine notwendige Aufgabe.

»D-danke.«

Ihr Dank kam zögernd, nicht, weil sie unsicher war, sondern weil es ihr offensichtlich schwerfiel, das Wort auszusprechen. Somit erklärte sich auch das Pappschild.

»Sollst du Kaffee kaufen?«

Sie sah auf das Schild und nickte langsam. Sie betrachtete ihn neugierig, aber so, wie er ihre Körpersprache interpretierte, hatte sie keine Angst.

»Ich liebe Kaffee. Vor allem morgens. Ich wache nur langsam auf. Magst du Kaffee?«

Sie lachte und schüttelte den Kopf.

»Was hast du denn da gefunden?«

Sie hielt den toten Vogel mit zwei spitzen Fingern in die Luft.

»Der ist tot.«

»Ja. Das ist eine Amsel. Nicht alle schaffen es über den Winter.«

Ein Mann kam auf sie zu.

»Na, ich muss weiter. Guten Tag, meine Liebe«, sagte Döllinger zu der jungen Frau und drehte sich rasch um.

Sie blieb stehen und sah ihm nach.

Der Kontakt war hergestellt.

Beim nächsten Mal konnte er zuschlagen.

Wenn sie ganz allein war.

28

»Die Obduktion findet morgen um neun Uhr im Universitätsklinikum Schleswig-Holstein in Lübeck statt«, sagte Rudi und steckte das Telefon in die Tasche. »Ich habe mit Kosowek vereinbart, dass wir ihn dort treffen.«

Lykke lief es kalt den Rücken hinunter. Sie war nicht zartbesaitet, ganz und gar nicht. Sie hatte schon fürchterlich zugerichtete Leichen gesehen, aber zu ihnen konnte man sich in der Regel konkret verhalten, wenn sie sich an einem Tatort befanden, eine Spur verfolgten oder in einer Wohnung auf persönliche Habe stießen, die dem Grauen einen menschlichen Aspekt hinzufügten. Einen toten Körper auf einem Obduktionstisch zu sehen, war etwas vollkommen anderes. Dort lag die Hülle eines Menschen, seiner Seele beraubt, bereit, mit scharfen Skalpellen unter einem kalten fluoreszierenden Licht seziert zu werden. Es war ihr unangenehm. Es ging ihr so seit dem Fall mit Bjarke Laumann im Herbst, dem Mann, mit dem sie eine kurze intime Affäre hatte.

Florian Kosowek hatte angerufen, als sie Ilsa Bauer verließen, und vorgeschlagen, sie sollten zurück nach Flensburg fahren, er würde die Obduktion übernehmen, aber Rudi hatte auf ihrer Teilnahme bestanden. Er wollte hören, was der Rechtsmediziner über die namenlose Leiche aus dem Waldhaus zu sagen hatte.

Nun saßen sie im Auto auf dem Weg durch die Stadt, und als sie am Holstentor vorbeifuhren, hielt es Lykke nicht länger aus.

»Wann hast du vor, mir zu erzählen, warum du so heftig reagiert hast?«

Der Kommissar war lange still.

»Lass uns erst zu Abend essen«, sagte er dann. »Dann werde ich es dir erklären.«

»Was meinst du? Sollen wir im Auto schlafen oder was hast du dir gedacht?«

»Ich dachte, du nimmst den Rücksitz und ich checke in ein Hotel ein. Es gibt nur Spesen für eine Person. Ich werde ein bisschen vom Abendessen für dich herausschmuggeln, ansonsten gibt es bestimmt eine Pizzeria hier in der Nähe.«

Er grinste schief, und sie gab seinem Hut einen Klaps.

»Jetzt erkenne ich dich wieder, du alter Charmeur.«

Rudi rückte den Hut zurecht.

»Wir checken ein und essen ordentlich zu Abend. Das kann ich Seibeck gegenüber durchaus vertreten.«

»Und dann erzählst du mir, was dich quält?«

»Ja.«

Eine Stunde später saßen sie im Restaurant des Radisson Blu Senator Hotel an der Willy-Brandt-Allee und diskutierten den Fall.

»Es zeigt sich ein Muster«, erklärte Lykke, als der Mund leer war. Sie hatten beide ein fantastisch zartes Steak bekommen, dazu Tigergarnelen, gegrillten grünen Spargel, gebräunte Butter und geröstete Haselnüsse. »Es gibt mehrere Fäden, die uns zurück in das ehemalige Ostdeutschland führen.«

»Und zur Stasi«, fügte Rudi hinzu. »Christoph Roth hat für die Stasi gearbeitet, und Werner Bauer war Aufseher in Hohenschönhausen. Es sind bei Weitem nicht alle dort lebendig herausgekommen.«

»Ist es denkbar, dass der Täter in Wirklichkeit Werner Bauer meinte und irrtümlich annahm, der unbekannte Mann wäre Bauer?«

»Das kann durchaus sein«, erwiderte Rudi. »Der Täter wusste möglicherweise nicht, dass Bauer tot ist. Er ging einfach davon aus, dass der Mann im Haus Bauer sein musste, weil der Name noch immer an der Tür stand.«

»Aber was hat der Unbekannte in dem Haus im Wald gemacht?«

»Das bringt mich zu der Erklärung, warum ich am Tatort so reagiert habe.«

Stille breitete sich über dem Tisch aus. Lykke sah ihren deutschen Kollegen abwartend an. Er trank einen Schluck Bier und blickte zur Decke.

»Kannst du dich an unser Gespräch in Melum im Herbst erinnern? An den Abend, als du mir von Gry erzählt hast? Und ich habe dir vom Tod meines Vaters und dem Verschwinden meines Bruders erzählt?«

»Natürlich. Beate sprach neulich davon, nachdem du zu Bett gegangen warst. Dein Vater hat einer jüdischen Familie während des Zweiten Weltkriegs etwas Unverzeihliches angetan, weil er das Geschäft des Mannes übernehmen wollte. Es endete mehr als tragisch. Alle bis auf die jüngste Tochter kamen in Konzentrationslagern um.«

Rudi nickte.

»Und diese Tochter hat als erwachsene Frau zufällig meinen Bruder auf der Universität kennengelernt. Sie verliebten sich ineinander, aber als sie den Hintergrund kannte, beging sie Selbstmord. Sie berichtete meinem Bruder in ihrem Abschiedsbrief, wie alles miteinander zusammenhing. Dieter war so rasend wütend auf unseren Vater, dass er ihn erschoss und anschließend spurlos verschwand.«

»Das ist jetzt ... wie lange her?«

»Siebenunddreißig Jahre, und seitdem habe ich meinen jüngeren Bruder gesucht. Stell dir den Schock vor, den ich bekam, als ich in das Waldhaus kam und ihn mit einer Kugel im Herzen tot im Sessel sitzen sah.«

Lykke legte Messer und Gabel auf den Teller und starrte Lehmann verstört an.

»Willst du mir erzählen, dass der falsche Werner Bauer dein Bruder ist?«

»Entweder ist er es, oder er hatte einen Zwillingsbruder, von dem ich nichts weiß.«

»Bist du sicher, Rudi? Er hat ziemlich lange dort gesessen. Er war aufgedunsen, und vor allem die Gesichtszüge verändern sich.«

»Ich weiß, aber in der Sekunde, in der ich ihn gesehen habe, war ich absolut sicher. Mein Gehirn schrie einfach nur *Dieter*! Als du mir erzählt hast, dass kein Ausweis gefunden wurde und der Mann offensichtlich aus dem Koffer gelebt hat, war ich noch überzeugter. Die Reiseprospekte weisen auch darauf hin, dass er nirgendwo einen festen Wohnsitz hatte.«

»Es waren Prospekte von Lissabon und Paris. Man braucht einen Pass, um von Deutschland aus dorthin zu kommen.«

»Nein, man braucht bloß ein Schließfach in einem Bahnhof, in dem man seine Papiere aufbewahrt, gerade um sie nicht ständig mit sich herumzutragen.«

»Siebenunddreißig Jahre sind eine lange Zeit, Rudi. Ist Dieter kräftig gebaut?«

»Nein, er ist dünn wie eine Bohnenstange. Oder, das war er, als er verschwand. Ich habe ihn immer um seine schlanke Figur beneidet. Er glich meinem Vater. Ich habe den Körperbau meiner Mutter.«

»Der Mann im Waldhaus hatte Übergewicht«, sagte Lykke.

»Nicht nur der Verwesungsprozess hat ihn aufgedunsen. Die Leiche war gut im Futter, um nicht zu sagen fett. Wenn Dieter einen Körperbau hat wie ich, dann kann er essen, so viel er will, ohne zuzunehmen, und diese Eigenschaft erhält sich bei den meisten ein Leben lang. Ich weiß, es ist ungerecht, und meine

Freundinnen hassen mich deswegen, aber so ist die Natur. Bei einigen funktioniert es, bei anderen nicht. Die Gene sind entscheidend. Der Mann im Sessel war kein großer Verbrenner.«

Rudi sah sie an, er schien etwas aufgemunterter zu sein.

»Danke, meine Liebe, aber ich muss wissen, ob es stimmt oder nicht. Ich habe Beate angerufen und sie gebeten, uns mit einem Boten das Messer zu schicken. Du weißt schon, dieses Messer, dass du bei uns zu Hause gesehen hast, mit den Zähnen von meinem Bruder und mir. Die KTU muss eine DNA-Probe der Leiche mit Dieters Zahn vergleichen, dann habe ich Gewissheit. Jedenfalls hat mich das heute Nachmittag gewaltig aus der Fassung gebracht. Entschuldige, dass ich es dir nicht sofort gesagt habe, aber ich musste es erst einmal verdauen. Na, jetzt kennst du zumindest den Grund für meine Reaktion.«

Lykke spürte, dass er gern noch über etwas anderes sprechen wollte.

»Um zu unserem Fall zurückzukehren«, begann sie, »für mich klingt es nach alten Rechnungen, die beglichen werden sollen. Kann es etwas mit dem Zweiten Weltkrieg zu tun haben?«

»Ich glaube nicht, dass wir so tief graben müssen. Die Stasi existierte von 1950 bis 1990, also bis kurz nach dem Fall der Mauer. Das ist viele Jahre her. Aber warum wartet jemand so lange, um Rache zu nehmen? Also, wenn Rache das Motiv ist.«

Sie zuckte die Achseln.

»Vielleicht hat der Täter erst jetzt Spuren oder Beweise gefunden, die ihn zu den Opfern geführt haben.«

»Das ist natürlich eine Möglichkeit«, erwiderte Rudi. »Mir gehen die Schwarz-Weiß-Fotos aus Andrea Hahnes Fotoalbum durch den Kopf. Sie müssen eine Rolle spielen. Das ist mehr als nur ein Nachbarschaftsstreit, der eskaliert ist.«

»Ganz deiner Meinung. Ich kann die Fotos nur nicht mit den

Morden verbinden, abgesehen davon, dass Andrea Hahne eines der Opfer ist.«

»Vielleicht reicht das ja?«

»Glaub ich nicht. Andrea Hahne und ihr Mann waren sauer auf ihren Nachbarn, das ist ganz offensichtlich, aber in den seltensten Fällen führt ein Nachbarschaftsstreit zum Mord.«

»Das ist noch immer unsere beste Spur, wenn du mich fragst. Wir müssen herausfinden, wo die Familie Hahne in Ostberlin gewohnt hatte.«

»Es gibt doch bestimmt Unterlagen bei der zuständigen Gemeindeverwaltung«, meinte Lykke. »Ihr Deutschen seid doch bekannt dafür, dass ihr solche Dinge parat habt, auch aus der Vergangenheit.«

Rudi zupfte sich nachdenklich an der Unterlippe. Dann beugte er sich mit ernster Miene über den Tisch.

»Diese Geschichte hat ihre Wurzeln in der Zeit des Staatssicherheitsdienstes. Wir müssen uns dieses Archiv ansehen. Dort finden wir sicher auch heraus, wo Andrea und Tobias Hahne gewohnt haben, abgesehen von Informationen zu Roth und Bauer. Es sei denn, es ist ihnen gelungen, die Akten zu vernichten.«

»Was meinst du?«

»Als die Mauer fiel, und dem Ministerium klar wurde, dass man verloren hatte, versuchte die Stasi so viele Unterlagen und Informationen wie möglich zu vernichten. Tausende Seiten wurden makuliert. Heute sitzen Leute da, die versuchen, diese Seiten wieder zusammenzukleben.«

»Ja, ja, eine deiner Geschichten ...«

»Nein, Lykke, es ist die Wahrheit. Es handelt sich um vertrauliche Informationen über Tausende von Bürgern. Die Leute haben sich wegen nichts angeschwärzt. Man vermutet, dass die Stasi gegen Ende der DDR einundneunzigtausend Mitarbeiter und beinahe zweihunderttausend Informanten hatte. Man geht davon aus, dass es ungefähr über jeden dritten Bürger Informationen gab. Das war der wahre Big Brother. Niemand wagte etwas zu sagen, denn man konnte nicht wissen, wer Freund und wer Feind war. Heute kann jeder Akteneinsicht verlangen, ob etwas über ihn in den Stasi-Archiven zu finden ist, wir brauchen also lediglich eine Erlaubnis, dann können wir nach wem auch immer suchen.«

29

Die Obduktion war bereits überstanden, als sie um neun Uhr am Universitätsklinikum Schleswig-Holstein in Lübeck erschienen. Florian Kosowek wartete am Haupteingang des enormen Komplexes.

Der junge Kriminalbeamte war ein Spiegelbild von Lykkes eigenem Schlafmangel, aber das Glitzern in seinen grauen Augen drückte aus, dass er seine Arbeit liebte. Es war sein Leben, und er würde manches andere dafür zurückstellen. Kosowek unterdrückte ein Gähnen.

Rudi und Lykke hatten sich bis tief in die Nacht unterhalten, nicht nur über den Fall, sondern über alles Mögliche. Beate, ihre erwachsenen Kinder, eine Tochter und einen Sohn, Lykkes gescheiterte Ehe. Danach waren sie in eine lebhafte Diskussion über die Weltsituation, die Klimapolitik, das Tierwohl und eigene kleine Besonderheiten und Eigenschaften geraten. Die ganze Zeit mit Rudis unwiderstehlichem Humor gewürzt, um den sie ihn tief in ihrem Inneren beneidete. Er war ehrlich, improvisiert und ein wichtiger Teil seiner DNA. Ganz einfach seine Art, das Leben und die Welt zu betrachten.

Lykke dachte oft an ihren alten Onkel Henry, wenn sie mit Rudi zusammen war. Rein körperlich waren sie sehr unterschiedlich. Onkel Henry war groß gewachsen und dünn, hatte rabenschwarze Haare und lächelte selten, aber er strahlte eine unbedingte Liebe zu Lykke aus, durch die sie ein unendliches Gefühl der Geborgenheit gehabt hatte. Onkel Henry war tot, doch nun gab es Rudi. Beates offenherzige Information über den Kommissar und sein schlechtes Gewissen gegenüber seinen Kindern hatte Lykke nicht vergessen. Sie war eine Art Reservetochter für Rudi geworden, und dieses Gefühl erwiderte sie. Ihr eigener Vater war als Vertreter nie richtig für sie da gewesen, und später war er ausgezogen.

Der Kommissar stieß sie an. Sie merkte, dass sie ihren Gedanken nachgehangen hatte.

»Ich entschuldige mich für die Geistesabwesenheit meiner Assistentin«, sagte er zu Kosowek. »Ich habe sie die halbe Nacht mit meinen alten Fällen unterhalten, aber sie wollte immer noch mehr hören, nicht wahr, Lucky?«

»Ja, obwohl ich über die Hälfte bereits in *Berühmte Mordfälle aus der realen Welt* gelesen hatte.«

Rudi lachte. Kosowek sah sie verständnislos an.

»Etwas Neues in unserem akuten Fall?«, erkundigte sich Rudi.

»Äh, ja, aber leider schlechte Nachrichten. Die technische Abteilung ist nicht sonderlich optimistisch, was das Farbband der Schreibmaschine aus Bauers Haus angeht. Es ist eine hoffnungslose Aufgabe, den Text eines Seidenbands zu dechiffrieren, weil es so oft benutzt werden kann, dass die Buchstaben sich überlagern.«

Ein seidenes Farbband hatte Rudi auch in Andrea Hahnes Haus gefunden.

»Was ist mit Fingerabdrücken?«

»Wir haben einige gefunden, aber es sind vermutlich Bauers

eigene. Weder sein Gast noch der Täter haben die Schreibmaschine benutzt. Und wenn, trugen sie Handschuhe.«

»Wir sind zu einem ähnlichen Ergebnis gekommen«, sagte Lykke. »Der Täter benutzt eine alte Schreibmaschine, die er selbst mitbringt.«

»Ärgerlich«, erwiderte Kosowek. »Na, ich war bei der Obduktion. Folgen Sie mir.«

Das Krankenhaus war eine hochmoderne Institution, ein gigantischer Bau, in dem sich ebenso gut eine Bank oder Versicherungsgesellschaft hätte befinden können.

»Ich habe heute Morgen mit einem der Verantwortlichen gesprochen«, erklärte der junge Kommissar. »Gestern hat es in der pathologischen Abteilung einen kompletten Stromausfall gegeben. Daher wurde die gesamte rechtsmedizinische Arbeit kurzfristig in ein anderes Gebäude verlegt, das im Park hinter dem Krankenhaus steht.«

»Was ist passiert?«, erkundigte sich Rudi.

»Irgendeine Gefriertruhe hatte einen Kurzschluss, und es lief eine nicht näher definierte Flüssigkeit aus.«

»Klingt rot und klebrig«, meinte Rudi.

»So war es wohl auch.«

Die Rechtsmedizin hatte man in einem großen Gebäude im viktorianischen Stil untergebracht. Es war umgeben von alten Bäumen, die ihre nackten und blattlosen Kronen in den grauen Winterhimmel reckten. Die Temperatur betrug ungefähr fünf Grad. Lykke fror sowohl physisch als auch psychisch.

Ein Schild über dem Eingang zeigte an, dass es sich bei dem Gebäude um das ALTE FORENSISCHE MUSEUM handelte. Ein stimmungsvoller Ort für die Geschichte der medizinischen Wissenschaft, aber kaum ein Ort, der zur modernen Rechtsmedizin passte. Die drei Polizisten schauten an der Eingangstür auf ein angepinntes Schild: *Das Museum ist derzeit geschlossen.* Die Tür war nicht abgeschlossen, und Kosowek führte sie in ein düsteres Vestibül. Am Empfang war ein weiteres provisorisches Schild aufgehängt: *09:00 Uhr: Gerichtsmedizinische Leichenschau, N. N., Auditorium 1.* Ein Pfeil zeigte nach rechts. Darunter der Hinweis: *Nächste Veranstaltung: 11:00 Uhr.* Die Rechtsmedizinerin war eine große, etwas ältere Frau, die sich als Adele Rohm vorstellte. Sie trug einen grünen Krankenhauskittel mit einer weißen Schürze, die einen verspritzten Fleck aufwies, der einem vergrößerten Rorschach-Test glich. Adele Rohm hatte lächelnde Augen unter schweren Lidern und eine angenehme Stimme, aber das war auch der einzige positive Eindruck in dieser Atmosphäre. Mit Rücksicht auf Lykke sprach sie Englisch.

»Bitte, treten Sie näher.« Sie zeigte den Weg mit einer Hand, die in einem Gummihandschuh steckte.

Weder Rudi noch Lykke hatten ernsthaft Lust, ihr zu folgen, aber Kosowek ergriff erneut die Initiative und betrat einen Saal, den man bestenfalls als dunkel und altmodisch bezeichnen konnte. Man musste schon tot sein, um hier nicht depressiv zu werden. Eine knarrende Treppe aus schwerem Eichenholz führte zu einem Podium in der Mitte des alten Auditoriums. Hier roch es stärker nach Holz als nach Formalin, weil die Zuhörerreihen mit ihren Pulten aus Fichtenholz gefertigt waren. Es gab Platz für sechzig bis siebzig Studenten. An den Wänden hingen anatomische Tafeln, die Teile des menschlichen Körpers zeigten. Lykkes Knoten im Bauch wurde größer, sie versuchte, ihre beklommenen Gedanken zu verdrängen. Wie alt war das Gebäude? Es musste Jahrzehnte her sein, dass jemand hier Vorlesungen abgehalten hatte. Vermutlich nicht mehr seit Bismarcks Zeiten gegen Ende des 19. Jahrhunderts.

Sie bemerkte ein lebensgroßes Stativ in einer dunklen Ecke. Es war abgedeckt mit einem grauen Tuch. Unten ragte die

Hälfte eines Skelettfußes einige Zentimeter über dem Fußboden heraus.

»Ich muss mich für die primitiven Verhältnisse unserer pathologischen Abteilung heute entschuldigen«, sagte Adele Rohm. »Im Krankenhaus gibt es Probleme mit der elektrischen Versorgung.«

»Das kann vorkommen.« Lykke stellte sich dicht neben Rudi vor das Podium, auf dem ein fleckiges Tuch die Leiche verbarg. Kosowek stellte sich auf die andere Seite, die Rechtsmedizinerin ans Kopfende.

»Mir wurde gesagt, dass Sie glauben, es könnte sich möglicherweise um Ihren verschwundenen Bruder handeln?«, fragte Adele Rohm Rudi.

»Ja, das stimmt.«
Er starrte auf das Tuch.

»Ich weiß nicht ... Es ist eine lange Geschichte, aber er verschwand 1985 spurlos nach einem sehr schweren Verbrechen. Er wurde von Interpol gesucht und eventuell ein paar Mal gesehen, in Belgien und Buenos Aires, aber es wurde nie bestätigt, dass es sich um ihn handelte.«

Die Rechtsmedizinerin und Kosowek hörten aufmerksam zu, während Lykke auf eine der betagten Lampen über dem Obduktionstisch und die schräge Decke blickte. In der Deckenmitte gab es ein größeres Rechteck, ein uraltes, mattiertes Oberlicht hoch über ihren Köpfen. Schmutz und Blätter lagen wie Schatten auf dem grünlichen Glas. Etwas bewegte sich in kleinen Hüpfern auf der Scheibe und trug zu der ohnehin angespannten Atmosphäre bei. Bei dem Anblick bekam sie eine Gänsehaut, bis sie bemerkte, dass es lediglich Spatzen auf der Suche nach Futter waren.

»Gibt es irgendwelche Charakteristika an Ihrem Bruder, an die Sie sich erinnern?«, erkundigte sich die Rechtsmedizinerin. »Ich denke an Tätowierungen, Muttermale oder alte Verletzungen?«

Rudi knurrte.

»Er hat eine Narbe an der Stirn. Wir haben uns einmal geprügelt, als wir klein waren. Es lief ein bisschen aus dem Ruder. Und ihm wurde als Vierzehnjähriger sein Blinddarm entfernt. Außerdem hat er angewachsene Ohrläppchen.«

Adele Rohm hob die Augenbrauen unter dem grünen Häubchen. »Dieser Mann hat eine Blinddarmnarbe und angewachsene Ohrläppchen, aber das kommt bei Tausenden von Menschen vor, das ist also keine sichere Identifikation.«

»Was ist mit der Narbe an der Stirn?«

»Ich habe nichts gefunden, aber so etwas kann im Alter verschwinden, vor allem an der Stirn, wenn sich Falten bilden, aber wir können ja noch einmal nachsehen.«

Sie wollte das Tuch abziehen.

»Augenblick«, hielt Rudi sie mit ausgestrecktem Arm auf. »Vorher möchte ich Ihnen noch etwas zeigen. Es gibt die Möglichkeit, durch einen DNA-Test festzustellen, ob es sich um Dieter handelt.«

Die Rechtsmedizinerin sah ihn überrascht an.

»DNA-Test? Das erfordert, dass wir ...«

»Hier.«

Der Kommissar zog eine Tüte aus der Jackentasche und nahm das alte Jagdmesser seines Vaters heraus. Er hielt es über die Leiche.

»Ich habe meine Frau gebeten, es mir mit einem Expressboten zu schicken. Es kam heute Morgen. Mein Vater hat unsere Milchzähne in den Griff gießen lassen. Ich hielt das immer für eine eigenartige Idee, aber jetzt bin ich ganz froh darüber. Reicht das für einen DNA-Vergleich?«

»Da bin ich mir ziemlich sicher.« Adele Rohm nahm das Messer und die Tüte entgegen. »Das ist nicht mein Bereich, aber wir haben Experten, die den Vergleich übernehmen können. Darf ich fragen, warum Sie sofort glaubten, es könnte sich um Ihren verschwundenen Bruder handeln?«

»Weil er ihm ähnlich sah. Und dann ... ich weiß nicht ... Intuition vielleicht. Aber ich muss zugeben, dass ich ihn gestern nur wenige Sekunden gesehen habe. Es hat mir den Boden unter den Füßen weggezogen. Ich würde ihn mir also gern noch einmal ansehen, aber vorher würde ich gern wissen, wie er gestorben ist.«

Die Rechtsmedizinerin legte vorsichtig ihre Hand auf die Leiche. »Es sieht beinahe so aus, als wolle sie den Körper salben«, dachte Lykke.

»Ich kann mit Sicherheit sagen, dass er nach den zwei Schüssen, von denen einer ihn ins Herz traf, sehr schnell gestorben ist. Der Täter hat die Pistole aus nächster Nähe abgefeuert, sodass der Tod beinahe augenblicklich eintrat, aber ...« Sie hielt kurz inne, alle hielten den Atem an. »Drei Finger an der linken Hand der Leiche wurden gebrochen.«

»Was ist mit der rechten Hand?«, fragte Rudi nach.

»Dort gibt es keine Verletzungen.«

Lykke nickte vor sich hin. Das gleiche Muster. Die intakte Hand war zweimal gefesselt worden.

»Können Sie sagen, wann er ungefähr gestorben ist?«, wollte der Kommissar wissen.

»Es gibt eine Unsicherheitsmarge, aber ungefähr zwei Wochen vor dem Fund.«

»Haben Sie noch andere Verletzungen gefunden?«

»Nein.«

Die Gruppe verfiel einen Moment ins Schweigen. Dann gab Rudi mit einem nervösen Finger ein Zeichen.

»Sie können das Tuch jetzt wegziehen.«

Adele Rohm griff nach dem Laken und zog es langsam bis zum Kinn. Lykke drehte sich der Magen um. Sie presste die Lippen fest aufeinander und hörte ein Grunzen von Rudi, als er den Toten aufmerksam betrachtete. Die Haut hatte den unverkennbar bleichen Farbton, der sich nur bei Leichen findet. Der Kopf war fleischig und aufgedunsen. Das Fleisch der Wangen hing lose herab. Die Augen waren eingetrocknet, und durch die zusammengekniffenen Lider glich der Tote einem Chinesen. Seine Lippen waren verzerrt, und man sah ein zähnefletschendes Grinsen, das von Schmerzen zeugte.

Lykke betrachtete Rudi mitleidig, sie spürte sein Unbehagen. Er bewegte unruhig die Schultern.

»Ich weiß nicht ... Er sieht ihm ähnlich, aber er ist dicker. Wie weit bläht sich der Körper auf? Könnte dieser Mann prinzipiell schlank gewesen sein, als er starb?«

»Vielleicht, aber der Körper verändert sich auch mit dem Alter.«

»Und es gibt keine Narbe an der Stirn?«

Adele Rohm nahm eine Speziallampe von einem kleinen Tisch und setzte sie sich auf den Kopf. Sie schaltete das Licht ein, beugte sich über die Leiche, platzierte die Finger rund um die Stirnmuskulatur und fuhr mit den Kuppen darüber. Durch die Bewegung war ein klebriges Schmatzen im Raum zu hören. Lykke kämpfte, dass ihr das Frühstück nicht wieder hochkam. Sie schaute nach oben, suchte die Spatzen.

»Schwer, es mit Sicherheit zu sagen. Die Verwesung ist fortgeschritten. Es könnte sich eventuell um Narbengewebe gehandelt haben.«

»Verstehe«, sage Rudi.

Rohm blickte auf.

»Es gibt noch eine andere Möglichkeit der Identifikation. Wenn Sie ein Zahnschema beschaffen könnten.«

»Zunächst muss die DNA-Probe die Lösung sein, anderenfalls kann ich natürlich versuchen, den damaligen Zahnarzt meines

Bruders zu ermitteln, aber das wird vermutlich schwierig nach siebenunddreißig Jahren. Wie sicher ist der DNA-Test?«

»Extrem sicher. Nur zwei von einer Million Menschen haben dasselbe DNA-Muster. Sie haben ein DNA-Profil, das weitgehend dem ihres Bruders entspricht. Also, wenn dieser Mann ...« Sie musste den Satz nicht beenden. Sie verstanden.

Adele Rohm bedeckte das Gesicht des Toten wieder.

»Ich möchte, dass der Test durchgeführt wird«, erklärte Rudi. »Und ich würde gern eine Blutprobe zum Vergleich abgeben.«

Die drei Ermittler gingen durch den Park zurück zu ihren Autos. Lykke lief neben Kosowek, Rudi folgte ihnen in Gedanken versunken.

»Ist die Spurensicherung im Haus beendet?«, fragte sie.

»Ja. Aber ich habe Ihnen noch nicht erzählt, dass wir den Koffer des Mannes etwas eingehender untersucht haben.«

»Ah ja, und wurde etwas Interessantes gefunden?«

Kosowek nickte.

»Zum Teil. Der Koffer enthielt überwiegend Kleidung, ein paar Kleinigkeiten und eine Brieftasche mit Bargeld. Aber die Techniker fanden auch ein Geheimfach. Dort lag ein falscher Pass auf den Namen Steiner Lybro Ortberg. Der Pass ist sehr gut gefälscht, vermutlich wurde er übers Internet bestellt. Es gibt niemanden in Norddeutschland, der so heißt, daher gehen wir bisher davon aus, dass es ein fiktiver Name ist. Vielleicht war er auf der Flucht, entweder vor der Polizei oder vor Kriminellen. Er hat nach einem Aufenthaltsort gesucht, und das Haus war ideal. Es gibt ein paar Einkaufsbelege aus den letzten Monaten von verschiedenen Geschäften aus Lübeck, also hat er sich seit einiger Zeit hier aufgehalten.«

Als sie sich den Autos näherten, klingelte Rudis Telefon. Das Gespräch war kurz, klang aber nach guten Nachrichten.

»Wir haben grünes Licht, die Stasi-Archive zu besuchen, Lucky«, berichtete er und holte seine Autoschlüssel heraus. Die frische Luft hatte seine Laune ein wenig aufgeheitert. »Jetzt wird es interessant.«

»Stasi?«, fragte Kosowek erstaunt nach. »Meinen Sie, es gibt da eine Verbindung?«

»Die Wurzeln der Morde finden sich möglicherweise bei der Stasi, ja«, antwortete der Kommissar und gab dem Kollegen die Hand. »Danke für Ihre Unterstützung. Es war eine große Hilfe. Ich rufe Sie an, wenn wir weitere Informationen benötigen.«

»Gute Reise nach Berlin.«

Lykke gab ihm ebenfalls die Hand, bevor sie in den Mercedes stieg.

Kosowek blieb stehen und winkte. Lykke hatte das Gefühl, er wäre bei diesem ungewöhnlichen Fall gern im Team geblieben.

30

Ein Tiger hatte ihn auf die Idee für Aric Gesners Todesart gebracht.

Zu Carmen hatte er jetzt eine Form von Kontakt aufgebaut. Er kannte ihre täglichen Gewohnheiten und wusste, wo sie einkaufen ging, und sie hatte ihn gesehen und sich nicht abweisend verhalten. Wenn man sie gewarnt hatte, mit Fremden zu sprechen, nahm sie es offenbar nicht ernst, wenn sie überhaupt die Problematik begriff.

Der Hinterhalt für Gesner erwies sich geradezu als eine Offenbarung, als er den *Nordschleswiger* im Netz las. Er befand sich noch immer in den einleitenden Vorbereitungen des letzten Teils der Operation Bluttaube, wie er sein Vorhaben nannte.

Der Tiger kam aus einem zoologischen Garten in Peru. Aufgrund von wirtschaftlichen Schwierigkeiten sollte der Park geschlossen werden, und die Leitung des Zoos musste rasch eine Unterkunft für den Tiger und viele andere Tiere finden. Tierschutzvereinigungen auf der ganzen Welt hatten intensiv an einer Lösung für all die unschuldigen Kreaturen gearbeitet, aber der Zeitungsartikel handelte vor allem von dem Tiger, der auf dem Weg nach Deutschland war.

Als mittelfristige Lösung hatte ein Tierparkbesitzer in Neumünster angeboten, den Tiger unterzubringen, bis die thailändischen Behörden grünes Licht gaben, das Tier in den Tigerbestand des Khao Kheow Open Zoo in der Provinz Chonburi aufzunehmen.

Der Tierpark in Neumünster befand sich noch im Bau, aber eine gewaltige Bärenanlage war so gut wie fertig und erfüllte alle Sicherheitsvorschriften. Ein privater Tierliebhaber hatte angeboten, sämtliche Kosten zu tragen, die im Zusammenhang mit dem Tiger entstanden – unter der Bedingung, dass sein Name anonym blieb. Außerdem verlangte er, dass der Tiger nicht gezeigt würde. Das große und stolze Tier sollte keine Touristenattraktion werden, da es vermutlich gestresst genug davon war, einmal um die halbe Welt geschickt zu werden. Die Forderungen wurden bereitwillig erfüllt, zumal die Tierpfleger, ein paar Biologen und der Besitzer des entstehenden Tierparks mit dem Tierliebhaber einer Meinung waren.

In Döllingers Unterbewusstsein hatte diese Geschichte seit ein paar Wochen gespukt, vor allem der Gedanke an die Bärengrotte, in der der Tiger untergebracht werden sollte. Er hatte Gesner ein besonders grausames Schicksal zugedacht, das sowohl dramatisch als auch spektakulär sein sollte. Und was gab es Erschreckenderes als einen hungrigen Tiger?

Döllinger schaute während seiner Überlegungen aus dem Fenster. Es war Vormittag. Vermutlich herrschte am Bauplatz rege Aktivität. Er musste den Einbruch der Dunkelheit abwarten, um sich den Ort anzusehen. Und er musste sich um die Wunden an seinem Bein kümmern. Sie heilten, aber es bestand weiterhin das Risiko, dass sie aufplatzten.

Auf seinem Handy rief er einen Routenplaner auf. Neumünster war ungefähr fünfundsechzig Kilometer entfernt, er konnte in weniger als einer Stunde dort sein. Und da der Park bei Weitem noch nicht fertig war, gab es dort auch nichts zu stehlen. Das bedeutete, dass es vermutlich keine großen Sicherheitsvorkehrungen gab, wenn die Bauarbeiter Feierabend hatten.

31

Rudi und Lykke waren gut zwei Stunden unterwegs gewesen, als der Zug in den Hamburger Hauptbahnhof einfuhr. Hier mussten sie in den Zug nach Berlin umsteigen. Sie hatten knapp zwanzig Minuten Zeit, der Zug stand bereits am Bahnsteig. Im dritten Wagen fanden sie freie Plätze an einem Tisch für vier Personen und stellten ihr Gepäck auf die Sitze. Schon um Viertel nach sechs waren sie an diesem Morgen in Flensburg aufgebrochen und hatten noch ein paar Stunden Reise vor sich, bevor sie in der Hauptstadt eintreffen sollten.

Rudi beschloss, etwas »Ess- und Trinkbares zu organisieren«, wie er sich ausdrückte. Eigentlich hatten sie im Bahnhof von Neumünster Sandwiches und Limonade gekauft, was Rudi als

»Präludium zum Mittagessen« bezeichnete, aber wenn der Kommissar Hunger hatte, dann hatte er Hunger. Und wie sich herausstellte, hatte er Hunger auf Süßes.

Lykke stieg mit ihm aus, vertrat sich die Beine und sah, wie er zügig eine Rolltreppe hinauflief. Sie blieb vor dem Fenster ihres Platzes stehen, um ihr Gepäck im Auge zu behalten. Sie legte den Kopf in den Nacken und sah sich den Bahnhof an. Das Gebäude hatte eine gewisse Ähnlichkeit mit dem alten Kopenhagener Hauptbahnhof, nur war es sehr viel größer. Reisende gingen an ihr vorbei, eine Frau langsam mit einem rasselnden Rollkoffer, den sie wie einen alten Hund zog, andere eilten wie freie Vögel elegant vorbei, nur mit einer dünnen Aktentasche oder einer Zeitung unter dem Arm.

Die Aktivität an belebten Reiseknotenpunkten hatte Lykke schon immer fasziniert. Die zahlreichen Möglichkeiten, die Flugzeuge, Züge und Fähren boten. Der Aufbruch zu unbekannten Abenteuern. In ihrem Fall war es allerdings kein Abenteuer, sondern eher ein Albtraum, den sie beenden sollten. Sie jagten einen methodisch vorgehenden Serienmörder, der seine Opfer fesselte, folterte und auf einer alten Schreibmaschine schrieb, um sie schließlich kaltblütig zu erschießen. Worum ging es da? Die Annahme lag nahe, dass sie eine kranke und psychotische Person jagten, aber gleichzeitig nahm die Vernunft bisweilen seltsame Umwege. In jedem Fall war es Mord, und der Täter musste gefunden werden, bevor noch weitere Menschen ihr Leben verloren.

Sie hatten Zugang zu den Stasi-Archiven erhalten, aber wenn die Gerüchte stimmten, wie viele Kilometer Akten und Papier sie beinhalteten, waren sie grauhaarig und pensionsreif, bevor sie fertig waren. Sie waren abhängig von der Kooperationsbereitschaft des leitenden Archivars Leonard Rawitsch. Eine Sekretärin, mit der Rudi telefonierte, hatte angedeutet, dass Rawitsch ein schwieriger und pedantischer Zeitgenosse war, aber eindeutig der tüchtigste und umsichtigste Mitarbeiter des gesamten Archivs. Lykke sah bereits eine Konfrontation zwischen dem schlagfertigen Kommissar und dem Archivar voraus. Rudi Lehmann hatte kein sonderlich glückliches Händchen im Umgang mit Autoritäten.

Sie hatte gefragt, warum sie nach Berlin mussten, warum man ihnen nicht Kopien der gewünschten Akten zuschicken könnte, aber so einfach war das nicht. Wenn das dänische bürokratische System ein Popsong war, war das deutsche System im Vergleich damit der *Ring der Nibelungen*. Nicht zuletzt, wenn es um die Stasi-Akten ging. Zunächst bekam man nur Akteneinsicht, wenn es einen persönlichen oder gesetzlich erforderlichen Ermittlungsgrund gab. Außerdem durften die Akten nicht ohne Weiteres kopiert werden, sie könnten in die falschen Hände geraten, Mails könnten gehackt werden. Es gab noch weitere Gründe, aber Lykke hatte es aufgegeben, bevor Rudi seine Erklärungen beendet hatte.

Sechs Minuten vor der Abfahrt war er noch immer nicht zurückgekommen. Ihr ging durch den Kopf, dass er vielleicht weiter unten auf dem Bahnsteig in den Zug gestiegen sein könnte, ohne dass sie es bemerkt hatte. Sie stieg wieder ein. Eigentlich ging sie davon aus, dass er sich angeschlichen hatte und sie mit einem breiten Grinsen auf ihren Plätzen erwartete, aber ihre Plätze waren abgesehen vom Gepäck leer.

Sie setzte sich in Fahrtrichtung. So fuhr sie am liebsten, und Rudi war es egal. Der Mann stellte keine großen Ansprüche an seinen Komfort, solange es etwas zu essen und zu trinken gab. Wie Onkel Henry.

Zwei Minuten vor Abfahrt des Zuges war Rudi noch immer nicht erschienen.

Lykke wurde allmählich unruhig. Sie hatte keine Lust, allein nach Berlin zu fahren, und überlegte, ob sie aussteigen sollte. Sie schaute aus dem Fenster. Der Bahnsteig war jetzt beinahe leer. Sie rutschte auf den Nebensitz und blickte den Mittelgang hinunter, wo ein Mann und eine Frau gerade ihr Gepäck in die Ablage hoben. Als sie wieder aus dem Fenster sah, bemerkte sie gerade noch einen vorbeihastenden Mann. Er lief auf die Rolltreppe zu. Sie hatte ihn nur den Bruchteil einer Sekunde gesehen, aber sie war beinahe sicher, dass es der attraktive Mann aus dem Restaurant in Flensburg war. Sie setzte sich wieder auf den Platz am Fenster und drückte die Wange an die Scheibe, aber er war bereits außer Sichtweite.

In diesem Moment pfiff es, und der Zug setzte sich langsam in Bewegung. Lykke stand unentschlossen auf, obwohl es bereits zu spät war, um auszusteigen. Der Zug nahm Fahrt auf. Erst als der letzte Wagen die Bahnhofshalle verließ, tauchte der verschwundene Kommissar auf, der mit Mühe seinen Einkauf balancierte. Sie atmete erleichtert auf und fuhr sich mit einer Hand durchs Haar. Rudi stellte Kaffee und Gebäck mit einem hungrigen Süßmaul-Grinsen auf den Tisch.

»Es gab 'ne ganze Menge verschiedener Kuchen, aber ich habe den besten gekauft.«

»So viel, dass du beinahe die Abfahrt verpasst hättest.«

»Aber nicht doch. Diese Kaffee- und Kuchenbesorgung wurde mit militärischer Präzision ausgeführt.«

»Hattest du deshalb keine Zeit, ans Telefon zu gehen?«

»Hast du angerufen?«

Er zwinkerte. Sie schlug demonstrativ die Arme übereinander.

»Ich habe nur zwei Arme, Lucky.«

Außer dem Kaffee hatte er zwei große Stücke Kuchen auf Papptellern gekauft, die mit Cellophan abgedeckt waren. Lykke war nicht die große Kuchenesserin, aber die Stücke sahen lecker aus. Rudi zog sich den Mantel aus und setzte sich, den Hut behielt er auf.

»Das ist eine Kirschtorte. Bestes deutsches Backhandwerk.«

Lykke ging etwas anderes durch den Kopf.

»Hast du jemanden gesehen, der wie Al Pacino aussah?«

Rudi runzelte die Stirn, während er das Cellophan mit einem konzentrierten Gesichtsausdruck von den Kuchenstücken zog. Dann nickte er.

»Jetzt, wo du es sagst. Ich habe ihn tatsächlich gesehen.«

Sie beugte sich aufmerksam vor.

»Wo?«

»Ich glaube, in *Der Pate*, Teil 2.«

Sie stöhnte auf.

»Ich meine einen Mann, der ihm ähnlich sieht. Auf dem Bahnhof. Er lief eilig auf die Rolltreppe zu, er hatte den gleichen Weg wie du.«

Der Kommissar breitete die Arme aus.

»An einem guten Tag sehen alle Männer wie Al Pacino aus.«

»Nein, Rudi, tun sie nicht.«

»Na, dann ist es nur bei mir so.«

Sie gab es auf.

»Sag mal, bist du scharf auf Prominente?«, fragte er spöttisch. »Im Krankenhaus war es David Bowie, jetzt ist es Al Pacino?«

»Ach, vergiss es.«

Er schob ihr den einen Kaffee und einen Pappteller hinüber.

»Ich glaube, du solltest ein Speeddate organisieren, sobald wir diesen Fall abgeschlossen haben, damit junge Hotelangestellten, Polizeiassistenten und irgendwelche zufälligen Männer auf der ganzen Welt ihre Ruhe haben.«

Lykke ärgerte sich über Rudi. Eigentlich wollte sie nicht lächeln, aber sie konnte es dennoch nicht unterdrücken.

»Halt den Mund.«

»In zwei Sekunden … mit diesem Kuchen.«

Sie waren gut anderthalb Stunden unterwegs und hingen ihren eigenen Gedanken nach, als Lykke das Schweigen brach.

»Ich habe überlegt, ob es zwei sein könnten«, sagte sie.

Rudi blickte von seinem Telefon auf.

»Entschuldige. Zwei was?«

»Zwei Täter.«

Er legte das Telefon mit einem aufgesetzt irritierten Gesichtsausdruck auf den Tisch.

»Wieso klaust du meine Theorien?«

»Hast du dasselbe gedacht?«

»Natürlich. Man muss immer alle Möglichkeiten in Betracht ziehen.«

»Wieso hast du nichts gesagt?«

»Ich fand die Möglichkeit nicht belastbar. Die Statistik zeigt, dass die weitaus meisten Morde von Einzelpersonen begangen werden, wenn wir Aufstände, Massenschlägereien und Ähnliches abziehen. Jeder weiß, dass ein Geheimnis nur ein Geheimnis bleibt, wenn man es für sich behält. Das gilt vor allem bei Mord. Zwei oder mehrere Personen können durchaus gemeinsam ein Verbrechen verüben, aber es sickert immer etwas durch. Entweder hält jemand den Druck nicht aus oder er verquatscht sich. Ich habe das mehrfach erlebt. Wie bist du auf den Gedanken gekommen?«

Lykke hatte wieder an den Mann gedacht, der sie auf einen Drink an die Hotelbar eingeladen hatte und den sie nun auf dem Bahnhof in Hamburg meinte gesehen zu haben. Sie war zu dem Schluss gekommen, dass es sich um zwei verschiedene Personen handeln musste, obwohl die Ähnlichkeit unglaublich war, aber das hatte sie angeregt, über Zufälle nachzudenken. Sie erklärte es Rudi.

»Und du glaubst, Al Pacino ist einer der Täter?«

»Rudi, jetzt bleib mal ernst.«

»Bin ich. Nehmen wir an, es sind zwei Täter. Was bedeutet das?«

»Dass sie einen gemeinsamen Grund haben, diese Morde verüben zu wollen.«

»Ja. Deshalb hoffe ich ja auch, dass sich alle Opfer in den Akten der Stasi finden lassen.«

»Abgesehen davon, dass Werner Bauer nicht ermordet wurde, sondern stattdessen eine unbekannte Person.«

»Aber Bauer war höchstwahrscheinlich das Ziel.«

Sie dachten beide eine Weile nach.

»Die Leiche im Waldhaus hat eine Weile dort gesessen«, brach Lykke das Schweigen.

»Adele Rohm sagt, ungefähr ein paar Wochen.«

»Und wann wurde dir der Fall Andrea Hahne übertragen?«

»Am selben Tag, an dem ich dich angerufen habe.«

»Und an dem Abend, an dem ich in Flensburg ankam und mit euch zu Abend aß, ermordete der Täter Christoph Roth.«

»Korrekt.«

Sie zählte es an den Fingern ab.

»Also wurden der unbekannte Mann, Hahne und Roth in dieser Reihenfolge ermordet. Wir wissen, dass Werner Bauer wie die anderen Opfer in Ostdeutschland wohnte. Ich verstehe nur nicht, warum der Täter den Unbekannten ermordete, wenn Werner Bauer das Ziel war.«

»Das haben wir schon einmal diskutiert«, erwiderte Rudi. »Vielleicht wusste er nicht, wie Bauer aussah, und nahm an, die Person, die sich im Haus aufhielt, wäre Bauer.«

»Aber er wusste, wie Andrea Hahne und Christoph Roth aussahen.«

»Was die Möglichkeit von zwei Beteiligten nicht ausschließt. Einer ist besser informiert als der andere. Ich habe es selbst in Betracht gezogen, weil sich für sie dadurch einige Vorteile ergeben.«

»Welche?«, wollte Lykke wissen.

Der Kommissar beugte sich vor. Er dämpfte die Stimme mit Rücksicht auf die übrigen Passagiere, obwohl die wenigsten vermutlich Dänisch verstanden.

»Wir haben drei Morde, bei denen die Methode demselben Muster folgt. Alle wurden in ihren eigenen Wohnungen umgebracht, wenn wir davon ausgehen, dass der ›Unbekannte‹ Bauer war. Alle wurden an einen Sessel gefesselt und mit einem Messer oder Schlägen misshandelt und anschließend erschossen. Der Täter hat jedes Mal auf einer mitgebrachten Schreibmaschine geschrieben – glauben wir. Am sichersten sind wir in Andrea Hahnes Haus, weil dort ein benutztes Farbband lag und der Abdruck im Staub auf dem Tisch zu einer Schreibmaschine passt, die sich nicht im Haus befand. Es gab auch keine Maschine bei Roth, vermutlich hat der Täter auch dort eine Schreibmaschine mitgebracht. Im Waldhaus sind wir nicht ganz sicher. Er könnte eine Maschine mitgebracht haben, obwohl dort eine stand. Es gab viele alte Gegenstände im Haus von Bauer, eine Schreibmaschine war dort also nicht ungewöhnlich.«

»Aber wieso zwei Täter?«

»Die Tatorte. Sie sind weit voneinander entfernt.«

»Einige amerikanische Serienmörder fuhren weite Strecken, um zu verbergen, dass sie für verschiedene Morde verantwortlich waren«, warf Lykke ein. »Und so groß sind die Entfernungen zwischen Flensburg, Kiel und Lübeck nun auch wieder nicht.«

»Nein, da hast du natürlich recht, aber lass uns noch ein bisschen mit der Theorie der zwei Täter spielen. Was wären die Vorteile?«

»Nun ja, während der eine den Mord begeht, sorgt der andere für ein Alibi für den Zeitpunkt der Tat, sodass dieselbe Person nicht für alle Morde verantwortlich gemacht werden kann, selbst wenn das Muster offensichtlich ist.«

»Genau. Und damit entsteht eine gewisse Unsicherheit und Verwirrung, die sich die Täter zunutze machen können. Andererseits ist es natürlich von Nachteil, wenn zwei Personen das Geheimnis teilen. Es erhöht das Fehlerrisiko – entweder redet einer zu viel, oder sie agieren bei den Morden unterschiedlich. Täter 1 könnte den Mord an Andrea Hahne begangen haben, während Täter 2 Roth und unseren Unbekannten umgebracht hat.«

»Und Täter 2 glaubte, er ermordet Bauer?«

»Ja, er oder sie. Täter 2 könnte auch eine Frau sein. Es könnte sich um ein Ehepaar handeln. Für ein Paar wäre es möglicherweise einfacher, das Geheimnis zu bewahren.«

»Da wäre noch das Motiv«, sagte Lykke. »Wir gehen davon aus, dass die Opfer nicht drei zufällige ältere Menschen sind.«

»Es gibt die klassischen Gründe. Bereicherung, Rache oder Eifersucht. Es könnte aber auch Lust, Spannung oder Fanatismus sein.«

»Bereicherung ist unwahrscheinlich«, erklärte Lykke. »Andrea Hahne hatte bestenfalls alten Krempel für den Flohmarkt, und bei Roth wurde, soweit wir wissen, nichts gestohlen, obwohl an seinen Wänden Kunst hing und er Bargeld in der Brieftasche hatte. Siebenhundert Euro, soweit ich mich erinnere. Das Haus war auch nicht durchwühlt worden, es wurde also nicht nach irgendwelchen Wertgegenständen gesucht.«

»Nein, Diebstahl war nicht das Motiv. Und es ist auch kein schiefgegangener Raubüberfall. Es sieht eher nach Rache aus.«

»Rache ist ein starker Kandidat«, stimmte Lykke ihm zu. »Es würde die Misshandlungen erklären. Die Opfer sollten leiden. Ich denke, Eifersucht ist ebenfalls auszuschließen.«

»Einverstanden«, sagte Rudi. »Wir sind nicht auf der Suche nach einem betrogenen Ehemann oder Geliebten. Das Alter der Opfer spricht dagegen, und normalerweise gibt es nur ein Opfer in Verbindung mit einem Eifersuchtsmord.«

»Es bleiben noch Lust, Spannung und Fanatismus.«
»Fanatismus findet sich überwiegend in einem religiösen Umfeld. Das passt hier nicht. Spannung ist eine eventuelle Möglichkeit. Ein krankes Liebespaar, das seine Fantasien auslebt?«
Lykke sah ihn zweifelnd an.
»Das hört sich eher nach Hollywood an.«
»Sag das nicht. Ich denke an die berühmten Moor-Mörder Ian Brady und Myra Hindley aus England in den Sechzigerjahren. Hast du schon mal von denen gehört? Sie ermordeten fünf Kinder und Jugendliche in einem sadistischen, sexuellen Blutrausch, aber so etwas gehört glücklicherweise zu den Ausnahmen. Es gibt keine vernünftige Vergleichsgrundlage zu unseren Fällen, da hast du sicher recht. Wir können Spannung streichen.«
»Und Lust. Das ist ziemlich nah bei Eifersucht, außerdem geht es um Sex. Und Sex können wir hier ausschließen.«
»Hm. Also bleibt als Motiv nur Rache, aber Rache wofür?«
»Etwas, das auf einer Schreibmaschine festgehalten werden soll«, sagte sie. »Aber wäre es für den Mörder nicht einfacher, ein iPad oder ein Mobiltelefon mitzubringen?«
»Doch. Es muss einen Grund dafür geben, dass er auf Papier schreibt. Aber welchen?«

32

Das Stasi-Unterlagen-Archiv in der Karl-Liebknecht-Straße im ehemaligen Ostberlin lag in einem nahezu weißlichen Licht der Wintersonne gebadet. Es gab dem Gebäude ein vertrauenswürdiges Aussehen, doch unter der Oberfläche lauerte die Unterdrückung und Überwachung der Vergangenheit – jetzt allerdings nur noch als ein gespenstischer Filter in Form von Abertausenden Dokumenten, Tonaufnahmen und Filmen hinter den dicken Mauern.

»Ich hoffe, dieser Rawitsch hat die Akten gefunden, die wir brauchen«, brummte Rudi, als sie vor dem Haupteingang standen und das Taxi, das sie am Hauptbahnhof genommen hatten, davonfuhr. »Sonst arbeite ich mich zur Not mit dem Rollator bis zu den letzten Regalen vor.«

Lykke betrachtete das gewaltige Gebäude, das sich bis zu den Wolken zu erheben schien. Ihr Fall kam ihr wie eine nicht zu bewältigende Aufgabe vor. Mit großer Wahrscheinlichkeit endete es in einer Sackgasse, entweder, weil die Akten vernichtet waren oder die Morde keine Verbindung zur Vergangenheit der Opfer hinter dem Eisernen Vorhang hatten.

Der Kommissar sah sie abwartend – und ein wenig ungeduldig – an.

»Was ist?«, fragte sie.

»Ich warte auf deine Antwort.«

»Welche Antwort?«

Er fuhr mit einer hohen Micky-Maus-Stimme fort: »Aber Rudi, das dauert doch noch viele Jahre, bis du alt und grau bist. Du bist doch ein Mann im besten Alter.«

»So etwas sage ich nicht. Und außerdem bist du grau. Gehen wir rein oder wollen wir hier stehen bleiben und auf deine Pensionierung warten?«

Er lachte.

»Das mag ich so an dir, Lucky. Du kommst immer direkt zur Sache, ob es nun um einen Postboten oder einen alten Kommissar geht.«

In der Vorhalle wurde eine Gruppe von einer jungen blonden Frau herumgeführt, die mit lauter Stimme und gestikulierend über die »große« Zeit des Staatssicherheitsdienstes erzählte.

Rudi und Lykke gingen auf eine Empfangstheke zu. Dort saß eine Frau im mittleren Alter, die eine Brille und eine dunkle Jacke trug. Sie blickte lächelnd auf. Rudi erklärte ihr Anliegen, und sie bat sie, Platz zu nehmen.

»Wie hast du die Stasi damals erlebt?«, erkundigte sich Lykke, nachdem sie sich in ein paar weiche Loungesessel gesetzt hatten.

»Ich habe in Westberlin gewohnt, das meiste haben wir gelesen oder nur gehört. Als große Jungs sind Dieter und ich ein paar Mal mit der U-Bahn zum Checkpoint Charlie im amerikanischen Sektor der Stadt gefahren. Wir fanden das ziemlich verrückt mit dem Stacheldraht, der Mauer, den Minenfeldern und den leeren Gebäuden auf der anderen Seite. Regelmäßig hörten wir von Leuten, die versuchten, über die Mauer zu fliehen – und manchmal auch darunter.«

»Einige haben es geschafft, oder?«

»Ja, aber mit der Zeit wurde es immer schwieriger. Die Leute waren ziemlich erfinderisch. Sie wurden in Autos versteckt herausgeschmuggelt. Einige haben lange Tunnel gegraben, die häufig entdeckt wurden, weil es ständig irgendwelche Kontrollen gab, die nach möglichen Fluchtwegen suchten. Andere versuchten es mit Heißluftballons. Es war für viele Bürger im Osten eine fürchterliche Zeit. Ich empfand es als große Ungerechtigkeit.«

»Bist du deshalb Polizist geworden?«

Er warf ihr einen Seitenblick zu.

»Wenn ich ganz ehrlich sein soll, dann wohl deshalb, weil ich dachte, es sei leichter, Dieter zu finden, wenn ich bei der Polizei bin. Aber das war nur zum Teil der Grund.«

»Um ihn ins Gefängnis zu bringen?«

Rudi zögerte mit der Antwort.

»Vor allem, um eine Antwort zu bekommen. Unser Vater hat einige furchtbare Dinge getan, die einer Gruppe von Menschen das Leben kostete, aber mein Bruder hätte die Angelegenheit anders regeln können. Es wäre nicht nötig gewesen, unseren Vater zu erschießen. Ich verteidige nicht die Handlung, im Gegenteil, aber er war auch *mein* Vater.«

Sie konnten ihr Gespräch nicht fortsetzen, denn nun hörten sie, wie sich Schritte auf dem Marmorfußboden näherten. Ein kleiner Mann in einem dunklen Nadelstreifenanzug und blankgeputzten Schuhen, blonden, zurückgekämmten Haaren und einer Brille mit Goldfassung stand vor ihnen. Seine eleganten Bewegungen passten zu seinem ernsten Gesichtsausdruck.

Sie standen auf.

»Guten Tag, sind Sie Frau Teit und Herr Lehmann? Mein Name ist Leonard Rawitsch. Ich bin hier im Haus der Abteilungsleiter für den Bereich Archivbestände.«

»Sprechen Sie Englisch? Meine Kollegin versteht nicht so gut Deutsch«, bat Rudi.

»Leider nein.«

»Alles in Ordnung«, erwiderte Lykke auf Deutsch, die Rudis Versuch, ihr zu helfen, verstanden hatte. Es klang ein bisschen komisch, fand sie, aber der Mann verbeugte sich entgegenkommend in einer beinahe femininen Art und Weise. Er breitete die Arme aus wie ein Kellner, der den Gästen einen Tisch zuweist.

»Wenn Sie mir folgen würden.«

Rudi warf Lykke einen Blick zu.

»Ich verstehe inzwischen ganz gut Deutsch«, flüsterte sie und hoffte, dass er die Situation nicht vermasselte, indem er seine Späße mit dem Archivar trieb, allerdings war Rudi immer hundertprozentig professionell und seriös, wenn es wirklich ernst wurde.

Rawitsch leitete sie über Treppen und Flure, die von M. C.

Escher hätten erdacht sein können, in das große Labyrinth, das Stasi-Archiv. Er lief mit kleinen, aber raschen Schritten voraus, die Lykke an Hercule Poirot erinnerten. Die beiden Ermittler mussten sich beeilen, um mit ihm Schritt zu halten. Sie endeten in einem großen Raum mit Fenstern auf der einen und Regalen mit Aktenordnern auf der anderen Seite. In der Mitte stand ein langer Konferenztisch mit sechzehn Stühlen, auf dem graue und braune Ordner in einer sorgfältig aufgebauten Reihe lagen. Lykke hätte schwören können, dass die Abstände zwischen den Ordnern und zur Tischkante so gut wie identisch waren.

»Bitte, setzen Sie sich«, forderte Rawitsch sie auf und wies auf zwei Stühle mit hohen Lehnen, die von ihrem Aussehen her originale Möbel aus dem Ministerium hätten sein können. Das Gleiche galt für die Wände, die eine krankhaft aquariumsgrüne Farbe aufwiesen. Der einzige Wandschmuck bestand aus Schwarz-Weiß-Fotos von Menschen, die sich für die Fotos aufgestellt hatten. Vermutlich wichtige Personen aus einer verschwundenen Zeit.

»Darf ich Ihnen einen Kaffee oder Tee anbieten?«, erkundigte sich der Abteilungsleiter und trat an einen kleinen Tisch, auf dem Kaffee und Tee bereitstanden.

»Gern Kaffee«, sagte Rudi.

»Tee, danke.« Lykke war fasziniert von dem kleinen Mann und seiner Art.

Leonard Rawitsch schickte ihr ein anerkennendes Nicken, als würde er ihre Wahl schätzen. Der Kommissar hatte sich bereits gesetzt, die Lesebrille aufgesetzt und studierte den nächstliegenden Aktenordner. Lykke schaute ihm zu, während Rawitsch wie ein erfahrener Oberkellner eine dampfende Tasse Tee vor sie stellte und Rudi Kaffee einschenkte. Er stellte sich hinter sie.

»Wie Sie sehen, habe ich herausgesucht, was es an Material über die gewünschten Personen gibt: Andrea Hahne, Werner

Bauer und Christoph Roth. Es dauerte ein bisschen länger, etwas über Frau Hahne zu finden, da sie keines Verbrechens verdächtigt wurde, aber als Inoffizielle Mitarbeiterin sehr gelobt wird.«

Rudi blickte überrascht auf.

»Inoffizielle Mitarbeiterin?«

»Ja. Das ist ein ernster Vorwurf. Frau Hahne und ihr Mann beschuldigten einen Bürger der Zusammenarbeit mit westlichen Geheimdiensten und des Mordes an ihrer Tochter.«

Rudi und Lykke wechselten einen optimistischen Blick.

»Interessant«, kommentierte der Kommissar und zog Andrea und Tobias Hahnes Ordner zu sich. Er begann zu blättern. Rawitsch zog sich zurück, und Lykke griff nach einem anderen Ordner auf dem Tisch.

Zwanzig Minuten saßen sie konzentriert über dem Material. Lykke versuchte, so viel Deutsch wie möglich zu verstehen. Immer wieder tippte sie etwas bei Google Translate ein. »Ich glaube, wir haben den Jackpot geknackt«, sagte Rudi plötzlich.

»Wieso?«

Sie rutschte mit ihrer halb vollen Tasse Tee näher an ihn heran.

Der Kommissar hatte einige DIN-A4-große Blätter aus einem kräftigen grauen Karton vor sich, die auf ihre eigene Art Lykkes Vorstellung über das Leben hinter dem Eisernen Vorhang zusammenfassten. Sie war ein Jahr alt gewesen, als die Mauer fiel, aber sie hatte in der Schule einen Dokumentarfilm über den alten Ostblock gesehen. Trostlose, regennasse Straßen mit Trabants, Läden mit nahezu leeren Kühltruhen und die Berliner Mauer gespickt mit Stacheldraht mitten im Niemandsland der Minenfelder und leeren Häuser zwischen Ost und West. Es war vermutlich nur ein Teil der Geschichte, aber so wurde es in westlichen Medien dargestellt.

Bei den Kartonblättern handelte es sich um vorgedruckte, mit Schreibmaschine ausgefüllte Formulare.

»Die Seiten 2 und 3 sind am interessantesten«, erklärte Rudi und gab ihr die Blätter. »Es ist eine inhaltliche Zusammenfassung des Falls.«

Er zeigte es ihr. Die Sprache war zu kompliziert für Lykkes Schuldeutsch, obwohl sie sich ernsthaft Mühe gab. Sie gab ihm die Blätter zurück.

»Erklärst du mir, was da steht?«

Rawitsch war am Ende des Raums an einen Schreibtisch zurückgekehrt. Dort saß er mit einer Tasse Tee und sah sich einige Dokumente an, während er regelmäßig einen Blick auf seine Gäste warf. Allerdings mischte er sich nicht ein.

»Das ist ein Eingangsbericht«, erklärte Rudi. »Das war Routine. Die Stasi forderte die Bevölkerung auf, sich zu melden, wenn man auch nur den geringsten Verdacht auf ›staatsfeindliche Tätigkeit‹ hatte. Und das war sehr breit definiert. Es konnte alles sein, von falschen politischen Haltungen, Flucht über die Landesgrenzen, Einschmuggeln von Lebensmitteln, Möbeln, Kleidung oder anderen Dingen aus dem dekadenten Füllhorn des Westens. Es konnte sich auch um Aufforderung zum Widerstand gegen das System handeln, das von der Sowjetunion dirigiert wurde. Die Menschen wurden physisch überwacht, ihre Telefone wurden abgehört, die Wohnungen verwanzt, Briefe und Pakete routinemäßig geöffnet. Ganz gewöhnliche Leute wurden bisweilen auf der Straße beschattet. Unter der Rubrik ›Grund der Anzeige‹ steht da *Verdacht auf Fluchtorganisation*. Die Dokumente beweisen, dass Andrea Hahne und ihr Mann einen gewissen Burkhardt Kuhn anzeigten. Ein Mann, der verheiratet war, zwei Kinder hatte und bei der Deutschen Reichsbahn arbeitete. Die Anklage läuft darauf hinaus, dass Kuhn mit Personen zusammengearbeitet hat, die gegen Bezahlung illegale Fluchten in den Westen organisierten. Möglicherweise hat er eine solche Flucht vorbereitet, als er verhaftet wurde, aber Kuhn hat bei Verhören nie zugegeben, dass er in irgendeiner Form an staatsfeindlichen Aktivitäten beteiligt war. Im Gegenteil, er bezeichnete sich als einen ehrlichen Ostberliner, der sein Land und dessen Führung liebte und bei der Eisenbahn hart arbeitete, um seine Familie zu ernähren.«

»Steht da, wie die Sache endete?«

Rudi blätterte ein bisschen in der Akte.

»Bestimmt ... Alles wurde festgehalten und registriert. So war das System.«

Er verbrachte die nächsten Minuten damit, den Rest zu lesen, während Lykke ihren kalten Tee austrank. Sie schaute auf die hochsitzenden Fenster, die eine triste Aussicht auf eine graue Mauer mit einem Gesims, einem Fallrohr und einer Wärmepumpe boten. Eine große Uhr tickte an der Wand, ansonsten herrschte Stille im Raum. Sie hatte das Gefühl, bei einem Examen zu sitzen, und der Abteilungsleiter war der Prüfer. Er raschelte hin und wieder mit einem Blatt Papier und tat so, als würde er lesen, aber Lykke war überzeugt, dass er sie beobachtete. Neben ihr hörte sie Rudi schnaufen, während er mit tiefen Furchen auf der Stirn las.

»Ja«, sagte er, als er das letzte Blatt umgeblättert hatte.

»Ja?«

»Bernhardt Kuhn wurde zu acht Jahren Gefängnis verurteilt, wegen Mitwirkens an einer landesfeindlichen Tätigkeit, aber nur aufgrund von Indizien. Es gab keine regulären Beweise. Es könnte sein, dass er eine eigene Akte hat. Wir könnten Herrn Rawitsch fragen.«

Bei der Erwähnung seines Namens blickte er auf. Langsam stand er von seinem Schreibtisch auf und kam mit einem würdigen Gesichtsausdruck auf sie zu.

»Kann ich behilflich sein?«

»Ja«, antwortete Rudi. »Gibt es möglicherweise eine Akte über Burkhardt Kuhn?«

»Ich sehe nach, einen Moment bitte.«

Der Archivar verließ den Raum.

»Glaubst du, wir werden überwacht?«, fragte Lykke, die sich beklommen umsah. »Dieser Ort bereitet mir Gänsehaut.«

»Ich glaube kaum. Rawitsch macht nur seine Arbeit. Er sieht aus wie ein Paragrafenreiter. Ein Übergenauer. Ich glaube, er ist so etwas wie ein Nostalgiker, er sehnt sich nach dem alten System. So wie manch ein alter Ostberliner. Sie meinen, die Dinge waren damals besser. Vielen gefielen die Kontrollen. Sie schafften Ruhe und Ordnung. Behaupten sie.«

»Friede sei mit ihnen«, erwiderte Lykke. »Aber wie kommt Andrea Hahne ins Spiel. Steht da etwas, warum sie diesen Burkhardt Kuhn verdächtigte?«

»Nein, das ist das Merkwürdige. Warum hat sie ihn angezeigt? Hm, steht hier irgendwo eine Adresse?« Er blätterte weiter in den Papieren. »Hier, Kuhn ... hm ...« Plötzlich klatschte er begeistert mit der Hand auf den Tisch. Es klang, als wäre ein Vogel gegen die Scheibe geflogen. Lykke zuckte auf ihrem Stuhl zusammen.

»Was ist?«

»Sie waren Nachbarn! Sie wohnten am Stadtrand, in Bohnsdorf. Die Hahnes wohnten in der Jahnstraße 30, Kuhn Jahnstraße 32.«

Sie sah ihn ungläubig an.

»Die Fotos im Fotoalbum?«

Rudi nickte.

»All die Wut, all der Hass, der sich gegen Burkhardt Kuhn gerichtet hat. Er wohnte in diesem Haus. ›Entfernt‹. Kuhn wurde entfernt.«

»Ein simpler Nachbarschaftsstreit, aber weshalb dieser Mordvorwurf?«, fragte Lykke. »Das ist doch, gelinde gesagt, heftig. Glaubst du, jemand in Hahnes Familie hat versucht zu fliehen und kam dabei um? Das könnte die Feindschaft erklären.«

Rudi zupfte sich an der Unterlippe.

»Hier steht nichts darüber, warum Hahnes Verdacht gegen Kuhn schöpften. Vielleicht war die Geschichte erfunden, aber du hast recht. Was hat sie so wütend und verbittert werden lassen, dass sie ihren Nachbarn wegen landesfeindlicher Tätigkeit anschwärzten? Schließlich konnte man einen Mitbürger in gewaltige Schwierigkeiten bringen, wenn man ihn eines solchen Vergehens beschuldigte. Alles wurde gründlich untersucht. Häufig führte es zu unzähligen Verhören, Überwachungen und manchmal auch zu Gefängnis. Sie haben Kuhn das Leben zur Hölle gemacht. Mit Sicherheit wurde er bewacht, bis man ihn schließlich verhaftete und verhörte. Es gab den Verdacht, dass er mit einem anderen Mann zusammenarbeitete, der sich später als Fluchthelfer für mehrere Menschen in den Westen herausstellte.«

»Steht da, wer es war?«

»Ein Beamter namens Lothar Nielung.«

»Ist das alles?«

»Nein.«

Die Tür ging auf. Leonard Rawitsch brachte noch einen Aktenordner, den er auf den Tisch legte.

»Die Akte Burkhardt Kuhn, die Sie wünschten.«

»Vielen Dank, Herr Rawitsch. Wir haben noch einen anderen Namen, der Bedeutung für unseren Fall haben könnte. Lothar Nielung. Haben Sie etwas über ihn?«

Der Archivar betrachtete den Kommissar kritisch über seine Brillenränder. Er sah nicht erfreut aus, protestierte aber auch nicht.

»Lothar Nielung, sagen Sie?«

»Ja, wenn Sie etwas unter diesem Namen fänden, wäre das eine enorme Hilfe.«

»Ja, sicher.«

Er ging zurück zur Tür, blieb aber mit der Hand auf der Klinke stehen.

»Gibt es noch weitere Akten, die Sie einsehen möchten?« Er drehte sich um. »Das Archiv ist groß, und es braucht Zeit, die Akten herauszusuchen. Wir haben drei Stockwerke, der Aufzug wird gerade repariert, und ich muss mich noch um andere Dinge kümmern.«

»Vielleicht ist einer Ihrer Assistenten in guter Form und kann ...«

Rawitsch bremste den Kommissar mit einer erhobenen Hand. »Ich erledige das schon. Lothar Nielung?«

»Ja. N-i-e-l-u-n-g. Und Lothar mit th.«

Lykke schmunzelte, als sich die Tür schloss.

»Ich glaube, das mit der Kondition hat er persönlich genommen.«

»Das sollte er nicht«, erwiderte Rudi. »Jeder sieht doch, dass er ein Bäuchlein hat, und er sieht auch nicht aus wie jemand, der sich in seiner Freizeit bewegt.«

»Genau wie du.«

»Ich treibe jede Menge Sport.«

»Ha? Was denn?«

»Schach und Kreuzworträtsel.«

Rudi kratzte sich den Bart und widmete sich wieder Kuhns Akte.

»Tja, das sieht düster aus, Lykke«, erklärte er nach einigen Minuten intensiven Blätterns. »Die Schattenseite des menschlichen Gemüts ist wahrlich kein schöner Anblick. Wie es aussieht, hat Kuhn die Anschuldigungen zugegeben, aber es fehlt eine Unterschrift. Ich würde gern wissen, wie dieses Geständnis zustande gekommen ist.«

»Vermutlich nicht mit sanften Worten und Pralinen.«

»Nein. Und wie ich der Akte entnehme, verstarb Kuhn nach wenigen Monaten in Hohenschönhausen.«

»Steht da wie?«

»Nein. Dafür müssten wir den Gefängnisbericht haben. Hahnes wussten, dass so etwas passieren konnte. Vielleicht haben sie sogar damit gerechnet.«

»Sieht wie eine exakt geplante Racheaktion aus«, sagte sie.

»Ja, aber wofür? Vermutlich sind Nachbarschaftsstreitigkeiten in Deutschland genauso normal wie in Dänemark, aber man liefert doch seinen Nachbarn nicht jemandem aus, von dem man weiß, dass der ihn umbringen könnte. Was hat Kuhn wohl verbrochen?«

»Ich frage mal anders herum: Was ist das Schlimmste, das Hahnes passiert ist?«

»Die Tochter Ulrike starb im Alter von sieben Jahren, aber Kuhn kann doch kaum daran beteiligt ...«

Rudi nahm sein Telefon und klickte das Foto aus Hahnes Familienalbum an. Lykke sah, wie er mit seinem dicken Zeigefinger bestimmte Details heranzoomte. Dann lehnte er sich zurück und blickte aus den hochsitzenden Fenstern. Der Kommissar sah geschockt aus.

»Mein Gott!«

Er starrte noch einmal auf sein Telefon.

»Rudi, was ist?«

»Warte mal.«

Er war so in die eigenen Gedanken versunken, dass er nicht einmal bemerkte, dass er auf Deutsch antwortete. Er scrollte. Las. Sie konnte geradezu sehen, wie das Blut aus seinen roten Wangen strömte.

»Komm schon, Rudi, was hast du gefunden?«

»Ich glaube, ich begreife es jetzt. Burkhardt Kuhn hat Schuld an Ulrikes Tod. In gewisser Weise jedenfalls.«

»Wie?«

Er zeigte aufs Fenster.

»Die Antwort ist genau dort.«

Lykke folgte seinem Blick, sah aber nichts anderes als die graue Hausmauer mit dem Gesims, dem Fallrohr und der Wärmepumpe.

»Beton. Regenwasser. Was meinst du?«

»Siehst du es denn nicht?«

»Nein, jetzt sag's schon!«

Er lachte. »Du sitzt falsch. Komm mal hier rüber.«

Rudi zog sie am Arm. Jetzt sah sie es. Eine Taube. Sie saß auf dem Gesims. Das gesprenkelte graue Gefieder des Vogels verschmolz beinahe mit der Mauer. Es war die gleiche Art wie die blutigen Tauben bei den Leichen. Lykke erinnerte sich an ein milchig weißes Auge, das sie angeglotzt hatte. Aber ihr fehlte noch immer die Verbindung.

»Also hielt Burkhardt Kuhn Tauben«, sagte sie. »Was man auf den Bildern im Fotoalbum ahnen kann, ist also tatsächlich eine Voliere. Ein Taubenschlag. Und der Täter hat bei jedem Opfer eine blutige Taube hinterlassen, aber ich kann den Zusammenhang mit Ulrike Hahnes Tod nicht erkennen. Taubenzüchten ist ja nicht gerade ein lebensgefährliches Hobby. Ich könnte es verstehen, wenn es um Würgeschlangen ginge.«

»Nicht normal, aber ...« Rudi hielt sein Telefon hoch, sodass sie sehen konnte, worin er sich vertieft hatte. »Als wir über Andrea Hahnes Vergangenheit recherchierten, fiel uns der Tod ihrer Tochter auf, und ich fand ein paar Vermutungen der Ärzte über die Todesursache. Der eine sagte Grippe, der andere aber Psittakose. Die beiden Krankheiten sind sich sehr ähnlich, nur ist die eine weitaus gefährlicher als die andere. *Chlamydophila psittaci* ist eine tödliche interzelluläre Bakterienart, die zu einer respiratorischen Psittakose führen kann.«

Er breitete mit einem dummen Grinsen die Hände aus, wie ein Zauberkünstler, der seine Glanznummer beendet hat.

»Und ich stehe im Moment gerade vollkommen auf dem Schlauch«, gab Lykke zu.

»Wenn ich nun sage, dass ›psitta‹ das lateinische Wort für Papagei ist, an welche Krankheit denkst du dann?«

Sie riss die Augen auf.

»Wie? Papageienkrankheit?«

»Genau. Sie kann für Menschen tödlich sein, und nicht nur Papageien können diese Bakterien übertragen. Das können alle Vögel, inklusive Hühner und Tauben.«

»Shit, Rudi.«

»Ich glaube, Burkhardt Kuhns Taubenschlag war von *Chlamydophila psittaci* betroffen, und sie gingen auf Ulrike Hahne über, die daran starb.«

»Meinst du, Hahne hat Kuhn aufgrund einer erfundenen Anschuldigung angezeigt?«

»Ganz genau. Das beweist das Fotoalbum. ›Mörderhaus‹ und ›Entfernt‹. Das wurde von einem zutiefst verzweifelten Menschen geschrieben. Burkhardt Kuhn wurde ›entfernt‹ und mit ihm vielleicht auch sein Haus und sein Taubenschlag. Die Quelle der Krankheit wurde neutralisiert, aber zu spät. Das Ehepaar Hahne bekam seine Rache, aber das brachte Ulrike natürlich nicht zurück.«

»Jetzt begreife ich den Zusammenhang, aber warum wurde Andrea Hahne ermordet? Und von wem? Kuhn kam ins Gefängnis und starb dort. Er kann es nicht gewesen sein.«

»Er hatte Familie. Eine Frau und zwei Kinder. Wenn sie noch leben, müssen die Kinder erwachsen sein.«

»Wann starb Ulrike?«

»1972.«

»Das ist fünfzig Jahre her. Es muss sich um etwas anderes handeln.«

Die Tür ging auf, und Leonard Rawitsch kam herein. Sein Gesicht war gerötet und sah ein wenig verschwitzt aus. Ein fünfter Ordner wurde auf den Tisch gelegt.

»Nielung, Lothar«, sagte er außer Atem.

»Vielen Dank.« Rudi schlug den Aktenordner auf.

Wieder wurde es still. Der Abteilungsleiter setzte sich an seinen Schreibtisch und tupfte sich die Stirn mit einem Taschentuch trocken.

»Hm, bemerkenswert«, brummte Rudi nach einiger Zeit.

»Was?«, erkundigte sich Lykke.

»Lothar Nielung arbeitete für eine *Organisation zur Verbesserung der diplomatischen Beziehungen zwischen der DDR und der BRD*. Er wohnte mit seiner Frau und seinem Sohn in Ostberlin, hatte seinen Arbeitsplatz aber in Westberlin. Er war eine Art Botschafter für das Regime und wurde natürlich bei jedem Grenzgang von Kopf bis Fuß kontrolliert, aber es gab nie etwas zu beanstanden. Im Gegenteil, er war der Archetypus eines Musterbürgers für das kommunistische System. Es war normal, dass alle, die die Grenze überquerten, überwacht wurden, sogar Bürger mit diplomatischer Immunität. Nielung war keine Ausnahme. Allerdings steht hier, dass er irgendwann in Verdacht geriet, es wird leider nicht gesagt, weshalb. Er wurde mehrfach überprüft, aber nie wurde etwas Konkretes gefunden. Trotzdem wurde entschieden, ihn weiter zu überwachen. Nielungs Arbeitsplatz lag in einem Bürogebäude an der Friedrichstraße nahe dem Checkpoint Charlie in Westberlin. Alle Fenster des Gebäudes, die nach Osten blickten, wurden kurz nach dem Mauerbau entfernt und zugemauert.«

»Um zu verhindern, dass jemandem, der aus Ostberlin flüchten wollte, von der Westseite aus geholfen wurde?«

»Genau. Zuerst musste man auf der Ostseite an den Wachpatrouillen vorbei und dann durch verlassene Gebäude, Minenfelder und Stacheldraht.«

»Also war es so gut wie unmöglich.«

»Ja. Deshalb versuchten die Leute es mit Tunneln. Viele dieser unterirdischen Grabungsarbeiten wurden entdeckt, aber es gab auch einige, die geheim blieben.«

»Aber was hat das mit Andrea Hahne und Burkhardt Kuhn zu tun?«

Statt zu antworten, rief Rudi Leonard Rawitsch, der wieder zu Atem gekommen war und so tat, als läse er in einigen Papieren.

»Entschuldigung. Haben Sie einen Stadtplan, der die Straßen zwischen dem alten Ost- und Westberlin zeigt?«

Der kleine Mann nickte, plötzlich interessiert.

»Haben Sie etwas herausgefunden?«

»Wenn Sie uns mit einem Stadtplan behilflich sind.«

Rawitsch beeilte sich und kam mit einer zusammengefalteten Karte zurück, die er auf dem Tisch ausbreitete. Rudi überprüfte die Adresse und erklärte Lykke und dem Abteilungsleiter, der nun auch zuhörte:

»Nielung arbeitete für eine Organisation zur Förderung der diplomatischen Beziehungen zwischen der DDR und der BRD. Sein Büro lag im dritten Stock eines Gebäudes an der Friedrichstraße. In der Akte steht, dass Nielung zwar dort sein Büro hatte, aber häufig im Keller arbeitete, wo die Organisation sich mit einigen andern Firmen Räume teilte. Unter anderem einer Setzerei, die dort einige alte Druckmaschinen abgestellt hatte.«

Der Kommissar zog die Augenbrauen hoch, als sollten sie seinen Scharfsinn bewundern und anfangen zu applaudieren. Lykke hatte jedoch keine Ahnung, worauf er hinauswollte. Rawitsch stand mit einer tiefen Furche zwischen den Augen neben ihr.

Rudi fuhr fort.

»Sagen wir der Theorie halber, dass Nielung involviert war, Leute illegal aus Ostdeutschland herauszuschmuggeln. Es wäre ein ziemlicher Witz, wenn ein Diplomat, der daran arbeitete, die beiden Systeme näher zusammenzubringen, Menschen unter der Nase der Genossen herausschleuste.«

Ein paar Sekunden herrschte Schweigen in dem geräumigen Lokal. Die Taube auf dem Nachbargebäude flog auf und davon.

Rawitschs sorgfältig rasiertes Gesicht hellte sich auf, als wäre ihm etwas eingefallen.

»Friedrichstraße«, sagte er. »Ich erinnere mich an einen Zeitungsartikel, den ich vor nicht allzu langer Zeit gelesen habe. Augenblick.«

Er eilte zu seinem Computer, gab irgendetwas ein und fuhr mit der Maus herum. Lykke sah Rudi an, der die Hand hob, aber optimistisch aussah. Der Archivar kam mit seinem Laptop zurück und stellte es auf den Tisch. Rudi zog den Computer zu sich heran, las den Zeitungsartikel laut vor und übersetzte ihn für Lykke ins Dänische.

»Leichen einer Familie im Bunker gefunden.

Am 7. November fanden zwei Servicemitarbeiter von Berlin Bunker Protocol, von denen sämtliche unterirdischen Anlagen aus dem Zweiten Weltkrieg registriert und verzeichnet werden, die Leichen von drei Personen. Es handelt sich um einen erwachsenen Mann, eine erwachsene Frau, beide Mitte dreißig, und ein sechs- bis siebenjähriges Mädchen. Die Bunkeranlage war bisher unbekannt. Im Zuge der Renovierung eines Gebäudes und eines dazugehörigen Hinterhofs wurde der Eingang hinter einem alten Bauwagen entdeckt.

Der Chefkontrolleur Horst Böttger von Berlin Bunker Protocol erklärte: ›Wir finden hin und wieder unbekannte Tunnelsysteme aus der Kriegszeit. Wir registrieren die Örtlichkeit und prüfen, ob man sie einem praktischen Nutzen zuführen kann. Das mache ich jetzt seit fünfundzwanzig Jahren. Ich habe mehrfach Munition, Feldflaschen oder Stahlhelme gefunden. Einmal fand ich sogar eine Dart-Scheibe mit Hitlers Porträt. Aber es ist das erste Mal, dass ich auf Tote gestoßen bin. Ich dachte, es wären Menschen gewesen, die sich gegen Ende des Krieges hier versteckt hatten und dann eingesperrt wurden, aber es handelt sich offenbar um jemanden aus der jüngeren Vergangenheit.‹

Ein Rechtsmediziner der Charité bestätigt, dass die Leichen vermutlich ›nur‹ vierzig Jahre im Bunker gelegen haben. Die Personen waren vollständig bekleidet und hatten Gepäck dabei, sodass sie vermutlich auf der Flucht aus Ostberlin gewesen sind. Die Polizei hat Ausweispapiere bei den Toten gefunden, aber mit Rücksicht auf die weiteren Untersuchungen werden die Namen nicht veröffentlicht, bis der Fall geklärt ist. Es wurde jedoch mitgeteilt, dass es sich bei den drei Toten um eine Familie handelt.

Die genaue Kartografierung des Bunkersystems ist noch nicht abgeschlossen, aber Berlin Bunker Protocol teilt mit, dass die Hauptlinie auf einer Achse liegt, die von Südosten nach Nordwesten verläuft und unter anderem die Friedrichstraße kreuzt, was bedeutet, dass die Anlage als Fluchtweg gedient haben könnte, da es einige Eingänge sowohl im ehemaligen Ostberlin als auch in Westberlin gibt.«

33

Predator.

So lautete der Name des Raubtierparks, der etwas außerhalb von Neumünster gebaut wurde. Es gab noch kein offizielles Schild, und Döllinger wollte keinen Einheimischen nach dem Weg fragen; er hatte Sorge, dass sich später jemand an einen Mann erinnern könnte, der nach dem noch im Bau befindlichen zoologischen Garten gefragt hatte. Noch dazu an einem Winterabend, an dem die Temperaturen beinahe den Gefrierpunkt erreichten. Er hatte die genaue Adresse nicht ermitteln können, der Routenplaner war keine Hilfe gewesen. Döllinger hatte lediglich ein paar Internet-Beiträge, denen er folgen konnte, und aus ihnen ging hervor, dass der Park irgendwo zwischen Neumünster und Lübeck liegen sollte, einige Kilometer westlich von Bad Segeberg.

Die Gegend war vollkommen verlassen, alles war schwarz. Die Landstraße zog sich wie ein gerader Strich durch die Landschaft. Die letzten fünf Kilometer waren ihm nur zwei Fahrzeuge entgegengekommen. Es gab keine Gebäude in der Nähe, auch keine Straßenlaternen oder irgendeine andere Form der Beleuchtung, nur ihn im Auto, die offene, sich weit erstreckende Fläche und der gezackte Horizont – ein Wald, der vom zunehmenden Mond beleuchtet wurde.

Er fuhr auf gut Glück umher.

Erst als er zum dritten Mal an einer Nebenstraße vorbeikam, bemerkte er ein großes Schild auf einem Feld. Döllinger bremste und setzte zurück. Er bog auf die Nebenstraße, blieb stehen und ließ den Wagen im Leerlauf laufen. Er griff nach einer Stablampe im Handschuhfach und öffnete die Tür. Der Wind wollte sie zuschlagen. Eine eisige Kälte fegte über die öden Felder. Döllinger zog den Reißverschluss seiner Jacke zu und leuchtete auf das Schild.

»Hier entsteht der Raubtierpark PREDATOR« stand auf dem Schild, darunter eine Menge Namen von Bauherren, Unternehmen und Sponsoren.

Döllinger richtete die Lampe aufs Feld. Es war eine kräftige Stablampe, deren Lichtstrahl weit reichte, aber wenn hier ein zoologischer Garten gebaut wurde, hatte man entweder noch nicht damit begonnen, oder er lag unter der Erde versteckt. Hier gab es nicht einmal einen Bauwagen oder einen Zementmischer, und das war sonderbar, denn der Zeitungsartikel hatte erwähnt, dass die Bärenanlage bereits fertiggestellt war. Vielleicht hatte man das Projekt abgeblasen? Es hatte von Anfang an Probleme gegeben. Einen Naturpark nur für Raubtiere zu errichten, war an und für sich schon ambitioniert. Heutzutage standen eine ganze Reihe wilder Tiere vollkommen unter Artenschutz und durften in der freien Natur nicht mehr gefangen werden. Die einzige Möglichkeit war daher, in Gefangenschaft geborene Exemplare aus anderen Zoos zu bekommen, und selbst das konnte zu ökonomischen wie ethischen Problemen führen.

Der lange Lichtstrahl der Autoscheinwerfer warf einen breiten Kegel über das öde Terrain. Die Nebenstraße führte zu einem Wald. Döllinger schnappte nach Luft, als ein kalter Windstoß ihm mit einer unsichtbaren Pranke ins Gesicht schlug. Er setzte sich rasch wieder ins Auto und drehte die Heizung auf. Ein, zwei Minuten saß er im Licht des Instrumentenbretts da und betrachtete sein Spiegelbild auf der Frontscheibe. Er wollte schon aufgeben, als ihm ein Gedanke durch den Kopf ging.

Döllinger legte den Gang ein und fuhr weiter die Nebenstraße entlang. Bis zum Wald war es ein guter Kilometer. Die Straße führte durch eine Gruppe von Nadelbäumen, die Schotterstraße wurde abgelöst durch zerfahrenen, gefrorenen Waldboden. Es hatte in der letzten Woche viel geregnet, und es war offensichtlich, dass hier erst kürzlich schwere Maschinen bewegt worden waren.

Ein paar Hundert Meter weiter teilte sich die Spur, aber der Boden war nur auf der rechten Seite umgepflügt. Da er nicht wusste, was ihn erwartete, hielt er an, stellte den Motor ab und stieg aus. Es war finster. Er horchte. Außer dem trockenen Klicken des warmen Motors hörte er nur das Sausen des Windes in den Tannen.

Döllinger nahm die Stablampe mit, schloss den Wagen ab und ging die rechte Abzweigung hinunter. Nach einigen Minuten traf der Lichtkegel auf einige große Kabeltrommeln. Als er näher kam, wurden sie ergänzt von Zementrohren und anderen gestapelten Baumaterialien. Döllingers Optimismus kehrte zurück.

Plötzlich kam er an eine große Öffnung zwischen den Bäumen. Der Weg wurde zu einem breiten Fächer mit einem Wirrwarr an Reifenspuren von gewaltig großen Reifen. Als er die letzten Bäume hinter sich gelassen hatte, steigerte sich seine Begeisterung zu einem stummen Jubel. Ein circa hundert Meter langer Stacheldrahtzaun versperrte den Eingang zu einem riesigen gerodeten Bereich im Wald. In der Mitte des Zauns gab es ein abgeschlossenes Tor. Er trat ganz dicht an den Zaun und leuchtete in das Gelände. Er sah lediglich einen kleinen Ausschnitt des Parks. Ein Ende konnte er nicht erkennen.

Auf der anderen Seite des Tors standen mehrere Bauwagen, eine Gruppe von riesigen Traktoren und großen Baggern, ein hoher Kran und ein Tieflader. Dahinter gab es vermutlich noch weitere Fahrzeuge, aber so weit reichte seine Lampe nicht. Das Gelände sah aus wie ein stummer schwarzer Krater, der darauf wartete, zugebaut zu werden. Tagsüber herrschten hier bestimmt Lärm und Aktivität, aber nach Sonnenuntergang gehörte das Gebiet der Dunkelheit und der Natur, und Döllinger hatte mit einem Mal das Gefühl, unwillkommen zu sein. Wie ein Verirrter im Reich der Toten.

Die beißende Kälte der Winternacht spielte mit seiner Fantasie über die Strafen, die auf der anderen Seite des Zauns warteten, wenn er ihn überwinden könnte. Der Gedanke setzte sich als etwas Böses in seinem Gehirn fest. Ein aktiver Teil seines Gewissens wollte die gerechte Vergeltung an dem ausgewählten Schuldigen. Drei von ihnen hatten bereits den ultimativen

Preis bezahlt. Aric Gesner war der Letzte und Wichtigste auf der Liste. Aus mehreren Gründen konnte er den alten Stasi-Mitarbeiter nicht auf die gleiche Art liquidieren wie die anderen. Zum einen war sein Hass auf Gesner weitaus größer, da er der eigentlich Verantwortliche war. Zum anderen wohnte Gesner nicht wie Bauer, Hahne und Roth allein, sondern hatte eine Familie und residierte in einer eingezäunten herrschaftlichen Villa mit Alarmanlage und Videoüberwachung. Und schließlich war ein Schuss in die Brust oder die Schläfe zu einfach. Zu gnädig. So leicht sollte der Mann nicht davonkommen.

Und genau hier kam der Tiger ins Bild.

Döllinger leuchtete noch einmal auf das Tor. Eine solide Kette hielt die beiden Flügel zusammen. Ein Schild warnte, das Gelände werde per Video überwacht, aber als er den Zaun absuchte, fand er weder eine Kamera noch ein Kabel, es schreckte ihn also nicht ab.

Er ging den Zaun bis zu seinem Ende ab und quetschte sich problemlos zwischen einen Pfosten und einer Tanne hindurch. Der Mond warf sein bleiches Licht über den Wald. Würde das Gelände per Video überwacht, hätte er auch mit Lichtsensoren gerechnet, die auf seine Bewegungen reagierten, aber nichts geschah.

Von seinem jetzigen Standort aus konnte er sich besser vorstellen, wie groß der Raubtierpark werden sollte. Das Gelände breitete sich bis tief in den Wald hinein aus. Ungefähr hundert Meter entfernt ahnte er die Silhouette eines riesigen frei stehenden Bauwerks.

Die Bärenanlage.

Er ging zwischen dem Kran und dem Tieflader hindurch. Eine containergroße Ladung stand unter einer strammen Plane auf der Ladefläche. Döllinger leuchtete auf die Seiten, um ein eventuelles Kennzeichen oder Logo zu finden, das ihm verriet, was sich unter der Plane befand, aber die stabile Plastikplane war von einer neutralen Tarnfarbe.

Döllinger hakte die Plane an einer Ecke auf und leuchtete hinein. Es handelte sich um einen großen Käfig mit zwei Kammern. Die Konstruktion hatte ein Kontrollpanel mit Knöpfen und Dioden, die alle grün leuchteten. Es musste eine Art Transportkäfig sein. Der Tiger war noch nicht angekommen, sonst hätte es eine Wache gegeben.

Er hakte die Plane wieder fest und ging an den Baggern vorbei. Für die schweren Maschinen waren ein paar provisorische Straßen aus schweren Metallplatten angelegt worden. Eine führte zur Bärenanlage. Der Boden ringsum war aufgewühlt, und auf den Platten lagen große gefrorene Schlammklumpen und Steine, sodass das Gehen Schwierigkeiten bereitete. Die Wunden am Bein schmerzten noch immer, obwohl sie so weit verheilt waren, dass sie nicht ständig aufplatzten.

Döllinger erreichte die Anlage und eine längliche halbrunde Mauer, die ein Ende des Komplexes markierte. Ganz oben gab es eine Aussichtsplattform, der noch ein Sicherheitsgeländer fehlte. Er ging hinauf. Von dort oben konnte er die gesamte Bärenanlage übersehen. Sie war eingeteilt in drei große Sektionen, in denen Schwarzbären, Eisbären und Braunbären gehalten werden sollten. Er erinnerte sich an eine Übersicht, die er im Netz gefunden hatte. Der hinterste Teil stellte eine gigantische Bergwand dar, mit Felsabsätzen, Höhlen, Wegen und Plateaus. Die künstliche Wand war mindestens fünf Stockwerke hoch. Eine Eisentreppe führte zur Spitze. Ganz oben gab es drei mannshohe Öffnungen in der Wand, aber über die Treppe war nur die rechte Öffnung zu erreichen. Die anderen Öffnungen waren noch nicht fertiggestellt. Man konnte also nur auf einem Weg hinein- oder hinauskommen.

Ein kurzer Tunnel führte zwischen den Felsen in die Bärenanlage. An einem Ende hatte man ein Gittertor mit soliden Eisenscharnieren installiert, aber noch fehlte das Schloss. Wenn er ein Schloss anbrachte, sobald Gesner in der Bärenanlage war, überlegte Döllinger, wäre er mit dem Tiger gefangen.

Er trat auf das Plateau und leuchtete in die Grube. Er stand an dem für die Schwarzbären vorgesehenen Teil. Links war die Anlage für die Eisbären, dahinter das Gelände der Braunbären. Döllinger stieg über die künstlichen Felsen hinunter auf den Boden der Anlage. Dort hatte man direkt unter der Aussichtsplattform einen leeren Wassergraben angelegt. Ein weiteres Gittertor führte zum Bereich der Eisbären. Im Gegensatz zu dem ersten Tor gab es hier ein manuelles Schloss, das sich von beiden Seiten öffnen und schließen ließ. Er ging hinein und leuchtete umher. Die Anlage der Eisbären erinnerte an das erste Gehege, war aber größer. Ebenso der Wassergraben. Ein weiteres Gittertor führte zu den Braunbären.

Döllinger schmunzelte.

Jemand hatte, ohne es zu ahnen, für viele Millionen Euro eine Todesfalle gebaut.

34

»Teit und Lehmann?«

»Das sind wir«, sagte Rudi. »Meine Kollegin aus Kopenhagen, Lykke Teit. Und ich bin Rudi Lehmann, Polizei Flensburg.«

»Kriminalhauptkommissar Oluf Dietrich, BKA Berlin. Herzlich willkommen.«

Sie gaben sich die Hand.

Der Ermittlungsleiter hatte vor einem großen Gebäude in der Markgrafenstraße auf sie gewartet. Er war groß und dünn, und obwohl Lykke nicht zu den kleinsten Frauen gehörte, war sie mindestens anderthalb Köpfe kleiner. Dietrich wirkte besonders groß gewachsen durch einen eng sitzenden Mantel. Er hatte ein schmales Gesicht mit schrägen Augen und einen struppigen Walrossbart, der die Oberlippe verbarg. Die grünen Augen leuchteten warmherzig.

»Ich bin neugierig, welches Interesse Sie an diesem besonderen Fund haben. Ich habe nur verstanden, dass Sie in mehreren Mordfällen ermitteln, die einige recht ungewöhnliche Umstände gemeinsam haben.«

»Das stimmt«, erwiderte Rudi und informierte ihn kurz über die drei Morde. »Sie alle hatten Verbindungen zu einem Mann namens Burkhardt Kuhn, der wegen staatsfeindlicher Aktivitäten verurteilt wurde und in Hohenschönhausen einsaß. Wir haben die Vermutung, dass die drei Leichen, die hier im Herbst gefunden wurden, auch ein Teil des Puzzles sind.«

»Nun ja, gehen wir rein und schauen, was wir herausfinden können«, sagte Dietrich und wies auf ein geschlossenes Tor.

Rudi und Lykke hatten in einem nahe gelegenen Hotel übernachtet und den Abend damit verbracht, die Informationen im Fall Kuhn noch einmal durchzugehen. Die Puzzleteile fügten sich allmählich zu so etwas wie einem Motiv zusammen.

Während Oluf Dietrich nach einem Schlüssel suchte, informierte ihn Rudi weiter. Nachdem Leonard Rawitsch ihnen den Zeitungsartikel gezeigt hatte, waren sie eine weitere Stunde im Archiv geblieben und hatten sich in das umfassende Material vertieft.

»Burkhardt Kuhn starb unter verdächtigen Umständen kurz nach seiner Einlieferung«, begann er. »Zuerst bekam er einen Schlag an den Kopf, der zu einem teilweisen Gedächtnisverlust führte, ein paar Tage später wurde er erhängt in seiner Zelle aufgefunden. Es gibt starke Indizien, dass Kuhn einen Mann namens Lothar Nielung kannte. Er war eine Art Botschafter in Westberlin und arbeitete für eine Organisation, die sich um die Verbesserung der Beziehungen zwischen der DDR und Westdeutschland bemühte. Vermutlich verhalf Nielung einer oder mehreren Personen zur Flucht aus Ostberlin. Er hatte seinen Arbeitsplatz in einem Bürogebäude auf der westlichen Seite der Friedrichstraße, und nachdem, was wir gehört haben, ist dort einer der Ausgänge des Bunkers 32 OST ... so nennen Sie ihn doch, oder?«

Er sah Dietrich fragend an, der seinen Schlüssel jetzt gefunden hatte. Er schloss das Tor auf.

»Ja, das ist die Bezeichnung, 32 OST.«

»Vielleicht ist es ein Zufall«, sagte Rudi, während Dietrich sie einließ, »aber einiges deutet darauf hin, dass es sich bei den Morden um Racheakte handelt und noch mehr Menschen in Lebensgefahr sein könnten. In Kuhns Akte taucht noch ein interessanter Name auf. Ralph Hitzig, sagt Ihnen das was?«

»Nein.«

»Hitzig war ein hoher Stasi-Beamter, der laut einigen nicht öffentlichen Dateien des Archivs mit einem bekannten Multimillionär namens Aric Gesner identisch ist.«

»Gesner?«, wiederholte Dietrich und blieb stehen. »Ich kenne ihn aus den Illustrierten. Er ist einer der einflussreichsten Finanziers Hamburgs. Spekulant, Zyniker und Philanthrop. Letzteres allerdings eher aus Imagepflege. Das ist sicher ein Vorurteil, aber ich mag solche Leute nicht. Gesner wird von vielen für einen knallharten Typ gehalten, der gern seine Ellenbogen einsetzt. Er hat einige wütende Investoren mit seinen Projekten ruiniert, aber er bleibt immer im Rahmen des Gesetzes. Er verfügt über ein Heer von Anwälten und Wirtschaftsprüfern, die ihm helfen. Wenn in der Öffentlichkeit bekannt wird, dass Aric Gesner bei der Stasi war, wird das ein Fest für die Presse, glaube ich.«

»Das denken wir auch«, sagte Rudi. »Bei den Morden zeichnet sich ein Muster ab, dass Gesner-Hitzig in Gefahr sein könnte. Christoph Roth war Vernehmungsleiter unter Hitzig, und Werner Bauer arbeitete als Aufseher in Hohenschönhausen, wo Burkhardt Kuhn starb. Hitzigs Unterschrift findet sich unter anderem auf einem Totenschein, der den Todesfall als ein zufälliges Unglück deklariert.«

»Was ist mit diesem Lothar Nielung?«, erkundigte sich Dietrich und führte sie weiter in den Hof. »Haben Sie mit ihm gesprochen?«

»Er starb im gleichen Jahr wie Kuhn«, sagte Lykke.

»Ah ja. Na, ich hoffe, Sie sind warm genug angezogen. Es heißt, es sei ziemlich kalt dort unten. Ich habe mich mit einem Mitarbeiter von Berlin Bunker Protocol verabredet ... Oh, da ist er schon!«

Sie befanden sich in einem größeren Hinterhof. Das Mauerwerk war rundum in einem traurigen Zustand, und der alte, abgenutzte Asphalt wölbte sich unter dem Druck der Wurzeln einer großen Rosskastanie. Der Baum streckte seine Zweige über den Hof, und durch die aufgeworfenen Wurzeln sah es aus, als versuche der Baum, auf Zehen zu stehen.

An der gegenüberliegenden Ecke lagen die Reste eines Bauwagens, die aussahen wie Relikte eines Gulags. Man hatte ihn zersägt, die ehemaligen Wände lagen auf einem Haufen. Die Tür fehlte, und die Scheibe des einzigen Fensters war längst eingeschlagen. Eine zerfetzte gelbliche Gardine hing heraus, als würde der Haufen ihnen die Zunge herausstrecken.

Etwas abseits stand ein Mann in Rudis Alter. Er trug Arbeitskleidung und eine Baskenmütze und paffte ein Zigarillo, das man im ganzen Hof riechen konnte. Sein rot geädertes rundes Gesicht zierte eine grobkörnige Nase, die langjährigen Alkoholkonsum verriet. Neben ihm trat ein junger Bursche in den Zwanzigern von einem Bein aufs andere. Ein Praktikant oder Lehrling, schätzte Lykke. Er schien nicht sonderlich begeistert über seine Anwesenheit zu sein. Hinter ihnen stand eine Eisenluke in der Mauer offen. Der Eingang zum Bunker.

Dietrich stellte die Ermittler den beiden Männern vor. Der Kerl mit dem Zigarillo sah Lykke einen Moment an, als wollte er sagen: »Was macht die denn hier? Ist das nicht Polizeiarbeit?« Vielleicht war es ihr Vorurteil, aber sie konnte Menschen recht gut einschätzen und hatte ähnliche Haltungen schon früher erlebt.

»Horst Böttger, oberster Kontrolleur bei Berlin Bunker Protocol«, stellte er sich vor. »Ich bin verantwortlich für die Erfassung der unterirdischen Anlagen der Stadt, also der historischen. Und das ist mein Assistent Aaron.«

Er schlug dem jungen Mann so fest auf den Rücken, dass der beinahe vornübergefallen wäre.

»Wir würden gern die Stelle sehen, wo Sie die drei Leichen gefunden haben«, sagte Rudi.

»Ja, ja, darum sind wir ja hier, oder?«, erwiderte Böttger unwirsch. »Aber man geht nicht ungeschützt in so eine Bunkeranlage. Das ist nicht ungefährlich ... Aaron!«

Er schnipste mit den Fingern. Der Assistent gab jedem aus einer Kiste, die am Boden stand, einen Helm, und auch die beiden Männer von Berlin Bunker Protocol setzten ihre Helme auf – Böttger, nachdem er seine Baskenmütze in die Tasche gestopft hatte. Der junge Bursche schaltete das Licht an Lykkes Helm ein. Er fummelte ein wenig an den Kontakten.

»Danke«, sagte sie, und Aaron errötete.

»Sie haben diesen Bunker hier doch kartografiert, oder?«, erkundigte sich Rudi. »Als Sie die Leichen fanden?«

»Nicht sämtliche Winkel und Ecken«, antwortete Böttger. »32 OST ist groß, und es gab Krankheitsfälle und andere Probleme. Aber wenn Sie's eilig haben ... Na los, Aaron.«

Der Assistent griff nach einer länglichen Kiste und einer kräftigen Stableuchte. Böttger ging mit den Händen in den Taschen zuerst zu der eisernen Luke. Er drehte sich mit einem düsteren Gesichtsausdruck um.

»Sie können froh sein, dass die Leichen entfernt wurden. Das war schon ein makabrer Anblick, was, Aaron? Ich habe schon einige Tote in meinem Leben gesehen, aber so etwas noch nie. Sie waren vollkommen eingewickelt in etwas, das aussah wie ...« Er gestikulierte mit den Händen. »Ja, ich weiß auch nicht, was. Ihre Haut glich altem fleckigem Sackleinen. Und die Augen ... igitt! Es war eindeutig ein Anblick, den nur die ganz Harten ertragen.«

Seinen letzten Satz betonte er mit einer Zigarillowolke, bevor er den Stummel wegwarf.

Rudi sah Lykke an, verdrehte die Augen und folgte Dietrich und den beiden Männern in den Tunnel. Der Assistent hatte die Stablampe eingeschaltet und ging voraus. Der Lichtkegel zeigte eine Steintreppe zehn Meter vor ihnen. Es ging steil hinunter. Die Passage war schmal, es gab kein Geländer, und die Wände waren überwuchert von einem schwammartigen Gewächs, sodass Lykke ihre Arme und Hände eng am Körper behielt. Je tiefer sie kamen, umso kälter und feuchtklammer wurde es. Ein beinahe stofflicher Gestank nach stillstehender Kloake, nassem Beton und Verwesung reizte den Geruchssinn. Sie hustete.

Am Fuß der Treppe ging der Gang gerade weiter. Sie kamen an verschiedenen Räumen mit verwitterten Wänden und ohne Türen vorbei. Es war wie eine große, verzweigte Krypta, zu der sich der Bunker auf seine eigene Art entwickelt hatte. Oluf Dietrich berichtete, während sie weitergingen. Die Polizei hatte bei ihren Untersuchungen einige wenige Gegenstände gefunden. Es gab unmittelbar nichts Verdächtiges, das mit der Todesursache der Familie in Verbindung gebracht werden konnte.

»Die armen Teufel sind ganz einfach an Hunger und Durst gestorben. Wir fanden einen alten Schreibtisch, bei dem zwei Beine abgebrochen waren. Sie lagen in demselben Raum wie die Leichen, daher vermuten wir, dass sie versucht haben, damit zu klopfen und Lärm zu machen, damit ihnen jemand zu Hilfe kam. Sie könnten auch probiert haben, den Ausgang aufzubrechen, der nah bei der Fundstelle ist. Das Mädchen starb zuerst. Es lag ordentlich unter einer Jacke, die sein Gesicht bedeckte. Es ist einfach tragisch.«

Die Männer führten sie bis zu dem zweigeteilten Raum, in dem die kleine Familie gelegen hatte. In dem einen Raum gab es ein paar Metallstufen mit Eisenbügeln, die zu einem Schacht an der Decke führten. Der Assistent öffnete den Kasten und stellte ein paar kleine batteriebetriebene Scheinwerfer in den anderen Raum.

»Sie lagen alle drei hier drin, nicht wahr, Aaron?«

Der Assistent nickte nur und schüttelte sich.

»Ich habe ein paar Fotos mitgebracht«, sagte Dietrich und klappte ein mitgebrachtes iPad auf. Die Fotos waren ein trauriger Anblick. Die mumifizierten Körper erzählten ihre eigene dramatische Geschichte. Lykke war dankbar, dass sie die Bergung der Leichen nicht hatte miterleben müssen. Vor allem der Anblick des kleinen Mädchens versetzte ihr einen Stich in die Brust. Sie war nur wenige Jahre älter als Gry gewesen, als sie starb. Fälle, in denen Kinder involviert waren, waren immer die schwersten.

»Soweit ich es verstanden habe, war es möglich, die Toten anhand ihrer Ausweispapiere zu identifizieren?«, fragte Rudi.

»Das ist korrekt«, antwortete Dietrich. »Es handelt sich um Erwin Frödisch, fünfunddreißig Jahre alt, seine Ehefrau Hildegard Frödisch, dreiunddreißig, und ihre sechsjährige Tochter Joana.«

»Wie wurde ihr Alter ermittelt, wenn man nicht genau weiß, wann sie gestorben sind?«, wollte Lykke wissen.

»Ja, das ließ sich sehr genau bestimmen. Wir wissen, wann sie geboren wurden, und in der Tasche der Frau fand sich eine Rechnung eines Ostberliner Ladens vom 5. September 1977. Der Mann hatte außerdem ein Exemplar der Zeitung *Neues Deutschland* vom 7. September bei sich, daher gehen wir davon aus, dass sie spätestens eine Woche oder zehn Tage später gestorben sind. Das heißt, sie haben hier über vierundvierzig Jahre gelegen.«

»5. September«, sagte Rudi. »Das ist kurz vor dem Datum, an dem Kuhn verhaftet wurde, soweit ich mich erinnere.«

»Warum wurde die Familie nicht als vermisst gemeldet?«, fragte Lykke.

»Das wurde sie möglicherweise, aber die Namen wurden erst jetzt registriert. Vielleicht werden sie in den Stasi-Akten als ›verschwunden‹ aufgeführt, aber uns fehlte die Zeit, um das zu überprüfen.«

»Warum habe ich das Gefühl, den Namen Frödisch schon mal gehört zu haben?«, wunderte sich Rudi.

»Mir ging es ebenso, deshalb habe ich mal gegoogelt«, antwortete Dietrich. »Es sind die Eltern und die jüngere Schwester von Tielo Frödisch. Sie verschwanden spurlos, als er acht Jahre alt war. Damals haben die ostdeutschen Zeitungen sehr breit darüber berichtet. Viele glaubten, sie seien geflohen oder von der Stasi verhaftet worden.«

»Entschuldigung, ich komme gerade nicht mit«, warf Lykke ein.

Rudi erklärte es ihr auf Dänisch.

»Tielo Frödisch ist einer der weltbesten Geiger. Er wurde als kleiner Junge entdeckt und war, ähnlich wie die Sportstars der Republik, ein Vorzeigeexemplar der DDR-Erziehung. Er durfte zu einem großen Konzert in die Royal Albert Hall nach London reisen, während die Familie in der DDR bleiben musste, aber ich verstehe nicht, warum sie hier unten umkamen.«

Rudi ging zu den Stufen in der Wand, die anderen folgten ihm. Als er den Kopf in den Nacken legte, hielt er die Lampe in den Schacht, sodass die Eisenbügel lange Schatten warfen. Die Stufen führten mehrere Etagen nach oben. Ganz oben war ein helles Viereck zu erkennen.

»Stand dieser Schacht offen, als die Leichen gefunden wurden?«, erkundigte sich Rudi bei den beiden Angestellten von Berlin Bunker Protocol.

»Nein«, erklärte Böttger. »Der war vorschriftsmäßig geschlossen.«

»Die Polizei hat den Schacht im Zusammenhang mit unseren Untersuchungen geöffnet«, ergänzte Dietrich.

»Dürfen wir hinaufklettern?«, fragte Rudi. »Ich würde gern sehen, wohin er führt.«

35

»Wer klettert zuerst?«

»Ich«, antwortete Lykke und griff an einen der kalten Eisenbügel, der sich in Augenhöhe befand. Auf dem Metall wuchs etwas von dem rötlichen Schwamm, aber sie trug Handschuhe.

Vorsichtig trat sie auf die unterste Stufe, für den Fall, dass sie durchgerostet sein sollte, aber sie schien stabil genug zu sein; langsam kletterte sie den Schacht hinauf. Es war gerade so viel Platz in dem engen Schacht, dass sie nicht mit dem Rücken an der Wand entlangschrammte. Sie hatte nie einen Schornstein von innen bestiegen, vermutete aber, dass es ein ähnliches

Gefühl sein musste. Ein Stück weiter oben breitete sich ein seltsam aussehendes Schwammgewächs an allen Seiten des Schachtes aus. Lykke blieb eng an den Bügeln, um eine Berührung zu vermeiden, aber ein paar Meter vor dem Ziel zogen sich die dünnen Fäden des Schwammes quer über die Öffnung, als hätte eine exotische Spinne ein besonders kräftiges Netz hinterlassen.

Wer auch immer die Luke geöffnet hatte, er hatte es von außen getan, sodass sie möglicherweise die Erste war, die den ganzen Weg durch den Schacht geklettert war, seit deutsche Soldaten während des Zweiten Weltkriegs die unterirdischen Gänge verlassen hatten. Ein seltsamer Gedanke. Sie musste an ihren Großvater denken. Er war während der Besetzung Dänemarks im Widerstand gewesen und hatte alle Deutschen und alles Deutsche gehasst, und jetzt war Rudi im Laufe eines halben Jahres zu einem ihrer engsten Freunde und Kollegen geworden. Die Zeit änderte vieles.

Skeptisch leuchtete sie auf die haarigen Fäden und sah, dass tatsächlich Spinnen dieses Netz gesponnen hatten. Der Schwamm hatte sich bloß im Netz festgesetzt.

»Etwas nicht in Ordnung?«, rief Rudi von unten.

»Nein, komm nur.«

Sie hatte keine Angst vor Spinnen oder Insekten – nur vor Hunden –, also zerteilte sie die Fäden mit ihrem Helm und den Schultern und kletterte hindurch. Eine solide, senkrecht stehende Metallluke führte in den Bunker. Der Raum, in den sie kam, hatte keine Fenster und war nicht sonderlich groß. Hier standen neben einer batteriebetriebenen Lampe einige Farbeimer neben einer geschlossenen Tür. Ein kompaktes Regal, das wahrscheinlich über der Luke gestanden hatte, war zur Seite geschoben worden, sonst war alles leer. Die Luft war wesentlich besser als im Bunker, obwohl es immer noch muffig und stickig roch.

Die Männer kamen langsam nach. Erst der junge Assistent, dem sie eine helfende Hand reichte, dann sein fluchender, korpulenter Kollege, der ständig gegen die Wände des Schachts stieß. Er schrammte mit den Schultern und dem Rücken über den Beton und glich einer großen grünen Kröte, als er schließlich unter lautstarkem Prusten und Stöhnen aus dem Schacht kroch.

Lykke war neugierig, was es wohl auf der anderen Seite der Tür zu sehen gab, aber sie wartete auf ihre Kollegen. Rudi kam zuerst. Er kletterte etwas geschmeidiger als Böttger, aber sehr groß war der Unterschied nicht. Oluf Dietrichs schlanker, großer Körper passte dafür umso besser in den Schacht. Er schmiegte sich wie ein Aal hindurch, seine Kleidung zeigte so gut wie keine Spuren.

»Das ist wirklich eine blöde Idee«, maulte Böttger unzufrieden und bürstete sich die Ärmel ab, dass die Schwammspuren im Licht der Helmlampe tanzten. »Was wollen wir denn hier oben?«

»Würden Sie bitte damit aufhören!«, fuhr ihn Dietrich irritiert an. »Ich glaube kaum, dass es sonderlich gesund ist, dieses Zeug einzuatmen.«

»Versuchen wir es mit dieser Tür?«, fragte Lykke ungeduldig auf Englisch.

»Ich habe mit einer Kontaktperson im Gebäude verabredet, dass sie offen ist«, sagte Dietrich und fasste an die Klinke. Die Tür war verschlossen. Er schlug mit der Faust darauf. Kurz darauf waren auf der anderen Seite Schritte zu hören. Ein Schlüssel wurde im Schloss umgedreht, die Tür öffnete sich, und ein jüngerer Mann im Anzug und schwarzen Schuhen sah sie verblüfft an.

»Äh, wer sind Sie?«

»Oluf Dietrich, BKA.« Der Kommissar zeigte seinen Dienstausweis. »Sind Sie Lukas Taubert?«

»Ja, ich leite die Hausverwaltung. Ich habe Sie erwartet, aber nicht damit gerechnet, dass Sie von unten kommen. Uns wurde gesagt, der Raum solle abgesperrt bleiben, solange die Ermittlungen laufen.«

Ein rot-weißes Kunststoffband mit dem Text POLIZEIAB-SPERRUNG versperrte den Durchgang, sie mussten sich bücken, um darunter durchzukrabbeln. Das Absperrband wurde ergänzt durch ein Schild: TATORT – ZUTRITT VERBOTEN. KRIMINAL-POLIZEI.

»Ich hätte Sie besser informieren sollen«, entschuldigte sich Dietrich. »Dies sind meine Kollegen aus Flensburg und Kopenhagen, Rudolph Lehmann und Lykke Teit. Sie ermitteln in einigen Mordfällen, die möglicherweise in Verbindung zu den mumifizierten Leichen stehen. Die beiden Herren sind von Berlin Bunker Protocol.«

Die Gruppe sah sich um. Sie befanden sich in einem großen Archivkeller mit vielen Stahlregalen voller Mappen, Pappröhren und Kisten. Es gab keine Fenster, der Raum wurde von Neonröhren beleuchtet.

»Zu wem gehört das hier?«, erkundigte sich Lykke.

»Zu Stüner und Klein, einem Architekturbüro. Sie entwerfen Gebäude für öffentliche Institutionen und Fabriken.«

»Seit wann haben sie die Räumlichkeiten gemietet?«, wollte Dietrich wissen.

»Seit acht Jahren, wenn Sie dieses Archiv hier meinen, aber die Firma hat seit 2008 ihre Büroräume in der dritten Etage. Ich habe mal nachgeforscht, wer den Keller früher genutzt hat, Sie haben mich doch darum gebeten.«

Tauber hatte ein Notebook mitgebracht.

»Das Gebäude wurde 1867 erbaut, und wenn wir anfangen ...«

»Augenblick«, unterbrach ihn Rudi. »Ich glaube, wir können Zeit sparen. Können Sie sehen, ob eine *Organisation zur Verbes-*

serung der diplomatischen Beziehungen zwischen der DDR und der BRD den Keller mal gemietet hatte?«

Der Verwalter scrollte die umfangreiche Namensliste.

»Nein, das ... doch, hier! Sie hatten von 1971 bis 1977 ein kleineres Büro im dritten Stock, aber vom Keller steht hier nichts.«

»Gibt es irgendwelche Namen?«

»Hm, mal sehen. Ja, das ist ein Name ...«

»Lothar Nielung?«

Lukas Taubert sah Rudi überrascht an.

»Woher wussten Sie das?«

»Nennen Sie es Bauchgefühl«, erwiderte Rudi zwinkernd.

»Wir glauben, Lothar Nielung hat – abgesehen von seiner diplomatischen Tätigkeit – ein Nebengeschäft betrieben und ostdeutschen Bürgern zur Flucht verholfen«, erklärte Lykke. »Er steht als Verdächtiger in den Akten der Stasi, aber es wurden nie konkrete Beweise gegen ihn gefunden. Es war Nielungs letzte Aufgabe, die Flucht der Familie Frödisch zu organisieren. Er konnte dabei diskret vorgehen, denn er arbeitete schließlich hier im Haus, aber ...« Sie hielt inne. Ihr ging ein Gedanke durch den Kopf. Lykke wandte sich an Dietrich. »Welches Datum hatte die Zeitung? Diese Zeitung, die bei dem Mann im Bunker gefunden wurde?«

»Äh, 7. September 1977.«

»7. September. Rudi, das war kurz vor Kuhns Tod, nicht wahr? Und Lothar Nielung starb im gleichen Jahr. Er hatte einen Herzanfall und fiel auf der Straße tot um, erinnerst du dich, das stand im Bericht. Das war doch auch im September, oder? Ich glaube, ich verstehe. Lothar Nielung sollte den armen Menschen heraushelfen, aber er schaffte es nicht mehr.«

»Warum sind sie denn nicht einfach zurück zur Markgrafenstraße gegangen, wo sie herkamen?« Die Frage kam von Horst Böttger.

»Das wissen wir nicht«, antwortete Rudi. »Etwas muss sie daran gehindert haben. Vielleicht hatten sie Angst, von einer Patrouille entdeckt zu werden. In jedem Fall wurde der Bunker zur Grabkammer statt zum Weg in die Freiheit.«

36

»Ich habe mich über Tielo Frödisch informiert, während Dietrich Kaffee holte und du dir den Schwamm von der Kleidung gebürstet hast«, sagte Rudi zu Lykke.

Er hatte gegoogelt, während sie telefonierte. Soweit er es beurteilen konnte, hatte ihr Ex-Mann angerufen. Sie sah einigermaßen gereizt aus und versuchte es zu verbergen, indem sie ihm den Rücken zuwandte, was sein Bauchgefühl nur noch verstärkte. Dann war sie auf die Toilette gegangen.

»Frödisch wohnt etwas außerhalb von London, ist aber derzeit mit einem Orchester auf Europatournee. Sie spielen heute Abend und morgen in der Elbphilharmonie in Hamburg, schon gestern hatten sie dort ein Konzert. Ich habe versucht, eine Kontaktperson zu erreichen, aber es ist mir noch nicht gelungen. Wir brauchen jemanden in Hamburg, der Frödisch informiert, dass wir mit ihm reden müssen.«

Sie saßen in Oluf Dietrichs Büro im Berliner BKA, Dietrich goss ihnen Kaffee ein.

Nach dem Besuch im Bunker 32 Ost und den Informationen, die ihnen Lukas Taubert geliefert hatte, war Rudi überzeugt, dass es eine Verbindung zu den Schreibmaschinenmorden geben musste.

»Warum glauben Sie, dass Tielo Frödisch etwas mit den Morden zu tun hat?«, wollte Dietrich wissen, als er die Kanne abstellte. »Er ist ein respektierter, weltbekannter Musiker. Wir haben festgestellt, dass seine Familie verschwand, kurz nachdem er als Wunderkind mit seinem Geigenlehrer nach Großbritannien ging, aber ich sehe keinen Zusammenhang mit den Mordfällen.«

»Ich habe eine Theorie«, antwortete Rudi. Er ging zu einer Tafel in der Ecke und nahm sich einen Filzstift. »Wir haben drei Opfer: Andrea Hahne, eine Person, von der der Täter glaubte, es sei Werner Bauer, und Christoph Roth.« Er schrieb die Namen auf, während er redete. »Was haben sie gemeinsam? Die Antwort lautet: das Ministerium für Staatssicherheit.« Er schrieb STASI über die drei Namen und unterstrich es, bevor er weiterredete. »Hahnes Name taucht in einem Fall auf, bei dem Roth der Verhörleiter war. Sie und ihr Mann zeigen ihren Nachbarn, einen gewissen Burkhardt Kuhn, an, der angeblich illegale Fluchten in den Westen organisiert. Wir haben keine Beweise gefunden, dass Kuhn an solchen Aktionen beteiligt war. Man hat ihn mehrfach verhört, er weigerte sich, ein Schuldeingeständnis abzugeben, wurde aber dennoch zu acht Jahren Gefängnis verurteilt und nach Hohenschönhausen geschickt, in das berüchtigte Stasi-Gefängnis. Wo Werner Bauer Aufseher war.«

Der Kommissar machte eine kurze Kunstpause und gestikulierte mit dem Filzstift.

»Burkhardt Kuhn starb unter verdächtigen Umständen«, fuhr er dann fort. »Vielleicht ein Mord, der als Selbstmord vertuscht wurde. Kuhn wurde 1942 geboren und wuchs während des Krieges in Berlin auf. Aus Rücksicht auf seine Familie blieb er nach der Kapitulation in Deutschland und musste nach dem Mauerbau 1961 in der DDR bleiben. Er war verheiratet und hatte zwei Kinder, über deren Schicksal aber im Archiv nichts zu finden ist. Kuhn war ein langjähriger, verdienter Angestellter der Deutschen

Reichsbahn, in seiner Freizeit kümmerte er sich um seine Tauben. Das ist möglicherweise nicht ganz unwichtig, denn gemeinsam ist den drei Morden – abgesehen von der Verbindung zur Stasi –, dass bei den Opfern blutverschmierte tote Tauben gefunden wurden. Wer auch immer dafür verantwortlich ist, er fordert uns heraus. Der Mörder weiß, dass die Polizei auf derartige Details achtet. Ich glaube nicht, dass er damit die Aufmerksamkeit der Medien erregen will.«

»Ja, und?« Dietrich wusste nicht, worauf Rudi hinauswollte.

»Es sieht fast so aus, als wolle der Täter uns etwas mit diesen Tauben sagen«, warf Lykke ein. »Als würde er der Polizei bewusst einen Hinweis geben.«

»Vielleicht hat er ein schlechtes Gewissen«, spekulierte Dietrich. »Vielleicht möchte er sogar gefasst werden.«

»Oder es ist ihm egal, ob wir den Zusammenhang erraten«, meinte Rudi. »Als würde es nur um die Morde gehen, als wäre alles andere gleichgültig.«

»Eine Selbstmordmission?«, schlug Lykke vor.

»Zumindest eine, in der es um Rache geht«, sagte Rudi.

»Was wolltest du uns eigentlich über Kuhn und die Tauben sagen?« Lykke sah Rudi fragend an.

»Und wenn Kuhn nun wirklich in etwas involviert war, und Hahnes mit ihrer Anzeige ins Schwarze trafen, ohne es zu wissen? Kuhn hätte andere illegale Aktivitäten betreiben können.«

»Welche?«, fragte Dietrich.

»Zum Beispiel den Informationsversand von Ost nach West und zurück. Brieftauben sind eine geniale Kommunikationsform, wenn man die Staatspolizei umgehen will. Ich glaube, Kuhn hat tatsächlich Leuten aus Ostdeutschland herausgeholfen. Er arbeitete bei der Eisenbahn. Er war Schweißer. Ihm standen Schweißapparate, Schneidbrenner und alles andere mögliche schwere Werkzeug zur Verfügung. Horst Böttger gab mir den Namen der

Firma, die die Luke zur Bunkeranlage geöffnet hat. Sie sagen, die Luke hätte ziemlich eigenartig ausgesehen.«

Rudi zeichnete eine Tür. An die Griffseite malte er eine Reihe Striche in Wellenform.

»Es fanden sich an mehreren Stellen Schlackespuren am Rand des Rahmens, als sei die Luke mehrfach verschweißt und aufgeschnitten worden. Das unterirdische System wurde vermutlich nach dem Krieg versiegelt, aber Bunker Protocol hat keine Erklärung dafür, warum die Luke so aussah. Das bestätigt meine Theorie.«

»Was? Dass die Luke mehrmals aufgeschnitten und wieder verschweißt wurde?«

Dietrich überlegte, und plötzlich zeigte sich ein begeistertes Lächeln auf seinem Gesicht, aber Lykke kam ihm zuvor.

»Weil die Luke offen sein musste, wenn die Flüchtlinge in den Bunker geschmuggelt wurden. Es gab bestimmt regelmäßige Kontrollen in der Markgrafenstraße, weil man wusste, dass der Bunker nach Westberlin führte.«

»Genau«, sagte Rudi und zeigte mit dem Finger auf sie. »Die Führung war paranoid und sah überall Gegner und Spione. Die Bürger wurden abgehört, gefilmt und registriert, um diejenigen zu finden, die gegen das System arbeiteten. Wenn die Stasi – oder eventuelle Zuträger – entdeckt hätten, dass es einen Zugang zu dem Bunkersystem gibt, hätten sie möglicherweise Lunte gerochen. Hätte man gewusst, dass man direkt in das damalige Westberlin kommen könnte, wäre die Passage vermutlich so populär geworden wie der Kurfürstendamm am 23. Dezember.

Ich stelle mir vor, dass Burkhardt Kuhn und Lothar Nielung eine Art Fluchthelferroute entwickelten, entweder gegen Bezahlung oder aus ideologischen Gründen, vielleicht war es auch eine Kombination. Sie kommunizierten mithilfe von Tauben, um alle Details einer Flucht abzusprechen oder um – im Falle einer

Gefahr – die Aktion abzubrechen. Natürlich war 32 OST keine Passage wie zum Beispiel der Hamburger Elbtunnel. Es war eine extrem riskante Aktion. Der Zeitpunkt musste exakt koordiniert werden, um mögliche Entdeckungen zu entgehen. Vermutlich verging auch einige Zeit zwischen den Fluchten. Es ist schließlich ein bewohntes Viertel mit vielen Wohnungen. Wenn nur ein einziger Bürger das Geheimnis entdeckt und gegenüber der Stasi geplaudert hätte, wäre es für alle Beteiligten verhängnisvoll gewesen.

Jedes Mal, wenn jemand herausgeschleust werden sollte, hatte Kuhn die Luke zu öffnen und anschließend wieder zu versiegeln. Das Schweißen verursachte keinen sonderlich großen Lärm. Es ist eher hell, aber das lässt sich abschirmen. Das Öffnen mit einem Schneidbrenner verursacht größeren Lärm. Ich weiß nicht, wie er sich Zugang zum Hof verschafft hat. Vielleicht wohnte ein dritter Helfer im Haus, vielleicht hatte Kuhn einen Schlüssel. Das wäre weniger riskant gewesen. Je weniger Beteiligte, umso besser. Ich vermute, dass jede Flucht nachts vor sich ging, vielleicht über zwei Nächte. Am Vortag wurde die Luke geöffnet, damit der Zugang gesichert war. Es könnte früh am Morgen passiert sein, wenn zum Beispiel in den Nachbarhöfen die Mülltonnen geleert wurden und der Lärm die Schneidbrennerarbeiten übertönte. Und erst in der darauffolgenden Nacht traf Kuhn den oder die Flüchtenden, ließ sie in den Bunker und versiegelte die Luke. Es war ja nicht beabsichtigt, dass sie dort wieder hinaussollten.«

»Genau«, sagte Dietrich. »Die Absprache lautete, dass Kuhn die Familie im Osten in den Bunker ließ und Lothar Nielung sie im Keller unter der Friedrichstraße in Empfang nahm. Aber Nielung fiel auf der Straße tot um, und die armen Teufel waren eingesperrt.«

»Das musste Kuhn doch wissen«, meinte Lykke.

»Glaube ich nicht«, sagte Rudi. »Durch die Ironie des Schicksals wurde er von Hahnes mit einer Lüge bei der Stasi angeschwärzt, sodass Kuhn keine Möglichkeit hatte, der Familie zu helfen. Vermutlich hat er sogar geglaubt, sie seien entkommen. Er hatte keine Ahnung, was mit Nielung passiert war. Wenn die Stasi gewusst hätte, dass Kuhn für das Verschwinden der Familie Frödisch verantwortlich war, hätten sie ihn natürlich deswegen angeklagt, aber davon steht nichts in den Berichten.«

»Was für eine Tragödie«, sagte Lykke.

»Wenn ich das Datum vergleiche, passt es«, fuhr Rudi fort. »Nielungs Totenschein wurde am 12. September 1977 ausgestellt. Die Familie Frödisch verschwand in der Nacht zum 13. September. Erwin Frödisch erschien nicht in der Schule, in der er unterrichtete, seine Frau tauchte nicht an ihrem Arbeitsplatz in einer Wäscherei auf. Eine Mitarbeiterin meldete es, und die Stasi versuchte vergeblich, sie zu finden. Als ihre Wohnung geöffnet wurde, wies alles darauf hin, dass Frödischs sie verlassen hatten.«

»Aber wer ist der Täter ihrer Morde?«, fragte Dietrich. »Tielo Frödisch?«

»Ich bezweifele, dass ein weltberühmter Violinist auf Tournee mit seinem Ensemble die Zeit findet, in Norddeutschland herumzufahren und alte Stasi-Mitarbeiter umzubringen«, erwiderte Rudi.

»Wir hatten mal überlegt, dass es mehrere Täter sein könnten«, gab Lykke zu Bedenken. »Sie könnten sich gegenseitig ein Alibi geben.«

»Ja.« Rudi zupfte sich an der Unterlippe. »Gab es noch andere Familienmitglieder, als Tielo Frödischs Eltern und seine kleine Schwester flohen?«

»Ich weiß es nicht«, sagte Dietrich, »ich werde mich erkundigen, aber ich wundere mich noch immer über das Motiv der Hahnes, Kuhn anzuzeigen.«

»Auch dazu haben wir eine Theorie«, antwortete Lykke. »Ulrike Hahne starb als Siebenjährige an einer Krankheit, über die sich die Ärzte nicht einig waren. Einer sagte Grippe, der andere ... wie hieß die Krankheit, Rudi? Psittakose oder so? Eine Infektionskrankheit, die besser als Papageienkrankheit bekannt ist. Sie kommt bei Küken, Enten, Möwen, Tauben, Hühnern und anderen Vögeln vor. Die Symptome sind einer Grippe ähnlich, aber Psittakose ist wesentlich gefährlicher und manchmal sogar tödlich. Die Bakterien werden durch Einatmen von getrockneten Exkrementen aufgenommen. Vielleicht kam Ulrike zu ihrem Nachbarn, um sich die Tauben anzusehen? Die Familien waren anfangs befreundet. Wer weiß? Kinder sind neugierig. Man kann sich auch durch den direkten Kontakt mit einem toten Vogel anstecken. Vielleicht fand Ulrike eine tote Taube und hat sie aufgehoben. Ich glaube, der zweite Arzt hatte recht.«

»Warum wurden die Eltern oder Kuhns Familie nicht krank?«

»Vielleicht waren sie es«, sagte Rudi. »Die Papageienkrankheit kann bei bis zu zwanzig Prozent aller Infizierten tödlich enden, aber sie ist nicht von Mensch zu Mensch übertragbar.«

»Es könnte auch sein, dass das Mädchen an Grippe starb und die Eltern nur glaubten, es sei die Schuld der Tauben, weil einer der Ärzte die Krankheit in Betracht zog«, sagte Dietrich.

»Gutes Argument«, stimmte ihm Rudi zu.

»Was heißt das für uns?«, wollte Lykke wissen.

»Das heißt, dass wir umgehend herausfinden müssen, ob Burkhardt Kuhn Nachkommen hat, die auf die Idee gekommen sind, ihn zu rächen. Und wir müssen mit diesem Geiger reden.«

37

Die schnellste Möglichkeit, von Berlin nach Hamburg zu kommen, ist der ICE.

Lykke hatte gewaltigen Hunger, und Rudis Magen knurrte wie ein alter Schäferhund, als sie vor der Glasfassade des Berliner Hauptbahnhofs aus dem Taxi stiegen. Der Zug fuhr in zwölf Minuten ab. Seit dem Frühstück im Hotel hatten sie nichts gegessen, aber sie hatten keine Zeit mehr, um irgendwo einzukehren, also verproviantierte Lykke sich bei einem der zahlreichen Stände, während Rudi die Fahrkarten besorgte.

Zehn Minuten später saßen sie Seite an Seite auf ein paar angenehmen Sitzen in Fahrtrichtung, jeder mit einer unterarmlangen Baguette mit Käse, Wurst und Salat und einem großen Becher Kaffee. Während sie das Brot vom Cellophan befreiten, hörten sie den Pfiff, und der Zug setzte sich nahezu lautlos in Bewegung. Eine freundliche, professionelle Frauenstimme hieß sie an Bord des ICE 508 nach Hamburg willkommen und teilte mit, die Fahrt würde zwei Stunden und fünf Minuten dauern. Wenn der Herrgott und die Haltesignale mitspielten, würden sie also um 17:24 Uhr in Hamburg eintreffen.

Sie aßen schweigend, beide konzentrierten sich auf das Display ihres Telefons. Lykke googelte Tielo Frödisch, während Rudi sich die Zeit mit anderen Sucheingaben vertrieb. Eine Viertelstunde später hatte der Zug Berlin hinter sich gelassen und war in nordwestlicher Richtung auf dem Weg in Deutschlands zweitgrößte Stadt. Im Laufe von wenigen Stunden würde es dunkel werden, aber im Abteil war es warm, hell und angenehm.

Der Kommissar ergriff als Erster das Wort, um seine revidierte Theorie zu erläutern.

»So wie ich es jetzt sehe, jagen wir mit großer Wahrscheinlichkeit einen Täter, der eine Beziehung zu einer der beiden Familien hat, zu Frödisch oder zu Kuhn. Frödisch ist nicht so schwer zu finden, da er sich ja mit einem Orchester auf einer Deutschland-Tournee befindet. Schwieriger wird es mit Kuhn. Wir wissen nicht, ob es Verwandte gibt, ob überhaupt noch jemand aus der Familie existiert. Aber vielleicht schauen wir auch in die falsche Richtung. Es kann sein, dass der Täter aus einem ganz anderen Grund mordet. Sicher bin ich mir lediglich darin, dass die Morde von ein und derselben Person begangen wurden. Die Tauben, die Verletzungen der Opfer und die Schreibmaschine sprechen dafür. Und bei dem Tempo, mit dem die Verbrechen begangen wurden, müssen wir in nicht allzu langer Zeit mit weiteren rechnen.«

»Es sei denn, der Täter hat seine Vendetta bereits vollbracht und ist untergetaucht«, entgegnete Lykke. »Vielleicht gibt es keine weiteren Personen, die umgebracht werden sollen, aber ich bin deiner Meinung, dass es wie eine Strafexpedition aussieht.«

»Wir müssen so schnell wie möglich mit Tielo Frödisch reden. Es kann durchaus sein, dass er unschuldig ist, aber wir müssen feststellen, ob wir ihn ausschließen können. Es gefällt mir nicht, dass der Fund seiner Familie mit diesen Morden zusammenfällt. Man hätte sich seit vielen Jahren rächen können. Warum erst jetzt? Das sieht nicht unbedingt nach Zufall aus.«

»Einverstanden«, sagte Lykke. »Frödisch könnte durchaus involviert sein. Die Ungewissheit, was mit seiner Familie geschehen ist, muss den Mann den größten Teil seines Lebens gequält haben. Solche Traumata können zu gefährlichen Ideen führen. Ich habe von Beispielen gelesen.«

»Vielleicht war der Plan, wie ich es heute Morgen skizziert habe: Die Eltern und die jüngere Schwester sollten fliehen, sobald der Junge in London in Sicherheit war. In England wollte die Familie wieder zusammenfinden.« Rudi drehte seinen Kaffeebecher, als würde die Erklärung darauf stehen. »Die Verantwortlichen in der DDR wollten Frödischs Familie nicht mitreisen lassen, sie hatten Angst, sie könnten sich absetzen. Sie sollten hinter dem Eisernen Vorhang bleiben, als Garantie dafür, dass der Junge wieder nach Hause kam.«

Ein Moment herrschte Schweigen. Rudi warf ihr einen Blick von der Seite zu.

»Da wir gerade über Familien reden ...«

»Ja?«

»Ich habe in Dietrichs Büro ein wenig von deinem Gespräch mitgehört.«

»Das war nur mein Ex.«

»Hat er wieder den Mann mit dem Hund gesehen?«

»Darüber haben wir nicht gesprochen. Er wollte ein Treffen.«

»Knirscht es in der neuen Ehe?«

»Scheint so. Thomas ist im Grunde ein lieber Kerl. Er ist ein guter Mann. Aber nur für die richtige Frau.«

»Die du einfach nicht bist?«

Lykke schüttelte den Kopf.

»Er will die ganze Zeit über Gry sprechen. Es ist sinnlos.«

»So versucht er, euch wieder zusammenzubringen?«

»Ich glaube schon. Aber ich schaffe das nicht. Ihn nicht und schon gar nicht seine Mutter.«

»Ist sie schlimm?«

»Sie besitzt zwei schwarze Katzen und hat den Besenstiel-Führerschein.«

Rudi lachte.

»Glücklicherweise hatte ich eine nette Schwiegermutter. Sie ist leider vor einigen Jahren gestorben.« Er schwieg. »Glaubst du, Thomas hat den richtigen Mann am See gesehen?«

»Ich glaube, er glaubt es«, antwortete sie. »Ich kenne ihn gut genug und weiß, dass es auch nur eine fixe Idee sein könnte. Ich habe an dem Morgen nachgegeben. Natürlich will ich auch lieber heute als morgen den Schuldigen zur Verantwortung ziehen, aber ich kann keinen Luftschlössern nachjagen. Ich hoffe nur, dass er psychisch nicht zusammenbricht. Er macht keinen sonderlich belastbaren Eindruck.«

»Hast du mal darüber nachgedacht, was du tun willst, wenn du eines Tages dem Mann mit dem Hund begegnest?«

Lykke sah ihn direkt an.

»Ihn verhaften, natürlich.«

»Mehr nicht? Er würde sicher bestraft werden, aber die Strafe wird deinen Verlust nicht aufwiegen können.«

»Ist das ein Test?«, fragte sie ihn verwundert.

Rudi lächelte ein wenig.

»Vielleicht. Würdest du dich rächen? Du darfst eine Waffe tragen. Würdest du ihn erschießen?«

»Natürlich nicht. So funktioniert unser Rechtsstaat nicht, und ich bin ein Teil der ausübenden Macht. Die nicht missbraucht werden darf.«

»Wir haben Gefühle wie alle anderen auch. Gefühle, die manchmal mit uns durchgehen. Wir sind Polizisten, aber wir sind in erster Linie auch Menschen.«

Lykke begriff, dass er in Wirklichkeit aufgrund seiner eigenen Unsicherheit Rat suchte wegen einer ebenso kontroversen Frage.

»Würdest du deinen Bruder erschießen, wenn du ihn eines Tages findest?«

»Vielleicht hat das jemand bereits für mich getan. Mein Rachegefühl ist verschwunden. Jetzt will ich den haben, der Dieter erschossen hat.«

»Wenn er es denn im Waldhaus war. Das wissen wir noch nicht, aber wenn wir uns vorstellen, dass du Dieter gegenüberstehst: Würdest du ihn nicht mit seiner Tat konfrontieren? Er hat euren Vater erschossen.«

»Genau. Die Antwort würde ich erwarten.«

»Würdest du ihn töten?«

»Vielleicht.«

»Nein, würdest du nicht, Rudi. Du bist ein zu guter Mensch, um so etwas zu tun. Und es ist auch nicht mein Stil. Wir suchen Gerechtigkeit, nicht Rache.«

»Wenn du es jemals nötig hast, komme ich gern nach Kopenhagen und helfe dir bei der Suche nach diesem Hundskopf.«

»Danke, es kann sein, dass ich darauf zurückkomme, auch wenn inzwischen viel Wasser den Bach hinuntergelaufen ist.«

»Es wurden schon Mörder nach einer wesentlich längeren Zeit als fünf Jahren gefasst, und vielleicht hat dein Ex-Mann tatsächlich etwas entdeckt.«

»Sogar fünfunddreißig Jahre sind vorgekommen«, sagte sie lächelnd.

Rudi verzog das Gesicht zu einer Grimasse.

»Das ist richtig. Dieter. Na, der halbe Meter Baguette verlangt sein Opfer.« Er gähnte, lehnte sich zurück und schob im besten Western-Stil den Hut über die Augen. »Weck mich, wenn wir nach Hamburg kommen.«

»Wenn ich dran denke.«

Lykke hatte den Fensterplatz. Sie drückte die Stirn an die Scheibe und blickte auf die vorbeiziehende, farblose Landschaft. Sie hatte das Gefühl, als würden die Tage im Winter schneller vergehen, als würde die Kälte die Zeit stehlen und sie verkürzen.

Was würde sie tun, wenn sie eines Tages tatsächlich vor ihm stand?

Wenn sie die Augen schloss, konnte sie seine Silhouette sehen, der Pitbull-Mann, ein Phantom, das sich aus Zeugenaussagen zusammensetzte. Ein mittelgroßer Mann, schmächtig gebaut, markantes Gesicht mit tief liegenden Augen, die Augenfarbe chargierte zwischen Grün und Blau, niemand hatte Braun gesagt. Blonde, möglicherweise rötliche kurz geschnittene Haare, blasse Haut und diesen Tic im rechten Arm, der der beste Hinweis gewesen war. Thomas hatte erzählt, dass der Arm ungefähr auf der Höhe des Ellenbogens vom Körper zuckte. Und er rauchte. Die Kriminaltechniker hatten einen Zigarettenstummel gesichert. Damit hatte man seine DNA analysiert, aber wenn es seine Kippe war, dann hatte er keine Vorstrafen. Zumindest nicht in Dänemark. Vielleicht war er Ausländer. Niemand hatte ihn reden hören. Er hatte seinen Hund einsilbig kommandiert – *Stop! Sit! Down!*

Sie spürte, dass sie ihre Nägel in die Handflächen presste. Eine schlechte Angewohnheit, die sie immer überkam, wenn sie an ihn dachte. Acht rote Abdrücke auf der weichen Haut. Seine Klaue in ihr.

Der Zug fuhr an einem verfallenen Hof vorbei, der von einigen Bäumen halb verborgen wurde. Das Dach hatte Löcher, die Mauern waren abgeblättert. Auf dem Hofplatz hielt ein rostroter Lastwagen, alte Landmaschinen standen herum. Sie verstand nicht, wie jemand so wohnen konnte. Vielleicht war es ein Sonderling, der dort aufgewachsen war und den Hof geerbt hatte. Der perfekte Ort für einen Mord.

Wieder schloss sie die Augen. Der ganze Körper stand vor ihrem inneren Blick, mit Ausnahme des Gesichts. Es war wie ausgewischt, wie auf einem anonymisierten Foto. Wahrscheinlich grinste er. Schadenfroh. Vor seinem Verbrechen und seiner Verantwortung in Sicherheit.

»Ich bin dir entkommen, *bitch*. Du findest mich nicht, und wenn, dann hast du keine Beweise.«

Die Stimme kam aus einem der kleinen dunklen Zimmer auf

dem Hof. Sie lief hinein, aber dort war niemand. Jedes Mal, wenn sie ein Zimmer betrat, klang die Stimme aus einem anderen.

»Ich finde dich, du Mistköter.«

»Hast du was gesagt?«, murmelte Rudi.

Lykke öffnete die Augen. Verwirrt. Sie wandte ihm mit einem müden Lächeln den Kopf zu. Rudi sah verschlafen aus.

»Ich war wohl einen Moment abwesend«, sagte sie.

Zwanzig Minuten bevor sie in den Hamburger Hauptbahnhof einfuhren, klingelte Rudis Telefon. Es war Oluf Dietrich. Rudi stellte sein Telefon laut.

»Wie steht's, Dietrich?«

»Ich habe zwei gute Nachrichten und eine schlechte«, sagte der Kommissar.

Lykke sah sein eigenartiges, längliches Gesicht mit dem struppigen Walrossbart vor sich, wenn er sprach.

»Erst die schlechte.«

»Sie hängt zusammen mit einer der guten Nachrichten. Es ist uns gelungen, ein Familienmitglied von Burkhardt Kuhn zu finden.«

Rudi beugte sich ein wenig vor.

»Ein Kind?«

»Seine Ehefrau, oder besser, seine Witwe, Dagmar Kuhn. Sie ist sechsundneunzig und lebt in einem Pflegeheim. Aber sie ist senil, es ist also schwierig. Ich habe mit einer der Pflegerinnen gesprochen, die sich um sie kümmert. Frau Kuhn ist wohl sehr nett, aber sie redet Unfug und vermischt die Dinge.«

»Haben sie Kinder?«, fragte Lykke auf Deutsch.

Dietrich amüsierte sich am anderen Ende der Leitung.

»Ja, ich habe Kinder.«

»Sie wissen genau, was sie meint«, sagte Rudi. »Hatten die Kuhns Kinder?«

»Das ist eines der Probleme. Manchmal hat sie fünf, dann wieder keins.«

»Die Pflegerin weiß es nicht?«

»Nein. Sie sagt aber, Frau Kuhn hätte ihre lichten Tage, und dann kann sie sich sehr gut an lange zurückliegende Details erinnern. Es könnte also gut sein, dass Sie etwas aus ihr herausbekommen. Sie sollen am späteren Nachmittag kommen, kurz vor dem Abendessen, da ist sie am aufmerksamsten.«

»Kommt sie niemand besuchen?«, erkundigte sich Rudi.

»Die Pflegerin meinte, hin und wieder käme ein Besucher, aber sie hat ihn noch nie gesehen, weil sie nur tagsüber da ist.«

»Wo ist das Pflegeheim?«

»In Lüneburg.«

»Okay«, sagte Rudi. »Ich hatte mal eine Freundin, die in Lüneburg wohnte. Schöne Stadt. Wie lautet die andere gute Nachricht?«

»Tielo Frödisch wohnt im Scandic Hamburg Emporio. Das Personal wollte mit Rücksicht auf sein Privatleben nicht viel sagen, aber als sie kapierten, dass die Polizei anrief, erzählten sie, er würde sich noch die nächsten beiden Tage dort aufhalten.«

38

Es war früher Abend, als Lykke und Rudi an die Rezeption des stilvollen Hotels im Zentrum Hamburgs traten. Dort stand ein gut angezogener junger Mann mit zurückgekämmten Haaren und gab etwas in den Computer ein.

»Guten Abend, willkommen.«

»Guten Abend. Wir würden gern mit Herrn Tielo Frödisch sprechen.«

Das Lächeln des Rezeptionisten gefror.

»Leider kann ich Ihnen nicht mitteilen, ob jemand mit diesem Na…«

»Wir wissen, dass er hier abgestiegen ist«, sagte Rudi und zeigte dem jungen Mann seinen Ausweis. »Lehmann, Polizei Flensburg. Das ist meine Kollegin Lykke Teit aus Kopenhagen.«

Auch sie zeigte ihren Dienstausweis.

»Vor ein paar Stunden hat Herr Dietrich, unser Kollege aus Berlin, hier angerufen. Wir müssen mit Herrn Frödisch sprechen, es ist wichtig.«

»Herr Frödisch ist sehr beschäf…«

»Es wäre das Klügste für alle«, unterbrach ihn Rudi und blickte ihn mit seinem Jagdfalkenblick scharf an. »Nicht zuletzt für das Renommee des Hotels, wenn dass ohne größeres Aufsehen zu erregen, arrangiert würde. Aber wir können natürlich auch mit einer polizeilichen Vorladung wiederkommen.«

Der Rezeptionist wurde blass, bewahrte aber die Fassung. Er hob einen Finger, sagte »Moment bitte«, griff zum Telefon und führt ein gedämpftes Gespräch, von dem Lykke nur die Worte »Frödisch«, »Polizei« und »wichtig« verstand. Der junge Mann legte auf und erklärte mit einem Lächeln:

»Herr Frödisch würde gern mit Ihnen sprechen. Wenn Sie bitte in die zweite Etage fahren würden, er erwartet Sie in Zimmer 227.«

Die Musik, die aus dem Zimmer 227 strömte, gehörte zur schönsten, die Lykke je gehört hatte. Sie meinte, es sei Mozart, aber sie war sich nicht ganz sicher. Klassische Musik war nicht ihre starke

Seite. Wie in einem Traum wurde die Violine von einem Flügel begleitet. Die Tür war nur angelehnt. Rudi klopfte und schob sie auf. Die Töne verstummten.

Sie betraten einen mittelgroßen Raum. In einer Ecke stand ein weißer Flügel. Daneben stand ein Mann vor einem Notenständer. Vorsichtig legte er die Geige und den Bogen auf einen Stuhl und kam ihnen lächelnd entgegen.

Tielo Frödisch war laut Google dreiundfünfzig Jahre alt, sah aber älter aus. Vielleicht lag es an seinem grauen, halblangen Haar, das oben bereits dünn wurde. Er war untersetzt und hatte einen Spitzbart und einen freundlichen Gesichtsausdruck. Das Gesicht war füllig und von Falten durchzogen, vor allem um die Augen, obwohl es nicht leicht zu erkennen war, da er eine Brille mit halbgetönten Gläsern trug. Der Gesamteindruck aber war durchaus entgegenkommend.

»Guten Abend. Treten Sie näher. Wir sind gerade dabei, ein Stück für das morgige Konzert zu üben. Darf ich Ihnen Jena Wakovowich vorstellen?«

Eine schlanke junge Frau um die dreißig erhob sich mit einem höflichen Nicken. Sie hatte sehr hübsche Augen, trug ein reizendes Kleid und hatte die schwarzen Haare zu einem Pferdeschwanz gebunden.

»Jena spricht kein Deutsch, aber vielleicht ist es am besten, dass sie eine Pause macht, während wir uns unterhalten?«

»Ausgezeichnete Idee«, erwiderte Rudi.

Frödisch erklärte es ihr in fließendem Englisch. Die Frau nickte. Der Musiker schloss die Tür hinter ihr.

»Darf ich Ihnen etwas zu trinken anbieten? In den Kannen dort sind Kaffee und Tee.«

Rudi, der sich nie eine Chance, Kaffee zu trinken, entgehen ließ, goss zwei Tassen ein. Er reichte Lykke eine, während Frödisch zu einer kleinen Flasche griff, die auf dem Fensterbrett stand. Er befeuchtete einen Lappen mit etwas Flüssigkeit und wischte damit über seine Finger.

»Ist das Spielen der Violine so eine schmutzige Angelegenheit?«, erkundigte sich der Kommissar.

Der weltberühmte Musiker trocknete sich sorgfältig die Finger ab.

»Ein bisschen klebrig. Ich habe gerade meinen Bogen mit Harz eingestrichen. Das klebt gewaltig, wenn man an den Händen schwitzt wie ich. Nehmen Sie doch bitte Platz.«

Sie setzten sich in eine Sofaecke. Frödisch öffnete eine frische Flasche Mineralwasser.

»Ich vermute, Sie kommen wegen des Fundes meiner Familie im Herbst. Ich habe der Polizei in Berlin bereits erzählt, was ich weiß, und das ist leider nicht sehr viel.«

»Sowohl als auch«, sagte Rudi. »Wir kommen auch wegen einiger Morde, die hier in Norddeutschland verübt wurden. Möglicherweise haben Sie davon in den Medien gehört. Ältere Menschen wurden in ihren Wohnungen in Flensburg, Kiel und außerhalb von Lübeck umgebracht.«

Frödisch schüttelte mit einem ernsten Gesichtsausdruck den Kopf.

»Ich habe leider nicht die Zeit, die Nachrichten zu verfolgen. Wir sind auf unserer Europatournee nur kurz in Deutschland. Normalerweise lebe ich in Großbritannien.«

»Das ist uns bekannt«, sagte Lykke. »Wir haben über Sie und Ihre Familie gelesen. Mein Beileid.«

Frödisch senkte den Blick.

»Ja, das … Ich bekam die Nachricht kurz vor Tourneebeginn. Ich musste nach Berlin fliegen und sie identifizieren. Das war hart, aber was hat das mit diesen Morden zu tun?«

Lykke hatte ein angeborenes psychologisches Gefühl. Ihr erster Eindruck von dem Violinisten war gut, aber er schien nervös zu sein. Vielleicht aus anderen Gründen als ihrem Besuch.

»Können Sie uns sagen, was Sie über die damalige Zeit wissen, als Ihre Familie verschwand?«, fragte Rudi. »Dann werde ich Ihnen erklären, warum wir glauben, dass es einen Zusammenhang gibt.«

Tielo Frödisch breitete die Hände aus. Seine Finger waren für einen Geiger bemerkenswert kurz.

»Ich weiß nicht, was passiert ist, und es quält mich jeden einzelnen Tag. Zunächst dachte ich, der Fund würde mir helfen, diese jahrelangen Albträume und Spekulationen zu beenden, aber nun denke ich die ganze Zeit daran, welch grausamen Tod sie dort unten in der Dunkelheit erlitten.«

»Sie gingen als Achtjähriger nach London«, sagte Lykke. »Können Sie uns ein bisschen darüber erzählen?«

»Ja. Meine Eltern waren musikalisch. Mein Vater spielte Klavier, und meine Mutter hatte eine himmlische Stimme, aber mit zwei Kindern im ehemaligen Ostdeutschland blieb nicht viel Zeit für so etwas. Mein Vater meinte, ich sollte ein Instrument spielen. Ich fing mit Blockflöte an, wechselte aber schon bald zur Geige. Es stellte sich heraus, dass ich Talent hatte, und es wurde mein großer Traum, Solovioliniust zu werden.« Er räusperte sich. »Wir hatten kein Geld für teure Instrumente, aber mein Vater wandte sich an einen tüchtigen Musiklehrer, der meine Fähigkeiten sofort erkannte. Er bot an, mich umsonst zu unterrichten, eine gute Geige konnte ich mir leihen. Auf diese Weise fiel ich bei Talentkonzerten für Kinder und Jugendliche auf.«

»Und was passierte dann?«

»Eines Tages kam ein Mann zu uns. Er sprach mit meinem Vater und erklärte, ich könnte auf die Musikschule gehen, der Staat würde alle Ausgaben übernehmen. Es war eine besondere

Ehre. Ich wurde ein Schüler der Partei und wurde zusammen mit anderen Wunderkindern ausgewählt, die Musterbürger der DDR zu repräsentieren. In Wahrheit war es Propaganda für das Sowjet-System und die kommunistischen Werte, aber ich war sieben Jahre alt und wollte einfach nur gern Geige spielen. Nach einem Jahr war ich so gut, dass ich ausgewählt wurde, an einem internationalen Musikwettbewerb in London teilzunehmen. Offiziell sollten alle zusammenspielen, aber eigentlich war es ein Duell zwischen Ost und West. Das Gleiche wie beim Sport. Sie erinnern sich vielleicht an die ostdeutschen und sowjetischen Kinderturner in den Siebzigerjahren. Ich bekam die Erlaubnis zu reisen, aber meine Eltern und meine Schwester mussten in Ostberlin bleiben, als Garantie, dass ich mit meinem Musiklehrer nicht überlaufe.«

»Haben Sie daran gedacht?«

»Nein. Ich war acht Jahre alt und verstand nichts von Politik. Außerdem hatte die Familie meines Lehrers auch in Ostberlin bleiben müssen. So waren die Bedingungen.«

Wieder griff Frödisch zu der kleinen Flasche. Während er redete, befeuchtete er den Lappen erneut und wischte sich die Finger ab.

»Am Tag vor meiner Rückreise kam ein Päckchen in die Musikschule, in der ich untergebracht war. Es enthielt ein Kinderbuch, ein paar Süßigkeiten, eine Kerze, eine Streichholzschachtel und einen Brief meines Vaters.«

»Können Sie sich erinnern, was in dem Brief stand?«, wollte Lykke wissen.

»Aber sicher. Ich habe ihn so oft gelesen, dass ich ihn auswendig kann. Wollen Sie es hören?«

»Ja, gern.«

»In dem Brief stand:

Lieber Tielo,
wir hoffen, dass es Dir in London gut geht und Du es genießt, zusammen mit den anderen talentierten Kindern zu musizieren. Wir sind sicher, dass Du die kommunistische Partei und Deine Familie stolz machst. Denk dran, dass es eine große Ehre ist, die DDR zu repräsentieren. Wir schicken Dir ein bisschen Unterhaltung für Deine Freizeit. Wir wissen, dass Du es liebst, Detektiv zu spielen, daher senden wir Dir ein Buch voller Rätsel und ein Vergrößerungsglas. Die alte Dame, die Du immer so nett besucht hast, ist leider gestorben, darum haben wir Dir auch eine Kerze beigelegt, die Du für sie anstecken kannst.
Wir lieben Dich und freuen uns auf das Wiedersehen.
Liebste Grüße
von Joana, Mama und Papa.«

Tielo Frödisch machte eine Pause. Lykke und Rudi sahen ihn abwartend an.

»Ich vermute, Sie haben sich über das Päckchen gefreut?«, fragte der Kommissar.

»Bestimmt, aber eigentlich war ich vollkommen überrascht. Ich war kurz davor zu glauben, mein Vater sei verrückt geworden.«

»Wieso?«

»Wegen der Dinge, die in dem Brief standen. Zum einen schickte er mir ein Buch, das ich schon hatte. Es war mein Lieblingsbuch, und er wusste genau, dass ich es auf die Reise nach London mitgenommen hatte. Zum anderen habe ich nie eine alte Dame gekannt oder besucht, warum sollte ich also eine Kerze für jemanden anzünden?«

»Wie haben Sie es dann interpretiert?«

»Mein Vater war ein kluger Mann, daher war ich überzeugt,

dass der kryptische Text einen Sinn hatte. Ich tat daher, was er vorschlug.«

»Wie?«

»Ich spielte Detektiv. Mir hatte Sherlock Holmes schon immer gut gefallen.« Tielo Frödisch trank einen Schluck seines Mineralwassers. »Was hätte der größte Detektiv aller Zeiten getan? Er hätte all die Dinge untersucht. Und das tat ich. Das Buch war ein ganz gewöhnliches Kinderbuch, und als ich darin blätterte und es schüttelte, fielen keine versteckten Zettel heraus. Er hatte auch keine Nachrichten hineingeschrieben. Das Vergrößerungsglas war auch nur ein normales Vergrößerungsglas aus Plastik mit einer billigen, aber brauchbaren Linse. Auch die Kerze war nichts Besonderes. Lediglich eine weiße Altarkerze. Und dann war da noch die Schachtel mit den Streichhölzern. Ich sah, dass das Päckchen geöffnet worden war, denn das Klebeband, mit dem mein Vater es zugeklebt hatte, war aufgerissen. Die gesamte Post in und aus der DDR wurde geöffnet und überprüft, sämtliche Briefe gelesen, das war also reine Routine. Ich riss die Pappschachtel auseinander, aber alles schien normal zu sein. Also, abgesehen von dem Brief.«

»Welches Buch war es denn?«, erkundigte sich Lykke.

»*Emil und die Detektive* von Erich Kästner.«

»Ah!«, rief Rudi vergnügt. »Das war als Kind auch eines meiner Lieblingsbücher.«

»Kenn ich nicht«, gestand Lykke.

»Du bist zu jung, Lucky. Außerdem Dänin. Erich Kästner war ein großer deutscher Schriftsteller. *Emil und die Detektive* erschien Ende der Zwanzigerjahre, glaube ich, und wurde rasch ein beliebter Jugendbuchklassiker. Es geht um einen zwölfjährigen Jungen, der einen Mann jagt, der auf dem Weg nach Berlin im Zug das Geld des Jungen gestohlen hat. Für die Jugendbücher der damaligen Zeit ist es sehr realistisch geschrieben, und es ist

Kästners einziges vor 1945 erschienenes Buch, das die Nazis nicht verbrannt haben.«

»Wieso nicht?«

»Es war bereits sehr beliebt, als die Nazis an die Macht kamen, und wurde als harmlos angesehen. Es ist der Vorläufer für eine Menge Bücher, in denen Kinder als Detektive auftreten und Mysterien lösen.«

»Und dank Emil tat ich das auch«, sagte Frödisch. »Ich meine, ich löste das Mysterium.«

»Das müssen Sie uns erklären«, bat Lykke.

»Wie gesagt, mein Vater schrieb, ich solle eine Kerze für die alte Dame anzünden. Ich war autoritätsgläubig, also tat ich, worum er mich gebeten hatte. Als ich die Banderole der Streichholzschachtel abriss, sah ich, dass auf der Rückseite etwas mit einer dünnen und sehr kleinen Handschrift geschrieben stand. Ich benutzte das Vergrößerungsglas und las die Anweisung: ›Dampf das Etikett ab und lös das Rätsel‹ stand da. Und dann noch ein Pfeil, der in die Schachtel zeigte. Das war an und für sich schon spannend. Mein Vater hatte mir gezeigt, wie das MfS die Briefe der Leute öffnete, ohne dass sie hinterher sahen, dass die Post gelesen worden war. Als der Leim des Streichholzschachteletiketts sich löste, standen auf der Rückseite des Etiketts eine Menge Zahlen, die aussahen wie ein Code.«

Frödisch stand auf und nahm ein Notenblatt vom Ständer. Aus der Brusttasche zog er einen Kugelschreiber und schrieb auf die Rückseite. Dann hielt er das Blatt für Rudi und Lykke hoch.

6/89–123/7 –– 72/46, lasen sie.

»Das sind jetzt nicht die genauen Zahlen«, erklärte Frödisch. Ich will damit nur das Prinzip erläutern. Ich kam ziemlich schnell darauf, dass die linke Zahl eine Seitenzahl des Buches war, während die rechte das Wort bedeutete, also Seite 6, Wort Nummer 89, wenn man oben anfängt. Auf diese Weise stückelte ich die ganze Nachricht zusammen. Hätten die Stasi-Leute den Brief geöffnet, hätten sie hoffentlich gedacht, hier spielt ein Vater bloß ein bisschen Detektiv mit seinem Sohn, aber mein Vater konnte nicht sicher sein. Er nahm ein großes Risiko auf sich. Hätte die Stasi den Trick durchschaut, wäre es vorbei gewesen. Man hätte ihn verhaftet und möglicherweise zu einer langen Gefängnisstrafe verurteilt. Andererseits war es seine einzige Möglichkeit, mich über die Situation zu informieren.«

»Konnte man nicht einfach anrufen?«, wollte Lykke wissen.

»Doch, aber alle Telefonate wurden systematisch abgehört, das funktionierte also nicht.«

»Was teilte er in dem Code mit?« Rudi war neugierig.

»Er berichtete, dass die Familie eine einmalige Chance hätte. Er hatte Kontakt zu ein paar Leuten bekommen, die helfen konnten, die ganze Familie nach Westberlin zu bringen. Daher sollte ich in London bleiben, wenn der Wettbewerb vorbei war. Ich musste meinem Geigenlehrer die Wahrheit sagen. Allerdings wusste ich nicht, wie patriotisch er war, es war ein Wagnis, das ich eingehen musste. Ich riskierte, dass er den Plan verriet, aber er war auf meiner Seite. Er war das Regime auch leid, und wir wandten uns an die britischen Behörden, die mir auch halfen. Wir erfanden eine Geschichte, dass ich eines Nachts aus der Musikschule verschwunden sei, damit mein Lehrer ein Alibi hatte und nicht in den Verdacht geriet, mir geholfen zu haben. Er fuhr allein zu seiner Familie nach Ostberlin zurück. Ich habe oft daran gedacht, welche Konsequenzen es für ihn wohl hatte, aber ich weiß es nicht.«

»Hat Ihr Vater noch mehr über die Fluchtpläne berichtet?«, erkundigte sich Rudi.

»Ja, er schrieb, dass sie mich schon finden würden, sobald sie in Sicherheit wären. Aber ich habe nie von ihnen gehört. Erst im November des letzten Jahres, als die deutsche Botschaft Kontakt zu mir aufnahm. Man informierte mich, dass drei Tote in einem unterirdischen Bunkersystem in Berlin gefunden worden seien. Man hatte sie als meine Eltern und meine Schwester identifiziert, und der Zustand der Leichen passte zu dem langen Zeitraum, in dem sie verschwunden waren. Ich sollte sie in Berlin identifizieren, was ich auch tat. Es war sehr hart, aber auch notwendig – endlich gab es nach so vielen Jahren eine Art Ende des Albtraums.«

Tielo Frödisch schwieg. Ihm lag ein melancholisches Lächeln auf den Lippen, er schüttelte den Kopf. Dann fragte er:

»Warum glauben Sie, dass ein Zusammenhang mit diesen Morden und dem Schicksal meiner Familie besteht?«

»Haben Sie je von einem Mann namens Burkhardt Kuhn gehört?«, stellte Rudi eine Gegenfrage.

Der Violinist dachte nach, während er noch einen Schluck Wasser trank. Dann schüttelte er den Kopf.

»Der Name sagt mir nichts. Wer ist das?«

»Was ist mit Lothar Nielung?«, fragte Lykke.

Der Musiker schob mit einem trotzigen Kopfschütteln die Unterlippe vor.

»Nein. Wer sind diese Menschen?«

»Wir haben Beweise, dass Kuhn und Nielung zwei Gegner des DDR-Regimes waren«, erklärte der Kommissar. »Sie arbeiteten zusammen und schmuggelten Bürger der DDR durch ein in Vergessenheit geratenes Bunkersystem aus dem Zweiten Weltkrieg raus. Vielleicht für Geld, vielleicht aus rein ideologischen Gründen, das wissen wir nicht. Aber es war das Bunkersystem, in dem Ihre Familie gefunden wurde.«

Frödisch zuckte die Achseln.

»Ich verstehe noch immer nicht, welcher Zusammenhang mit den Morden besteht, von denen Sie sprechen.«

»Sowohl Burkhardt Kuhn wie auch Lothar Nielung wohnten in Ostberlin, aber Nielung arbeitete im Westen als eine Art Botschafter. Zusammen konnten sie Menschen aus dem Osten helfen. Wir wissen, dass Kuhn verhaftet und zu einer Gefängnisstrafe verurteilt wurde, vermutlich angezeigt von seinen Nachbarn, einem Ehepaar namens Andrea und Tobias Hahne. Andrea Hahne ist eine der Ermordeten. Die übrigen Opfer sind alte Stasi-Mitarbeiter, die mit Kuhns Fall zu tun hatten. Wir vermuten Rache als Motiv für die Morde.«

Tielo Frödisch stand abrupt auf. Plötzlich sah er wütend aus und fing an, sich hektisch zu verteidigen.

»Und da dachten Sie automatisch an mich, weil es meine Familie war, muss ich das so verstehen? Aber ich möchte Sie darauf aufmerksam machen, dass ich jeden Tag viele Stunden mit meinem Orchester probe, wenn ich mich nicht ausruhe oder meine Memoiren schreibe. Das kann ich nachweisen, Sie sind herzlich eingeladen, es nachzuprüfen, wenn Sie es nicht bereits getan haben. Ehrlich gesagt, finde ich das ziemlich brüskierend. Sie unterbrechen mich bei meiner wichtigen Arbeit und beschuldigen mich ... für eine Reihe von Morden, von denen ich auch nicht die geringste Ahnung ...«

»Bitte beruhigen Sie sich«, unterbrach ihn Rudi in einem dominanten Ton, zu dem er auch fähig war. »Wir beschuldigen Sie nicht. Wir erklären Ihnen lediglich die Situation, wie sie ist. Wir wissen nur, dass Burkhardt Kuhn Kontakt zu Ihrer Familie hatte und etwas schiefging. Daher reden wir mit Ihnen, weil Sie unsere direkteste Spur sind.«

»Hm.«

Der Musiker steckte mit einem unzufriedenen Gesichtsausdruck die Hände in die Taschen. Er hatte ein rotes Gesicht und schwitzte, obwohl es nicht sonderlich warm im Zimmer war.

»Was ist mit Kuhns Familie? Es könnte doch ebenso gut dort jemanden geben. Seine Kinder zum Beispiel. Was ist mit denen?

Oder irgendeine dritte Person. Es gibt doch genügend kranke Individuen auf der Welt.«

»Sie wissen also, dass Burkhardt Kuhn Kinder hatte?«, fragte Lykke nach.

»Nein, wusste ich nicht!« Frödisch brüllte beinahe. »Ich habe nie von diesem Mann gehört und weiß nichts über ihn oder irgendjemand von den anderen, von denen Sie gesprochen haben. Ich habe morgen Abend noch ein wichtiges Konzert. Also, wenn Sie mich nicht wegen irgendeines Vergehens verhaften wollen, möchte ich Sie jetzt bitten, den Raum zu verlassen, damit ich mich wieder meinen Vorbereitungen widmen kann.«

39

Erst sollte der Tiger kommen, dann doch wieder nicht.

In der Nacht, in der Döllinger sich in die Bärenanlage geschlichen hatte, galt die Ankündigung noch, doch am folgenden Tag las er im Internet, dass der Plan geändert worden war. Der Tiger sollte nun plötzlich nach Polen gebracht werden, in einen Zoo in der Nähe von Warschau.

Der Artikel berichtete von mehreren praktischen und einem ethischen Problem der Vereinbarung mit dem deutschen Tierpark. Tiger sind Tropentiere, die in der freien Natur unter Bedingungen leben, die mit norddeutschen Verhältnissen nichts zu tun haben, vor allem nicht im Februar. Eine Facebook-Gruppe mit über tausend Followern, die sich »Störe den Tiger nicht« nannte, hatte von Anfang an gegen die Bedingungen protestiert, unter denen das Tier in dem kommenden Park bei Neumünster untergebracht werden sollte. Dazu kamen besorgte Stimmen, die fürchteten, der Tiger könnte ausbrechen, außerdem stellte man sich die Frage, ob das Personal in dem noch nicht eröffneten Tierpark kompetent genug war, um für das Wohlergehen eines so anspruchsvollen Raubtiers zu sorgen.

Ein anonymer Tierpfleger des Projekts versicherte hingegen, der Tiger sei in keiner Weise gefährdet. Die Sicherheitsvorkehrungen würden installiert sein, bevor man die große Katze in der Anlage freiließ. Sie würde rund um die Uhr bewacht und konnte sich, wenn sie wollte, in einem extra dafür entwickelten, sicheren und erwärmten Käfig aufhalten, der mit allen Bedürfnissen ausgestattet war, den andere zoologische Gärten gefordert hatten. Ein gewichtiges Gegenargument war auch, dass der Gast eine Unterart des bengalischen Tigers war. Amurtiger wird der sibirische Tiger auch genannt, weil er in Sibirien vorkommt. Aus dem gleichen Grund werden Amurtiger häufig in nordeuropäischen Zoos gehalten, da sie das Klima in diesen Breiten ertragen.

Eine andere Facebook-Gruppe, die sich »Der Tiger soll kein Polnisch sprechen« nannte, widersprach der ersten Gruppe und zog über sie her, die sogenannten Tierschutzaktivisten hätten keine Ahnung, worüber sie redeten. Selbstverständlich sollte der Tiger bis zu seinem Weiterversand in dem neuen PREDATOR-Zoo untergebracht werden. Die Mehrheit war darüber hinaus der Ansicht, er solle auf Dauer im Park bleiben. Mit seiner Geschichte würde er automatisch zu einem Maskottchen und Publikumsmagneten werden.

Die Wellen schlugen hoch, die Diskussion wurde recht polemisch geführt. Auf den Straßen von Neumünster und Lübeck waren bereits Aktivisten gesichtet worden. Es berichteten auch einige überregionale Medien über die Angelegenheit, sodass der Initiator des Tigerbesuchs – ein anonymer Milliardär – kalte Füße bekam und offiziell erklärte, die Sicherheitsvorkehrungen könnten nicht bis zum vereinbarten Transporttermin fertiggestellt werden.

Es gab nun also einen realen Tiger, der entweder eingeschläfert oder nach Polen geschickt wurde.

Döllinger musste seinen ursprünglichen Plan modifizieren. Er hatte sich darauf gefreut zu sehen, wie Aric Gesner vom Tiger gefressen wurde, aber wenn das nicht möglich war, musste er sich mit dem Zweitbesten begnügen. Den Tierpark konnte er auch weiterhin als Ort der Hinrichtung nutzen. Er war dafür geradezu ideal.

Der Hinterhalt sollte sich in drei Phasen abspielen. Erkundung des Geländes und Vorbereitung der eigentlichen Falle, Entführung von Carmen und schließlich Gesners Ende, nachdem er seine Verbrechen gestanden hatte.

Es war kein Mord im eigentlichen Sinn, sondern eher eine gerechtfertigte Hinrichtung, wenn man in Betracht zog, wie viele Menschenleben Gesner auf dem Gewissen hatte.

Das Geständnis war der springende Punkt. Er musste Druck auf Gesner ausüben. Wie viel hielt er aus? Wie viel begriff er? Wie weit würde er gehen für das, was er liebte?

Für Carmen.

Gesner wohnte in Hamburg, man durfte erwarten, dass er die regionalen Nachrichten verfolgte. Es bestand also eine hohe Wahrscheinlichkeit, dass er von dem mittelfristigen Aufenthalt des Tigers im Tierpark Neumünster gelesen oder mindestens gehört hatte. Daher musste man auch damit rechnen, dass er von der Änderung des ursprünglichen Plans wusste und das gefürchtete Raubtier nun doch kein Asyl in dem halb fertigen Tierpark fand.

Der Tiger stand nicht mehr zur Verfügung, also musste er sich damit begnügen, Gesner zu erschießen. Es war ein etwas fades Gefühl, aber das Wichtigste war, dass Gesner unterschrieb, bevor er starb.

Eine weitere ärgerliche Änderung des Plans war, dass Carmen geopfert werden musste. Aber das ließ sich nicht ändern. Er durfte keine Zeugen hinterlassen.

Die Zeit arbeitete gegen Döllinger. Die Polizei würde schon bald das Muster der Morde erkennen und den potenziellen Täter einkreisen. Wann er gefasst würde, war nicht entscheidend. Das entscheidende Ziel war, Rache zu nehmen, aber natürlich wollte er am liebsten seinen Hals aus der Schlinge ziehen. Daher galt es, rasch zu handeln.

Am Abend nach seinem ersten Besuch im Tierpark fuhr er erneut dorthin und sah, dass der Tieflader mit dem Tigerkäfig nicht mehr dort stand.

Döllinger verwendete die nächste Stunde darauf, sich zu vergewissern, dass sich sonst nichts verändert hatte. Nichts durfte dem Zufall überlassen werden. Er trug eine Stirnlampe und hatte für Notfälle zusätzlich eine Stablampe eingesteckt. Zuerst umrundete er den gesamten Bau. Es gab noch immer nur den einen Eingang in die Bärenanlage über die Metalltreppe zu dem engen Tunnel mit den Gitterpforten.

Er hatte ein paar massive Vorhängeschlösser gekauft und probierte sie aus. Sie funktionierten perfekt. Döllinger ging auf den Boden der Anlage und hinüber zur Eisbärengrube. An den beiden Gittertoren zwischen den Bereichen konnte er die Vorhängeschlösser nicht anbringen, aber das spielte keine Rolle.

Während Döllinger dastand und überlegte, hörte er plötzlich einen Dieselmotor in der ruhigen Nacht. Er lief zurück zum Schwarzbärenbereich und sprang auf die Felsstufen. Als er ganz oben war, sah er, wie sich Autoscheinwerfer näherten. Sofort schaltete er die Stirnlampe aus. Ein dunkler Offroader hielt vor dem geschlossenen Tor, und ein kräftiger Scheinwerfer wurde eingeschaltet. Der Lichtkegel fuhr über Baumaterialien und

Bagger zur Bärenanlage. Döllinger versteckte sich hinter einem Vorsprung. Der Scheinwerfer fegte an ihm vorbei und glitt wieder auf die gegenüberliegende Seite der Anlage.

Der Dieselmotor wurde abgestellt, einige Autotüren geöffnet. Zwei Männerstimmen waren deutlich zu hören.

»Hast du was gesehen?«, fragte eine tiefe Stimme.

»Ich bin nicht sicher. Aber war da nicht Licht?«

»Wo?«

»Oben in der Anlage.«

»Leuchte noch mal dahin.«

Der Kegel glitt suchend über die künstlichen Felsen wie die Scheinwerfer in einem Gefängnisfilm.

»Ich kann nichts sehen. Du?«

»Nee. Das kann ja noch kein Bär gewesen sein, oder?«

»Jetzt doch noch nicht. Die sind mit dem Bau noch gar nicht fertig.«

»Was ist mit dem Tiger?«

»Der kommt nicht. Hat kalte Füße bekommen.«

»Wie mein Bruder am Altar.«

Die beiden Wachmänner lachten. Das Lachen klang schrill in der klaren Luft. Der Scheinwerfer wurde abgestellt. Döllinger erhob sich. Er fasste an das Gittertor. Es war abgeschlossen. Mit seinem eigenen Vorhängeschloss. Er fluchte leise und suchte in der Tasche nach dem Schlüssel. Die Taschenlampe fiel polternd zu Boden.

»Was war das?«, fragte die tiefe Stimme. »Schalt das Licht noch mal ein.«

Der Scheinwerfer flammte auf.

»Dort oben! Ganz oben auf dem Felsen! Da ist jemand!«

»Hallo! Sie da!«

Döllinger stand hell erleuchtet da. Er konnte das Schloss öffnen und knallte das Gittertor an die Wand. In beinahe blinder Panik rannte er durch den kurzen Tunnel zur Metalltreppe auf der Rückseite. Er war gezwungen, die Stirnlampe einzuschalten, um etwas zu sehen. Er sprang die Treppe hinunter, stolperte über drei Stufen am Ende und landete hart auf dem Boden, kam aber wieder auf die Beine. Die Wunden am Bein brannten. Hastig schaltete er die Stirnlampe aus und lief in die entgegengesetzte Richtung des Eingangstors.

Zwei Autotüren wurden zugeworfen, und ein Motor lief. Sein Glück war, dass sie auf der falschen Seite des Tores gehalten hatten. Der Scheinwerfer strahlte über das Gelände, aber das erste Stück verbargen ihn die Felswände.

Döllinger lief über das offene Gelände auf den Wald zu. Das war notwendig, wenn er überhaupt zu seinem Wagen kommen wollte. Der Scheinwerfer verfolgte ihn wie ein Habicht. Er warf sich auf den Bauch, dass ihm die Luft wegblieb, und zog den Kopf ein, als das Licht über ihn strich. Er lag still und rang angestrengt um Atem, während der Scheinwerfer die Felswand absuchte. Döllinger kam auf die Beine und lief auf den Wald zu, quetschte sich zwischen zwei Zaunteilen hindurch. Er konnte nicht auf dem direkten Weg zum Eingangstor rennen, ohne zu riskieren, ihnen direkt in die Arme zu laufen.

In der nächsten Viertelstunde kämpfte er sich durch das unebene Terrain. Er wollte nur fort und entfernte sich immer weiter von dem Licht und den Geräuschen des Offroaders. Er schaltete die Stirnlampe wieder ein.

Plötzlich kam er zu einer Reifenspur, nur zwanzig Meter von seinem Auto entfernt. Er hatte mehr Glück als Verstand. Er schloss den Wagen auf und warf sich hinter das Lenkrad. Es hatte keinen Sinn, den Weg zurückzufahren, den er gekommen war, also folgte er mit eingeschaltetem Standlicht der Spur durch den Wald. Die Reifenspuren führten zu einem kleinen Feldweg. Er bog links ab, schaltete das Abblendlicht ein und erreichte schließlich eine asphaltierte Straße.

Der Schweiß tropfte ihm von der Stirn, er zitterte, als hätte er Fieber.

Er war mit Müh und Not entkommen. Obwohl er sich selbst mit seinem eigenen Vorhängeschloss eingesperrt hatte. Vollidiot.

Döllinger stieß im Auto einen Urschrei aus und hämmerte eine Faust aufs Lenkrad. Derartige Fehler durfte er sich einfach nicht erlauben, wenn er das nächste Mal kam, denn dann würde er nicht allein sein. Dann hatte er Carmen dabei.

40

»Wie interpretieren wir Tielo Frödischs Reaktion auf unsere Fragen?«, wollte Lykke von Rudi wissen, als sie beim Abendessen saßen. »War er ernsthaft beleidigt oder hat er etwas zu verbergen?«

Sie mussten noch eine Nacht im Hotel verbringen, da sie am nächsten Tag nach Lüneburg fahren wollten, um mit Dagmar Kuhn zu sprechen.

»Sein Alibi klingt, als sei es in Ordnung«, erwiderte Rudi. »Wir müssen natürlich überprüfen, ob er zum Zeitpunkt der Morde in England oder auf Tournee war, aber da bin ich ziemlich sicher. Seine Reaktion war allerdings auffallend heftig, da hast du recht. Er ist ein glänzender Violinist, aber kein guter Schauspieler. Selbstverständlich liegen nach den Funden im Bunker bei ihm die Nerven blank. Ich weiß ja selbst, wie es mir an der Palinger Heide ging. Es ist schwer zu entscheiden, ob er … Gott im Himmel, schmeckt das gut! Ich bin froh, kein Vegetarier zu sein.«

Der Kommissar aß die letzten Bissen, während er redete. Sie hatten ein Wiener Schnitzel, das über den Tellerrand lappte und aussah wie ein gestrandeter Rochen auf einem Felsen. Die Bratkartoffeln hatten keinen Platz mehr und lagen in einer eigenen Schale. Lykke schaffte nur die Hälfte, obwohl sie richtig Hunger gehabt hatte und nie an ihr Gewicht dachte. Das tat Rudi ganz sicher auch nicht. Er wischte sich zufrieden den Mund ab.

»Lass uns die Ereignisse noch einmal zusammenfassen. Familie Frödisch wird letztes Jahr am 7. November im Bunker gefunden. Tielo Frödisch wird darüber informiert, vermutlich im Laufe von ein, zwei Tagen, und kommt am 10. November nach Berlin, um sie zu identifizieren. Am 13. Februar wird dann Andrea Hahne von einem Supermarkt-Boten tot in ihrer Wohnung aufgefunden. Der Mord ist vermutlich in der Nacht zuvor geschehen. Am 17. Februar abends – an dem Tag, an dem du nach Flensburg gekommen bist und mit uns zu Abend gegessen hast – wird Christoph Roth in seiner Villa liquidiert und am nächsten Morgen von der Putzfrau gefunden. Eine dritte Person, von der der Täter vermutlich glaubte, es handele sich um Werner Bauer, wird am 20. Februar in Bauers Haus entdeckt. Aufgrund des Zustands der Leiche kann nicht mit Sicherheit gesagt werden, wann der ›unbekannte Mann‹ erschossen wurde, aber laut Rechtsmedizin hat er ungefähr vierzehn Tage dort gesessen. Das heißt, er wurde *vor* Hahne und Roth ermordet. Charakteristisch für alle drei Opfer ist, dass sie in ihrer privaten Umgebung an einen Sessel gefesselt, misshandelt und dann durch einen Schuss ins Herz getötet wurden. Und dann hat der Täter eine blutige Taube in ihrem Schoß hinterlassen. Außerdem deutet vieles darauf hin, dass der Schuldige eine Schreibmaschine in Verbindung mit den Mor...«

»Natürlich!«, unterbrach Lykke ihn und legte ihr Besteck beiseite. »Jetzt verstehe ich das Detail, dass einer ihrer Arme zweimal festgebunden wurde. Der Täter hatte etwas, das die Opfer unterschreiben sollten. Er musste ihre Hand befreien, damit sie unterschreiben konnten.«

»Hm, da sagst du etwas, aber was sollten sie unterschreiben?«

»Egal, was es ist, ein unter Zwang unterschriebenes Dokument ist ungültig.«

»Natürlich, aber das Datum kann gefälscht werden, und es geht möglicherweise weniger um die Rechtmäßigkeit, sondern ums Prinzip.«

»Das Muster ist zumindest deutlich«, erklärte Lykke. »Sämtliche Opfer haben eine Verbindung zu einer alten Anzeige bei der Stasi gegen Burkhardt Kuhn, der 1977 im Gefängnis starb. Das ist fünfundvierzig Jahre her. Es ist eine verdammt späte Rache, wenn es einen Bezug zu Kuhn gibt.«

»Deshalb ist ja auch ... Sag mal, isst du den Rest deines Schnitzels nicht?«

Der Teller des Kommissars war leer, nun starrte er wie gebannt auf ihren.

»Ich kann nicht mehr. Ich kann nur für einen Erwachsenen essen.«

Rudi schüttelte missbilligend den Kopf.

»Lykke! Das ist Verschwendung von Lebensmitteln. Denk dran, ein Kalb hat für diese Mahlzeit sein Leben gelassen.«

»Und ich habe das Gefühl, dass ich mein Leben lassen muss, wenn ich diese Portion aufesse.« Sie schob ihm ihren Teller hin. »Du darfst herzlich gern den Rest essen.«

Er rieb sich die Hände wie ein Gebrauchtwagenhändler, der gerade einen guten Handel abgeschlossen hat.

»Ich hatte schon Angst, du würdest es mir nicht anbieten.« Er hob das beachtliche Stück auf seinen eigenen Teller und verteilte Meerrettich und Kapern darauf. »Gibt es noch Soße?«

Sie reichte ihm die Kanne.

»Du warst dabei, etwas zu sagen.«

»Ich wollte sagen ...? Ja, der große Zeitraum zwischen Kuhns

Tod und den Morden bedeutet entweder, dass der Täter sehr alt ist oder wir an der falschen Stelle suchen.«

»Wenn Kuhn Kinder oder Verwandte hat, die Einsicht in seine Akten bekommen haben, ist es noch immer sehr lange nach der Öffnung des Stasi-Archivs«, überlegte Lykke. »Der Mauerfall ist weit über dreißig Jahre her.«

Rudi goss Soße nach.

»Es könnte andere Gründe haben, dass der Täter erst jetzt handelt. Angenommen, er wusste nicht, dass Kuhns Tod suspekt war, bevor die Familie Frödisch gefunden wurde? Könnte der Geiger sich an einen von Kuhns Verwandten gewandt und ihm erzählt haben, was mit Kuhn passiert ist?«

Lykke überdachte die Idee.

»Vielleicht, aber glaubst du nicht, dass sie selbst die Berichte der Stasi einsehen wollten?«

»Das haben sie vielleicht sogar getan. Wir können Leonard Rawitsch anrufen und fragen«, erwiderte Rudi kauend. »Eijeijei, diese Schnitzel können einen alten Mann glücklich machen.«

»Meinst du, es gibt eine Art Zusammenarbeit zwischen Frödisch und dem Täter?«

»Ich würde es nicht ausschließen.«

41

Döllinger war früh nach Hamburg gefahren und parkte in der Nähe der Außenalster, allerdings ein Stück von dem Weg entfernt, den das Mädchen jeden Morgen zum Lebensmittelladen nahm.

Die Wege an dem großen See waren perfekt, um nach ihr

Ausschau zu halten. Er begegnete nur einem dick angezogenen Mann, der seinen Hund ausführte, und vereinzelten erkälteten Joggern, die sich dem Wind entgegenstemmten, der so kalt war, dass er die meisten Menschen von der Promenade fernhielt. Außerdem war es ein gewöhnlicher Wochentag. Er selbst trug einen Thermoanzug und eine Pudelmütze. Außer dem Fernglas hatte er eine Kamera mit einem mittellangen Teleobjektiv dabei. Er tat so, als würde er Vögel fotografieren, aber als er sich Gesners Haus näherte, richtete er das Objektiv auf die große Villa.

Beim letzten Mal hatte Carmen das Haus kurz von neun verlassen, daher hatte er sich bereits um halb neun an der Alster aufgehalten, um sicherzugehen. Sein Frühstück bestand aus einem Apfel, den er während der Wartezeit verzehrte. Die Sonne war noch nicht ganz aufgegangen, leuchtete aber schwach am bedeckten Himmel. Zwischen den Baumstämmen gab es immer wieder Büsche, die er ausnutzen konnte. Wenn jemand gefragt hätte, was er mit dem Fernglas und der Kamera vorhatte, wollte er behaupten, er würde durchs Gebüsch schleichen – eine Disziplin unter Birdwatchern, die darin bestand, nach kleinen Vögeln in Hecken und Büschen zu suchen. Zu diesem Zweck hatte er ein Feldhandbuch, einen Notizblock mit einigen fiktiven Observationen, ein Sandwich und eine Thermoskanne mit heißem Kakao in seinem Rucksack. Selbst ein Polizist würde ihm diese Erklärung abkaufen.

Der Plan war, das Mädchen zu überreden, freiwillig mitzukommen. Bei ihrer ersten Begegnung war sie so vertrauensvoll gewesen, dass er es für wahrscheinlich hielt, sie überzeugen zu können. Das war weitaus angenehmer, als sie mit Gewalt ins Auto zu zerren. Er war sicher, sich in ihr siebenjähriges Gemüt einschmeicheln und ihr etwas Warmes zu trinken anbieten zu können.

Zehn Minuten vor neun wurde die Haustür der Villa geöffnet. Carmen kam mit ihrem Vater die Treppe hinunter. Döllinger spürte beim Anblick des Mannes einen hasserfüllten Knoten im Bauch. Er trug einen langen dunkelblauen Wintermantel, eine graue Hose, schwarze Schuhe und einen Hut. Er begleitete Carmen bis zu dem großen zweiflügeligen Tor, das sich automatisch öffnete, als sie sich näherten.

Döllinger versteckte sich hinter einem großen Baum.

Gesner küsste seine Tochter auf die Wange und winkte, als sie aus dem Tor auf den Bürgersteig ging. Er selbst setzte sich in seinen schwarzen Daimler. Nicht unbedingt das umweltfreundlichste Auto, aber als ehemaliger Massenmörder ließ ihn vermutlich etwas so Prosaisches wie der CO_2-Ausstoß kalt.

Den Kuss auf die Wange sah Döllinger ausgesprochen gern, denn er bestätigte, dass es zumindest etwas in dieser Welt gab, das Gesner liebte, und das war entscheidend für Döllingers Plan.

Es lagen höchstens fünfundzwanzig Meter zwischen dem Weg an der Alster und dem Bürgersteig, aber Carmen blickte überhaupt nicht in seine Richtung. Sie war in ihre eigenen Gedanken vertieft und beachtete auch ihren Vater nicht, als der einen Moment später in seinem großen Auto an ihr vorbeifuhr und um die Ecke verschwand.

Döllinger blieb auf der Höhe des Mädchens, als es an den mondänen Patrizierhäusern vorbei zu der Seitenstraße ging, an der der Lebensmittelladen lag. Es hatte einen grauen Pappdeckel in der Hand.

Um Viertel nach neun hatte es schließlich den Laden erreicht und ging hinein. Döllinger folgte ihm in gehörigem Abstand. Er stellte sich an die Ecke der Seitenstraße, als würde er auf ein Taxi warten. Von hier aus konnte er dem Mädchen »zufällig« begegnen, wenn es wieder nach Hause ging.

42

Es war nicht ausgeschlossen, dass der Architekt des Pflegeheims, in dem Dagmar Kuhn untergebracht war, einen besonders makabren Sinn für Humor gehabt hatte, vielleicht war es aber auch nur Zufall. In jedem Fall hatte Lykke den Eindruck, als sähe das Gebäude aus wie ein kolossaler Sarg. Die Proportionen waren eindeutig. Wesentlich länger als breit und mit einem überhängenden Dach wie ein riesiger Deckel. An der weißen Fassade gab es abgesehen vom Eingangsbereich nicht ein Fenster zum Parkplatz.

Das Gebäude wurde von einem in den Boden eingelassenen Scheinwerfer beleuchtet und lag wie eine illuminierte Burg in der winterlichen Dunkelheit. Es war halb sechs am späten Nachmittag, in Lüneburg war die Sonne untergegangen.

»Ungewöhnliche Architektur.« Rudi betrachtete das Pflegeheim. Sie hatten die fünfundfünfzig Kilometer von Hamburg in einer Dreiviertelstunde zurückgelegt. »Ich ärgere mich, dass ich nicht meinen schwarzen Sonntagsanzug angezogen habe.«

»Er ist grässlich«, bestätigte Lykke. »Das Einzige, was diesem Grabmal fehlt, ist ein Kranz auf dem Dach und ein wartender Bestatter, der die Heckklappe seines Wagens schon geöffnet hat.«

»Ja! Na, sehen wir mal, ob uns der Pastor oder der Küster empfängt.«

Ein paar Stunden zuvor hatte Rudi in Berlin angerufen und nach Leonard Rawitsch gefragt, aber er war nicht im Haus, die Sekretärin hatte ihm eine Nachricht ins Büro gelegt. Daher wussten sie nicht, ob Tielo Frödisch oder andere Beteiligte versucht hatten, Einsicht in die Akten zu bekommen.

Als sie eintraten, waren sie allerdings positiv überrascht über eine große Vorhalle mit Pflanzen, moderner Kunst an den Wänden und einem kleinen Springbrunnen an einer Sofagruppe. Eine hellblonde Frau stand hinter einem Schreibtisch unter dem Schild *Gäste-Information* und telefonierte. Sie beendete das Gespräch, als sie näher kamen.

»Guten Abend. Was kann ich für Sie tun?«

Der Kommissar griff zum Gruß an die Hutkrempe und zeigte seinen Ausweis.

»Mein Name ist Rudi Lehmann, und das ist Lykke Teit. Wir sind von der Polizei. Ich habe gestern angerufen und um ein kurzes Gespräch mit Frau Dagmar Kuhn gebeten.«

»Das ist richtig. Meine Kollegin hat mich informiert, aber ich muss Sie warnen: Frau Kuhn ist sehr alt und senil. Darf ich fragen, worum es geht?«

Rudi lächelte.

»Wir müssen ihr nur ein paar Kontrollfragen im Zusammenhang mit ein paar Fällen stellen, die wir derzeit bearbeiten. Vielleicht kann sie uns mit ein paar Informationen behilflich sein.«

Die junge Frau sah aus, als würde sie es bezweifeln.

»Wir können es gern versuchen, aber Frau Kuhn fantasiert viel. Bei ihr wechseln sich klare und unklare Phasen häufig ab, es geschieht von einem Moment auf den anderen. Aber sie hat auch ihre lichten Phasen, vor allem um diese Tageszeit.«

»Ja, das haben wir gehört.«

Die Frau führte ein kurzes Telefonat, und zwei Minuten später erschien ein Mann in weißer Krankenpflegerkleidung und Clogs am Empfang. Die Sekretärin informierte ihn.

»Und Werner, bleib während des Gesprächs im Zimmer, falls sie unruhig werden sollte. Wenn das in Ordnung ist?«

Sie sah Rudi fragend an.

»Das ist uns egal.«

Sie wurden durch eine Aula in einen langen Gang mit sehr vielen Türen geführt. Einige standen offen, und sie sahen in helle, freundliche Zimmer mit großen Fenstern, aus denen man auf einen kleinen See blickte, in dem das letzte Licht auf der dunklen Oberfläche schimmerte. Einige Bewohner schauten in die Luft oder sahen fern. Ein Kanarienvogel durchbrach die Stille mit seinem Zwitschern. Die Atmosphäre bedrückte Lykke. Seit ihr geliebter Onkel Henry im Pflegeheim gestorben war, hatte sie ein angestrengtes Verhältnis zu derartigen Orten. Egal, wie sauber und gepflegt sie waren, es lag doch immer eine unsichtbare Schicht von Verstummen und Erlöschen darüber. Der Geruch von Linoleum und Farbe vermochte nicht den schwachen Gestank nach Urin zu überdecken.

Der Pfleger blieb vor der Zimmernummer 14 stehen. »Dagmar Kuhn« stand auf einem Schild, dessen auswechselbare Buchstaben rasch in einen anderen Namen geändert werden konnten, wenn es nötig war.

Die Tür stand offen und war so breit, dass ein Krankenbett hindurchpasste. Dagmar Kuhn schaute aus dem Fenster in die winterliche Dunkelheit. Sie verschwand in einem Sessel mit einer hohen Rückenlehne, man sah lediglich ein Paar kleine Füße in Hausschuhen und eine knochige Hand, die auf der Armlehne lag.

»Guten Abend, Frau Kuhn, Sie haben Gäste. Fühlen Sie sich gesund genug, um sich vor dem Abendessen ein bisschen zu unterhalten?«

Rudi und Lykke stellten sich lächelnd ans Fenster. Eine kleine Frau in einem geblümten Kleid blickte neugierig zu ihnen auf. Ein weißer Schal lag um ihre kantigen Schultern. Ihr Gesicht sah im Licht einer Stehlampe schmal und runzlig aus, aber unter dem dichten schneeweißen Haar sahen sie ein paar wache blaue Augen.

»Guten Abend, Frau Kuhn. Mein Name ist Rudi Lehmann. Das ist meine Kollegin Lykke Teit. Wir sind von der Polizei. Dürfen wir Ihnen ein paar Fragen stellen?«

Es war offensichtlich, dass die alte Dame verstand, was hier vor sich ging. Ihr Blick strahlte eine überraschende Präsenz aus, der zu einer sehr viel jüngeren Person gepasst hätte.

»Die Polizei? Habe ich etwas falsch gemacht?«

Die Stimme war dünn, ihre Verblüffung deutlich.

»Aber nicht im Entferntesten«, beruhigte sie Rudi und nahm seinen Hut ab. »Wir hoffen, dass Sie uns mit ein paar Informationen bei einem schwierigen Fall helfen können.«

»Welchem Fall?«

»Darf ich …? Danke.«

Rudi zog einen Stuhl heran und setzte sich. Lykke stellte sich hinter ihn. Der Pfleger hielt sich diskret im Hintergrund.

»Sie waren vor vielen Jahren mit Burkhardt Kuhn verheiratet, nicht wahr?«

Die Dame sah den Kommissar aufmerksam an und nickte.

»Burkhardt, ja, aber er kam ins Gefängnis und starb. Er wurde von unseren Nachbarn denunziert.«

»Denunziert?«

»Ja, angezeigt.«

»Bei der Stasi?«

Frau Kuhns kleines Gesicht verwandelte sich in eine dunkle Maske. Sie blickte an Rudi vorbei.

»Bei der Stasi. Die waren nicht besser als Hitlers Leute. Kontrolle, Kontrolle, Kontrolle. Damals konnte man nur aufgrund eines Verdachts ins Gefängnis kommen. Es war grausam. Jeder überwachte jeden.«

»Frag sie, warum ihr Mann festgenommen wurde«, sagte Lykke auf Dänisch.

Dagmar Kuhn sah sie verständnislos an. Rudi übersetzte.

»Es waren die Tauben. Sie konnten die Tauben nicht leiden. Frau Hahne behauptete, sie würden überall hinmachen und Krankheiten verbreiten. Aber das stimmte nicht. Es waren schnelle Vögel, sehr tüchtige Flieger. Burkhardt kümmerte sich um sie, er pflegte sie. Er liebte diese Tauben. Er bekam sogar Geld dafür, wenn er sie an Wettkämpfen teilnehmen ließ. Wir haben uns damit ein bisschen was dazuverdient. Burkhardt und ich verdienten nicht viel. Die Tauben halfen uns. Aber sie wurden plötzlich krank und starben, eine nach der anderen. Ich glaube, Hahnes haben die Vögel vergiftet. Er war ein Mann des Systems. Glaubte an den Kommunismus, aber er wurde wahnsinnig, als ihre kleine Tochter starb. Ulrike hieß sie. Er sah überall Gespenster und Feinde. Ständig beschuldigte er uns.«

»Ich bin gezwungen, Ihnen eine persönliche Frage zu stellen«, sagte Rudi. »Glauben Sie, dass Ihr Mann mit anderen gegen das Regime arbeitete?«

»Oh nein, er arbeitete bei der Reichsbahn.«

»Das weiß ich, aber könnte er anderen Menschen zur Flucht verholfen haben?«

Die alte Dame sah ihn alarmiert an.

»Bestimmt nicht. Es war unmöglich. Die Grenze wurde schwer bewacht.«

»Sind Sie sicher?« Rudi legte freundlich eine Hand auf ihren Arm. »Sie brauchen keine Angst zu haben, wenn Sie es jetzt erzählen. Die Stasi gibt es nicht mehr.«

»Das sagen Sie, junger Mann, aber so einfach ist das nicht. In irgendeiner Form wird es die Stasi immer geben. Es wird immer jemanden geben, der andere überwacht. So ist der Mensch. Besitzergreifend, bestimmend, mischt sich in die Angelegenheiten anderer ein und stellt Fragen, so wie Sie jetzt Fragen stellen.«

»Das ist meine Arbeit.«

»Das haben die Stasi-Leute auch gesagt. Und die von der Gestapo. Sie können noch weiter zurückgehen. Es ist überall auf der Welt das Gleiche. Glauben Sie an das Gute im Menschen, Herr Lehmann?«

»Manchmal schon. Meine Arbeit ist meist recht finster, aber es gibt auch Lichtpunkte, wenn wir die Schuldigen fassen, die anderen Böses angetan haben, und einsperren.«

»Burkhardt hat niemandem Böses angetan. Er war ein guter Mann.«

»Was passierte, nachdem Ihr Mann ins Gefängnis kam?«

»Ich musste mit den Kindern umziehen. Zum einen konnte ich es mir nicht mehr leisten, in dem Haus zu wohnen, zum anderen ertrug ich Hahnes triumphierende Blicke über den Zaun nicht. Sie waren so selbstgerecht, es war zum Kotzen.«

Die alte Dame verzog den Mund, als sie diese Sätze mit einer verblüffenden Energie von sich gab.

»Wie viele Kinder haben Sie?«

»Keins. Sie sind alle tot. Nur ich bin noch da.«

»Frag sie, wie ihre Kinder hießen«, sagte Lykke. Rudi übersetzte.

Dagmar Kuhn runzelte die Stirn. Ihre klaren und präzisen Antworten wurden plötzlich von etwas blockiert, als würde sich eine Wolke vor die Sonne schieben. Der aufmerksame und konzentrierte Gesichtsausdruck veränderte sich in etwas Einfältiges und Verwirrtes.

»Wie sie hießen? Ja, lassen Sie mich nachdenken, es waren wohl zwei Jungen und ein Mädchen. Hieß sie Emke? Nein, Ingrid, und dann gab es noch den Jungen. Er hieß Helmut, nein, Herbert, und wie hieß das Vierte? Ich habe kein gutes Namensgedächtnis. War es ein Junge?«

Sie sah Rudi an, als würde er die Antwort kennen.

»Wann starben sie, Frau Kuhn?«

»Wann? Das weiß ich nicht. Das ist so viele Jahre her. Aber ... Ja, da gab's noch Ulrike, meine dritte Tochter.«

»Ihre Tochter hieß so wie die Tochter der Hahnes?«

Dagmar Kuhn lächelte. Sie konnte den Kommissar offensichtlich gut leiden, wurde aber immer verwirrter.

»Nein, nein, Ulrike war die Tochter der Nachbarn. Sie starb sehr früh. Nur sieben Jahre alt, an Meningitis. Es war furchtbar.«

Rudi warf Lykke einen kurzen Blick zu, als wollte er sagen, es hätte keinen Sinn mehr.

»Wohin zogen Sie nach dem Tod Ihres Mannes? Können Sie sich daran erinnern?«

»Oh ja, dann wohnten wir in diesem kleinen Haus bei dem netten Konditor. Ich habe dort als Verkäuferin gearbeitet, obwohl ich nicht mehr die Jüngste war.«

»Wir wohnten bei dem Bäcker zu einer ganz geringen Miete«, fuhr Dagmar Kuhn fort. »Und ich hatte gleich Arbeit. Ich musste nur die Treppe hinuntergehen. Im Winter war es hart. Ich stand sehr früh auf, aber wegen der Öfen war es warm im Haus. Dafür herrschte im Sommer eine fürchterliche Hitze. Aber wir hatten immer wunderbares Brot zu essen. Die Kinder haben es geliebt. Beide.«

»Hat man Sie informiert, als Ihr Mann im Gefängnis starb?«

Das Gesicht der alten Dame verdüsterte sich wieder.

»Sie behaupteten, er hätte Selbstmord begangen. Das habe ich nicht geglaubt. Das hätte Burkhardt nie getan. Er liebte das Leben und ging davon aus, dass er eines Tages wieder freigelassen würde und seine Familie versorgen könnte. Sie wollten den Leichnam nicht freigeben. Zunächst glaubte ich nicht, dass er tot sein sollte, aber dann schickten sie mir einen Totenschein, vor allem, damit ich den Mund hielt. Man konnte sich beschweren. Ich stellte einen Antrag, habe aber nie etwas davon gehört. Man musste aufpassen. Ich konnte selbst ins Gefängnis kommen,

dann hätten unsere vier Kinder keine Eltern mehr gehabt. Es war keine schöne Zeit, und jetzt sitze ich hier. Das ist auch ein wenig erschreckend.«
»Wie meinen Sie das?«
»Haben Sie das Haus denn nicht von außen gesehen? Es sieht aus wie ein Sarg.«

43

Es war Zufall, dass Kathrin Gesner sah, wie Carmen entführt wurde.
Es war zwanzig vor zehn. Kathrin war vom Sofa aufgestanden, wo sie sich eine Folge einer Netflix-Serie angesehen hatte. Sie war in die Küche gegangen, um sich das erste Glas Weißwein des Tages einzuschenken. Han und Lin hatten am Vormittag frei und waren in die Europa Passage zum Shoppen gegangen, und Aric hatte eine Sitzung mit einem seiner Aufsichtsräte, sie war allein im Haus.
Auf dem Weg in die Küche ging ihr durch den Kopf, dass Carmen längst vom Kaufmann zurück sein müsste. Sie war möglicherweise imbezil, aber ihr Ortssinn war in Ordnung, sie hatte den Weg schon sehr oft bewältigt. Fünfmal in der Woche in den vergangenen fünf Jahren. Andererseits könnte sie durchaus einen toten Käfer oder einen Apfelstrunk gefunden haben, der untersucht werden musste. Kathrin schüttelte allein bei dem Gedanken den Kopf. So viel Geld und so wenig Hirn.
Carmen hatte keinerlei physischen Behinderungen, es war nicht so, dass sie sich aus motorischen Gründen so langsam bewegte. Sie ging, stand und lief normal. Kathrin hatte sie sogar

auf Bäume klettern sehen. Auf der Straße sah sie aus wie jede andere junge Frau. Allerdings hübscher als die meisten, was Kathrin ganz persönlich ärgerte. Sie hatte immer wieder gesehen, wie sich Männer nach Carmen umdrehten, vor allem im Sommer, weil sie mit ihren blonden Haaren, ihrem Busen und dem süßen Schmollmund die Signale aussendete, auf die ein durchschnittlich heterosexueller Mann reagierte. Das wusste Kathrin aus Erfahrung. Die Idioten übersahen, dass die Göre eine Weinbergschnecke in der einen und ein Micky-Maus-Heft in der anderen Hand hielt.

Aric hatte seine Tochter mehrfach gewarnt, mit Fremden zu sprechen und auf keinen Fall mit ihnen mitzugehen. Scheinbar hatte sie es verstanden, aber bei Carmen konnte man nie sicher sein.

Während Kathrin sich ein Glas Chablis am Küchentisch einschenkte, schaute sie aus dem Fenster. Die blattlosen Bäume und Büsche ließen eine hübsche Aussicht auf die Außenalster zu, deren wogender Wasserspiegel auf der anderen Straßenseite zu sehen war. Das Gesner'sche Grundstück wurde von einem hohen Metallzaun umgeben, der wie die meisten Grundstücke in diesem mondänen Viertel Hamburgs ein zweiflügeliges Tor mit einer Gegensprechanlage hatte. Kathrin fand, es sah aus wie ein Käfig im Zoo, aber es war beruhigend, wenn man an Einbrüche und andere unangenehme Gebaren dachte.

Sie bemerkte Carmen auf dem Bürgersteig. Kathrin erkannte die hellrote Zipfelmütze und die rote Daunenjacke. Das Mädchen stand mit dem Rücken zum Tor. Kathrin hatte ihre Stieftochter noch nie so dastehen sehen. Es sah eigenartig aus. Sie wippte auf den Beinen, als ob sie springen oder loslaufen wollte. Sie sah sich etwas an, aber Kathrin konnte wegen der Büsche im Vorgarten nicht erkennen, was es war. Kathrin streckte die Hand nach dem Knopf für die Videogegensprechanlage aus, als sie das hintere Ende eines Autos erkannte, das im Leerlauf auf der anderen Straßenseite hielt. Sie konnte gerade noch die Stoßstange und die Bremslichter erkennen. Carmen gestikulierte, als würde sie etwas erklären. Dann schaute sie sich nach beiden Seiten um und lief über die Fahrbahn. Kathrin zog ihre Hand zurück und blieb am Fenster stehen, wobei sie an ihrem Weißwein nippte. Carmen ging um das Heck des Wagens herum zum Beifahrersitz und verschwand aus Kathrins Blickfeld. Die Bremslichter erloschen, und eine kleine Auspuffwolke blieb in der kühlen Luft hängen, als das Auto losfuhr. Ein paar Sekunden sah sie das gewöhnliche dunkle Auto hinter der Hecke des Nachbarn. Dann war es verschwunden.

»Als wäre es nie da gewesen.«

Der Gedanke tauchte automatisch auf und setzte sich in Kathrins Gehirn fest.

Beinahe gleichzeitig kam ein kleiner Junge den Bürgersteig entlanggelaufen. Er blieb vor dem Tor stehen und sah dem Wagen nach. Dann schaute er zum Haus hinauf. Katrin erstarrte. Sie zog sich ein wenig vom Fenster zurück, behielt den Jungen aber im Auge. Sie kannte ihn gut. Es war Timmy, Carmens einziger Spielkamerad. Der Junge ging zur Gegensprechanlage, stellte sich auf die Zehenspitzen und streckte den Arm aus. Es klingelte.

Kathrin wusste nicht, was sie tun sollte.

Sie starrte auf die Gegensprechanlage. Zählte bis zehn. Dann klingelte es erneut. Kathrin drückte auf den Knopf, die Videokamera schaltete sich ein. Das kleine runde Gesicht des Jungen schaute in die Kamera. Voller Sommersprossen. Er war rothaarig, aber das war wegen seiner Mütze, die er in die Stirn gezogen hatte, nicht zu sehen.

»Hallo, wer ist da bitte?«, fragte sie mit neutral klingender Stimme.

»Timmy.«

»Welcher Timmy?«

»Timmy Schutzhof.«

»Carmen ist nicht zu Hause, Timmy.«

»Wo ist sie hingefahren?«

»Was meinst du?«

»Sie hat sich in ein Auto gesetzt und ist weggefahren.«

Kathrin grübelte. Trommelte auf den Küchentisch. Dann fasste sie einen Entschluss.

»Komm mal rein, Timmy.«

Sie drückte auf einen weiteren Knopf, und das Tor glitt langsam auf. Der Junge lief die lange Einfahrt hinauf. Einen Augenblick später klopfte es an der Tür. Kathrin stellte ihr Weißweinglas ab, fuhr sich durchs Haar, ging in die Vorhalle und öffnete. Sie lächelte freundlich.

»Hej, Timmy.«

Der Junge stand im Windfang auf der Fußmatte und schaute sie mit einem Gesichtsausdruck an, der einem prämierten Schaf würdig war. Mit seiner Rotznase und dem offenen Mund ließ er Carmen geradezu intelligent erscheinen. Sie wusste, dass der Junge nicht ganz normal war, aber er sprach fehlerfrei, und die wenigen Male, die sie ihm begegnet war, hatte er sich ganz normal benommen. Wenn er retardiert war, verbarg er es recht gut. Er sah einfach nur dumm aus.

Sie beugte sich ein wenig vor.

»Was willst du, Timmy? Carmen ist nicht zu Hause.«

»Wo ist sie hingefahren?«

Kathrin runzelte die Stirn.

»Ich verstehe nicht, was du meinst. Carmen ist zum Kaufmann gegangen.«

»Sie hat sich in ein Auto gesetzt«, widersprach Timmy und zeigte auf die Straße, ohne den Blick von ihr abzuwenden.

»Ein Auto? Wann?«

»Gerade eben.«

»Das kann nicht stimmen. Carmen ist Einkaufen gegangen. Ich erwarte sie jeden Moment zurück.«

»Sie ist gefahren«, beharrte der Junge mit seinem aufrichtigsten Gesichtsausdruck.

Kathrin blickte hinaus in den leeren Garten. Sie musste ihn hereinholen, um ihn auszufragen.

»Ich glaube, sie kommt gleich nach Hause«, sagte sie und rieb sich die Arme. »Oh, es ist kalt heute. Lin hat heute Morgen Milchbrötchen gebacken. Ich glaube, sie sind noch warm. Möchtest du eins, während du wartest?«

Timmys Augenbrauen hoben sich, dass sie beinahe unter der Mütze verschwanden. Er nickte eifrig.

»Dann komm rein.«

Der kleine Junge trat in die große Vorhalle. Kathrin warf ein paar rasche Blicke in den Garten und auf die Straße, während die Winterkälte in die Halle drängte. Dort war niemand, weder auf dem Bürgersteig noch auf dem Alsterweg. Rasch schloss sie die Tür.

44

»Weißt du jetzt, wie viele Kinder Dagmar Kuhn hatte, wenn sie überhaupt welche hatte?«, fragte Rudi, als sie zum Ausgang des Pflegeheims gingen.

»Eine Zahl zwischen null und vier, von einem Jungen und drei Mädchen bis zwei Jungen und zwei Mädchen, aber ob einer oder eine davon real ist, weiß ich nicht.«

»So viel habe ich auch verstanden.«

Sie hatten sich viel Zeit gelassen, die alte Dame zu befragen. Sie hatte freundlich jede Frage beantwortet, aber je länger das Gespräch dauerte, desto mehr brachte sie die Tatsachen durcheinander. Schließlich hatte sie müde ausgesehen, sodass sie sich verabschiedeten.

»Vielleicht können Sie uns helfen«, sagte Rudi zu dem Pfleger, der sie in die Vorhalle begleitete. »Bekommt Frau Kuhn jemals Besuch?«

»Der einzige Besucher, den ich gesehen habe, war ein Mann.«

»Wie hieß er?«

»Keine Ahnung.«

»Und wie sah er aus?«

»Ganz normal. Mittelgroß, schlank, dunkelhaarig.«

»Welche Beziehung hatte er zu Frau Kuhn?«

»Das weiß ich nicht. Ich habe nicht gefragt. Er kam vor einiger Zeit mit einem Strauß Blumen. Ich habe ihn nur einmal gesehen, aber ich bin hier vor allem tagsüber.«

»Wie alt war er?«

»Äh, alt. So um die sechzig.«

»Also mittelalt«, entgegnete Rudi.

Sie kamen an den Empfang, der Pfleger verabschiedete sich.

Rudi und Lykke wandten sich an die junge Sekretärin hinter dem Schreibtisch. Sie blickte lächelnd von ihrem Computer auf.

»Wie lief's?«

»Wir bekamen eine Handvoll Namen«, antwortete Rudi. »Wissen Sie, ob Frau Kuhn Verwandte oder Familienangehörige hat?«

»Das weiß ich wirklich nicht. Ich bin bloß eine Aushilfe. Die eigentliche Sekretärin liegt zu Hause mit einem Hexenschuss, die Arme. Sie kennt viele der Bewohner gut.«

»Würden Sie uns den Gefallen tun und sie anrufen?«

Die junge Frau zögerte einen Augenblick, dann griff sie zum

Telefon und reichte es Rudi nach einigen einleitenden Höflichkeitsfloskeln. Der Kommissar erläuterte ihr sein Anliegen.

»Ja, ihn kenne ich gut«, sagte Louisa, die Frau am anderen Ende der Leitung. »Es ist Dagmars Sohn Herbert. Er besucht seine Mutter jeden Mittwoch. Meist gegen Abend, weil sie um die Essenszeit am aufmerksamsten ist. Es bleibt immer etwas vom Essen übrig, sodass Herr Kuhn in der Regel mitessen darf. Er ist vermutlich Junggeselle. Allerdings habe ich ihn im letzten Monat nicht gesehen.«

»Können Sie ihn beschreiben?«

»Er ist recht attraktiv, ein Mann im besten Alter. Mittelgroß, robust gebaut, dunkelhaarig, außerdem hat er freundliche blaue Augen. Er ist sehr charmant.«

Rudi gab Lykke ein Zeichen, dass sie auf der richtigen Fährte waren.

»Wissen Sie, wo er wohnt?«

»Nein, aber fragen Sie meine Kollegin. Normalerweise stehen die Kontaktadressen im Computer. Ich hoffe doch, dass es Dagmar gut geht? Sie ist so eine nette Frau.«

»Ja, Frau Kuhn geht es ausgezeichnet. Wir wollen ihrem Sohn nur ein paar Fragen stellen. Wissen Sie zufällig, welchen Beruf er ausübt, oder können Sie uns noch mehr über ihn erzählen? Besondere Kennzeichen. Eigenarten?«

»Das klingt ja beinahe, als würde er gesucht?«

»Nun ja, in gewisser Hinsicht schon. Wir würden ihn gern bei unseren Ermittlungen ausschließen.«

»Ach so. Nein, leider, so gut kenne ich ihn nicht.«

»Es könnte sich auch um ein winziges Detail handeln, irgendetwas, worüber Sie sich gewundert haben, oder etwas, das er gesagt hat.«

»Nein, da fällt mir nichts ein.«

»Trotzdem herzlichen Dank für Ihre Hilfe.«

Rudi gab der Sekretärin das Telefon zurück, die das Gespräch rasch beendete.

»Hat Herr Kuhn eine Adresse oder eine Telefonnummer hinterlassen, unter der man ihn erreichen kann?«, erkundigt er sich.

»Augenblick.« Sie gab den Namen in den Computer ein. »Hier steht nichts, aber es kann sein, dass Frau Kuhn seine Adresse oder eine Telefonnummer hat.«

»Würden Sie es prüfen und uns anrufen, wenn Sie etwas finden?« Er reichte ihr seine Karte.

»Ja, sicher. Hat er etwas verbrochen?«

»Das ist reine Routine. Auf Wiedersehen und danke für Ihre Hilfe.«

Sie hatten schon fast den Ausgang erreicht, als das Telefon der Sekretärin klingelte.

»Einen Augenblick!«, rief sie und lief ihnen nach. »Louisa ist noch einmal am Telefon.«

Rudi nahm den Apparat.

»Sie fragten nach eventuellen Kleinigkeiten. Mir fiel eine kleine Episode ein, als ich jetzt noch einmal nachdachte. Das hat vermutlich keine Bedeutung, es ist ein bisschen verrückt.«

»Erzählen Sie es mir trotzdem.«

»Als Herr Döllinger das letzte Mal seine Mutter besuch...«

»Halt, Moment«, unterbrach sie Rudi. »Sie meinen doch *Kuhn*?«

»Ja. Er heißt Döllinger-Kuhn. Ein Doppelname. So stellte er sich jedenfalls vor, als ich ihm das erste Mal begegnete.«

»Okay, erzählen Sie weiter.«

»Na ja. Ich war draußen auf dem Parkplatz, um etwas aus meinem Auto zu holen. Der Wagen von Herrn Kuhn stand zufällig neben meinem. Ich hörte ein sonderbares Klatschen gegen die Scheibe und schaute hinein. In seinem Wagen stand ein größerer

Transportbauer für Vögel auf dem Rücksitz. Die Klappe war aufgesprungen, und die Vögel flatterten im Auto herum. Sie hatten auf die Sitze gemacht, und alles war voller Federn und Daunen. Ich bin natürlich sofort zu Herrn Kuhn gelaufen, um ihn zu informieren.«

»Vögel?«, wiederholte Rudi. »Was für Vögel?«

»Tauben. Herr Kuhn erzählte mir, er würde Tauben züchten. Es sei eine alte Familientradition.«

45

Kathrin betrachtete den kleinen Timmy Schutzhof.

Sie wusste im Grunde überhaupt nichts über den Jungen, obwohl er im letzten Jahr regelmäßig bei den Gesners zu Besuch gewesen war. Seine Eltern mussten wohlhabend sein, sie konnten es sich leisten, ein Haus an der Außenalster zu bewohnen. Kathrin wusste nicht, wie viel er gesehen hatte. Hatte er sie am Fenster bemerkt, könnte er möglicherweise bezeugen, dass sie das Verschwinden von Carmen beobachtet hatte? Sie musste herausfinden, ob er Verdacht schöpfte.

»Wie alt bist du, Timmy?«, fragte sie und goss ihm noch Saft in den Becher.

»Fünf Jahre alt. Im März werde ich sechs.«

»Dann fängst du im Sommer mit der Schule an.«

Er nickte eifrig.

»Worauf freust du dich am meisten?«

»Lesen, schreiben und rechnen zu lernen. Ich kann schon ein bisschen lesen.«

Kathrin erinnerte sich nicht, ob sie selbst vor der zweiten

Klasse lesen und schreiben konnte. Sie musste genau überlegen, wie sie vorging.

»Hast du dich heute mit Carmen verabredet?« Sie trank einen Schluck Weißwein.

Timmy schüttelte den Kopf und antwortete mit vollem Mund.

»Nein, aber normalerweise will sie gern spielen, wenn sie vom Einkaufen zurückkommt. Wir spielen mit ihrem Zoo und mit LEGO.«

Kathrin wusste, dass sie viel in Carmens Zimmer waren, aber sie hatte keine Ahnung, was sie dort taten. Normalerweise hielt sie einen Mittagsschlaf, wenn er hier war.

»Es ist gut, dass Carmen einen Freund wie dich hat.«

»Wohin wollte sie in dem Auto?«

Kathrin schlug die Arme vor der Brust übereinander.

»Du musst dich geirrt haben. Carmen würde sich nie in ein fremdes Auto setzen. Wir haben ihr gesagt, dass sie nicht mit Fremden fahren darf.«

»Es war aber Carmen«, sagte er mit einem ehrlichen Blick und stopfte den letzten Bissen seines Milchbrötchens in den Mund. »Da bin ich ganz sicher.«

Jetzt kam der Test.

»Ich habe zufällig aus dem Fenster gesehen, als du angelaufen kamst, und ich habe nur dich gesehen, Timmy.«

Er nickte.

»Ja, weil das Auto gerade weggefahren war, Sie konnten Carmen und das Auto gar nicht sehen.«

»Gut«, dachte sie, »guter Junge.«

»Wie kannst du so sicher sein, dass es Carmen war? Hast du sie genau gesehen? Vielleicht war es jemand, der Carmen ähnlich sah? Hier wohnen viele junge blonde Mädchen.«

Timmy dachte einen Moment nach. Sie hatte schon gehofft, sie hätte ihn verunsichert, bis er antwortete.

»Ich habe sie nur von hinten gesehen, aber ich weiß, wie Carmen aussieht, weil sie meine Freundin ist. Ich habe ihre Mütze mit den Kaninchen gesehen, ihre rote Jacke und die gelben Stiefel.«

Kathrin drehte sich um und trank noch einen Schluck Wein. Sie griff zu ihrem Telefon.

»Ich versuche mal, sie anzurufen.«

Timmy blickte sehnsüchtig auf die Schale.

»Darf ich noch ein Brötchen essen?«

»Ja, iss nur.«

»Danke.«

Kathrin ging ins Wohnzimmer und schloss die Tür. Sie rief Carmens Nummer auf, zögerte einen Moment, kreuzte die Finger und rief an. Es klingelte, aber der Anruf wurde nicht angenommen. Stattdessen ertönte eine mechanische Stimme: »Der angerufene Teilnehmer antwortet nicht. Bitte hinterlassen Sie eine Nachricht nach dem Signalton.«

Kathrin sah ein, dass sie es tun musste, sonst könnte man später möglicherweise sehen, dass sie nicht reagiert hatte.

»Hej, Carmen, hier ist Mama. Es ist nach zehn. Wo bleibst du? Ruf mich an, sobald du diese Nachricht hörst. Timmy wartet auf dich.«

Sie brach ab und blickte nachdenklich auf die große Fensterfront, wo ein paar hübsche Dompfaffen unter Carmens Futterbrett auf der Erde umherhüpften. War es dumm, dass sie »Mama« gesagt hatte? Normalerweise verwendete sie nie diese Bezeichnung. Sie sagten Carmen und Kathrin. Sie ging zurück in die Küche, wo Timmy noch immer auf seinem Platz saß. Er sah glücklich aus.

»Haben Sie Carmen angerufen?«

»Äh ja, aber sie hat nicht abgenommen, ich glaube, sie ist auf dem Weg nach Hause. Vielleicht hat sie ihr Telefon stumm geschaltet.«

Timmy aß weiter.
Ein lautes anhaltendes Geräusch ließ Kathrin zusammenzucken. Er war der Ton der Toranlage zur Straße, der mitteilte, dass sich das automatische Tor öffnete. Kathrin sah aus dem Fenster. Arics großer schwarzer Daimler hielt auf dem Hof. Er musste etwas vergessen haben, oder seine Sitzung war bereits zu Ende. Der Wagen rollte langsam auf die Garage zu. Es war zu spät, um Timmy nach Hause zu schicken. Sie drückte die Daumen, dass der Junge bei seiner Erklärung blieb.

46

Er fuhr auf der A 7 in nördlicher Richtung, als plötzlich »So ein schöner Tag« von Tim Toupet ertönte.
Döllinger sah sich verblüfft im Auto um. Das Radio war nicht eingeschaltet. Es kam von Carmens Seite. Er hatte nicht daran gedacht, dass sie ein Telefon haben könnte. Das Geräusch kam vom Boden. Er konnte nicht sehen, woher, aber das Mädchen wachte nicht auf, und kaum eine halbe Minute später hörte es auf.
Hier, mitten auf der Autobahn, konnte er der Sache nicht nachgehen, also fuhr er weiter, aber zehn Minuten später siegte die Neugierde. Er blinkte und bog auf einen Rastplatz ab. Dort standen zwei weitere Wagen. Er parkte so weit wie möglich von ihnen entfernt. Ein Mann stand an ein paar Büschen und pinkelte. Der andere Fahrer war nicht zu sehen. Döllinger wartete, bis der Mann von den Büschen wieder eingestiegen war und weiterfuhr, dann löste er den Sicherheitsgurt und beugte sich vor. Die Melodie begann wieder. Sie kam aus Carmens rechtem Stie-

fel. Er steckte zwei Finger hinein und behielt sie dabei im Auge, aber sie regte sich nicht. Das Betäubungsmittel in dem heißen Kakao, den er ihr verabreicht hatte, wirkte wie erwartet. Er zog ein einfaches rotes Handy aus dem Stiefel und sah auf das Display. »Vati ruft an«, stand da. Darüber war ein Foto von Gesner. Es sah aus, als versuchte der Bastard zu lächeln. Es fiel ihm nicht leicht.

Döllinger lachte in sich hinein. Ein Moment der Begeisterung durchfuhr ihn. Er hatte sich den Kopf zerbrochen, wie er das Schwein erreichen sollte, und jetzt rief der Mann selbst an und verriet ihm seine Nummer. Döllinger überlegte, ob er den Anruf beantworten sollte, aber es war nicht der richtige Zeitpunkt. Noch nicht. Das Schwein sollte noch ein paar Stunden in Ungewissheit schmoren.

Tim Toupet verstummte erneut. Döllinger sah, dass Carmens Stiefmutter ebenfalls versucht hatte, sie zu erreichen. Sie hatte eine Nachricht hinterlassen. Er notierte beide Nummern, dann schaltete er das Telefon aus und fummelte den Akku heraus.

Es war leichter gewesen, das Mädchen zu überzeugen, mitzukommen, als er gedacht hatte, aber er hatte sich auch angestrengt. Als Carmen aus dem Laden kam und zur Straßenecke ging, stand er mit einer toten Taube in der Hand da. Als sie den Vogel sah, blieb sie automatisch stehen.

»Tot«, sagte Carmen.

Er nickte.

»Es ist eine von meinen Tauben. Siehst du, sie hat einen gelben Ring am Bein. Daher erkenne ich sie. Sie ist mir direkt vom Himmel vor die Füße gefallen. Ich glaube, sie war krank und hat mich gesehen. Ich habe zu Hause einen Taubenschlag. Ich kenne alle meine Tauben. Dies hier war mein Lieblingsvogel. Er hieß Carmen.«

Carmen sah ihn mit offenem Mund überrascht an. Sie zeigte mit dem Finger auf sich.

»Ich heiße auch Carmen.«

»Wirklich? Das ist ja ein Zufall.«

Carmen schaute auf den Vogel.

»Hast du viele Tauben?«

»Ja, ungefähr dreißig, aber es kommen immer wieder neue dazu. Sie bekommen ja Küken. Carmen zum Beispiel hat viele Eier gelegt. Sie hatte mindestens sieben, acht Küken. Na ja, ich werde jetzt nach Hause fahren und sie ordentlich begraben.«

Carmen sah ihn nur mit einem betrübten Gesichtsausdruck an.

»Ich habe im Sommer eine tote Amsel begraben.«

»Ah ja. Aber jetzt ist es schwieriger, weil der Boden gefroren ist.«

Er hielt die Taube in der Hand, als würde er ihr Gewicht schätzen.

»Magst du Tauben?«

Das Mädchen nickte eifrig.

»Willst du sie sehen? Ich wohne gleich in der Nähe.«

Carmen hob die Brauen unter ihrer Mütze. Sie sah skeptisch aus.

Döllinger versuchte es anders.

»Wusstest du, dass eine Taube mal elftausend Kilometer von einem Schiff an der Westküste Afrikas bis zu ihrem Taubenschlag in London geflogen ist und dass der größte Vogelschwarm, den die Welt je gesehen hat, aus Wandertauben bestand? Das war in Kanada, und es waren so viele, dass der Himmel vierzehn Stunden lang schwarz war. Es waren fast vier Milliarden Wandertauben, haben Experten ausgerechnet, aber jetzt sind sie alle tot, so wie Carmen.«

Die junge Frau sah ihn gebannt an.

»Na, jetzt muss ich sie aber nach Hause bringen ... Willst du mitkommen?«

Carmen trat unruhig von einem Bein aufs andere, als wüsste sie nicht, was sie antworten sollte.

»Wie sieht eine Wandertaube aus?«, wollte sie wissen.

»Oh, die sind ganz besonders. Es ist ein hübscher Vogel, aber es gibt sie heute nur noch ausgestopft. Ich habe eine zu Hause, willst du sie sehen?«

Er ahnte, dass sie kurz davor war, sich überreden zu lassen, als ihnen eine Frau mit einem Kinderwagen entgegenkam. Dollinger steckte hastig die Taube in die Tüte, in der er sie mitgebracht hatte.

»Ich muss los, Carmen. Es war nett, mit dir zu plaudern.«

Er lief zu seinem Auto und stieg ein.

»Scheiße.«

Das Mädchen war weitergegangen. Er musste es noch einmal versuchen, sie musste heute mitkommen. Er ließ den Motor an und fuhr bis zur Kreuzung. Carmen ging mit ihrem Einkaufsnetz den Bürgersteig hinunter. Er fuhr langsam an ihr vorbei, aber sie sah ihn nicht. Schräg gegenüber von Gesners Haus hielt er am Straßenrand. Dann stellte er den Motor ab und wartete. Als sie sich näherte, ließ er die Scheibe herunter und steckte den Kopf heraus.

»Carmen!«

Die junge Frau hatte das Tor erreicht. Sie blieb stehen und sah zu ihm hinüber.

»Es kommt ein Mann, der mir die Wandertaube abkaufen will, also wenn du sie sehen willst, dann ist heute deine letzte Chance.«

Das Mädchen wurde hektisch. Es gestikulierte unruhig mit den Armen.

»Wohnst du weit weg?«

»Nein, gleich in der Nähe. Das geht ganz schnell.«

»Darf ich die Taube sehen?«

»Ja, wenn du mitkommst. Aber du musst dich beeilen. Du kannst auch einen Becher heißen Kakao bekommen, wenn du frierst.«

Sie sah sich nach rechts und links um. Zögerte. Es kam kein Auto. Dann lief sie zu ihm.

Das Haus lag abseits in ländlicher Umgebung, ungefähr sieben Kilometer südwestlich von Neumünster, nicht einmal vier Kilometer von dem kommenden PREDATOR-Park entfernt. Er hatte es unter einem falschen Namen angemietet, um das Mädchen zu verstecken, bis er Gesner in die Falle locken konnte.

Es war bald zwölf Uhr.

Vermutlich hatte man inzwischen Alarm geschlagen. Er stellte sich vor, wie der Millionär und seine neue Frau immer nervöser wurden, als das Mädchen nicht nach Hause kam und auch nicht auf Telefonanrufe reagierte. Wie sie die Polizei angerufen hatten, die alle im Haus befragte, auch den Lebensmittelhändler und möglicherweise den kleinen Jungen, der angelaufen kam und vor Gesners Haus stehen geblieben war. Der Bursche hatte gewunken und dem Auto etwas nachgerufen. Carmen hatte nichts gesehen oder gehört. Sie war mit dem heißen Kakao beschäftigt, den er ihr eingegossen hatte, nachdem sie eingestiegen war.

Er parkte auf dem Hofplatz, der von der Straße aus nicht zu sehen war.

Döllinger stieg aus, schloss die Haustür auf und ließ sie offen stehen. Dann ging er zum Auto zurück und löste Carmens Sicherheitsgurt. Sie kippte ein wenig nach vorn, war aber noch immer bewusstlos. Ein leises Seufzen war zu hören, sonst reagierte sie nicht, als er sie aus dem Auto zog. Er trug das schlafende

Mädchen über den Hof ins Haus, warf die Tür mit dem Fuß zu und brachte sie in das größte Schlafzimmer. Es war dunkel und kühl, weil er bereits die Gardinen zugezogen hatte. Stöhnend legte er sie auf die rechte Seite des Bettes. Sie bewegte sich ein wenig, öffnete aber nicht die Augen. Er zog ihr die Stiefel aus. Es war einfach, sie hatten Reißverschlüsse an den Seiten. Gelb. Sehr schick. Sie hatte rosafarbene Socken an.

Döllinger legte ihr ein Kissen unter den Kopf, bevor er sich auf die Bettkante setzte und sie betrachtete. Sie wurde bestimmt nicht hässlicher in dem dunklen Licht, und er dachte, wenn er ihr begegnet wäre, als er so alt war wie sie, hätte er sich bestimmt in sie verliebt. Behindert oder nicht. Sie hatte etwas Besonderes.

Er hatte viel darüber nachgedacht, wie er Gesner am meisten schaden konnte. Er strich das Haar des Mädchens zur Seite, sodass das ganze Gesicht sichtbar wurde. Dann zog er langsam den Reißverschluss ihrer Daunenjacke herunter, um sie ihr auszuziehen.

47

»Bist du sicher, dass es Carmen war, die in das Auto stieg, Timmy?«

Der kleine Junge nickte energisch.

Aric Gesner war beinahe zwei Meter groß und längst nicht mehr der Jüngste, und er hatte eine distinguierte, direkte Art, durch die er sich stets Respekt verschaffte. Noch immer hatte er volles Haar, eine dichte, gut gepflegte Mähne über einem markanten Gesicht. Bei seinem durchdringenden Blick aus den grauen

Augen sagten die meisten Menschen die Wahrheit. Sein Leben lang war er einer Unzahl von Lügnern begegnet, daher wusste er immer, wann ihm jemand einen Bären aufbinden wollte.

Gesner hatte sehr viele Geschäftsfreunde und einen großen Bekanntenkreis, aber nur sehr wenige Freunde, und noch weniger Menschen, denen er vertraute. Eigentlich traute er nur sich selbst. Aber Timmy Schutzhof war nur ein Kind, Carmens bester und – das musste er tief in seinem Inneren zugeben – einziger Freund, warum sollte der Junge also lügen? Er wusste, dass Timmy eine lebhafte Fantasie hatte, aber er erfand keine Geschichten von Entführungen und anderen Gewalttaten.

Gesner überlegte, wer seine Tochter mitgenommen haben könnte. Sie hatte schon zweimal ein Taxi genommen, ohne ihn zu fragen. Sie hatte ihn in seinem Büro besuchen wollen, weil sie sich langweilte. Beide Male hatte Kathrin sie ausgeschimpft, aber das war lange her, und Gesner hatte den Eindruck, dass seine Frau und seine Tochter inzwischen recht gut miteinander auskamen, auch wenn es in den ersten Jahren ihrer Ehe Eingewöhnungsprobleme gegeben hatte.

Wenn er Carmen fragte, ob Kathrin nett zu ihr war, nickte sie bloß. Er nahm es als gutes Zeichen.

Aric Gesner war normalerweise nicht leicht zu erschrecken. Er zeigte niemals Furcht, aber als er sich dem kleinen Jungen gegenüber an den Esstisch setzte, spürte er ein unangenehmes Gefühl im Bauch.

»Es ist wichtig, dass du mir die Wahrheit erzählst, Timmy«, sagte er mit ernster Stimme. »Niemand ist dir böse. Wenn du das nur aus Spaß gesagt hast, ist es okay, aber wir müssen wissen, ob es stimmt.«

»Es ist wahr«, erwiderte der Junge mit dem grundehrlichsten Gesichtsausdruck, den Gesner je gesehen hatte. Wenn der Junge log, war er ein Naturtalent.

Gesner lehnte sich zurück und sah ihn nachdenklich an. Timmy wich seinem Blick nicht aus. Tatsächlich hatte er die Hände auf der Tischkante übereinandergelegt, als würde er »Verhör« spielen.

»Es ist merkwürdig, weil meine Frau aus dem Fenster gesehen hat, als du geklingelt hast, und sie hat weder Carmen noch ein Auto gesehen.«

Timmy warf einen kurzen Blick auf Kathrin, die sich an der Spüle im Hintergrund hielt.

»Das liegt daran, dass das Auto bereits weggefahren war. Es fuhr los, bevor ich geklingelt habe, nicht wahr, Frau Gesner?«

Wieder sah er zu Kathrin. Sie zuckte die Achseln.

»Ich weiß es nicht, Timmy. Wie gesagt, ich habe erst aus dem Fenster gesehen, als du vor dem Tor gestanden hast. Ich habe sonst nichts gesehen.«

Gesner fragte nach: »Bist du ganz sicher, dass du gesehen hast, wie Carmen in ein Auto stieg?«

»Ja, und es fuhr dort runter«, gab Timmy zur Antwort und zeigte auf Gesner, der in Richtung Alsterufer saß.

Wieder sah der Unternehmer den Jungen nachdenklich an.

Kathrin hatte erklärt, sie hätte vergeblich versucht, Carmen anzurufen. Sie hatte eine Nachricht auf dem Anrufbeantworter hinterlassen. Er selbst hatte sofort versucht anzurufen, als Kathrin ihn informiert hatte, aber auch er war nicht durchgekommen. Und als er es ein paar Minuten später noch einmal versuchte, war sofort der Anrufbeantworter angesprungen. Carmen wusste nicht, wie man das Telefon ausschaltete, jemand musste es an ihrer Stelle getan haben.

Gesner legte seine Hand flach auf den Tisch.

»Na gut, da war also ein Auto. Hast du gesehen, wie viele Personen in dem Auto saßen?«

»Ich habe nur den Fahrer gesehen.«

»Kannst du ihn beschreiben?«

»Ich glaube, er hatte schwarze Haare, aber ich habe ihn nur im Seitenspiegel gesehen, da war er sehr klein.«

Timmy zeigte es mit Daumen und Zeigefinger.

»Stieg der Mann aus dem Wagen?«

»Nein. Er hatte das Fenster heruntergelassen und sagte etwas zu Carmen auf der anderen Straßenseite.«

»Hast du gehört, was er gesagt hat?«

Timmy schüttelte den Kopf.

»Hat Carmen etwas gesagt?«

»Sie lief einfach über die Straße und stieg in das Auto. Und dann sind sie losgefahren, obwohl ich gerufen habe.«

»Würdest du den Mann wiedererkennen, wenn du ihn sehen würdest?«

Timmy schüttelte den Kopf.

»Ich habe nur seine Haare im Seitenspiegel gesehen. Die waren schwarz.«

»Hast du gesehen, was er anhatte?«

»Nein.«

Gesner verdaute die wenigen Informationen.

»Setzte sich Carmen neben den Mann oder auf den Rücksitz?«

»Auf den Beifahrersitz.«

In einem Taxi auf den Rücksitz. Auf den Vordersitz bei jemandem, den man kennt. Das hatte er ihr beigebracht.

Gesner war verwirrt.

»Weißt du, wie ein Taxi aussieht, Timmy?«

Der Junge lachte kurz auf, war dann aber wieder voll konzentriert.

»Natürlich.«

»Hat Carmen sich in ein Taxi gesetzt?«

»Nein.«

»Woher willst du das wissen?«

»Ein Taxi hat ein gelbes Schild auf dem Dach, auf dem Taxi steht.«

»Woher weißt du das, du gehst doch noch nicht mal in die Schule? Du kannst doch nicht etwa schon lesen?«

»Doch, viele Wörter. Auch Taxi.«

»Buchstabiere es mal.«

»T-a-x-i.«

Gesner warf seiner Ehefrau einen Blick zu. Sie schüttelte verständnislos den Kopf.

»Könnte sie mit Schwarzwald aus der Nummer 17 in dein Büro gefahren sein? Er hat sie schon mal mitgenommen.«

»Wenn es Schwarzwald gewesen wäre, hätte er mich vorher angerufen und gefragt, ob es okay ist.«

Gesner beugte sich vor, ohne den Blick von dem Jungen abzuwenden.

»Welche Farbe hatte das Auto?«

»Der war schwarz ... oder dunkelblau.«

»Kennst du dich mit Autos aus?«

»Ich erkenne einen Mercedes, einen Volkswagen und einen Toyo...«

»Kannst du dich erinnern, was für ein Wagen es war?«

Timmy dachte nach.

»Der mit dem Löwen, der auf den Hinterbeinen steht.«

»Ein Peugeot?«

Der Junge nickte.

»Hast du das Nummernschild gesehen?«

»Nein. Ich habe nach Carmen geguckt. Ich habe ihre hellrote Mütze durch die Heckscheibe gesehen. Sie hatte ihre rote Jacke an. Ich habe sie gerufen, aber sie hat sich nicht umgedreht. Sie konnte mich bestimmt gar nicht hören. Der Mann hatte seine Scheibe wieder zugemacht.«

»Und du bist dir absolut sicher, dass es kein Taxi und dass es Carmen war?«

»Ganz sicher.«

Gesner sah ihn drohend an.

»Wenn du das erfunden hast, könnte es ein großes Problem geben.«

»Ich lüge nicht. Meine Mutter sagt, das darf man nicht.«

Gesner hatte Respekt vor dem kleinen Burschen. Er blieb standhaft, weil er die Wahrheit sagte. Das war der ganz natürliche Grund.

»Wissen deine Eltern, wo du bist?«

»Ich habe Nan gesagt, dass ich hierher gehe, um mit Carmen zu spielen.«

»Nan?«

»Unsere Au-pair.«

»Gut, geh jetzt nach Hause zu Nan. Wir geben dir Bescheid, wenn Carmen zurück ist, aber erzähl niemandem etwas. Weder deinen Eltern noch euren Nachbarn, Spielkameraden oder Fremden. Versprichst du mir das? Für Carmen?«

Der Junge nickte eifrig.

Gesner stand auf, Kathrin sah ihn an.

»Rufen wir die Polizei an?«

»Ich kümmere mich darum.«

Er ging zur Küchentür.

»Herr Gesner?«

Gesner drehte sich um. Der Junge sah jetzt beunruhigt aus.

»War das ein Kinderverführer, der Carmen mitgenommen hat?«

»Ich glaube nicht, Timmy, es gibt sicher eine einfachere Erklärung.«

Der Blick, den er seiner Ehefrau zuwarf, zeigte allerdings, dass er seinen eigenen Worten nicht traute.

48

Als Lykke und Rudi erfuhren, dass Dagmar Kuhns Sohn Tauben züchtete, waren sie überzeugt, auf der richtigen Spur zu sein.
»Natürlich gibt eine ganze Menge Menschen, die Tauben züchten«, sagte Rudi, als sie ins Auto einstiegen. »So selten ist das auch wieder nicht.«
»Nicht? In Dänemark schon. Ich kenne niemanden, der Tauben hält.«
»Du lebst ja auch mitten in Kopenhagen. Da wohnen sämtliche Tauben an den Würstchenwagen.«
»Kennst du etwa jemanden, der einen Taubenschlag hat?«
»Als Kind verbrachte ich die Sommerferien oft auf dem Hof meines Onkels. Der Nachbar hielt Renntauben.«
»Ich meinte ›heute‹, Rudi. Nicht zur Zeit der Dinosaurier.«
»Zugegeben, es ist lange her. Er hatte vermutlich auch noch einen T-Rex im Stall. Na, Spaß beiseite. Ich werde ein paar Anrufe tätigen, während du dir deine hübsche Nase puderst.«
Sie sah ihn mit übergeschlagenen Armen missbilligend an.
»Das war eine diskriminierende Bemerkung.«
»Ach, du meinst wie die, dass ich meine Kindheit in der Zeit des Jura verbracht hätte?«
Sie versuchte, ernst zu bleiben, musste aber grinsen.
»Dann steht's 1:1.«
»Aber es steht noch immer 1:0 für den Täter. Oder 3:0, wenn ich genau sein soll. 6:0, wenn wir die Tauben mitzählen.«
Der Kommissar gab eine Nummer ein. Und erreichte einen gewissen Reinhardt.
»Ich habe eine Aufgabe für dich«, sagte er. »Und es muss

schnell gehen. Du kannst später Kaffee trinken. Kannst du herausfinden, wie viele Menschen Döllinger mit Nachnamen heißen? Fang in Norddeutschland an. Zunächst brauchst du nicht weiter als Brandenburg und Niedersachsen zu gehen. Der Vorname könnte Herbert sein, und möglicherweise gibt es auch eine Verbindung mit dem Namen Kuhn ... K-u-h-n ... Okay? Perfekt. Ich gebe das nächste Mal, wenn wir uns sehen, eine Currywurst aus ... Wie lange dauert es? ... Gut, ich warte.«

Kurze Zeit später klingelte das Telefon des Kommissars. Diesmal stellte er es laut.

»Ich bin jetzt die verschiedenen Einwohnermeldeämter durchgegangen«, verkündete ein junger Mann mit norddeutschem Akzent. »Ich habe nur drei Personen mit dem Namen Döllinger gefunden. Ein Gerhard Döllinger in Berlin. Er ist 1929 geboren, muss jetzt also dreiundneunzig Jahre alt sein. Dann einen Noah Kramp-Döllinger in Magdeburg. Er ist sechs Jahre alt, und schließlich gibt es noch einen Herbert Döllinger-Kuhn ...«

»*Bull's-eye!*«, rief Rudi. »Wie alt ist er?«

»Er wurde 1963 geboren, als muss er neunundfünfzig sein.«

»Hast du eine Adresse?«

»Sohostraße 22 in Schleswig.«

Rudi hatte sein kleines Notizbuch hervorgeholt, ein Relikt aus der Vergangenheit, das Lykke liebte, weil sie außer Hans Odín niemanden kannte, der sich noch Notizen auf Papier machte. Und dann auch noch mit Bleistift.

»Gute Arbeit, Reinhardt. Herzlichen Dank für deine Hilfe. Vielleicht hast du einen dreifachen Mörder für uns gefunden.«

»Darüber würde ich gern mehr hören.«

»Das muss leider warten. Wir haben's eilig. Ich muss jetzt Schluss machen. Schönen Tag noch.«

»He, was ist mit der Wurst? Du wohnst in Flensburg, ich in Berlin. Wann kommst du mal her?«

»Ich war gerade in Berlin, aber hör zu: Wenn du innerhalb der nächsten zwei Wochen nichts von mir hörst, dann erinnere mich, dann maile ich dir ein Wurstbrötchen. Das macht weniger Ferkelei.«

Der junge Bursche lachte.

»Okay, Rudi. Viel Glück. Ich hoffe, ihr schnappt ihn.«

»Das hoffe ich auch. Tschüss.«

Rudi und Lykke sahen sich an.

»Das ist er«, sagte sie. »Das muss er sein.«

»Ich bin ganz deiner Meinung.«

»Jetzt müssen wir ihn nur noch kriegen.«

»Ich rufe die Kollegen in Schleswig an, sie sollen zu der Adresse fahren. Wenn sie ihn nicht antreffen, bitte ich unseren Freund Oluf Dietrich in Berlin, in ganz Norddeutschland nach ihm fahnden zu lassen.«

49

Normalerweise trank Aric Gesner nie am Nachmittag, aber Carmen war nun seit mehreren Stunden verschwunden, ohne ein Lebenszeichen von sich gegeben zu haben, sodass er sich ein großes Glas Whisky eingeschenkt hatte, um seine Nerven zu beruhigen.

Natürlich hatte er überlegt, die Polizei einzuschalten, aber wenn es sich um Kidnapping handeln sollte, könnte es das Leben seiner Tochter gefährden, daher hatte er die Polizei bisher nicht informiert.

Das Telefon hatte wie jeden Tag mehrmals geklingelt, aber es hatte sich ausschließlich um geschäftliche Anrufe gehandelt, sodass er beinahe sein Glas umgestoßen hatte, als es klingelte und er auf dem Display Carmens Nummer sah. Er sprach atemlos vor Adrenalin und Nervosität.

»Bist du es, Liebes? Ich habe mir solche Sorgen gemacht. Wo bist du? Hallo?«

Es gab eine Verbindung, aber niemand antwortete. Er hörte Musik im Hintergrund. Klassische Musik. Carmens alte Freundin, Frau Lubitsch, hörte oft Mozart und Vivaldi, aber mit ihr hatte er bereits gesprochen. Vielleicht war Carmen der Person im Auto entkommen, oder der Betreffende hatte es bereut und sie irgendwo abgesetzt, sodass sie nun anrief, um sich helfen zu lassen. Oder sie lag irgendwo halb bewusstlos und konnte gerade noch anrufen. Gesner versuchte verzweifelt, sich irgendetwas Positives vorzustellen, aber er wusste auch, dass es eine eitle Hoffnung war.

»Carmen? Hier ist Vati. Antworte mir! Ist dir etwas zugestoßen?«

»Sind Sie es, Herr Gesner?«, ertönte eine dunkle Stimme.

»Ja, was ist passiert? Worum geht es hier?«

»Sie haben schon immer gut Fragen stellen können. Viele Fragen, ist es nicht so, Gesner? Oder sollte ich Hitzig sagen? Denn mit ihm will ich reden. Mit Ralph Hitzig. Der Sie einmal gewesen sind, erinnern Sie sich?«

Gesner lief es eiskalt den Rücken hinunter.

»Ich ... ich weiß nicht, wovon Sie sprechen. Ich verlange, mit meiner Tochter zu sprechen! Wissen Sie, wo sie ist? Was haben Sie mit ihr gemacht? Sie rufen von Carmens Telefon aus an. Wo haben Sie es her?«

»Aus ihrem rechten Stiefel. Ich musste ihren ganzen Körper absuchen, bevor ich es fand. Als Sie anriefen. Sie wissen doch, dass ihr Klingelton ›So ein schöner Tag‹ ist?«

Es war Carmens Lieblingslied. Er selbst hatte es eingestellt. Gesner biss die Zähne zusammen.

»Wo ist meine Tochter?«

»Genau hier, zusammen mit mir.«

Gesner hatte nur wenige Male in seinem Leben Angst gehabt. Meist wegen Carmen. Zum ersten Mal, als sie als Zweijährige im Krankenhaus mit Meningitis lag und einundvierzig Grad Fieber hatte. Und jetzt, wo jemand sie zu seinem großen Schrecken gekidnappt zu haben schien. Hatte er nicht immer damit gerechnet, dass so etwas passieren könnte? Daran denken wohl alle wohlhabenden Menschen irgendwann in ihrem Leben, aber in Deutschland? In einem der zivilisiertesten Länder der Welt? Die Wahrscheinlichkeit war nicht groß, aber sie bestand.

»Mit wem spreche ich?«

»Mit mir, Sie Spaßvogel. Können Sie nicht hören, oder sind Sie taub geworden durch die Schreie und das Flehen all dieser unschuldigen Menschen, die Sie gequält und gefoltert haben?«

»Ich verstehe nicht ... Ich habe nicht ...«

»Nein, Sie haben nicht immer Aric Gesner geheißen. Sie waren nicht immer der ordentliche und erfolgreiche Geschäftsmann, den wir aus den Illustrierten kennen. Der mit der jungen Frau und den vielen vornehmen Verbindungen. Das stimmt. Einst waren Sie der Vernehmungsleiter Ralph Hitzig, der seine Untergebenen dazu brachte, die Drecksarbeit zu erledigen. Sie hatten nie selbst Blut an den Händen, oder? Es war Geschmeiß wie Christoph Roth, der so etwas übernahm. Ihr habt großartig gelebt unter dem Terrorsystem. Die idealen menschlichen Chamäleons, perfekt, um sich im System zu akklimatisieren und andere zu seinem eigenen Vorteil auszunutzen. Es sind Leute wie Sie, die die Welt zu dem gemacht haben, was sie heute ist. Ein Vergnügungspark für die Skrupellosen und ein Mülleimer für den Rest. Ihr sorgt euch nur um euren eigenen Kram und überlasst die Erde sich selbst, aber jetzt ist es *Ihre* Welt, die unterzugehen droht, wenn Sie nicht tun, was ich Ihnen sage.«

Der Angstknoten in Gesner Bauch zog sich zusammen.

Er hatte von dem Mord an Christoph Roth gelesen und sich gefragt, ob es etwas mit der Vergangenheit zu tun haben könnte. Er hatte für sich entschieden, dass es Zufall sein musste. Ein Einbruch, der aus dem Ruder gelaufen war, abgesehen davon, dass man laut den Medien nichts gestohlen hatte und das Motiv unklar war.

Er umklammerte das Telefon, dass es beinahe schmerzte, und versuchte, die Fassung zu wahren, aber Wut und Panik lauerten direkt unter der Oberfläche.

»Was haben Sie mit meiner Tochter gemacht?«

»Sie liegt in meinem Bett und schläft nach ... sagen wir einer ›angenehmen Begrüßung‹. Sie ist eine hübsche junge Frau ...«

Gesner verlor die Beherrschung und sprang von seinem Bürostuhl mit einer Wut auf, wie er sie selten empfunden hatte.

»Sie verdammter Psychopath ...«

»Halten Sie den Mund! Hier bin ich es, der die Befehle erteilt, und Sie sind derjenige, der zuhört und gehorcht. Verstanden? Ihre Zeit als Inquisitor und Richter ist vorbei. Nun sitzen Sie auf der Anklagebank.«

Gesner trat ans Fenster, wo das Winterlicht von einer milchigen Schicht eingerahmt wurde. Von seinem Arbeitszimmer blickte er auf die Außenalster mit ihren nackten Bäumen am Ufer und den Kolonien von schwarzen Vögeln, die darüber schwebten. Er hatte sie immer verabscheut. Sie glichen Todesboten.

Er zwang sich zur Selbstkontrolle.

»Kommen Sie zur Sache. Was wollen Sie?«

»Haben Sie die Polizei eingeschaltet? Und lügen Sie mich nicht an. Ich kann es hören.«

»Selbstverständlich. Glauben Sie, ich bleibe ruhig sitzen und ...«

»Ich habe gesagt, Sie sollen nicht lügen!«

»Nein. Ich wollte erst einmal ein paar Stunden abwarten. Ich dachte, sie würde vielleicht einen Spaziergang machen. Das ist schon vorgekommen.«
»Sie ist spazieren gefahren. Mit mir.«
»Was haben Sie mit ihr gemacht? Wenn Sie sich einbilden, dass die Polizei Sie nicht aufspüren kann, irren Sie sich.«
Die Stimme lachte. Spöttisch.
»Ich dachte, Sie hätten gerade eingeräumt, dass Sie die Polizei nicht informiert haben?«
Gesner schloss die Augen. Carmen war sein einziger schwacher Punkt, und jemand hatte einen Weg gefunden, dies auszunutzen.
»Sie sind still«, sagte die Stimme. »Erinnert Sie das an etwas? Menschen, die Ihnen nicht die Antwort gaben, die Sie erwarteten, weil sie unschuldig waren. Es ging darum, Resultate zu erzielen, Leute zu Geständnissen bringen, egal, ob sie etwas falsch gemacht hatten oder nicht. Falsch im Sinne des Systems, wohlgemerkt. Viele wollten einfach ausreisen und in Frieden leben, ohne überwacht zu werden. Sie wollten mit ein bisschen Würde leben.«
»Also geht es hier um die Vergangenheit?«
»Genau. Ich zweifelte schon an Ihrer Intelligenz. Es geht um die Vergangenheit und um Sie, Sie Arschloch, darum, wie Sie tausendfach Menschenleben zerstört haben. Haben Sie überhaupt eine Zahl, wie vielen Sie im ›Dienst der Wahrheit‹ Schmerzen zugefügt haben? Nicht nur die armen Leute, die auf der Basis von falschen Anschuldigungen im Gefängnis landeten, sondern auch ihren Familien, Freunden und Bekannten.«
»Ich handelte auf Befehl. Es war meine Arbeit.«
»Genau. In Wahrheit war niemand schuldig. Alle lehnen die Verantwortung ab. Aber Sie kommen mir wie ein Mann vor, der in der Lage ist, seine Entscheidungen selbst zu treffen. Zweifellos

auch damals schon. Sie hätten sich für einen anderen Weg entscheiden können, dazu waren Sie intelligent genug, aber Sie haben es nicht getan.«

Gesner versuchte, seine Wut unter Kontrolle zu behalten. Sie hatte sich jetzt halb gegen ihn selbst gewandt. Warum hatte er nicht besser aufgepasst? Und seine Spuren ganz verwischt.

Er beschloss, ein riskantes Spiel zu spielen. Der Kidnapper würde Carmen nicht umbringen, dann hätte er keine Verhandlungsmasse mehr, also blieb sie am Leben, aber was hatte er mit ihr gemacht? Und wie weit würde er gehen?

»Geben Sie mir einen Beweis, dass meiner Tochter nichts zugestoßen ist. Ich möchte mit ihr reden.«

»Das ist leider nicht möglich. Sie schläft.«

»Dann haben wir nichts mehr zu bereden.«

»Wenn Sie nicht spuren, bringe ich sie um. Aber nicht sofort. Zuerst passierten eine Reihe anderer Dinge mit ihr. Sie kennen die Routine. Von damals.«

Gesner fühlte sich schachmatt gesetzt.

»Ich ... Sie dürfen ihr nichts tun. Sie ist mein Ein und Alles.«

»Wie oft haben Sie ähnlich klingende Bitten von anderen gehört? Leuten, die verhört wurden?«

Gesner explodierte: »ICH BRINGE SIE UM!«

Es war wie eine Urkraft, die als Gebrüll aus ihm herausbrach. Er hatte keine Kontrolle darüber.

Am anderen Ende der Leitung war es still. Die klassische Musik war noch immer im Hintergrund zu hören. Mozart? Haydn? Er kannte sich nicht wirklich aus. Er ging mit Kathrin zu Konzerten, um seine Geschäftsinteressen zu pflegen. Die richtigen Leute kamen, um die Geigenquäler und Trompetentröter zu hören, aber tief in seinem Inneren hasste Aric Gesner klassische Musik. Seine Mutter war eine gute Pianistin gewesen. Als er klein war, saß er am Tisch und zeichnete, während sie Klavier übte. Sie hatte großes Talent, aber nicht die Mittel. Das war zehn Jahre nach Kriegsende gewesen. Es war langsam mit ihr bergab gegangen. Depressionen. Tabletten. Alkohol. Eines Tages kam er von der Schule nach Hause und fand sie in der Badewanne ... Konzentration. Jetzt ging es um Carmen.

»Hallo?«

»Wenn Sie fertig sind mit Ihrem Geschrei, dann hören Sie gut zu.«

Gesner atmete tief durch und drückte den Rücken durch.

»Na los.«

»Wer außer Ihnen weiß, dass Carmen nicht nach Hause gekommen ist?«

»Nur meine Frau und unsere beiden Au-pair-Mädchen.«

Timmy und Frau Lubitsch wollte er nicht erwähnen.

»Belassen Sie es dabei. Sie finden eine Erklärung. Möglicherweise können Sie Ihre Frau nicht zum Narren halten, die anderen aber sicherlich schon. Dann warten Sie weitere Befehle von mir ab. Sie müssen mit dem Auto kommen. In Ihrem Daimler. Allein.«

»Wann?«

»Wenn ich anrufe, also halten Sie Ihr Telefon bereit. Das Leben Ihrer Tochter steht auf dem Spiel. Wenn ich das Gummi der Reifen eines Polizeiwagens auch nur rieche, ist es aus mit ihr. Es mag sein, dass man mich fasst, aber dann kommt sie nicht nach Hause. Es liegt bei Ihnen.«

Die Verbindung wurde unterbrochen.

50

Rudi und Lykke warteten eine knappe Stunde im Auto vor dem Pflegeheim, als das Telefon des Kommissars klingelte. Es war Polizeihauptwachtmeister Arendt von der Polizei in Schleswig. Lykke hörte gespannt mit, aber sie sah an Rudis Gesicht, dass die Information nicht rundum gut war. Er bedankte sich und legte auf.

»Sie haben die Wohnung in der Sohostraße 22 aufgebrochen. Ein unscheinbares Haus in der Stadtmitte. Die Tauben waren zu Hause, der Eigentümer nicht. Die gute Nachricht ist, dass wir den richtigen Mann gefunden haben. Die Kollegen haben ausführliche Pläne zur Ermordung von Andrea Hahne, Werner Bauer und Christoph Roth gefunden.«

»Fanden sie auch Pläne für weitere Morde?«

»Nicht unmittelbar, aber sie durchsuchen natürlich die ganze Hütte. Sie haben einen Computer und jede Menge Papiere beschlagnahmt. Arendt will uns ein Foto des Mannes mailen. Ich habe gesagt, sie sollen auf den Namen Ralph Hitzig achten, wenn sie das Material durchgehen.«

»Ist Gesner informiert worden?«

»Sie rufen ihn an und benachrichtigen ihn, wenn sie einen Grund dafür finden.«

»Was machen wir in der Zwischenzeit?«

»Es gibt nicht viel, was wir jetzt machen können außer warten. Die Jungs in Schleswig werden versuchen herauszufinden, wo Herbert Döllinger-Kuhn arbeitet. Vielleicht haben sie Glück und erwischen ihn dort, aber sonst kann er überall sein. Heute ist Mittwoch, also ...«

»Hoffen wir, dass Kuhn auftaucht, um seine alte Mutter zu besuchen«, sagte Lykke.

»Das ist sicher unsere beste Chance.«

»Es wird ein langer Abend.«

»Wir können ihn etwas angenehmer gestalten.« Der Kommissar drehte sich um und sah aus dem Rückfenster. »Dort drüben am Platz gibt es ein kleines Café. Von dort können wir sehen, ob Besucher kommen.«

»Genau das mag ich so an dir, Rudi. Du findest immer einen Anlass, etwas zu essen.«

»So überlebt man, meine Liebe. Ich gehe noch mal rein und informiere die Sekretärin. Dann kann sie uns anrufen, sollte er meinem scharfen Blick entgehen.«

51

Es vergingen ein paar Minuten. Dann öffnete sich die Tür zu Gesners Arbeitszimmer. Sie war nicht geschlossen, sondern nur angelehnt gewesen. Kathrin hatte einen Gesichtsausdruck, den er nicht interpretieren konnte. Sie war nervös, aber da war noch etwas anderes.

»Wer war das?«, fragte sie.

»Wer war was?«

»Mit wem hast du eben telefoniert?«

Er bemerkte das Glas in ihrer sorgfältig maniküren Hand. Wenn sie Château Lafite Rothschild trank, war sie normalerweise in einer nachdenklichen Phase.

»Ach, nur eine Geschäftsverbindung.«

»Bist du sicher?«

Er zog die Brauen zusammen.

»Was meinst du?«

»Ich kenne dich, Aric. Du trinkst nie, bevor wir gegessen haben. Also, wer war das?«

Er stand ruckartig auf.

»Verflucht, Kathrin!«

Sie zuckte zusammen, blieb aber stehen.

»Das war er, nicht wahr?«

»Wer ›er‹? Wovon redest du?«

»Der Kidnapper.«

Er ging um den Tisch auf sie zu.

»Wer hat etwas von einem Kidnapper gesagt? Sie hat vermutlich einen langen Spaziergang unternommen und findet nicht zurück. Das ist schon vorgekommen. Kannst du dich nicht an letztes Jahr im Sommer erinnern? Damals hat die Polizei angerufen. Irgendwann wird sie Hilfe suchen. Du weißt, wie es mit ihrem fehlenden Zeitgefühl ist. Vielleicht …«

»Ich … Sie hat keins, Aric. Ich …«

Sie schwieg und blickte zu Boden. Er stellte sich direkt vor sie. Packte sie fest an die Schultern.

»Was ist denn?«

»Ich verstehe nicht …«

»Du sollst nicht lügen. Ich sehe dir doch an, dass etwas nicht in Ordnung ist. Was weißt du, Kathrin?«

Tränen traten ihr in die Augen.

»Ich sah, wie sie in ein Auto stieg, also nicht direkt, aber ich glaube es.«

»Was?«

Er packte fester zu.

»Du tust mir weh!«

Er ignorierte ihren Protest.

»Was meinst du damit, du hättest sie in ein Auto steigen sehen? Das hat Timmy erzählt, und du hast gesagt, du hättest gar nichts gesehen!«

»Ich war nicht sicher. I-ich stand am Küchenfenster. Ich habe nur eine Stoßstange hinter den Büschen gesehen. Carmen lief über die Straße. Ich dachte, es sei einer deiner Mitarbeiter. Ich ging davon aus, dass du jemanden geschickt hast, um sie abzuholen, weil du etwas mit ihr unternehmen wolltest. Du erzählst mir ja nie, was du mit Carmen machst, wenn ihr allein seid oder du für sie Überraschungen organisierst. Wie sollte ich wissen, dass es ein Fremder war.«

Jetzt liefen die Tränen, und sie waren ehrlich.

Gesner ließ sie los und trat ans Fenster. Er wandte ihr den Rücken zu und starrte in den Garten. Dann drehte er sich um und zeigte mit einem verbitterten Gesichtsausdruck auf sie. Kathrin erstarrte. Sie kannte diesen Ausdruck und stellte ihr Weinglas ab.

»Also hat Timmy die Wahrheit gesagt, was ich eigentlich auch nicht bezweifelt habe«, erklärte er. »Warum hast du gelogen, Kathrin? Was ist los mit dir?«

Sie schüttelte den Kopf und wischte die Tränen ab, aber sie liefen weiter. Gesner war komplett immun. Er stemmte die Fäuste in die Seiten und musterte sie von Kopf bis Fuß.

»Was für ein Auto?«

»Was?«

»Timmy hat gesagt, es sei ein Peugeot gewesen. War es so?«

»Das ... das weiß ich nicht. Ich glaube es war schwarz oder dunkel. Blau vielleicht.«

»Irgendetwas musst du gesehen haben. War es groß? Klein? Mittel? War es ein Personenwagen? Oder ein verdammter Flix-Bus?« Er verlor die Beherrschung und brüllte: »SPUCK'S AUS, ZUM TEUFEL!«

»Ich weiß es nicht!«, schrie sie und stampfte auf den Boden. »Ich habe nur das Heck gesehen. Das weißt du.«

»Und der Fahrer?«

»Ich konnte ihn nicht sehen.«

»Ihn?«

»Timmy hat gesagt, es sei ein Mann gewesen. Ich habe nur dasselbe gehört wie du. Vielleicht war es ja eine kurzhaarige Frau. Keine Ahnung, Aric. Ich schwöre.«

»Wie du es in der Kirche gemacht hast. Alle drei Male.«

Sie starrte ihn durch ihre Tränen alarmiert an.

»Was meinst du damit?«

Wieder stellte er sich ganz dicht vor sie. Sie hatte seine blauen Augen immer hübsch gefunden. Nun glichen sie einem Eispickel auf Permafrost. Er hob den Arm.

»Du darfst mich nicht schlagen!«, schrie sie und lief zurück zur Tür.

Gesner begnügte sich damit, auf ihre Wange zu zeigen. Die Drohung kam leise und verbissen.

»Wenn Carmen etwas zustößt, mache ich dich mitverantwortlich.«

»Ich will sie doch auch wiederhaben«, schniefte sie. »Wir hatten es nicht leicht miteinander. Das gebe ich ja zu, aber ich dringe nicht zu ihr durch, obwohl ich es oft versucht habe.«

Er nickte mit einem kleinen, verständnisvollen Lächeln.

»Ich war blind und taub, und vielleicht wollte ich es auch nicht sehen. Aber du bist immer eifersüchtig auf meine Tochter gewesen. Auf das, was uns verbindet. Sobald ich Carmen ein wenig Aufmerksamkeit widme, hast du schlechte Laune. Du kannst es nicht ertragen, wenn sich nicht ständig alles um dich dreht, aber ich sage dir noch einmal, wenn ihr irgendetwas zustößt ...«

Kathrin war jetzt alles egal. Sie weinte, rutschte die Tür hinunter und setzte sich mit einem dumpfen Plumpsen auf den Boden. Was im ersten Moment wie eine Chance ausgesehen hatte, Arics

Rotzgöre loszuwerden, zeigte sich nun in all seiner verpfuschten Abscheulichkeit. Ihr Gewissen hatte sich letztlich doch noch gemeldet.
»Ruf doch die Polizei an, Aric. Tu es für Carmen.«
Er drehte sich wieder zum Fenster um.
»Das kann ich nicht. Dann bringt er sie um.«
»Was?«
Sie kam rasch wieder auf die Beine. Ging zu ihm. Fasste ihn am Arm. Wollte ernsthaft helfen.
»Er hat Carmens Telefon«, murmelte er. »Damit hat er gerade angerufen. Das war der Anruf, den du gehört hast. Ich dachte, es wäre sie.«
»Und was hat er gesagt.«
»Ich soll mich mit ihm treffen. Er ruft wieder an.«
»Will er Geld?«
»Ich glaube nicht. Es geht um etwas anderes.«
»Aric, worum geht es?«
Er riss sich von ihrer Hand los und ging zum Schreibtisch.
»Um eine Geschichte aus meiner Vergangenheit. Etwas, das er missverstanden hat.«
»Deine Geschäfte?«
»Nein, früher. DDR. Der Sicherheitsapparat. Die Stasi.«
Sie sah ihn entsetzt an.
»Ist das politisch motiviert? Sind das Terroristen?«
»So klang es nicht. Ich glaube, er ist allein. Ein einsamer Psychopath, der glaubt, er sei vom Staat ungerecht behandelt worden.«
»Hat er etwas ... über Carmen gesagt?«
Gesner setzt sich und starrte auf seine Schuhe.
»Nur, dass er sie hat und dass sie am Leben ist. Das ist alles, was ich weiß.«
Kathrin kam zum Schreibtisch.

»Du musst die Polizei informieren. Wir schaffen das hier nicht allein ...«

»Nein!« Er drehte den Stuhl mit einem plötzlichen Ruck. »Nein. Wir klären das selbst. Sonst riskiere ich, dass Carmen darunter zu leiden hat. Ich bin es, den er will.«

»Und du hast vor, ihm zu gehorchen?«

»Was sollte ich sonst tun?«

»Polizei anru...«

Gesners flache Hand knallte auf die Schreibtischplatte. Er sah sie grimmiger an, als er es jemals getan hatte.

»Ich warne dich, Kathrin. Wenn du die Polizei einschaltest, weiß ich nicht, was ich mit dir anstellen werde. Das ist eine Sache zwischen ihm und mir.«

52

Döllinger stand im Wohnzimmer und blickte über die Felder. Im Kamin knisterte Feuer. Die Stubben des längst geernteten Korns stachen aus der gefrorenen Erde. Er stellte sich vor, dass jeder einzelne Halm einen protestierenden Finger gegen den Machtapparat der Stasi repräsentierte. Skelettfinger, wohlgemerkt, denn viele waren im Kampf für die Freiheit gestorben.

Die Sonne hing tief am milchigen Himmel. Es sah aus, als gäbe es eine weitere kalte Nacht. Die Meteorologen hatten vor Temperaturen um den Gefrierpunkt und Schnee gewarnt. Hoffentlich brauchte er nicht die ganze Nacht, um seine Mission zu erfüllen, aber er war auf das Schlimmste vorbereitet. Es hing vollkommen von Gesner ab. Viel konnte schiefgehen. Eine Reihe Faktoren mussten erfüllt sein, bevor er sein Ziel erreicht hatte. Zunächst einmal ein Alibi. Es war nur eine Frage der Zeit, bis die Polizei die Zusammenhänge geklärt hatte, wenn sie nicht schon längst darauf gekommen waren. Dessen war er sich vollkommen bewusst. Döllinger knirschte vor Gereiztheit mit den Zähnen. Wenn er doch bloß nicht diesen Fehler mit dem Schreibmaschinenband in Hahnes Haus begangen hätte. Und dass ausgerechnet diese verdammte Polizistin sich dort aufgehalten hatte. Beinahe hätte es einen weiteren Mord gegeben. Eine Zeitung hatte die Geschichte in einer Notiz aufgegriffen. Sie hatte überlebt, aber über ihren Zustand stand nichts in der Meldung. Und kürzlich die Episode mit den Wachmännern, die ihn in der Bärenanlage gesehen hatten. Es passierten zu viele Fehler.

Jetzt musste er knallhart vorgehen, wenn es gelingen sollte. Ohne jede Rücksicht auf irgendjemanden. Auch nicht auf das Mädchen.

Er ging ins Schlafzimmer zu Carmen. Es war dunkel, er schaltete die Deckenlampe ein. Die junge Frau lag noch immer auf dem Rücken. Er wusste nicht, ob sie sich bewegt hatte. Während einer Betäubung bewegte man sich nicht wie im normalen Schlaf. Er setzte sich auf die Bettkante und legte einen Finger an ihren Hals. Er war kalt, aber der Puls war stabil. Ebenso ihre Atmung. Noch immer war sie vollständig bekleidet. Alles, was er ihr ausgezogen hatte, waren die Stiefel und die Jacke.

Er hatte Gesner im Ungewissen gelassen, was er mit dem Mädchen getan hatte. Das war gut. Er sollte schmoren und am eigenen Leib erleben, was es heißt, sich total machtlos zu fühlen, wenn Fremde denjenigen nehmen, den man liebt. Das würde ihn animieren, nicht die Polizei einzuschalten.

Döllinger griff nach der Tasche mit den Medikamenten, präparierte eine Spritze und verabreichte ihr eine passende Dosis. Sie würde einige weitere Stunden betäubt bleiben, bis er zurückkam.

Um achtzehn Uhr bereitete er sich darauf vor loszufahren. Er wusch und rasierte sich. Zog den guten Anzug an. Das Konzert begann erst um zwanzig Uhr, aber das Konzert spielte eine wichtige Rolle.

Bevor er losfuhr, schaute er ein letztes Mal nach Carmen. Sie war völlig sediert. Er ging auf den Hof und ließ den Wagen an.

Er hatte sich ein leeres Viertel in der Nähe das Flusses ausgesucht, ungefähr einen halben Kilometer von der Elbphilharmonie entfernt. Hier fand er einen Parkplatz zwischen zwei Bürogebäuden. Dort gab es keine Videoüberwachung, das hatte er untersucht. Er ging zu Fuß am Hafen entlang und achtete sorgfältig darauf, dass er sich außerhalb der Blickwinkel eventueller Kameras befand. Die Straße wurde nur von vereinzelten Straßenlaternen erleuchtet.

Ein steifer Wind fegte über die schwarzen Wellen der Elbe. Der Mantel hielt die Kälte nicht wirklich ab, aber er wollte präsentabel aussehen.

Als er sich dem Konzerthaus näherte, nahm der Strom an Menschen zu. Er sah auf die Uhr. Noch eine halbe Stunde bis Konzertbeginn. Es war zu früh, um hineinzugehen. Im Augenblick wollte er auch nur ein anonymes Gesicht in der Menge sein, also ging er noch einmal an der beeindruckenden Fassade des Konzerthauses entlang.

Einige Minuten vor Beginn des Konzerts betrat er die Vorhalle. Es kamen noch immer Zuhörer, aber die allermeisten hatten bereits ihre Plätze im Saal eingenommen. Döllinger entschied sich für eine Kartenkontrolleurin. Er wartete, bis sie frei war. Die anderen Kontrolleure waren damit beschäftigt, die Karten von zwei Ehepaaren zu scannen.

»Guten Abend und willkommen«, sagte die Frau.

»Guten Abend.«

Er suchte in seiner Manteltasche mit einem immer besorgteren Gesichtsausdruck. Erst in den Außentaschen, dann in der Innentasche.

»Das ist doch eigenartig. Ich war überzeugt, dass ich ...«

Die Frau wartete geduldig mit einem diplomatischen Lächeln. Döllinger sah sie bedauernd an.

»Entschuldigen Sie mich einen Augenblick.«

»Kein Problem.«

Ein Paar stand hinter ihm, sodass er bereitwillig beiseitetrat und weiter die Taschen seines Mantels durchwühlte. Die junge Frau wartete geduldig, die Hand mit dem Scanner hing herab.

»Das ist mir unglaublich peinlich. Ich glaube, ich habe die Eintrittskarte zu Hause vergessen.« Er sah auf die Uhr. Seiner Ansicht nach spielte er die Rolle gut. »Und jetzt schaffe ich es nicht, noch einmal zurückzufahren ...«

»Ich kann Ihnen leider keinen Platz anbieten, da alles ausverkauft ist und die Sitze nummeriert sind.«

»Ja, klar. Es ist meine eigene Schuld ... Warten Sie! Warten Sie! Oh, ich Dummkopf!«

Er klatschte sich mit der Hand an die Stirn, dass die anderen Kontrolleure zu ihnen hinüberblickten. Döllinger steckte die Hand in die Gesäßtasche und zog die Karte heraus. Die junge Frau scannte sie rasch und trat mit einem breiten Lächeln zur Seite.

»Das ist mir wirklich unangenehm. Entschuldigen Sie bitte.«

»Viel Vergnügen«, wünschte sie nur.

»Vielen Dank.«

Er eilte zur Garderobe, gab seinen Mantel ab und bekam eine Garderobenmarke. Dann ging er in den Saal, wo ihn das Innere des Konzerthauses auch dieses Mal wieder begeisterte. Der so gut wie gefüllte Saal summte vor Erwartung.

Er hatte jedes Mal ganz hinten auf einem der schlechtesten

Plätze gesessen, weil es die diskreteste Möglichkeit war zu verschwinden. Niemand bemerkte ihn, als er sich ganz außen an den Gang setzte, und die Reihe war fast voll. Kurz darauf kam der Dirigent auf die Bühne, und erwartungsvoller Beifall setzte ein.

53

»Das bringt nichts, Rudi. Er kommt nicht. Wir können hier bis Heiligabend sitzen.«
»Dann schlage ich vor, wir bestellen Ente.«
Sie hatten ein ausgezeichnetes Abendessen in dem kleinen Lokal gegenüber dem Pflegeheim zu sich genommen und eine geraume Zeit gewartet, bis sie Kaffee bestellten. Sie saßen an einem Tisch am Fenster, von dem aus sie freie Sicht auf das Pflegeheim hatten. Auf dem Parkplatz hatte es nur sehr wenig Verkehr gegeben. Ein Wagen der Stadtreinigung war gekommen, zwei Personenfahrzeuge hatten den Parkplatz verlassen.

Rudi hatte die Kollegen gebeten, die Augen nach Herbert Döllinger-Kuhns Auto offen zu halten. Es ging um einen älteren dunkelblauen Peugeot 205. Er wurde nun in ganz Norddeutschland gesucht, mehr konnten sie im Augenblick nicht tun.

Der Kommissar rührte in seinem Kaffee.

»So ist das als Polizeibeamter, Lucky. Es sind nicht immer Verfolgungsjagden und Actionszenen, wo man sich in die Luft wirft und wild um sich schießt. Die Arbeit besteht ebenso sehr aus Papierkram, langen Wartezeiten und Sackgassen, die nirgendwo hinführen.«

»Stell dir vor, das hätte ich nicht gedacht.«

»Hattest du nie Überwachungsaufgaben?«

»Natürlich, und das ist kreuzlangweilig. Wenn etwas dabei herauskommt, ist es okay, aber hier habe ich das Gefühl, dass er den Ball flach halten will.«

»Wieso?«

»Wenn du gerade eine blutige Vendetta begonnen hättest, würdest du dann deine alte Mutter im Pflegeheim besuchen?«

»Das eine schließt das andere nicht aus«, erwiderte Rudi und zuckte die Achseln. »Es gab Pausen zwischen den Morden.«

»Dagmar Kuhn mag ja senil sein, aber ich sah die meiste Zeit eine wache und intelligente Frau. Eine Mutter kennt ihren Sohn, sie spürt, wenn etwas nicht in Ordnung ist. Und diese Louisa hat gesagt, dass er sie im letzten Monat nicht besucht hat. Ich glaube, er bleibt weg, solange er mit dieser Geschichte beschäftigt ist.«

»Tja, vielleicht.«

»Wir haben schon mal darüber diskutiert«, sagte Lykke. »Ich glaube, es sind mindestens zwei. Sie decken sich gegenseitig. Und geben dem anderen ein Alibi.«

»Glaubst du, Tielo Frödisch ist der andere?«

»Er ist – abgesehen von Herbert Döllinger-Kuhn – der Einzige, der ein Interesse haben könnte, Burkhardt Kuhns Tod zu rächen. Kuhns Gefängnisstrafe war die direkte Ursache für den Tod der Familie Frödisch.«

»Aber wir sind uns einig, dass Frödisch während der Morde an Andrea Hahne und ›Werner Bauer‹ in England war, und dass er für den Abend, an dem Christoph Roth ermordet wurde, ein Alibi hat, oder? Da saß er beim Symphonieorchester und fidelte.«

»Ich überlege die ganze Zeit, wer mich in Kuhns Haus geschlagen und in den Schrank gesperrt hat. Ich glaube jedenfalls nicht, dass es der hier war«, sagte sie und zeigte auf ihr Telefon.

Polizeihauptmeister Arendt hatte ihnen ein Foto Döllingers geschickt. Sie hatten es sorgfältig studiert. Ein Mann im mittleren Alter, der nonchalant die Arme um seine alte Mutter gelegt hatte. Er sah vollkommen normal aus. Dunkelhaarig und gepflegt auf eine etwas verlebte Art und Weise. Sein Blick hatte etwas Hartes und Bestimmtes.

»Vielleicht ist eine dritte Person beteiligt«, fügte sie hinzu.

»Es könnte durchaus Kuhn gewesen sein. Du hast ihn doch nicht richtig gesehen.«

»Ich habe genug gesehen. Er war hellblond und trug eine Brille und Vollbart. Ganz das Gegenteil von Kuhn. Oder Frödisch.«

»Er könnte maskiert gewesen sein«, gab Rudi zu Bedenken. »Reden wir von dem Mann im Haus, der dich überfallen hat, oder dem, der dich gerettet hat?«

Lykke zögerte, bevor sie antwortete.

»Da stellst du eine höchst interessante Frage. Es könnte durchaus dieselbe Person gewesen sein. Kannst du dich noch daran erinnern, dass ich sagte, ich konnte etwas riechen, das wie Tannen roch?«

»Du hast Retsina erwähnt.«

»Hm. Aber ich roch es zum ersten Mal in dem Schrank, bevor ich den Brand riechen konnte. Vielleicht kam es aus seiner Kleidung oder von ihm selbst, als er mich bewusstlos in das Zimmer trug. Der Duft war sehr charakteristisch. Ich roch ihn wieder, als er mich auf den offenen Wagen legte. Mein Geruchssinn ist gut. Ich glaube, mein Retter war derselbe wie der, der versucht hatte, mich zu verbrennen.«

»Du hast auch geglaubt, David Bowie gesehen zu haben. Du hattest eine Rauchvergiftung.«

Lykke rieb sich zweifelnd die Stirn.

»Ich gebe zu, es ist verwirrend.«

»Das ist klar«, sagte der Kommissar. »Du hast einiges durchgemacht.«

Sie schwiegen eine Weile.

»Ich habe einen Vorschlag«, sagte er dann. »Wir haben hier lange genug Wache gehalten. Es ist fast zehn. Er kommt nicht. Ich denke, wir können zurück nach Flensburg fahren. Es sind über zweihundert Kilometer, wir werden erst nach Mitternacht ankommen, aber dann können wir morgen ausgeschlafen starten, wenn wir bis dahin nichts von Arendt gehört haben.«
»Klingt wie ein vernünftiger Plan.«

54

Mahlers 4. Symphonie dauerte genau achtundfünfzig Minuten, und die Uhr zeigte ungefähr neun, als ein Ansager auf die Bühne kam und erklärte, es gäbe eine circa fünfundzwanzigminütige Pause, bevor das Konzert mit Rachmaninows Klavierkonzert Nr. 2 und Tschaikowskis berühmtem Klavierkonzert Nr. 1 in b-Moll fortgesetzt würde.

Döllinger wartete, bis der Großteil des Publikums aufstand, bevor er in die Vorhalle zu einer abgelegenen Tür ging, die nur vom Personal benutzt werden durfte. Als er sicher war, dass ihn niemand beobachtete, klopfte er diskret an. Zunächst passierte nichts, doch als er erneut klopfte, ungeduldiger, wurde die Tür vorsichtig geöffnet. Tielo Frödisch blickte mit einem eher furchtsamen Gesichtsausdruck heraus. Döllinger quetschte sich rasch durch die Öffnung und stand nun in einem Gang neben dem Konzertsaal.

»Hat Sie jemand gesehen?«, fragte der Violinist mit ängstlicher Stimme.

Döllinger grinste, als wäre ihm der Ernst der Situation nicht klar.

»Natürlich nicht.«

»Wie lange soll das noch so weitergehen?«, flüsterte Frödisch, obwohl sie allein in dem Gang waren.

»Bis die Rache vollendet ist«, zischte Döllinger. »Sie wissen, was noch passieren wird. Das ist *last man standing.*« Wieder lachte er sein krankes Lachen.

»Pst.« Frödisch war zu Tode erschrocken, aber es gelang ihm, es einigermaßen zu verbergen. »Kommen Sie. Die andere Tür ist abgeschlossen. Sie müssen hier entlang.«

»Aber es ist die gleiche Vorgehensweise«, sagte Döllinger. »Hier ist die Garderobenmarke. Sie lassen jemanden nach dem Konzert meinen Mantel holen und geben ihn mir irgendwann zurück. Verstanden?«

Frödisch nickte bleich und schloss die Außentür auf.

»Es ist das letzte Mal. Ich werde nicht mehr mitmachen.«

Döllinger starrte ihn wütend an.

»Hey, Fidel«, sagte er und stach den Musiker mit einem Finger fest auf die Brust. »Das war deine Idee. Und du machst mit, solange ich sage, dass du mitzumachen hast, verstanden? Du willst doch nicht etwa noch mehr Familienmitglieder verlieren?«

Frödisch begriff, dass er nicht mit einer wütenden oder fanatischen Person diskutierte, sondern mit jemandem, der psychisch erheblich aus dem Gleichgewicht war.

»Ich kümmere mich um Ihren Mantel«, sagte er nur und öffnete die Tür.

»Guter Mann«, antwortete Döllinger und klopfte ihm auf die Schulter. Seine Stimmung änderte sich von einem auf den anderen Augenblick. »Wünschen Sie mir Hals- und Beinbruch.«

Er verschwand in der Nacht. Die Tür fiel zu.

»Ich wünsche mir, dass Sie tot umfallen«, murmelte Frödisch vor sich hin.

Nach dem ursprünglichen Plan wollte Döllinger Carmen betäubt im Haus liegen lassen, während er Gesner im Tierpark in die Hölle schickte, aber da der Tiger nicht mehr zur Verfügung stand, musste er sich etwas anderes ausdenken. Er wollte das Mädchen benutzen, um besonderen Druck auf den Millionär auszuüben, aber das bedeutete, dass er sie mitnehmen musste.

Als er sich dem kleinen Landhaus näherte, sah er, dass die Lampe über der Haustür ausgeschaltet war. Er hatte das Licht sonst immer als Peilmarke brennen lassen. Die Nacht auf dem Land war pechschwarz. Er zuckte zusammen. Dafür musste es eine logische Erklärung geben. Vielleicht war die Birne kaputt.

Er fuhr in einem aggressiven Bogen auf den Hof, dass der Kies zur Seite stob, und sprang rasch aus dem Auto. Beinahe wäre er am Sicherheitsgurt hängen geblieben. Er schaltete das Licht seines Telefons ein, schloss die Haustür auf und ging zwei Schritte in den Flur.

Im Haus war es ganz still.

»Carmen?«

Keine Antwort. Natürlich nicht. Sie war betäubt. Aber er hatte plötzlich das Gefühl, dass ein Fremder im Haus war. Oder mehrere. Lauernd. Bereit, sich auf ihn zu stürzen. Er hatte einen Fehler begangen, sie hatten ihn hier aufgespürt, nun warteten sie darauf, dass die Ratte in ihr Nest zurückkehrte. Carmens Telefon konnten sie nicht angezapft haben, das hatte er ausgeschaltet. War sie aus ihrer Betäubung erwacht? Hatte er die Dosierung falsch berechnet, war sie früher als erwartet zu sich gekommen? Sie war geflohen. Es gab einen Hof fünfhundert Meter weit entfernt, wenn man der Landstraße folgte, und er war mindestens vier Stunden nicht zu Hause gewesen.

Döllinger horchte. Die Pistole lag in der kleinen Kammer unter der Matratze des unteren Etagenbetts. Wenn sie das Haus durchsucht hatten, hätten sie die Waffe sicher gefunden.

Sie?

Ein Knacken durchbrach die Stille. Er hielt den Atem an. Es klang wie eine Diele, vielleicht, weil jemand sein Gewicht von einem Bein aufs andere verlagerte? Wartend. Hinter einer Tür. Bewaffnet. Mit anderen verteilt in den Räumen. Roch es hier nicht nach Schweiß?

Paranoia überkam ihn. Die Haustür stand noch immer sperrangelweit offen. Die Muskeln in seinen Armen und Beinen spannten sich an. Er war auf dem Sprung zur Flucht, dann besann er sich. Es war sein eigener Schweiß. Wenn »sie« ihn erwartet hatten, hätten sie längst etwas unternommen.

Noch ein Knacken. Es kam aus dem Wohnzimmer. Dann begriff er. Es war der Kamin, in dem die letzten Holzreste glimmten.

Er suchte nach dem Lichtschalter und schaltete das Licht im Flur ein. Dann schloss er die Haustür und ging zum Schlafzimmer. Die Tür stand offen, so wie er sie hinterlassen hatte, es war dunkel im Zimmer. Es war rasch kalt geworden im Haus, nachdem das Feuer erloschen war.

Er schaltete das Licht im Schlafzimmer ein.

Das Bett war leer.

Das Mädchen war verschwunden.

Döllinger war vollkommen durcheinander, außerstande, sich zu bewegen.

Also war sie aufgewacht und hatte das Haus verlassen.

Nein, das konnte nicht wahr sein. Die Haustür war abgeschlossen und alle Fenster verriegelt, aber ... es gab im Wohnzimmer eine Terrassentür. Er lief hin. Ebenfalls verschlossen.

Döllinger ging zurück ins Schlafzimmer und trat ans Fenster. Erleichtert atmete er auf. Sie lag in einer unbeholfenen Stellung auf dem Fußboden, die Bettdecke halb über sich. Die Hälfte ihres Gesichts hatte sie in den Teppich gepresst, die Atmung schien ein wenig hektisch zu sein. Er drehte sie vorsichtig auf den Rücken. An einer Seite der Stirn hatte sie sich eine leichte Hautabschürfung zugezogen, sie murmelte etwas Unverständliches. Er schob die Arme unter ihren Rücken und hob sie aufs Bett. Sie stieß ein Seufzen aus, war aber noch immer nicht bei Bewusstsein.

Döllinger sah auf die Uhr. Seit er zum Konzert gefahren war, hatte er Gesner mit seinem Anruf auf die Folter gespannt – nun war der alte Stasi-Teufel vermutlich mürbe, wenn er die Nachricht bekam, was er zu tun hatte, wenn er seine Tochter lebend wiedersehen wollte.

Döllinger ging zu seinem Auto, öffnete den Kofferraum und breitete eine dicke Decke auf dem Boden aus. Im Schlafzimmer zog er der jungen Frau mühsam die Stiefel und die Jacke wieder an, bevor er sie zum Auto trug und in den Kofferraum legte. In einem kleinen Schuppen neben dem Haus stand ein Kanister Benzin. Er stellte ihn in den Kofferraum und warf die Klappe zu.

Dann zog er den Thermoanzug an und eine schwarze Sturmhaube über den Kopf. Er wechselte die guten Schuhe mit grob besohlten Sniper Boots. Es war nicht ganz einfach, damit Auto zu fahren, aber wenn etwas schiefgehen sollte, hielt er in diesem Outfit lange in der kalten Nachtluft durch.

Schließlich griff er zu einem großen Rucksack, der gepackt bereitstand. Er löschte das Licht und schloss das Haus ab. Setzte sich ins Auto und genoss einen Moment die Dunkelheit und die Stille.

Dann rief er Gesner an.

55

Kathrin Gesner war in ihrem Hausanzug auf dem Sofa eingeschlafen. Sie hatte geträumt, dass sie selbst auf der Straße stand, als ein Auto neben ihr hielt. Sie schaute hinauf zum Haus, wo Aric mit Carmen am Küchenfenster stand. Er hatte die Hand auf ihre Schulter gelegt. Kathrin wollte nicht ins Auto steigen, aber etwas zwang sie, die Tür zu öffnen und sich auf den Beifahrersitz zu setzen. Eine dunkle, undefinierbare Person saß am Steuer. Der Motor lief im Leerlauf. Der Fahrer hob den Arm und justierte den Rückspiegel. Er trug Arics Ehering und hatte Arics markante Physiognomie.

»Wohin?«, fragte er.

Das Auto blinkte und fuhr los, bevor sie antworten konnte. Wieder sah sie hinauf zum Küchenfenster. Carmen winkte.

Dann war sie vom Geräusch einer undeutlichen Stimme erwacht. Sie kam aus Arics Arbeitszimmer. Jetzt stand sie an der Tür und sah ihren Mann, der sich über den Schreibtisch beugte. Sie trat ein, aber er bemerkte sie nicht. Er saß da, als hätte er einen Schock. Erst kurz darauf realisierte er, dass sie da war. Er blickte auf. Ein harter Blick, gerunzelte Brauen.

Sie kannte diesen Ausdruck.

»Hat er wieder angerufen?«

»Nein.«

»Es klang, als hättest du gerade telefoniert.«

Er zögerte einen Moment zu lange.

»Es war die Polizei.«

»Ich dachte, du wolltest sie nicht informieren.«

»Ich habe mich umentschieden. Wir müssen sie einbeziehen.«

»Natürlich. Was hast du ihnen gesagt?«

»Dass Carmen verschwunden ist und wir befürchten ... dass sie nicht nach Hause finden kann.«

»Und was passiert jetzt?«

»Sie geben eine Suchmeldung heraus und fangen an, nach ihr zu suchen. Ich soll aufs Revier kommen.«

»Ich fahre mit.«

»Nein. Ich finde, du solltest hierbleiben, für den Fall, dass jemand auf dem Festnetz anruft. Es könnte ja Carmen sein. Ich glaube nicht, dass sie unsere Mobilnummern kennt, aber sie kann unsere Festnetznummer auswendig, das weiß ich. Ich habe sie mit ihr geübt, man kann sie sich leicht merken.«

Sein Handy gab ein Geräusch von sich. Eine SMS. Er las sie.

»Von wem ist es?«, fragte Kathrin.

»Äh, von dem Kommissar, der sich um die Angelegenheit kümmert. Er gibt mir den Tipp, das Revier von hinten anzufahren. Dann lassen sie mich zur Hintertür herein. Mit Rücksicht auf die Presse. Wenn es um bekannte Personen wie mich geht, sind die Medien ziemlich kreativ.«

»Sie wissen doch nicht, dass Carmen verschwunden ist?«

»Fotografen halten sich routinemäßig dort auf, in der Hoffnung, dass irgendetwas Dramatisches passiert. Das waren die Worte des Beamten. Sie bitten um ein Kleidungsstück von Carmen. Für die Hunde. Und ein aktuelles Foto.«

Er sah sie abwartend an. Ein Signal, dass sie gehen sollte.

»Ich hole etwas von ihren Sachen«, sagte sie dann.

Sie glaubte seine Erklärung der SMS nicht, vermied es aber, weiter mit ihm zu diskutieren.

Kathrin ging in Carmens Zimmer. Es sah aus wie das Zimmer eines kleinen Mädchens, voller Spielzeug und aufgehängten Kinderzeichnungen. Sie öffnete den Kleiderschrank. Darin gab es Unmengen an Kleidung, die aber frisch gewaschen und somit nicht zu gebrauchen war. Sie musste im Wäschekorb nachsehen. Als sie die Schranktür schloss, fiel eine von Carmens Zeichnungen hinunter. Kathrin sammelte sie auf und betrachtete sie. Sie hatte fünf Strichmännchen und ein riesiges Haus mit ein paar Autos gezeichnet. Vor der Haustür standen zwei Figuren. Unter ihnen stand HAN und LIN. In einem der Fenster standen zwei weitere Figuren. Darunter stand VATI und CARMEN. Rund um Aric hatte sie ein großes rotes Herz gezeichnet. In einem anderen Fenster auf der gegenüberliegenden Seite des Hauses stand die letzte Figur. KATRIN. Carmen hatte ihren Namen falsch geschrieben, aber dennoch hatte sie den Namen mit einem kleinen Herzen umrahmt. Es überraschte und rührte Kathrin in einer Weise, die sie selbst überraschte.

Sie klebte die Zeichnung wieder fest, schloss den Schrank und ging in Carmens Badezimmer. Hier fand sie benutzte Wäsche im Waschkorb. Einen Augenblick stand sie da und wrang das Kleidungsstück in den Händen. Dann hielt sie es an die Nase, es roch nach Carmen. Sie sah das Herz auf der Zeichnung vor sich und plötzlich traten ihr Tränen in die Augen.

»Jetzt lass dich nicht so gehen, du Heuchlerin«, dachte sie, aber der Anblick des kleinen Herzens hatte diese verborgenen Gefühle in ihr geweckt. Sie glaubte, hart zu sein und diese Sache durchstehen zu können. Sie glaubte, ihre Rolle bis zum Ende spielen zu können, musste sich aber eingestehen, dass die letzten Stunden sie in einem Maß mitgenommen hatten, das sie vollkommen überraschte. Sie war keine Mutter, aber sie fühlte sich wie eine. Sie musste etwas unternehmen.

Sie ging zu seinem Arbeitszimmer und legte das Ohr an die Tür.

Aric saß noch immer am Schreibtisch. Sie drehte ihr eigenes Telefon hin und her. Sie war sicher, dass die SMS nicht von der Polizei gekommen war. Sie riefen an oder kamen persönlich, aber schickten keine SMS. Es war ein Fall von Kindesentführung, aber es war auch typisch Aric. Er wollte immer alles selbst erledigen, nie die Hilfe anderer annehmen. Er vertraute niemandem, auch ihr nicht. Aber hatte er nicht recht? Sie hatte ihn in all den Jahren hintergangen. Hatte ihn wegen des Geldes geheiratet. Nein, nicht nur, aber überwiegend deswegen.

Kathrin schlich in die Küche. Blickte aus dem Fenster, auf die Stelle, an der Carmen verschwunden war. In die Dunkelheit. Arics Wagen stand in der Einfahrt. Sie hatte seine Autorität und Tatkraft immer bewundert, seit sie sich kennengelernt hatten, aber er war kein Superheld, auch wenn er es sich einbildete.

Ihr Blick ruhte auf dem Daimler.

Dann wusste sie, was sie zu tun hatte. Sie nahm Carmens Pullover und lief über die Küchentreppe hinaus. Die Kälte packte sie. Vielleicht war Carmen irgendwo dort draußen. Sie trug eine Daunenjacke und eine Mütze, als sie in das Auto stieg, aber vielleicht hatte sie beides aus irgendeinem Grund verloren. Wenn sie die ganze Nacht bei diesen Temperaturen im Freien verbrachte, konnte es furchtbar enden.

*

Gesner hatte die SMS wieder und wieder gelesen, obwohl sie glasklar war.

Ich hoffe, Sie haben den Ernst der Sache begriffen.
Warten Sie eine Viertelstunde, nachdem Sie diese
Nachricht erhalten haben, und fahren Sie dann zu
der unten angegebenen Position. Wenn Sie die Polizei
einschalten und nicht allein kommen, geschieht das
denkbar Schlimmste.

Unter der SMS standen Google-Maps-Koordinaten etwas außerhalb von Neumünster.

Er hatte hin und her überlegt. Hatte sämtliche Möglichkeiten durchgespielt.

Es sah auf die Uhr. Es war an der Zeit.

Aus seiner Schreibtischschublade holte er einen Schlüssel und ging zum Waffenschrank. Gesner hatte eine ansehnliche Sammlung alter Gewehre, aber auch eine neuere Walther 9 mm. Er nahm die Pistole heraus, wog sie in der Hand und steckte sie in ein Schulterholster, das an der Innenseite der Tür hing. Er schnallte das Holster um und zog den Mantel darüber. Dann steckte er eine Schachtel Patronen in die Tasche, schloss den Schrank wieder ab und ging hinunter zu seinem Wagen.

Zu seiner Überraschung stand Kathrin auf dem Hof. Sie hatte eine der Hintertüren des Daimler geöffnet und steckte den Kopf hinein.

»Was zum Teufel machst du da?«, fragte er barsch.

Sie zuckte zusammen und richtete sich auf.

»Ich habe nur einen von Carmens Pullovern ins Auto gelegt. Ich wollte erst einen aus dem Schrank nehmen, aber dann dachte ich, er muss ja nach ihr riechen, wenn es etwas nützen soll, daher habe ich einen Pullover aus dem Waschkorb genommen. Er riecht nach ihr, ich habe es überprüft.«

Gesner sah sie misstrauisch an. Sie kam zu ihm und legte eine Hand auf seinen Arm, aber er entzog sich ihr.

»Entschuldige, Aric. Ich habe solche Angst.«

»Alles wird gut werden«, erwiderte er nur. »Ich fahre jetzt.«

Er stieg ein und ließ den Motor an. Kathrin klopfte ans Seitenfenster. Sie zitterte vor Kälte, versuchte aber, es zu verbergen. Er ließ das Fenster herunter.

»Was ist?«

»Sei vorsichtig, ja? Versprich es mir. Unternimm nichts Dummes.«

»Ich glaube, es ist nicht sonderlich riskant, aufs Kommissariat zu fahren«, entgegnete er säuerlich.

»Es geht darum, dass Carmen sicher nach Hause kommt. Und du auch.«

Er sah sie nachsichtig an.

»Geh wieder rein, Schatz. Du erkältest dich hier draußen.«

*

Gesner schloss das Seitenfenster und fuhr langsam auf das Tor zu, das sich automatisch öffnete. Sie blieb stehen und sah, wie die Bremslichter in der abendlichen Dunkelheit aufleuchteten, bevor er zum Alsterufer abbog.

Dann war er verschwunden.

Er hatte sie »Schatz« genannt. Das hatte er schon lange nicht mehr getan. Vielleicht gab es ja Hoffnung, aber dann musste sie auch sicher sein, dass ihm nichts zustieß. Dass ihnen nichts zustieß. Sie lief ins Haus und schloss die Haustür. Dann holte sie ihr iPad aus dem Schlafzimmer und ging ins Wohnzimmer, wo das Festnetztelefon stand.

Sie suchte nach Polizeirevieren in Hamburg. Als Erstes tauchte das bekannteste auf, die Davidwache an der Reeperbahn in Sankt Pauli. Die sind einiges gewohnt, ging ihr durch den Kopf, als sie die Nummer eingab.

56

Die Würfel waren gefallen. Er hatte Gesner die Koordinaten geschickt. Wenn er tat, was ihm gesagt worden war – und Döllinger war ziemlich sicher, dass er gehorchen würde, denn das Gegenteil wäre zu riskant –, würde er in ungefähr einer Stunde eintreffen. Döllinger selbst hatte zehn, elf Minuten gebraucht. Der Timer an seinem Handgelenk stand bei 49:32 Minuten.

Wie bei den ersten Malen hier draußen waren die Felder komplett dunkel. Das einzige Licht waren zwei gelbe Lampen von einem weit entfernt liegenden Hof.

Döllinger war gespannt, ob es nach seinem letzten »Stunt« an der Bärenanlage an der Landstraße eine Absperrung gab. Er hatte sich wie ein Idiot überraschen lassen und war nur mit knapper Not entkommen. Aber die Zufahrt zum Wald war ebenso frei und ungestört wie bei den ersten Malen.

Zur Sicherheit schaltete er nur das Standlicht ein, als er den Waldweg bis zu der Stelle entlangfuhr, an der sich der Weg teilte. Ein Kälteschauer zog sich über seinen Rücken, als er ein paar kräftige Scheinwerfer zwischen den Bäumen bemerkte. Er trat so fest auf die Bremse, dass der Kanister im Kofferraum mit einem deutlichen Knall gegen die Rückwand prallte. Döllinger horchte, ob Carmen rief oder gegen die Kofferraumklappe schlug, aber er hörte nur den Motor.

Also hatten sie doch Änderungen vorgenommen!

Er fasste ans Lenkrad und fuhr die andere Spur hinunter, die hinter den Park führte. Hinter einem großen Stapel Bauholz konnte er den Wagen verstecken. Hier hatte er gehalten, als die Wachmänner ihn überrascht hatten und er flüchten musste.

Döllinger stellte den Motor ab, stieg aus und horchte. Die Nacht war vollkommen windstill und sternenklar. Vorsichtig schloss er die Tür und horchte erneut. Er hörte nur die metallischen Geräusche des Motors.

Er holte den Rucksack vom Rücksitz, schloss den Wagen ab, lief zurück zu der Gabelung und ging auf den Eingang des Parks zu. Einer der kräftigen Scheinwerfer stand klar wie ein Stern zwischen den blattlosen Bäumen, während der andere durch die dichten Tannen blitzte. Das letzte Stück des Weges zum Bauplatz war beleuchtet. Mit einem kleinen Fernglas scannte er die Umgebung. Er war etwa fünfzehn bis zwanzig Meter vom Tor entfernt. Es stand weit offen. Die beiden Scheinwerfer saßen auf hohen Masten. Einer beleuchtete die Bärenanlage, der andere den Bereich mit den abgestellten Baggern, Kränen und einem Bauwagen. Das Fenster des Bauwagens war erleuchtet. Die Silhouette eines Mannes war deutlich zu erkennen. Natürlich. Nachdem die beiden Wachmänner ihn neulich entdeckt hatten, wurde das Gelände jetzt ständig überwacht.

Döllinger fluchte leise über diese unvorhergesehene Behinderung, aber daran ließ sich jetzt nichts ändern. Es war lediglich ein Hindernis, das rasch aus dem Weg geräumt werden musste.

Der Timer stand auf 35:46 Minuten.

Döllinger wagte sich vorsichtig vor und erreichte die letzten Bäume in der Nähe des Tores. Noch immer konnte er den Mann im Bauwagen sehen. Er saß leicht vorgebeugt da, als würde er lesen oder auf einen Bildschirm schauen. Döllinger lief durch das Tor auf den Bauwagen zu. Er presste sein Ohr an die Wand und hörte eine Kommentatorenstimme und ein lärmendes Publikum. Es klang wie ein Fußballspiel.

Auf der Erde lagen ein paar Eisenrohre. Wenn er eines davon

unter die Türklinke klemmte, konnte er den Mann einsperren, aber das würde ihn nicht daran hindern, um Hilfe zu telefonieren. Er könnte auch aus dem Fenster springen. Der Wachmann musste außer Gefecht gesetzt werden. Etwas anderes kam nicht infrage.

Neben dem Bauwagen stand ein roter BMW, ein älteres Modell. Wieder dachte Döllinger an die beiden Männer, die ihn überrascht hatten. Er kannte ihren Rhythmus nicht. Vielleicht kamen sie alle zwei Stunden, vielleicht kamen sie aber auch nur, wenn der Mann im Bauwagen Alarm schlug. Er leuchtete in das Auto. Auf dem Rücksitz lagen ein paar Mappen und eine Sicherheitsweste.

Döllinger lief weiter zwischen die großen Bagger, die im Licht des Scheinwerfers aussahen wie versteinerte Urzeittiere. Er lief bis zur Anlage, stieg auf die Plattform und schaute in die Tiefe. Der Scheinwerfer warf einen blendenden Schirm aus weißem Licht über den mittleren Teil der Anlage. Dort unten sollte Gesner seine Sünden gestehen.

Aber zunächst musste er sich um den Wachmann kümmern.

Er bemerkte einige große Kisten ohne Deckel, die offenbar verschiedene Arten von Abfall enthielten. In einer war ausschließlich Metall, während eine andere abgeschnittene Gummischläuche und verschiedene Membranen enthielt. Er zog ein ordentliches Stück Gummischlauch heraus. Schlug damit prüfend ein paar Mal auf seine Handfläche.

Er überlegte, ob es möglich war, den Mann mit der Pistole in Schach zu halten und zu fesseln, aber das war letztlich zu unsicher. Besser war ein Überraschungsangriff.

Döllinger lief zurück zum BMW und betrachtete den Bauwagen. Eine kleine Metalltreppe führte zur Tür, die nach außen aufging. Das funktionierte nicht. Dann stand der andere wesentlich höher als er selbst – Döllinger hätte kaum eine Chance gehabt, es sei denn, der andere wäre kleinwüchsig.

Wieder blickte er auf den Timer. Er musste einen Entschluss fassen. Jetzt. Er stopfte den Gummischlauch in eine der breiten Taschen seines Thermoanzugs, trat auf die kleine Treppe und klopfte fest an.

57

Als sich die Tür des Bauwagens öffnete, sank Döllingers Mut beträchtlich. Der Mann, der mit der Hand auf dem Türgriff den Oberkörper herausstreckte und ihn ansah, war nicht nur größer als er, sondern auch mindestens zwanzig Jahre jünger. Muskulös, mit kräftigen Armen und einem stämmigen Hals. Er hatte dichtes, kurz geschnittenes Haar und ein kantiges Gesicht, das im Schatten lag, sodass man nicht sehen konnte, ob er misstrauisch oder entgegenkommend war.

Aus dem Bauwagen strömte sehr warme Luft, und der Mann trug nur ein kurzärmeliges Hemd. Hinter ihm sah Döllinger einen Schreibtisch und vier Bildschirme. Das Fußballspiel wurde von einem Laptop übertragen. Bundesliga.

»Wer sind Sie?«, erkundigte sich der Wachmann und drehte den Kopf ein wenig, sodass das Scheinwerferlicht auf sein Gesicht fiel. Der Ausdruck war nicht unbedingt aufmerksam, eher überrascht, jemanden zu diesem Zeitpunkt hier draußen zu sehen.

Döllinger hob seine freie Hand, um zu grüßen. Mit der anderen hatte er den Gummischlauch in der Tasche gepackt.

»Guten Abend, mein Name ist Hans Just. Sie müssen entschuldigen, dass ich hier mitten in der Nacht anklopfe.« Er lächelte bedauernd, blickte sich über die Schulter, dann sah er wieder den Mann an. »Aber ich habe mich im Wald festgefahren und brauche Hilfe, um wieder frei zu kommen.«

Der Wachmann bewegte sich nicht, er blieb einfach stehen, die Pranke auf dem Handgriff, als wäre er bereit, die Tür ganz schnell wieder zu schließen.

»Sie haben sich festgefahren?«, fragte er skeptisch.

»Ja, in einem Graben im Wald. Verstehen Sie, ich bin Amateurastronom, daher fahre ich manchmal hier raus, um mir die Sterne anzusehen. Eine Nacht wie heute ist perfekt. Beinahe frostklar, keine Wolke am Himmel und keine Lichtverschmutzung. Es gibt da eine Anhöhe im Wald, auf der hat man eine Aussicht von dreihundertsechzig Grad. Dort stehe ich normalerweise mit meinem Teleskop. Ich kenne die Gegend recht gut und bin häufig hier gewesen, aber die Waldarbeiter haben eine Zufahrt gesperrt, daher musste ich einen anderen Weg nehmen und landete im Graben. Ist nicht weiter gefährlich, aber ich bekomme den Wagen nicht allein heraus.«

Er zuckte hilflos die Achseln.

»Ja, das können unsere Leute gewesen sein, die die Straße verlegt haben. Haben Sie kein Telefon?«

»Doch, aber ich habe hier draußen kaum Empfang.«

»Hm. Kommen Sie rein und versuchen Sie es mit meinem.«

Er trat zur Seite, und Döllinger stieg rasch die vier Stufen hinauf.

Er betrat die komfortable Atmosphäre des Bauwagens, in dem es nach Kaffee und ein wenig nach Schweiß roch. Nur zwei der Bildschirme über dem Schreibtisch waren eingeschaltet. Einer zeigte einen Ausschnitt der Eisbärenanlage, der andere einfach nur Dunkelheit. Döllinger bildete sich ein, Reifenspuren in dem Geflimmer zu ahnen, vielleicht hätte der Wachmann ihn sehen können, als er sich dem Tor näherte. Zum Glück war er mit dem Fußballspiel beschäftigt gewesen.

Gegenüber vom Schreibtisch stand ein kleiner Esstisch, auf dem benutztes Besteck, ein Teller und eine Pizzaschachtel lagen. In einer Kolbenmaschine wurde Kaffee warm gehalten. Im hinteren Teil des Wagens standen zwei Metallschränke. An der Wand arbeitete eine Wärmepumpe.

Der Wachmann öffnete einen der Schränke. Döllinger überlegte, sich auf ihn zu stürzen, aber der Mann stand so ungünstig, dass sich nicht unmittelbar die Möglichkeit ergab.

»Machen Sie die Tür zu, damit es hier drin nicht kalt wird«, forderte der Wachmann ihn auf.

Döllinger checkte die Zeit. 24:17 Minuten.

Entschlossen zog er die Tür zu und richtete seine Wut gegen den Wachmann. Sein Hass auf Aric Gesner war so stark, dass er sich einbildete, der Mann würde für Gesner arbeiten. Er würde mit Gesner unter einer Decke stecken. War es etwa nicht die Schuld des Wachpostens, dass er nicht einfach bis zum Tor fahren und Carmen aus dem Wagen holen konnte? Doch. Der Wachmann und Gesner arbeiteten zusammen. Der Wachmann war von Gesner bezahlt worden, um Döllingers Vorhaben zu verhindern.

Zwischen ihm und dem Mann, der in den Taschen seines Mantels suchte, lagen ein paar Meter. Es war zu weit, obwohl der Mann beschäftigt war. Döllinger stellte sich an den Schreibtischstuhl. Der Wachmann zog die Hand aus dem Schrank. Er tippte einen Code in das Telefon und reichte es Döllinger.

»Bitte.«

Döllinger nahm es. Er musste den Gummischlauch loslassen, sonst hätte es seltsam ausgesehen, wenn er anfing zu sprechen.

»Ich kenne die Nummer nicht«, sagte er.

Der Wachmann blieb mit den Händen in den Seiten stehen. Er sah nicht aus wie jemand, der leicht zu besiegen war.

»Was meinen Sie?«

»Die Pannenhilfe. Ich habe keine Telefonnummer.«

»Wie heißt denn der Laden?«

»Autohilfe.«

Der Wachmann runzelte die Stirn.

»Da fehlt doch etwas. Ein Name oder eine Bezeichnung. Autohilfe Notruf vielleicht? Wo wohnen Sie denn?«

»In Hamburg.«

»Hamburg? Na, da sind Sie ja ein ganzes Stück weg von zu Hause.«

Döllinger zuckte die Achseln.

»Es ist eine längere Fahrt, aber ... die guten astronomischen Aussichtspunkte liegen nicht immer direkt um die Ecke.«

»Nein, kann ich mir vorstellen.« Der Wachmann nahm sein Telefon mit einem säuerlichen Gesichtsausdruck zurück.

»Würden Sie mal zur Seite treten.«

Er zog den Bürostuhl heraus, schaltete das Fußballspiel aus und öffnete einen Browser. Die Stille wurde nur durch das leise Summen der Wärmepumpe und die klickenden Tasten unterbrochen. Döllinger stellte sich schräg hinter den Mann. Er steckte die Hand in die Tasche und packte den Gummischlauch. Er wollte ihn gerade herausziehen, als der Wachmann sich mit dem Stuhl umdrehte und zu ihm aufsah.

»Sie haben keinen Namen?«

»Nein, leider nicht.«

Döllinger fluchte innerlich. »Jetzt halt die Fresse, damit ich dich k. o. schlagen und weitermachen kann«, ging ihm durch den Kopf.

»Na, dann versuchen wir's mal auf die harte Tour«, sagte der Wachmann und wandte sich wieder seinem Laptop zu. Er schlug auf die Tasten, während er vor sich hin murmelte: »Autohilfe ... Hamburg ...«

Döllinger zog den Gummischlauch heraus. Zielte bereits in

Gedanken auf den bloßen Nacken des Mannes. Er hatte den Schlauch schon angehoben, als der Mann sich wieder umdrehte. Er starrte Döllinger verständnislos an, doch es gelang ihm nicht mehr, sich zu wehren. Der Schlag fiel hart und präzise. Der Wachmann stieß einen alarmierten Schrei aus und fiel auf den Laptop, sodass der Bildschirm mit einem lauten Knall auf dem Tisch zuklappte. Er war nicht bewusstlos, sondern stöhnte laut, sodass Döllinger in einem rasenden Crescendo erneut angriff. Schlag auf Schlag hagelten die Schläge auf ihr Ziel. Gesners Handlanger. Dieses große, fette Schwein! Gnadenlos peitschte er das Gummi auf die Nackenhaut des Wachmanns, bis sich rote Risse zeigten.

»Hör doch verdammt noch mal auf, dich umzudrehen, wenn ich dich verprügeln will! Hast du das verstanden, Gesner? Hast du's gefressen? Du verdammter alter Tyrann! Ich sagte, hast du es begriffen?«

Schwer atmend und verschwitzt hielt er inne. Blut tropfte von dem Gummischlauch. Der Wachmann war über dem Schreibtisch zusammengebrochen und stieß ein tiefes Grunzen aus, bevor das Gewicht seines schlaffen Körpers seinen Bürostuhl nach hinten schob. Er fiel mit einem dumpfen Geräusch zu Boden und blieb liegen.

Döllinger warf den Gummischlauch weg, sah sich um und griff zu ein paar Kabeln, die auf dem Tisch lagen. Er zog den Wachmann in die Mitte des Wagens und drehte ihn auf den Bauch. Der Mann reagierte nicht, als Döllinger ihm seine Beine an den Knöcheln zusammenband. Anschließend fesselte er die Arme des Mannes mit dem zweiten Kabel auf dem Rücken.

Es war Zeitverschwendung, ihn zu knebeln. Wenn er erwachte, gab es niemanden, den er zu Hilfe rufen konnte. Döllinger durchsuchte die Jacke des Mannes und fand einen Autoschlüssel, ein Portemonnaie mit dem Führerschein und zweihundert Euro. Der Mann hieß Peter Joss. Ein Foto einer Frau und zwei kleinen

Kindern erzählte Döllinger, dass Joss Familienvater war. Wenn er es weiterhin sein wollte, war er hoffentlich so klug, liegen zu bleiben, wenn er zu Bewusstsein kam.

Joss' Telefon lag neben dem Computer. Döllinger steckte es in die Tasche. Sollte jemand anrufen, musste er improvisieren. Dann schaltete er das Licht aus und verließ den Bauwagen. Der Timer zeigte noch 17:08 Minuten an.

Er musste sich beeilen, um Carmen in Stellung zu bringen und den Rest zu arrangieren, bevor Gesner kam.

Döllinger lief durch das Tor und den Waldweg zurück, wo das Licht des Parks langsam verebbte und von der Dunkelheit geschluckt wurde. Gefrorene Blätter und Zweige knackten unter seinen Füßen. Als er das Auto erreichte, nahm er sein Telefon und fand AG unter den Kontakten. Einen Moment zögerte er mit dem Finger über dem Display. Dann drückte er, und das Telefon klingelte.

58

Die Streifen auf der Fahrbahn wurden in einem hypnotischen Rhythmus unter dem Wagen aufgesogen.

Gesner umklammerte das Lenkrad des Daimlers und starrte unversöhnlich auf die Autobahn. Er dachte an Kathrin. Ihre Lüge. Es war unverzeihlich. Er würde die Scheidung beantragen, sobald dieser Albtraum überstanden war. Er wusste genau, dass sie Carmen nicht leiden konnte. Und er wusste auch, dass sie in gewisser Weise eine Goldgräbernatur war, aber das hatte er immer großzügig übersehen. Er war in der Öffentlichkeit als ein wohlhabender und einflussreicher Geschäftsmann bekannt – gut für einige Millionen. Es wäre naiv gewesen zu glauben, er könnte eine Frau finden, die ihn nur wegen seiner Persönlichkeit heiraten wollte. Er hatte es nach Minnas Tod mehrfach versucht. Der Pastor hatte kaum die Erde auf ihren Sarg geworfen, als sie bereits Schlange standen, eine hübscher und entgegenkommender als die andere, aber alle mit Dollarzeichen in den Augen. Er konnte es sehen. Es war eine angeborene Fähigkeit.

Mit Kathrin war es anders gewesen. Sie war hübsch, intelligent, sexy und nicht ohne Humor, aber sie schien auch aufrichtig an ihm interessiert zu sein. Er hatte nie das Gefühl gehabt, mit einer Zufallsbekanntschaft zu schlafen, wenn sie Sex hatten. Sie meinte es ehrlich. Aber vielleicht hatte er sich geirrt. Einiges sprach dafür. Vielleicht war sie einfach die bessere Schauspielerin.

Er wurde aus seinen Gedanken gerissen, als sein Telefon klingelte. Es war der Kidnapper. Er nahm den Anruf über die Telefonanlage des Wagens entgegen.

»Gesner«, meldete er sich tonlos.

»Haben Sie die Polizei eingeschaltet?«, fragte die Stimme. Sie klang, als wäre der Mann außer Atem.

»Nein.«

»Sind Sie sicher?«

»Ich möchte die Geschichte auf friedliche Weise beenden.«

»Wo sind Sie?«

»Fast da. Ich habe getan, was Sie verlangt haben.«

»Gut.«

»Was nun?«

»Wenn wir unser Gespräch beendet haben, werfen Sie Ihr Telefon weg, verstanden? Schmeißen Sie es aus dem Fenster.«

»Ist das vernünftig? Ich meine, vielleicht müssen Sie mich noch einmal erreichen?«

»Nein. Und es ist alles sehr einfach: Sie machen das, was ich Ihnen sage, sonst ist Carmen tot, verstanden?«

Gesner hatte einen trockenen Mund. Es musste sich um eine Person handeln, mit der er früher zu tun gehabt hatte, aber wer und in welchem Zusammenhang? Er war in seinem mehr als siebzigjährigen Leben Tausenden von Menschen begegnet und hatte mit ihnen zusammengearbeitet. Wenn es wirklich um die Zeit bei der Staatssicherheit ging, war es noch unklarer.

»Hallo, sind Sie eingeschlafen?«, fragte die Stimme.

»Über wie viel sprechen wir in Euro und Cent?«

Es entstand eine Pause.

Die Stimme knurrte zurück.

»Das ist das übliche Lied von euch reichen Schweinen. Ihr glaubt, mit eurem Geld, das ihr gescheffelt habt, indem ihr normale Menschen ausgenutzt habt, alles bezahlen zu können.«

Gesner stutzte. Plötzlich klang es nach einem politischen Motiv.

»Also, was soll ich machen?«

»Das habe ich doch gesagt, Sie sollen den Befehlen gehorchen. Ist das so schwer zu verstehen?«

Gesner war es nicht gewohnt, dass Menschen auf diese Weise mit ihm redeten, aber er tat, als wäre es ihm egal.

»Okay, ich habe verstanden. Ich werfe mein Telefon aus dem Fenster und fahre zum Zielpunkt.«

»Und wenn Sie die Polizei informieren oder andere in die Sache hineinziehen, können Sie sich gleich von Ihrer Tochter verabschieden.«

»Sie haben mein Wort. Niemand weiß, dass ich unterwegs bin. Ich komme allein, Hauptsache, Sie tun Carmen nichts. Sie bedeutet alles für mich.«

»Man stelle sich vor, solch eine Aussage von einem alten Zyniker wie Ihnen zu hören. Das gibt der Menschheit ja regelrecht Hoffnung.«

Die Verbindung wurde unterbrochen.

59

Noch 13:28 Minuten zeigte der Timer.

Döllinger setzte sich ins Auto, ließ den Motor an und fuhr das kurze Stück über die holprige, frostharte Spur zum Bauplatz. Er glaubte, Geräusche aus dem Kofferraum zu hören. Hinter dem Tor hielt er an und ließ den Wagen im Leerlauf stehen, während er ein Walkie-Talkie aus dem Rucksack holte. Er schaltete es ein und drehte die Lautstärke voll auf. Dann lief er zu dem Bauwagen und legte den Apparat auf die unterste Stufe der Metalltreppe. Er parkte so nah es ging an der Bärenanlage, stellte den Motor ab und setzte die Stirnlampe auf, bevor er den Kofferraum öffnete. Carmen lag mit angezogenen Beinen im Kofferraum. Sie war jetzt wach, drehte ihm den Kopf zu und blinzelte mit einem ängstlichen Gesichtsausdruck. Er sah es in ihrem Blick. Sie begriff, dass die Situation kritisch war. So dumm war sie auch wieder nicht.

Der Benzinkanister war umgefallen, aber es war nichts ausgelaufen. Er nahm ihn heraus und stellte ihn auf die Erde.

»Wo sind wir?«, fragte die junge Frau mit dünner Stimme. »Ich f-friere.«

Er hatte damit gerechnet, dass er sie bis in die Anlage tragen musste, ihr Erwachen war daher perfekt getimt. Endlich hatte er mal ein wenig Glück. Er nahm es als gutes Zeichen.

»Du kommst mit mir«, sagte er und schnippte mit den Fingern. »Komm schon, *sleeping beauty*. Raus aus den Federn! Du hast lange genug geschlafen.«

Sie schüttelte den Kopf. Er packte sie am Arm, aber sie wehrte sich.

»Nein ... nein, ich will nicht!«

»Komm schon, verdammt!«, schrie er und zog, aber sie war stark genug, um sich zu wehren. »Ich habe keine Zeit für solchen Unfug!«

»Ich will nach Hause!«, jammerte das Mädchen und verbarg weinend ihr Gesicht in den Händen.

Döllinger war eiskalt. Der Timer zeigte 09:04 Minuten. Wieder versuchte er, ihren Arm zu packen, aber sie schlug seine Hand weg. Er fluchte und griff in den Rucksack. Glücklicherweise war er auf Widerstand vorbereitet. Er zog das Klebeband aus dem Rucksack und steckte es sich zwischen die Zähne, dann griff er fest nach dem Arm des Mädchens. Sie protestierte, doch diesmal packte er ordentlich zu. Er hob sie aus dem Kofferraum und warf sie auf die Erde. Setzte sich auf sie. Carmen schrie und wehrte sich. Sie schlug ihn mit ihren Fäusten mehrfach auf die Brust. Er war kurz davor zurückzuschlagen, hielt sich aber zurück. Sonst müsste er doch noch einen bewusstlosen Körper in die Anlage schleppen.

Er packte ihre Arme, drückte sie an den Handgelenken fest zusammen und fesselte sie mithilfe seiner Zähne mit dem Klebeband. Die junge Frau heulte, hörte aber auf, sich zu wehren. Ihre Schreie gingen über in ein verzweifeltes Schluchzen. Döllinger stand mit einem triumphierenden Gesichtsausdruck auf.

»So, hoch mit dir!«

Diesmal leistete sie keinen Widerstand, sondern ließ sich auf die Beine ziehen. Sie schwankte unsicher, er stützte sie. Sie sah ihn flehend an.

»Ich will nach Hause«, wiederholte sie unter Tränen.

Döllinger redete eindringlich, aber beherrscht auf sie ein, wie ein Vater auf sein unbändiges Kind.

»Hör zu, dein Vater holt dich, aber wir müssen noch etwas erledigen.«

Das Weinen wurde leiser, ein Lichtblick.

»Kommt Vati?«

»Ja, aber erst musst du mit mir gehen. Wenn du wieder schreist, stopfe ich dir etwas in den Mund, aber wenn du still bist, geschieht dir nichts. Hast du verstanden?«

Carmen nickte langsam. Die Tränen glänzten im Licht des Scheinwerfers, aber sie weinte nicht mehr.

Er setzte sich rasch den Rucksack auf, griff nach dem Benzinkanister und nahm sie beim Arm.

»Wir müssen da lang.«

Sie ließ sich mitziehen, so gut es auf dem unebenen Boden eben ging.

»Wo ist Vati?«

»Er kommt gleich«, sagte Döllinger, während sie an der Mauer zu der hohen Metalltreppe an der Rückseite der Anlage gingen. Er zeigte nach oben. »Wir müssen dort rauf.«

»Ist Vati da oben?«

»Ja, er soll uns dort treffen. Du gehst voran«, sagte er und schaltete die Stirnlampe ein. »Ich werde dich stützen, damit du nicht fällst.«

Der Weg nach oben war verhältnismäßig einfach. Carmen stolperte ein paar Mal, aber nicht weil sie sich wehrte, sondern aufgrund der Nachwirkungen der Betäubung, und weil das Klebeband sie zwang, die Arme vor dem Körper zu halten, sodass es ihr schwerfiel, das Gleichgewicht zu bewahren.

Sie waren gerade oben angekommen, als der Timer anfing zu piepen. Döllinger schaltete ihn aus und führte das Mädchen durch den Tunnel in die Bärenanlage. Weit entfernt sah er auf der Landstraße, wie sich die Scheinwerfer eines Autos näherten.

Gesner.

Er kam genau rechtzeitig.

Döllinger holte das Vorhängeschloss heraus und hängte es an die Gittertür. Er stellte sich dicht hinter Carmen.

»Jetzt hör mal gut zu. Jetzt gehen wir beide hier die Felsen hinunter. Gleich kommt dein Vater, aber er darf dich weder sehen noch hören, bevor er mir bei etwas geholfen hat. Wenn du auch nur ein Wort sagst, jammerst oder auf andere Weise Lärm veranstaltest, erschieße ich ihn. Hast du verstanden?«

Er hielt die Glock vor ihr Gesicht. Carmen starrte entsetzt auf die Waffe. Er sah, dass sich ihre Augen wieder mit Tränen füllten.

»Hast du verstanden?«

Sie presste die Lippen fest zusammen, nickte aber.

60

Rudi und Lykke waren auf dem Rückweg nach Flensburg, als das Telefon des Kommissars klingelte.

»Unser Freund aus Berlin«, sagte er und schaltete den Lautsprecher ein. »Guten Abend, Dietrich. Gibt's was Neues?«

»Es sieht so aus, als hätten wir eine frische Spur, der wir nachgehen können. Mich hat gerade ein Polizist der Davidwache in Hamburg angerufen. Sie hatten vor einer knappen Stunde einen interessanten Anruf einer Frau namens Kathrin Gesner.«

Rudi richtete sich ein wenig auf dem Fahrersitz auf.

»Aric Gesners Ehefrau?«

»Ja. Einiges deutet darauf hin, dass der Täter eine offene Rechnung mit Gesner hat. Seine Ehefrau erzählte, dass ihre achtzehnjährige Tochter Carmen seit dem Vormittag verschwunden ist. Es wurde beobachtet, wie sie in ein fremdes Auto stieg. Seitdem hat niemand von ihr gehört oder sie gesehen. Das Mädchen ist leicht retardiert.«

»Warum haben sie erst so spät die Polizei angerufen?«, wollte Lykke wissen.

»Das war auch mein erster Gedanke«, sagte Dietrich. »Die Entführung wurde von einem Spielkameraden des Mädchens und Kathrin Gesner selbst beobachtet.«

»Klingt seltsam«, sagte Rudi

»Ganz meine Meinung«, bestätigte Dietrich. »Kathrin Gesner erklärte den Kollegen, sie hätte versucht, ihren Mann zu überzeugen, sich nach einigen verdächtigen Telefonanrufen, die auf Kidnapping hinwiesen, an die Polizei zu wenden, aber Gesner wollte das auf keinen Fall. Er hätte ihr sogar gedroht. Als er eine SMS bekam und kurz darauf behauptete, zur Polizei zu müssen, hat sie ihm nicht geglaubt. Sie kennt ihn als einen enorm eigensinnigen Menschen, der versucht, alle Probleme auf eigene Faust zu lösen. Er ist eine misstrauische Natur und vertraut niemandem, nicht einmal seiner Frau. Sie hat uns Gesners Telefonnummer gegeben, aber er antwortet nicht. Wie es scheint, ist das Telefon ausgeschaltet. Frau Gesner hat damit gerechnet, dass er so etwas tun könnte, und hat ihr eigenes Telefon im Auto ihres Mannes versteckt, und das lässt sich aufspüren. Das Signal wurde in einer unbewohnten Gegend fünf bis zehn Kilometer westlich von Neumünster signalisiert. Unmittelbar gibt es dort keine Gebäude, nur Wald, Moor und Felder, aber die örtliche Polizei hat erklärt, dass dort im Augenblick ein riesiger Zoo für Raubtiere gebaut wird. Sie untersuchen die Angelegenheit. Der Park wird erst in anderthalb Jahren eröffnet, nachts steht er also leer. Ein idealer Ort für eine Übergabe. Kathrin Gesner hat auch berichtet, ihr Mann hätte große Mengen an Bargeld in seinem Arbeitszimmer gehabt, daher glaubt sie, dass er einen Tauschhandel mit dem Kidnapper versuchen will.«

»Danke für die Information«, sagte Rudi. »Wir drehen um. Wir sind vor einer halben Stunde an Neumünster vorbeigekommen, wir können also nicht vor den örtlichen Kollegen dort sein, aber wir werden sie gern unterstützen. Schick uns die Koordinaten für den Park. Lucky, deine Telefonnummer.«

Lykke sagte sie laut.

»Hab ich«, sagte Dietrich. »Ihr bekommt die Daten. Und haltet mich auf dem Laufenden.«

»Machen wir. Tschüss.«

61

Als Gesner durch das Tor fuhr, fiel sein Blick automatisch auf die beeindruckende Bärenanlage mit dem künstlichen Felsen, der in der dunklen Nacht wie eine Kathedrale aufragte.

Er hielt und ließ den Motor im Leerlauf laufen. Am Fuß der Anlage stand ein dunkler Peugeot an der Mauer. Er konnte nicht erkennen, ob jemand im Auto saß. Das Gelände fiel zur Anlage hin leicht ab. Er schaltete das Fernlicht ein. Der Peugeot war leer.

Gesner sah sich um. Ein Bagger und ein Bauwagen. Daneben hielt ein weiteres Auto. Ein roter BMW. Er könnte jemandem vom Bauprojekt gehören, möglicherweise aber auch einem Mitverschworenem. Er stellte den Motor ab und zog die Walther aus dem Schulterholster. Er hatte das Magazin gefüllt, bevor er losgefahren war. Gesner entsicherte die Pistole, nahm eine Taschenlampe aus dem Handschuhfach und stieg aus. Er ging zu dem BMW und leuchtete hinein, sah aber nichts Verdächtiges.

In diesem Moment kam es ihm vor, als hörte er jemanden rufen. Schwach. Es klang, als käme es aus dem Bauwagen. Zögernd kam er mit erhobener Pistole näher.

»Vergiss ihn, Hitzig«, ertönte eine elektronische Stimme.

Gesner zuckte zusammen.

»Du bist gekommen, um mit mir zu spielen. Der da drinnen passt bloß auf, dass du nichts klaust.«

Gesner sah sich verwirrt um. Dann entdeckte er das Walkie-Talkie.

»So, heb es auf.«

Gesner drehte sich um. Zwischen zwei Baggern sah er einen Ausschnitt der Bärenanlage. Ein Mann stand oben auf einem der Felsabsätze. Er hatte etwas in der Hand, das aussah wie eine Pistole, mit der er auf ihn zielte. Gesner hielt die Walther diskret auf den Rücken, er wusste nicht, ob der andere sie gesehen hatte.

»Heb es auf, Gesner!«, wiederholte die Stimme. Brutal. »Du musst vor dem Sprechen den Knopf drücken. Das wirst du ja wohl noch können. Nimm es und trete ins Licht. Ich werde dich nicht erschießen.«

Gesner hob das Walkie-Talkie auf. Er ging um einen Bagger herum und steckte die Pistole hastig zurück in das Schulterholster, ohne sie zu sichern. Der Mann im Bauwagen hörte nicht auf zu rufen. Gesner trat ins Licht der Scheinwerfer seines Daimlers.

»Gut so! Jetzt habe ich dich direkt im Visier!«

62

Es waren noch ungefähr drei Kilometer bis zur Abfahrt und knapp zehn Kilometer bis zum Ziel, als Rudis Telefon erneut klingelte.

»Ja, Dietrich?«

»Ich habe eine gute Neuigkeit für euch. Einer der Kriminaltechniker aus Schleswig hat sich Kuhns Computer angesehen. Es sieht so aus, als hätte er Gesner seit Monaten observiert. Er ist ihm zu allen möglichen Tageszeiten gefolgt und hat notiert, wo er hinfuhr, mit wem er sich traf, wo und wie lange er sich irgendwo aufhielt. Das Gleiche hat er mit Gesners Ehefrau und seiner Tochter gemacht. Kuhns Festplatte enthält Hunderte von Fotos der Familie. Die Tochter ist laut Kathrin Gesner in psychologischer Behandlung. Physisch fehlt ihr nichts, aber trotz ihrer achtzehn Jahre ist sie intellektuell auf der Höhe einer retardierten Siebenjährigen. Das hat Kuhn vermutlich ausgenutzt, als er sie bei ihrem täglichen Gang zu einem Lebensmittelladen entführt hat. Die Beamten fanden Munition für eine Pistole. Die Nachbarin hat erzählt, dass Herbert Döllinger-Kuhn normalerweise ein ruhiger Zeitgenosse ist, aber an bestimmten Tagen schreit und brüllt er am offenen Fenster und geht stundenlang in seinem Garten auf und ab, als würde er keine Ruhe finden. Kürzlich hat sie ihn spätabends gesehen, wie er einige Utensilien in sein Auto trug und wegfuhr. Einen Benzinkanister, eine Taschenlampe und mehrere Seile. Außerdem hätte er etwas in der Hand gehalten, das aussah wie eine Pistole. Daher würde ich meinen, Aric Gesner könnte in unmittelbarer Lebensgefahr schweben.«

»Wissen Sie, ob die Polizei schon vor Ort ist?«

»Das kann ich nicht sagen, aber ich kann es herausfinden und zurückrufen.«

»Vielen Dank, Dietrich. Sehr gern. Wir fahren jetzt dorthin und überprüfen es.«

»Denkt dran, dass Kuhn wahrscheinlich bewaffnet ist. Bei Gesner ist es nicht klar. Laut seiner Frau besitzt er mehrere Gewehre und eine Pistole, und er hat einen Waffenschein. Er hat kein Gepäck dabei, aber sie kann nicht sagen, ob er die Pistole mitgenommen hat.«

»Verstanden.«

Rudi unterbrach die Verbindung. Er sah Lykke an.

»Was denkst du?«

»Dass du Gas geben solltest.«

63

Döllinger beobachtete seinen Feind durch das Fernglas. Gesner hob die Arme über den Kopf. Döllinger aktivierte das Walkie-Talkie.

»Nur die Ruhe, du altes Schwein. Ich erschieße dich nicht. Das wäre viel zu einfach. Ich habe andere Pläne mit dir.«

Gesner ließ die Arme fallen. Dann hielt er das Walkie-Talkie dicht an den Mund. Die Stimme des Millionärs war leise, aber verbissen.

»Ich weiß nicht, wer Sie sind oder was Sie erreichen wollen, aber wenn Sie klug sind, dann geben Sie Ihr Vorhaben auf und erzählen mir, wo meine Tochter ist. Ich bin bereit, diese Sache hier zu vergessen. Ich verspreche, nicht zur Polizei zu gehen, aber dann müssen Sie Carmen auch umgehend freilassen! Ich warne Sie: Wenn Sie Carmen in irgendeiner Weise verletzt oder misshandelt haben, können Sie sich selbst als tot betrachten.«

Döllinger lachte.

»Große Worte von einem Mann, der in der Schusslinie steht. Du hast nicht die Mittel, mir zu drohen.«

Gesner war eine große schlanke Silhouette im Scheinwerferlicht seines schwarzen Daimlers. Er hatte etwas Tollkühnes an sich. Beim Anblick des blank polierten Autos schwoll Döllingers Wut erneut an. Der Daimler repräsentierte alles, wofür Gesner stand. Seine dekadente westliche Lebensweise, seinen Reichtum und seinen Hochmut. Nicht, dass Döllinger der Ideologie des Ostblocks anhing. Er hatte nichts dagegen, dass die Menschen Geld verdienten und auf ehrliche Weise reich wurden, aber Gesners Vermögen basierte auf Heuchelei. Der Mann hatte für das tyrannische Regime gearbeitet.

Gesner hob erneut das Walkie-Talkie.

»Wer ist in dem Bauwagen?«

»Um den musst du dich nicht kümmern.«

»Es klingt aber, als brauche er Hilfe?«

»Vergiss ihn.«

»Was wollen Sie?«

»Dir die Chance zur Zusammenarbeit geben. Also, was sagst du?«

Als Gesner antwortete, war sein Ton noch immer hart, aber kooperationsbereiter.

»Kommen Sie zur Sache.«

»Das Bauwerk, das du vor dir siehst, ist eine Anlage für Raubtiere wie dich. Du gehörst hier rein. Geh bis zur Mauer und dann links herum auf die Rückseite des Komplexes.«

»Und was dann?«

»Von dort leite ich dich weiter.«

»Sie meinen, Sie erschießen mich?«

»Wenn ich dich erschießen wollte, hätte ich das längst getan. Los, geh schon!«

Von seiner Position aus konnte er Gesner mit dem Fernglas folgen, bis er hinter der Mauer verschwand. Döllinger selbst stieg über die Felsabsätze bis zur Quermauer, die die Eisbären von den Braunbären trennen sollte. Die Mauern zogen sich ein Stück senkrecht den Felsen hoch, um zu verhindern, dass die

Bären ihren Bereich verließen, ganz oben gab aber es eine Gittertür, damit die Türpfleger von einem Bereich in den anderen kommen konnten.

Döllinger ging zu dieser Tür und schloss sie. Er stellte sich auf einen Felsvorsprung, auf dem Gesner ihn in der Dunkelheit nicht sehen konnte.

»Ich bin jetzt auf der Rückseite«, knisterte Gesners Stimme plötzlich aus dem Walkie-Talkie.

»Steig die Treppe bis ganz nach oben und geh dann durch den Tunnel, der in die Anlage führt.«

»Und was dann?«

»Sag Bescheid, wenn du oben angekommen bist.«

Gesner antwortete nicht, und Döllinger wartete an seinem Standort ab. Nach einer knappen Minute war die Stimme des Millionärs wieder zu hören. Außer Atem.

»Ich stehe jetzt an einer vergitterten Tür. Hier ist es verdammt dunkel.«

»Du hast eine Taschenlampe. Benutz sie. Es hängt ein Schloss an der Tür. Geh hinein, mach die Tür zu und häng das Schloss davor.«

»Soll ich mich selbst einschließen?«, knurrte Gesner.

»Ich bin selbst hier drin. Das hast du doch gesehen. Verschließ die Tür.«

»Ich hoffe für Sie, dass Carmen auch hier ist.«

»Tu einfach, was ich gesagt habe.«

Döllinger sah Gesner in die Anlage kommen. Er schloss die Gittertür zum Ausgang mit einem deutlich hörbaren Geräusch und hängte das Schloss davor.

»Gut.«

»Und was jetzt?«

»Geh hinunter und weiter in den nächsten Bereich.«

»Damit Sie mich dort erschießen?«

»Wie oft soll ich es denn noch sagen? Wenn ich dich umbringen wollte, hätte ich das längst tun können. Ich brauche dich lebend.«

»Sie brauchen einen Psychiater. Im Ernst.«

»Denk an deine Tochter.«

Döllinger hörte Gesners Schritte als Echo zwischen den Wänden. Dann öffnete sich die Gittertür und Gesner kam. Misstrauisch sah er sich mit seinem zerfurchten Gesicht in der erleuchteten Eisbärenanlage um. Atemwölkchen kamen in hitzigen Stößen aus seinen Nasenlöchern.

»Siehst du die Schreibmaschine?«.

Döllinger hatte sie auf eine längliche Erhöhung in der Nähe der Felswand gestellt. Es erinnerte ein wenig an einen primitiven Steinaltar.

»Ja.«

»Geh hin.«

Gesner blieb stehen.

»Soll das ein Witz sein?«

»Geh zu der Schreibmaschine, Hitzig.«

»Mein Name ist Gesner«, antwortete er, gehorchte aber der Aufforderung. Er stellte sich an den Steinaltar und bückte sich, um das Blatt zu lesen, das in der Walze steckte. Er zuckte zusammen. Das Formular war ihm offensichtlich bekannt, aber es war vielleicht dreißig Jahre her, dass er einen Geständnisbericht gesehen hatte.

»Es ist die Stunde der Wahrheit, Hitzig. Füll die Rubriken aus. Wenn du zum eigentlichen Geständnis kommst, werde ich dir behilflich sein.«

»Geständnis? Wofür? Sie haben die falsche Person erwischt. Sie begehen einen Riesenfehler.«

»Muss ich das so verstehen, dass du die Zusammenarbeit verweigerst?«

»Sie können mich am Arsch lecken. Sie sind vollkommen wahnsinnig! Wo ist meine Tochter? Ich rufe jetzt die Polizei, und dann ...«

Gesner verstummte. Es hatte den Anschein, als würde ihm plötzlich etwas klar werden. Er hob das Walkie-Talkie. »Diese Morde ... an einigen älteren Menschen in den letzten Wochen. Eine alte Frau in Flensburg und ein älterer Mann in Kiel. Misshandelt und erschossen in ihren Wohnungen. Das waren Sie, oder? ... Ich will wissen, wo meine Tochter ist. Sofort!«

»Dreh dich um«, befahl Döllinger. »Am gegenüberliegenden Ende ist ein leerer Wassergraben. Geh hin und wirf einen Blick hinein, aber ich behalte dich im Auge. Wenn du zu ihr hinuntergehst, knall ich dich auf der Stelle ab und bringe hinterher Carmen um. Langsam!«

Gesner ging zögernd zum Graben und schaute hinunter. Döllinger konnte von seiner erhöhten Position sehen, was er sah. Carmen lag auf dem Boden. Er hatte sich nicht darauf verlassen können, dass sie den Mund hielt, daher hatte er ihre Beine mit Klebeband gefesselt und sie mit einem Lappen und ihrem eigenen Schal geknebelt. Gesner wandte ihm den Rücken zu, aber Döllinger sah, wie seine Schultern bebten. Und er hörte, wie er seiner Tochter versprach:

»Bleib liegen, Liebes, ich werde dich bald nach Hause bringen.«

»Zufrieden?«, fragte Döllinger.

»Sie *sind* wahnsinnig«, zischte Gesner durchs Walkie-Talkie.

»Nun kennst du die Bedingungen«, erwiderte Döllinger unbewegt. »Geh zurück zur Schreibmaschine und fang mit dem Geständnis an. Ich habe einen Kugelschreiber neben die Maschine gelegt, damit du am Ende unterschreiben kannst. Fang endlich an, du Schwein! Sofort!«

64

Rudi nahm den Fuß vom Gas, als sie sich der Zielflagge auf dem GPS näherten.

»Was machst du?«, wollte Lykke wissen.

»Es zeigt an, dass wir gleich links abbiegen müssen, aber ich sehe keine Straße auf der Karte. Siehst du etwas, das so aussieht?«

»Nein. Vielleicht ist es gar nicht hier. Glaubst du, sie haben uns falsche Koordinaten gegeben? Fahr noch ein Stück weiter.«

Er beschleunigte wieder.

Das Telefon klingelte zum dritten Mal. Es war der Kommissar aus Berlin.

»Dietrich. Was Neues?«

»Wo sind Sie?«

»Auf einer pechschwarzen Landstraße *in the middle of nowhere*. Wir finden den Zugang zum Tierpark nicht, es sei denn, wir fahren über die Felder, und diese Mühle ist nicht geländegängig. Ist die örtliche Polizei noch nicht eingetroffen?«

»Nein. Ich habe gerade mit Neumünster telefoniert. Sie haben ein Problem in der Innenstadt. Ein Mann hat eine Frau und zwei kleine Kinder als Geiseln genommen. Er ist mit einer Axt bewaffnet und behauptet, er hätte Dynamit und würde sich und die Geiseln in die Luft sprengen, wenn seine Forderungen nicht erfüllt würden. Die brauchen daher im Augenblick jeden zur Verfügung stehenden Beamten. Ich habe dem Polizeiobermeister das Problem erklärt. Wir haben nur Kathrin Gesners Wort, dass es sich um eine kritische Situation handelt, und sie weiß es selbst nicht so genau, daher müssen sie Prioritäten setzen. Ihr müsst hinfahren, die Situation beurteilen und gegebenenfalls Alarm schlagen, wenn es nötig ist.«

»Verstanden«, sagte Rudi. »Danke für den Anruf. Ich hoffe, wir kom...«

»He, da war eine Straße«, unterbrach ihn Lykke und zeigte nach draußen. »Dreh um!«

Rudi bremste und legte den Rückwärtsgang ein. Der Wagen setzte aggressiv zwanzig Meter zurück. Die Nebenstraße ging links ab.

»Was ist los?«, erkundigte sich Dietrich.

»Wir haben eine Straße gefunden, die auf der Karte nicht verzeichnet ist. Aber sie passt zur Richtung.«

»Fahr rein«, forderte Lykke ihn auf.

Sie rollten über einen Schotterweg. Lykke ließ das Fenster herunter und sah in der Dunkelheit ein Schild.

»Raubtiergarten PREDATOR«, las sie.

»Wir haben's, Dietrich.«

»Okay, haltet mich auf dem Laufenden.«

»Machen wir.«

Langsam fuhren sie die gefrorene Reifenspur entlang.

»Kannst du etwas sehen, wenn du das Licht ausschaltest?«, fragte sie. »Damit sie nicht entdecken, dass wir kommen.«

Er schaltete die Scheinwerfer aus, um sie sofort wieder einzuschalten.

»Es ist zu dunkel. Na, besser sie sehen uns, als dass sie sich erschrecken und in Panik um sich schießen.«

»Was glaubst du, wie viele es sind?«

»Gesner und Kuhn. Und Gesners Tochter.«

»Gesner wird nicht auf uns schießen. Auch nicht auf die Tochter.«

»Bei Gesner würde ich fifty-fifty sagen. Das hängt vermutlich davon ab, mit wem er rechnet. Wir kommen ja in Zivil. Besser, du entsicherst deine Magnum 44.«

»Das ist eine Heckler & Koch. Da ist eine Entsicherung überflüssig. Bist du bewaffnet?«

»Nur mit einem Zahnstocher.«

Sie fuhren mit dreißig Stundenkilometern in den Wald, bis sie zu einer Verzweigung kamen.

»Rechts oder links?«

»Rechts«, sagte Lykke. »Ich sehe dort drüben Licht zwischen den Bäumen.«

»Vielleicht ist es am klügsten, hier zu parken und dorthin zu schleichen.«

»Ich wollte gerade dasselbe vorschlagen.«

Rudi hielt und stellte den Motor ab. Sie stiegen aus in die kalte Nacht und gingen den Reifenspuren nach. Jeder in einer eigenen Spur. Lykke war angespannt. Ihre Alarmbereitschaft war effektiv, sie hatte inzwischen viele Jahre lang Krisenszenarien wie dieses trainiert, aber jede Situation war einzigartig. Man wusste nie, was passieren wurde. Sie hatte eine recht hohe Trefferquote auf dem Schießstand, war aber nicht gerade eine Meisterschützin.

Der Weg endete an einem breiten, weit offen stehenden Tor. Sie sahen ein Luxusauto auf dem Gelände. Der Motor war abgestellt, aber das Fernlicht auf die große erleuchte Anlage gerichtet.

»Das muss Gesners Wagen sein«, bemerkte Rudi.

»Sieht aus, als hätte er ihn in aller Eile verlassen.«

»Hast du das gehört?«

»Was?«

»Da ruft jemand. Ich glaube, es kommt aus dem Bau... Da war es wieder.«

Lykke zog ihre Pistole.

»Behalt du die Bagger im Auge, ich sichere die andere Richtung.«

Sie gingen an dem Daimler vorbei.

»Da unten steht noch ein Auto«, flüsterte sie.

»Das sehen wir uns später an«, sagte Rudi und zeigte auf den Bauwagen. »Jetzt kontrollieren wir erst einmal den hier.«

Sie schlichen zur Tür.

»Du hältst dich bereit, und ich öffne«, flüsterte er.

Der Kommissar setzte einen Fuß auf die kleine Treppe. Lykke stellte sich hinter ihn und nickte.

Er riss die Tür auf.

65

Es dauerte nur wenige Minuten, bis der ehemalige Stasi-Offizier die Rubriken mit der Schreibmaschine ausgefüllt hatte. Döllinger konnte von seinem Versteck aus sehen, dass er ein erfahrener Maschinenschreiber war, auch wenn es auf der alten Continental Wanderer etwas langsamer ging.

»Ich habe die Rubriken ausgefüllt. Was jetzt?«

»Jetzt kommen wir zum eigentlichen Geständnis«, sagte Döllinger. »Schreib, was ich diktiere: ›Ich, Ralph Hitzig, auch bekannt als Aric Gesner, gestehe hiermit, dass ...«

»Warten Sie, ich komme nicht mit. Ich ... Ralph ... Hitzig ...« Das leise Klappern der Schreibmaschine wurde zwischen den Betonwänden verstärkt. »... auch bekannt als Aric Gesner, war es so? Ich gestehe hiermit, dass ... Was soll ich gestehen? Sie sind sich hoffentlich darüber im Klaren, dass das hier vor keinem Gericht Bestand hat, oder?«

»... gestehe hiermit, dass ich die letztendliche Verantwortung für den Tod von Burkhardt Kuhn im Gefängnis Hohenschönhausen trage.«

»Burkhardt Kuhn?«, wiederholte Gesner, laut genug, dass Döllinger ihn auch ohne Walkie-Talkie hörte. »Wer zum Teufel ist Burkhardt Kuhn?«

»Schreib es einfach.«

»Sind Sie verwandt mit dieser Person? Der guten Ordnung halber will ich hinzufügen, dass ...«

»Schreib, verdammt noch mal!«

Wieder klapperten die Finger des Millionärs auf der Tastatur.

Während Gesner beschäftigt war, kletterte Döllinger vorsichtig den Felsabsatz hinunter auf den Boden der Braunbärengrube. Alles, was hier erleuchtet wurde, war ein Viereck an der Gittertür.

»Noch was?«, fragte Gesner.

Döllinger schlich die Quermauer entlang bis zur Gittertür. Sobald Gesner seine Unterschrift unter das Geständnis gesetzt hatte, wollte er ihm ins Bein schießen, mit Benzin übergießen und mit einem Streichholz anzünden. Das Schwein verdiente es nicht besser.

»Noch was?«, wiederholte Gesner.

Döllinger antwortete bewusst nicht sofort. Es gefiel ihm, Gesner schmoren zu lassen.

»Hallo! Sind Sie noch da, Kuhn? Noch etwas?«

»Jetzt schreib: ›Sämtliche Geständnisse Burkhardt Kuhns wurden durch Folter erzwungen, sein Gerichtsverfahren war ein Schauprozess und sein Tod im Gefängnis ein Mord, der als Unglücksfall vertuscht wurde. Ich räume dies in jeder Beziehung ein und übernehme die volle Verantwortung.‹ Die Wahrheit unterschreibst du als ›Ralph Hitzig alias Aric Gesner‹.«

»Das ist doch Wahnsinn.«

»Schreib!«

Döllinger griff nach der Klinke der Gittertür und drehte vorsichtig am Schloss. Langsam öffnete er die Tür und blickte in die Eisbärenanlage. Gesner wandte ihm über die Maschine gebeugt den Rücken zu und klapperte. Dann zog er das Dokument heraus und legte es auf den Stein. Griff nach dem Kugelschreiber.

Döllinger hatte den Benzinkanister direkt an der Tür zur Braunbärenanlage versteckt. Nun hob er ihn an und schlich hinein, während er Gesner genau im Auge behielt. Döllinger schlich so lautlos wie möglich zum Wassergraben, in dem Carmen lag. Er stellte den Kanister auf der Hälfte des Weges ab.

Gesner zögerte. Dann unterschrieb er und legte den Kugelschreiber beiseite.

»Fertig«, sagte er ins Walkie-Talkie.

»Das kann man wohl sagen«, erwiderte Döllinger mit lauter Stimme hinter ihm, sodass der Mann sich ruckartig umdrehte.

*

Gesner erstarrte.

Der schwarz gekleidete Mann stand am entgegengesetzten Ende der Anlage in der Nähe des Wassergrabens. Und in der Nähe von Carmen! Die Gittertür zur letzten Anlage stand offen, er musste sich dort versteckt haben. Der Kidnapper hatte eine Pistole in der Hand, er zielte auf Gesner.

Der Psychopath wollte offensichtlich eine ganz große Show inszenieren, aber Gesner war fest entschlossen, dass es so weit nicht kommen sollte, und wenn es ihn sein Leben kostete. Das Wichtigste war Carmens Überleben, und das war nur möglich, wenn er den Bastard erledigte. Die Walther saß locker im Schulterholster unter dem Mantel, aber die Chancen standen schlecht, da der andere mit seiner Waffe direkt auf ihn zielte. Gesner zögerte.

Die beiden Männer standen sich reglos gegenüber und starrten sich an. Der Mann mit der Sturmhaube fing ein triumphierendes, groteskes Gelächter an, das in den Mauern widerhallte. »So, hier ist Schluss für dich, Hitzig«, sagte er. »Aber leider auch für deine Tochter. Genau wie du keine Spuren hinterlassen hast, werde ich keine hinterlassen.«

Das war der auslösende Faktor. Es kam keine bessere Gelegenheit. Gesner brauchte nicht eine Sekunde Bedenkzeit, sondern steckte die Hand in den Mantel, zog die Walther und zielte. Ein lauter Knall ertönte Bruchteile einer Sekunde, bevor er umgeworfen wurde. So viel begriff er, dass er beinahe synchron mit dem anderen abgedrückt hatte. Der doppelte Schuss gab ein Echo, das sich über dem gesamten Bauplatz ausbreitete. Gesner war noch immer bei Bewusstsein, als er auf dem Boden aufschlug, er spürte, wie sich eher ein warmes Gefühl als ein Schmerz an seiner rechten Schläfe ausbreitete. Als er den Kopf hob, sah er, dass der Kidnapper auch schwankte und sich an den Arm griff. Mit mehr Glück als Verstand hatte er den Mann getroffen, der seine Waffe fallen gelassen hatte.

Gesner entdeckte seine Walther und robbte, so schnell er konnte, dorthin. Der Kidnapper sah es und lief auf die Gittertür zu. Gesner griff nach der Pistole und hob den Arm zum Schuss. Er hörte, wie die Kugel die Mauer traf, dann blockierte die Pistole. Als er sich das Blut aus den Augen wischte, war der Mann verschwunden.

*

Als Döllinger sah, wie Gesner die Hand in den Mantel steckte und eine Schusswaffe hervorzog, hatte er einen Moment zu lange gezögert, ganz einfach, weil er nicht damit gerechnet hatte, dass Gesner bewaffnet war.

Döllinger schoss, und gleichzeitig verspürte er einen heftigen Schlag am Arm, der ihm die Glock aus der Hand schlug. Sie polterte die Böschung hinab in den Wassergraben. Döllinger fasste sich schockiert an die Schulter, aus der Blut strömte. Gesner war auf den Boden gefallen, ihn hatte aber nur ein Streifschuss getroffen, er blutete am Kopf, aber er war nicht kampfunfähig und griff schnell wieder zu seiner Waffe. Döllinger lief los und hatte gerade die schützende Dunkelheit der Nachbaranlage erreicht, als ein weiterer Schuss die Mauer hinter ihm traf. Er verließ die Gittertür und presste die Hand auf seinen verletzten Arm. Ratlos. Er hatte eine Ersatzpistole, aber die lag im Auto, und es gab nur einen Weg aus der Anlage. Dafür hatte er selbst gesorgt. Den Schlüssel für das Vorhängeschloss hatte er in der Hosentasche, aber er musste an Gesner vorbei.

Döllinger wankte hinüber zur Quermauer in die Nähe der offenen Gittertür und horchte. Er sah Gesners Füße und Unterschenkel. Der Millionär lag auf dem Bauch, bewegte sich aber. Döllinger konnte nicht beurteilen, ob er in der Lage war zu kämpfen. Er lauschte, aber er hörte nichts.

Er drückte sich an die Quermauer und ging ein paar Schritte zurück, um den Mann in voller Größe zu sehen. Plötzlich machte er einen Schritt zu viel und stürzte die Böschung hinunter. Mit einem Heulen landete er auf dem verletzten Arm und schlug mit der Schläfe auf Zement auf. Einen Moment war er benommen, dann wurde ihm klar, was passiert war. In seinem Eifer, Gesner sehen zu wollen, hatte er den Rand des leeren Wassergrabens übersehen.

Übel zugerichtet kam er auf die Beine und hielt sich weiterhin den Arm, aus dem das Blut der Schusswunde lief. In dem schwachen Licht versuchte er, sich einen Eindruck von der Größe des Wassergrabens zu verschaffen. Er war identisch mit dem Graben, in dem Carmen lag. Die Böschung führte ein paar Meter hoch zur Basis der Anlage. Die Steigung war nicht sonderlich steil.

66

Rudi hatte das Licht im Bauwagen eingeschaltet. Lykke senkte die Pistole. Auf dem Boden lag ein Mann mit auf dem Rücken gefesselten Händen an einem Schreibtisch, zu dem er offensichtlich gekrochen war. Er hatte tiefe Wunden im Nacken, seine Haare waren blutverschmiert. Der Kommissar beeilte sich, während Lykke die Tür sicherte.

»Wir sind von der Polizei«, sagte der Kommissar. »Was ist passiert?«

Er ging in die Hocke und fummelte an den Kabeln.

»Ein Verrückter ist in den Park eingebrochen«, stöhnte der Mann heiser. »Bestimmt ist es einer dieser Aktivisten, die den Park verhindern wollen. Diese Kabel sind verdammt stramm gebunden. Oben in der Schublade liegt eine Schere. Beeilen Sie sich!«

»Wie heißen Sie?«, erkundigte sich Rudi, während Lykke die Schere suchte. »Und welche Funktion haben Sie?«

Der Mann stand auf und fasste sich in den Nacken. Er schnitt eine Grimasse, als er das Blut sah.

»Peter Joss. Ich bin Wachmann. Das Gelände wird bewacht, nachdem hier neulich eingebrochen wurde. Ich werde um sechs von einem Kollegen abgelöst.«

»Kam der Angreifer allein?«, fragte Rudi.

»Ja. Er behauptete, ein Amateurastronom zu sein, der sich im Wald festgefahren hatte. Ich hätte misstrauisch werden sollen, aber ich war gerade ein wenig eingenickt. Er wollte Hilfe, um …«

Peter Joss' Erklärung wurde unterbrochen durch einen lauten Doppelknall. Es klang wie ein Feuerwerk. Alle drei blickten zur Tür. Kurz darauf ertönte ein weiterer Knall.

»Das waren Schüsse«, stellte Lykke fest.

»Zum Teufel, er wird hier doch nicht herumballern!«, rief Joss und humpelte zum Computer.

»Scheiße!«

Joss hatte eine Infrarotkamera aktiviert. Grünliches Flimmern mit deutlichen Schatten zeigte sich auf einem der Schirme. Rudi und Lykke sahen den Ausschnitt einer künstlichen Steinlandschaft mit mehreren niedrigen Hügeln, kleinen Felsen und einem leeren Wassergraben, in dem zwei Personen standen.

Der Wachmann schaltete einen Scheinwerfer ein, der den aktuellen Teil der Anlage beleuchtete, sodass sich die Situation in ihrem ganzen brutalen Ausmaß zeigte. »Rufen Sie einen Krankenwagen. Ich glaube, wir werden ihn brauchen.«

»Das übernehme ich«, erklärte Rudi.

Joss lief aus dem Bauwagen und rannte in die Anlage, Lykke folgte ihm. An einem Teil der Rundmauer standen Gerüste. Sie kletterten hinauf, so schnell sie konnten. Von oben ließen sich die beiden erleuchteten Anlagen überblicken. Lykke sah hinunter zu den beiden Männern. Sie zog ihre Pistole.

67

»Du krankes Schwein!«

Aric Gesner stieß einen Schrei aus, zielte noch einmal und drückte ab. Suchend sah er sich um.

Lykke sah ihm vom Gerüst aus zu und erschrak. Sie hatte so intensiv das Drama am Wassergraben verfolgt, dass weder sie noch Peter Joss die andere Person bemerkt hatten, die sich in der Nachbaranlage aufhielt. Direkt unter ihr lag eine junge Frau mit gefesselten Handgelenken und Beinen. Carmen Gesner. Sie war mit einem hellroten Schal geknebelt und starrte mit einem verängstigten Gesichtsausdruck zu Lykke hinauf. Sie versuchte zu schreien, aber es kam nur ein halb ersticktes Geräusch.

»Rudi!«, rief Lykke ihm zu, als Lehmann auf das Gerüst zulief, »wir haben mindestens zwei Schwerverletzte. Wir brauchen mehrere Krankenwagen, und es muss schnell gehen. Ich glaube, wir haben einen Toten. Ich überprüfe es.«

»Ich sehe es«, antwortete Rudi. »Ich habe angerufen. Sie sind auf dem Weg.« Der Kommissar stand bei Peter Joss auf dem Gerüst. Lykke stieg in den Graben hinab und beugte sich über Döllinger.

»Lebt er?«

»Nein. Die Schüsse haben ihn getötet, wenn nicht schon der Aufprall dafür gesorgt hat«, sagte sie mühsam.

Gesner stand noch immer am Wassergraben. Er hatte einen Schuss an der Schläfe abbekommen, aber es sah aus wie ein Streifschuss. Sein Blick flackerte, aber er sprach normal.

»Ist meine Tochter ...«

Lykke blickte zum Wassergraben, wo die junge Frau jetzt aufgestanden war, sich den Schal abgerissen und den Knebel aus dem Mund gezerrt hatte.

»Vati!«

»Sie ist okay«, sagte Lykke auf Englisch.

»Und Kuhn?«

»Er ist tot.«

69

»Ich möchte eine Erklärung abgeben, was meinen Anteil an dieser tragischen Geschichte betrifft«, sagte Tielo Frödisch.

Der berühmte Soloviolinist saß in Hauptkommissar Fredo Radlers Büro in der Davidwache. Das Gespräch wurde in entspannter Atmosphäre geführt, aber zwischen mehreren Bechern Kaffee lief das obligatorische Aufnahmegerät mit der Aufzeichnung des Gesprächs. Frödisch war aus dem Scandic Hamburg Emporio abgeholt worden, in dem Lykke und Rudi eine weitere Nacht nach den Ereignissen im Tierpark verbracht hatten. Im Gegensatz zu den Polizisten hatte Frödisch eine ganze Nacht im Hotel geschlafen, nach einem herausragenden Konzert, das in mehreren Hamburger Zeitungen gute Besprechungen bekam. Neben ihm saß ein Anwalt.

Es war Viertel nach zehn am darauffolgenden Vormittag. Lebhafte Aktivitäten waren im PREDATOR-Park vorausgegangen. Polizei, Sanitäter und ein Bestattungsunternehmen hatten ihren Teil der Arbeit erledigt, während die Bauarbeiter länger Zeit für ihren morgendlichen Kaffee hatten.

Der Mann im Thermoanzug wurde für tot erklärt und zur Obduktion nach Hamburg gebracht. Als Todesursache wurde zu starker Blutverlust angenommen. Er hatte keinen Ausweis bei sich, aber als sein Auto im Wald gefunden wurde, lag darin ein Führerschein des Gesuchten. Auch das Nummernschild war registriert auf den Namen Herbert Döllinger-Kuhn. Die Schleswiger Polizei war noch immer damit beschäftigt, die Funde in seiner Wohnung zu analysieren.

Peter Joss' Wunden waren oberflächlich, sodass er nach einer kurzen Behandlung eine Aussage machen konnte – im Gegensatz zu Gesner, der zunächst zu erschöpft war, um vernommen zu werden. Man hatte ihn ins Universitätsklinikum Hamburg-Eppendorf eingewiesen, wo seine Schusswunde behandelt worden war. Sein Zustand wurde als stabil bezeichnet. Carmen hatte keine körperlichen Verletzungen davongetragen, aber sie stand unter Schock und bekam psychologische Hilfe.

Die Bauträger des Parks hatte man über die Affäre informiert, einer der Verantwortlichen war vor Ort gewesen.

»Das Ganze begann eigentlich mit einer guten Nachricht für mich«, erklärte Tielo Frödisch. »Sie kennen meine Vergangenheit. Ich kam als Achtjähriger nach Großbritannien und wurde ein Republikflüchtling. Meine Eltern und meine jüngere Schwester wollten fliehen, als ich in London war. Es wäre auch gelungen, wenn Burkhardt Kuhn nicht an dem Tag verhaftet worden wäre, an dem er meine Familie in die vergessene Bunkeranlage geschleust hatte. Wir kennen jetzt die Details dieser Tragödie.

Nach dem Fall der Mauer und der Auflösung der Sowjetunion bin ich in Berlin gewesen, um eine Antwort auf das Rätsel zu finden, wie meine Eltern und meine Schwester verschwunden sind, aber vergeblich. Erst vor einigen Monaten, als die Leichen im Bunker gefunden wurden, ging das Puzzle auf. Ich wurde von meinem Anwalt darauf aufmerksam gemacht, dass ich im Stasi-Archiv Akteneinsicht beantragen könnte. Ich war neugierig, was da über meine Eltern stand.

Ich war mit dem Orchester auf Tournee. Wir sollten eine Reihe von Konzerten absolvieren, unter anderem in Hamburg und Berlin, und ich beschloss, einen Versuch zu unternehmen. Ich lebe in einer glücklichen Ehe, ich liebe meine Frau. Wir haben zwei erwachsene Kinder, die wir sehr lieben. Mein Leben war ein Erfolg, aber in meinem Hinterkopf haben die unbeantworteten Fragen immer rumort.

Ich las die Akten, die das Ministerium für Staatssicherheit über meine Familie zusammengetragen hatte. Burkhardt Kuhn war verdächtigt, ihnen zur Flucht verholfen zu haben, aber das konnte nie bewiesen werden. Ich bat darum, die Unterlagen über seine Verhaftung einsehen zu dürfen. Auf diese Weise lernte ich die Döllinger-Kuhn-Familie kennen. Ihre Streitigkeiten mit ihren Nachbarn waren eine hässliche Intrige mit Beschuldigungen und Drohungen, eingeworfenen Fensterscheiben und toten Tauben.

Sehr gelegen war der Stasi die Anzeige von Andrea Hahne und ihrem Mann gekommen, Burkhardt Kuhn sei ein westdeutscher Kollaborateur, vermutlich wussten die Hahnes gar nicht, wie nahe sie der Wahrheit gekommen waren. Sie hatten falsche Beweise in seinem Taubenschlag versteckt. Es reichte, Kuhn wurde verhört, verurteilt und ins Gefängnis geworfen, worauf er in Hohenschönhausen starb. Er glaubte vermutlich, meine Familie sei sicher durch den Bunker gekommen, sonst hätte er vermutlich gestanden. Er war ein guter, loyaler Mann. Da bin ich sicher.

Während meines ersten Besuchs im Herbst kümmerte ich mich nicht weiter um die Angelegenheit, aber als wir einige Zusatzkonzerte in Hamburg spielen sollten, nahm ich Kontakt zu Herbert Döllinger-Kuhn auf und erzählte ihm, wie alles zusammenhing. Wir verabredeten ein Treffen. Er war noch ein Kind gewesen, als sein Vater verhaftet wurde. Kurz nach dessen Verurteilung zogen sie wegen der Nachbarschaftsstreitigkeiten um.

Herbert Kuhn hatte eine schwere Kindheit gehabt. Er schwänzte die Schule, um zu arbeiten und seiner Mutter und seiner psychisch kranken jüngeren Schwester finanziell zu helfen. Die Schwester war psychisch krank. Herbert hatte sich mit der Geschichte abgefunden. Er hatte nie daran gedacht, die Akte seines Vaters einzusehen, aber meine Geschichte weckte sein Misstrauen, dass damals etwas sehr Willkürliches vorgefallen war.

Bei meinem nächsten Besuch in Hamburg nahm er Kontakt zu mir auf. Er wollte den Namen seines Vaters reinwaschen und schlug vor, wir sollten zwei Fliegen mit einer Klappe schlagen, sodass auch meine Familie gerächt würde. Ich wollte davon eigentlich nichts wissen, aber er versicherte mir, dass er sich um das Grobe kümmern würde. Er hatte eine Liste über die Leute erstellt, die bezahlen sollten. Zunächst Andrea Hahne – ihr Mann war bereits tot –, abgesehen von den verantwortlichen Personen des aufgelösten Staatssicherheitsapparats, die seiner Ansicht nach Schuld am Schicksal seines Vaters hatten. Ich versuchte, ihn davon abzubringen. Ich habe es wirklich versucht, aber er bestand darauf. Ich sollte ihm ein Alibi geben. Er meinte, die Verbindung zwischen uns sei so schwach, dass niemand dahinterkommen würde.

Ich ließ mich überzeugen und fragte Kuhn, was er vorhatte. Wie verschafft man jemandem ein falsches, aber sicheres Alibi? Er hatte eine gute Idee. Ich sollte einige Konzerte in Norddeutschland absolvieren, vor allem in Hamburg und Berlin, und Kuhn plante seine Morde an den Tagen, an denen ich auftrat. Seine Taktik war einfach, aber genial. Er kaufte jedes Mal eine Eintrittskarte für eine Vorstellung und erschien. Er sorgte dafür, immer ein bisschen zu spät zu kommen, damit die Kontrolleure und die Garderobieren sich besser an ihn erinnerten, falls es notwendig sein sollte. Er blieb bis zur Pause und verließ den Saal durch einen dem Personal vorbehaltenen Gang. Und hier kam ich ins Bild. Ich sollte ihn unbeobachtet aus dem Konzertgebäude bringen. Mir gefiel das nicht, aber ich muss zugeben, auch ich hatte mehr und mehr das Gefühl, dass mein Rachebedürfnis befriedigt wurde. Kuhn fuhr als Erstes nach Lübeck, wo er einen Gefängnisaufseher aus Hohenschönhausen umbrachte. Das zweite Opfer war Andrea Hahne, die mit ihrem Mann Burkhardt Kuhn angezeigt hatte, und schließlich tötete er Christoph

Roth, einen Stasi-Offizier, der in Kiel wohnte. Jeder Mord verlief planmäßig. Die Idee war nicht hundertprozentig wasserdicht, aber sie war gut genug, dass niemand Verdacht schöpfte. Kuhn hat den Trick viermal angewandt, wenn wir seinen letzten fatalen Versuch mitzählen, aber ich hatte keine Ahnung, dass er Aric Gesners Tochter entführen und sie in Lebensgefahr bringen wollte.«

»Aber Sie fanden es vollkommen in Ordnung, dass er vier andere Menschen umbrachte beziehungsweise umbringen wollte?«, erkundigte sich Rudi, nicht ohne eine gehörige Portion Sarkasmus in der Stimme.

Tielo Frödisch warf ihm einen Blick zu. Lykke konzentrierte sich auf die verschiedenfarbigen Augen des Violinisten. Sie hatte sich Fotos von ihm im Internet angesehen, wo ihr diese kleine Abweichung aufgefallen war. Sie wusste jetzt, dass es sich um einen vererbten genetischen Fehler handelte.

»Nach dem Mord an dem Gefängnisbeamten bereute ich es, aber Kuhn drohte mir, wenn ich plaudere, würde er meine Familie in England aufsuchen und sie ermorden. Erst dachte ich, er scherzt, aber schon bald fand ich heraus, dass er es ernst meinte. Er hatte eine sehr kurze Lunte. Ich habe zu spät erkannt, dass ich die Büchse der Pandora geöffnet hatte.«

»Erwarten Sie, dass Sie uns leidtun?«, fragte Fredo Radler.

»Ich glaube kaum, dass der Richter das so sehen wird.«

»Niemand soll mich bemitleiden. Ich versuche nur zu erklären, dass ich nicht direkt an den Verbrechen beteiligt war und mich nur aus Rücksicht auf meine Familie zur Zusammenarbeit entschloss«, erklärte der Musiker und nahm eine Verteidigungshaltung ein. »Ich bin nicht zur Polizei gegangen, um sie zu beschützen.«

Er sah seinen Anwalt an, der sich räusperte.

»Herr Frödisch kann für die Verbrechen anderer nicht zur

Verantwortung gezogen werden. Es ist ein Unterschied, einen Mord zu verheimlichen oder selbst einen Mord zu begehen.«

»Das wusste ich nicht«, erwiderte Rudi.

»Sie waren aber kurz davor, zum Mörder zu werden«, schaltete Lykke sich ein.

Frödisch runzelte die Stirn.

»Ich verstehe nicht, was Sie meinen«, sagte er mit einem reservierten Gesichtsausdruck.

»Ich meine, dass Sie *mich* beinahe umgebracht hätten.«

Alle sahen Lykke an. Es entstand eine Pause, bevor Tielo Frödisch sich aufrichtete. Er sah sie ostentativ an.

»Sie irren sich. Ich habe Sie nie gesehen, bevor Sie neulich in mein Hotel kamen.«

»Doch, haben Sie. In der Nacht, in der Andrea Hahnes Haus brannte. Sie haben das Feuer gelegt, nachdem Sie mich in den Kleiderschrank gesperrt hatten, doch dann bereuten Sie es und kamen zurück. Sie haben ein Fenster im Schlafzimmer eingeschlagen und mir hinausgeholfen, bevor Sie verschwanden.«

Dem Violinisten entglitt sein Gesicht. Nun starrten *ihn* alle an, auch sein Anwalt.

Frödisch gab ein schmatzendes Geräusch von sich und schob die Brust heraus.

»Das ist eine vollkommen ungeheuerliche Behauptung«, erklärte er wütend.

»Ich hoffe, Sie können das beweisen, Frau Teit«, fügte der Anwalt hinzu. »Sonst wäre das ein sehr ernster Vorwurf.«

Lykke ignorierte die Proteste und wandte sich direkt an Frödisch.

»Zum ersten Mal schöpfte ich Verdacht gegen Sie, als ich hörte, dass Sie Harz benutzen, um Ihren Geigenbogen einzustreichen. Ich erinnere mich genau an den Geruch von Harz, als ich überfallen wurde. Und als sie im Auto auf mich hinabschauten, dachte ich in meinem benebelten Zustand, David Bowie hätte mich gerettet. Das klingt verrückt, aber die Assoziation kam, weil Bowies Augen so verschieden aussahen. Das Gleiche findet sich bei Ihnen, denn Sie haben Heterochromie, das heißt verschiedenfarbige Augen. Als wir mit Ihnen im Hotel sprachen, trugen Sie eine Brille mit dunklen Gläsern, sodass ich es nicht bemerkte, aber dann habe ich Sie gegoogelt und den Zusammenhang entdeckt. Heterochromie ist sehr selten und zusammen mit dem Harz würde ich meinen, Sie haben ein gewaltiges Erklärungsproblem.«

»Haben Sie etwas konkretere Beweise für Ihre Behauptung?«, fragte der Anwalt. »Das ist doch reine Spekulation, und Sie ...«

Frödisch unterbrach ihn, indem er dem Anwalt eine Hand auf den Arm legte.

»Das ist in Ordnung. Ich möchte diese ganze tragische Angelegenheit hinter mich bringen.« Er sah Lykke bedauernd an. »Entschuldigen Sie ... Es war keine Absicht. Herbert Kuhn hat mich dorthin geschickt. Ich hatte nicht damit gerechnet, dass jemand im Haus war. Ich geriet in Panik.«

»Vielleicht sollten Sie sich näher erklären«, schlug Fredo Radler vor.

»Das müssen Sie nicht, Herr Frödisch«, sagte sein Anwalt.

»Aber ich möchte es gern. Alle Karten müssen jetzt auf den Tisch. Ich halte es nicht länger aus. Es quält mich fürchterlich. Ich habe mit einem Mörder zusammengearbeitet und war kurz davor, selbst einer zu werden. Das ist gegen meine Natur. Ich will nur musizieren und meine Ruhe haben. Mein großer Fehler bestand darin, dass ich Kontakt zu Herbert Kuhn aufgenommen habe, und diese Verantwortung übernehme ich.«

»Warum sind Sie an dem Abend zu Andrea Hahnes Haus gefahren?«, wollte Rudi wissen.

Frödisch rieb sich müde die Augen. Er schüttelte resignierend den Kopf.

»Kuhn plante die Morde auf eine theatralische Weise. Er erzählte mir begeistert sämtliche Details. Bereits zu diesem Zeitpunkt hätte ich einsehen müssen, dass er vollkommen verrückt ist, aber ich wollte ja selbst Rache nehmen. Kuhn hatte sich einige unbenutzte Stasi-Formulare beschafft, die er den Opfern präsentieren wollte. Sie sollten ausgefragt und gedemütigt werden, so wie es seiner Ansicht seinem Vater ergangen war. Er nahm eine Schreibmaschine mit zu seinen Opfern, die so ähnlich aussah wie die, auf denen die ursprünglichen Geständnisberichte geschrieben wurden. Wenn das Formular ausgefüllt war, wurden die Betreffenden gezwungen, ihre Schuld durch ihre Unterschrift zu bekennen, und anschließend hingerichtet.«

»Wissen Sie, weshalb er eine tote Taube bei jedem Ermordeten hinterließ?«, erkundigte sich Fredo Radler.

»Sie symbolisierte, dass das Ganze mit dem Nachbarschaftsstreit wegen des Taubenschlags seines Vaters begann. Herr und Frau Hahne hatten sich beschwert, dass die Vögel ihr Dach mit Kot, Federn und anderen Hinterlassenschaften verunreinigten. Sie behaupteten, die Tiere wären krank. Eines Tages kam die Familie Kuhn nach Hause, und alle Tauben waren tot. Jemand hatte ihnen die Hälse umgedreht. Burkhardt Kuhn war sicher, dass Tobias Hahne der Täter war. Aber es gab keine Zeugen, und Hahne leugnete alles. Das passierte kurz nachdem Hahnes ihre Tochter verloren hatten. Kuhn hat die Angelegenheit deshalb nicht weiterverfolgt. Die Verhaftung des Vaters und die Geschichte mit den Tauben führten zu einem Trauma bei seinem Sohn, das immer stärker wurde. Ich bin kein Psychologe, aber ich glaube, das hat er nicht verkraftet.

Als Erwachsener züchtete Kuhn selbst Tauben. Er entschloss sich, die Vögel als Teil seiner Vendetta zu nutzen. Zunächst hielt auch ich das für eine raffinierte Idee. Jetzt höre ich selbst, wie wahnsinnig es sich anhört. Herbert behauptete, wenn alle bekommen hätten, was sie verdienten, würde er sich mit ihren Geständnissen bei der Polizei melden, aber er versprach, meine Beteiligung nicht zu erwähnen.«

»Sie haben noch immer nicht erklärt, warum Sie zu Andrea Hahnes Haus gefahren sind«, erinnerte ihn Rudi.

»Nach dem Mord an Hahne entdeckte Kuhn, dass er ein Farbband vergessen hatte. Die Bänder sind heutzutage schwer zu beschaffen, und die Farbbänder, die er besaß, waren abgenutzt. Während des Verhörs von Andrea Hahne hatte das Band fast keine Farbe mehr, er hatte es wechseln müssen. Und dann hat der Verrückte vergessen, es mitzunehmen, als er das Haus verließ. Es lag unübersehbar auf dem Fensterbrett. Ein aufgeweckter Ermittler hätte sich sicher darüber gewundert, warum es dort lag, obwohl es im Haus keine Schreibmaschine gab.«

Frödisch griff nach der Kanne und goss sich frischen Kaffee auf den kalt gewordenen.

»Und weiter?«, forderte Radler ihn auf.

»Kuhn wagte nicht, sich dem Tatort zu nähern. Er hatte Angst, erkannt zu werden. Er hatte die Frau wochenlang beobachtet. In den Tagen nach dem Mord wimmelte es dort von Polizei, und ein Mord an einer unschuldigen, gefesselten Rentnerin mit einer blutigen Taube im Schoß war schließlich ein gefundenes Fressen für die Presse, die die ganze Nachbarschaft befragte. Kuhn drängte mich daher, dorthin zu fahren und das Band zu holen, wenn die Polizei es nicht bereits gefunden hätte. Ich erklärte, ich würde riskieren, erkannt zu werden, aber er sagte nur, ich solle mich maskieren. Wenn ich ihm nicht half, würde etwas Unangenehmes passieren. Er war verrückt. Ich sah es in seinen Augen.«

Frödisch trank einen Schluck des lauwarmen Kaffees und sah Lykke mit einem entschuldigenden Gesichtsausdruck an.

»Ich nahm meinen ganzen Mut zusammen und fuhr in einem geliehenen Wagen am Tag dorthin. Alles sah normal aus. Das Haus war abgesperrt, und es war niemand dort, weder die Polizei noch Journalisten oder Tatorttouristen, also fuhr ich nach Einbruch der Dunkelheit noch einmal dorthin. Es war kalt und windig, daher war in dem ruhigen Viertel auch niemand auf der Straße. Ich parkte ein Stück vom Haus entfernt. Es war leicht, die Terrassentür aufzubrechen. Das Haus sah so deprimierend aus. Es erinnerte mich an meine Kindheit in Ostberlin. Der Sessel, in dem sie gestorben war, stand da. Auf den Armlehnen war noch immer Blut. Ich schauderte bei dem Gedanken, was Kuhn mit ihr gemacht hatte. Ich wusste, dass er zu allem Möglichen fähig war. Das Farbband für die Schreibmaschine konnte ich nicht finden, weder auf der Fensterbank noch auf dem Esstisch, und ich wollte einfach wieder fort. Als ich im Begriff war, das Haus zu verlassen, hielt draußen ein Auto.«

Er machte eine kurze Pause, um sich zu sammeln.

»Jemand kam auf das Haus zu. Ich konnte nicht heraus, ohne gesehen zu werden, also versteckte ich mich im Badezimmer. Einen Moment später wurde die Haustür aufgeschlossen. Ich dachte, vielleicht ist es ein Familienmitglied oder eine Bekannte, die nur etwas holen will. Ich ging davon aus, dass der Besucher rasch wieder verschwinden würde.«

Wieder sah er Lykke an.

»Sie gingen im ganzen Haus herum und überprüften sämtliche Zimmer. Ich hatte Angst, erkannt zu werden, obwohl ich maskiert war. Als sie die Tür öffneten und mir ins Gesicht leuchteten, hatte ich keine Wahl.«

»Sie hätten fortlaufen können, nachdem Sie mich niedergeschlagen hatten.«

Frödisch blickte kopfschüttelnd in seinen Kaffeebecher.

»Ich weiß nicht, was in mich gefahren ist. Ich hatte Angst,

mein ganzes Leben und meine Karriere zu ruinieren, wenn ich entdeckt würde. Ich gebe zu, dass ich Sie in den Schrank gelegt und das Feuer gelegt habe, um alle Spuren zu verwischen. Als ich wieder auf der Straße stand und die Flammen im Wohnzimmerfenster sah, wurde mir klar, dass ich ebenso wahnsinnig handelte wie Kuhn, also lief ich zurück. Die Haustür war abgeschlossen, und als ich von der Terrasse ins Wohnzimmer kam, hatte das Feuer sich bereits so weit ausgebreitet, dass ich das Haus wieder verlassen musste. Ich wollte das Fenster zum Schlafzimmer einschlagen, als ich gesehen habe, wie Sie im Zimmer herumkrochen. Sie werden es mir wahrscheinlich nicht glauben, aber es war für mich eine riesige Erleichterung. Ich schlug die Scheibe ein und half Ihnen hinaus. Ein Nachbar hörte es und kam dazu. Dann hielt ein Auto. Plötzlich waren überall Menschen und die Angst, erkannt zu werden, überkam mich erneut. Ich trug Sie zu einem Wagen. Ein Mann bot seinen offenen Kofferraum an, dort konnten Sie sicher liegen. Als die Sirenen sich näherten und noch mehr Zuschauer auftauchten, zog ich mich in der allgemeinen Verwirrung zurück und verschwand.«

»Haben Sie etwas aus dem Haus mitgenommen?«, fragte Lykke.

»Nein.«

»Vielleicht ein altes Fotoalbum?«

»Nichts.«

»Dann ist es also verbrannt«, sagte sie zu Rudi.

»Glücklicherweise hattest du die Bilder ja abfotografiert«, erwiderte er. »Sonst wären wir nie auf diese Spur gestoßen.«

70

Lykke hatte dieselbe Assoziation wie beim ersten Mal, als sie Franz Seibecks Büro betrat: Helmut Kohl lebte bei bester Gesundheit. Sie erinnerte sich an ihren Schulunterricht, dass er Bundeskanzler war, als die Mauer fiel. Damit hatte Kohl sich in die Geschichtsbücher als der Kanzler eingeschrieben, der für die Wiedervereinigung der beiden deutschen Staaten verantwortlich war.

Das Büro des Polizeidirektors stand voller Schiffsmodelle von alten Schonern und Klippern, und mit seinen Paneelen und Ledersesseln hatte man eher den Eindruck eines englischen Herrenzimmers als eines Polizeibüros.

»Eine bemerkenswerte Geschichte«, sagte der korpulente Deutsche in gebrochenem Englisch. »Wir bekommen bald den gesamten Bericht, den ich der Kommission der CEPOL vorlegen werde. Ich habe mit mehreren Ihrer Kollegen gesprochen, darunter Kommissar Dietrich in Berlin und Fredo Radler in Hamburg. Sie loben Ihren Einsatz und die Initiative bei diesen verwickelten Ermittlungen.«

»Wir haben lediglich unsere Arbeit getan, Herr Seibeck«, sagte Lykke. »Wir können uns genauso bei unseren Kollegen bedanken, dass wir den Fall so rasch aufklären konnten.«

»Genau«, bestätigte Rudi.

»Mit Tielo Frödischs Erklärung über seine Beteiligung und Peter Joss' und Kathrin Gesners Aussagen betrachten wir die drei Mordfälle und die Entführung von Gesners Tochter als so gut wie aufgeklärt«, erklärte Seibeck. »Aric Gesner liegt noch im Krankenhaus, aber es geht ihm gut. Er trägt keine bleibenden

Schäden davon.« Er machte eine Pause. »Ich habe den Bericht nur überflogen. Eine in jeder Hinsicht tragische Geschichte, aber bekanntlich gibt es bei Mordfällen keine Gewinner. Die Kollegen sind noch immer dabei, das Material aus Kuhns Wohnung in Schleswig zu analysieren. Wie es aussieht, war außer Frödisch niemand in diese bizarre Vendetta verwickelt. Meiner persönlichen Meinung nach ist es wirklich schade, dass sich ein so talentierter Mensch wie Tielo Frödisch da hat hineinziehen lassen.«

»In gewisser Weise war er die Lunte, die das Dynamit gezündet hat«, sagte Rudi. »Aber es heißt ja: *The show must go on*. Der famose Virtuose war kurz davor, selbst zum Mörder zu werden. Es reicht eben nicht, so auszusehen wie David Bowie. Man muss sich auch verhalten wie ein großer Musiker.«

Seibeck sah ihn verständnislos an.

»Äh ...«

Lykke unterdrückte ein Lächeln.

Rudi breitete die Hände aus.

»Ein wichtiges Detail. Es kommt im Bericht vor. Es sagt etwas über die scharfsinnigen Wahrnehmungsfähigkeiten meiner Kollegin aus.« Er warf Lykke einen Blick zu. »Ich bin sehr stolz darauf, mir dir zusammenzuarbeiten.«

Sie errötete.

»Gleichfalls.«

Seibeck lächelte höflich.

»Das freut mich.«

Der Polizeidirektor wollte noch etwas sagen, als es an der Bürotür klopfte.

»Herein.«

Die Tür ging auf, und der junge Walter Krause trug den größten Geschenkkorb herein, den Lykke je gesehen hatte. Er war in gelbes Cellophan verpackt.

»Was hat das zu bedeuten?«, erkundigte sich der Direktor verwundert.

Der Kriminalassistent stellte den Korb stöhnend auf dem Tisch ab.

»Ich wusste nicht, dass Frau Teit und Herr Lehmann bei Ihnen sind«, entschuldigte er sich außer Atem. »Der ist gerade mit einem Kurier gekommen.«

»Nun ja, vielen Dank.«

»Keine Ursache.«

Walter Krause nickte höflich und verließ das Büro.

Die drei Polizisten standen um den Korb herum.

»Ich hoffe, es ist keine Bombe«, scherzte Rudi.

»Da ist eine Karte«, sagte Lykke und zeigte darauf.

Der Polizeidirektor zog sie heraus. Er reichte sie weiter an Lykke. Sie las vor:

Für Teit und Lehmann von einem dankbaren Vater

Unterschrieben hatte Aric Gesner mit unsicherer Schrift. Sie reichte die Karte weiter an Rudi.

»Ich denke, das läuft nicht unter Bestechung, oder?«, sagte er. »Die Schokolade sieht nämlich ziemlich lecker aus.«

»Ich denke, wir können das durchgehen lassen«, meinte Seibeck.

»Tja, sogar alten Zynikern wie Aric Gesner kann es weich ums Herz werden«, sagte der Kommissar mit einem kurzen Lächeln. »Da kann man mal sehen. Na, du bist jung und stark, Lucky. Du kannst den Korb sicher in mein Büro tragen, um die Beute zu teilen.«

Seibeck legte ihm eine große Hand auf die Schulter.

»Ach, da wäre noch eine Sache.«

Rudi sah ihn verblüfft an.

»Ich werde hoffentlich nicht versetzt?«

Aber der Polizeidirektor war nicht zu Scherzen aufgelegt. Er zog einen Umschlag aus der Jackentasche.

»Soweit ich weiß, haben Sie eine DNA-Analyse des Mannes vornehmen lassen, der in dem Haus auf der Palinger Heide gefunden wurde. Sie vermuteten, dass der Betreffende möglicherweise Ihr verschwundener Bruder sein könnte. Ja, Entschuldigung, ich gehe davon aus, dass Teit den Hintergrund kennt.«

Rudi nickte blass und nahm den Umschlag entgegen. Alle drei schauten darauf. Rudi sah seinen Vorgesetzten an. Seibeck hob abwehrend die Hände.

»Ich kenne das Resultat nicht, daher ...«

Der Kommissar atmete tief durch und öffnete den Umschlag. Lykke sah ihn genau an, als er den kurzen Bescheid las, ohne irgendeine Gefühlsregung zu zeigen. Dann faltete er den Brief zusammen und steckte ihn mit dem Umschlag in die Tasche.

»Sehen wir zu, dass wir in mein Büro kommen, Lykke.«

Sie zögerte.

»Ich hoffe, es waren gute Neuigkeiten«, sagte Seibeck freundlich. »Das hätten Sie verdient.«

»Die Antwort hätte mich enttäuscht, egal, ob sie positiv oder negativ ausgefallen wäre.«

71

»Ich bin offenbar nicht die Einzige mit einem scharfen Wahrnehmungsvermögen«, dachte Lykke am folgenden Vormittag. Sie sagte es nicht laut, aber die Leiche seines Bruders in einem halb verwesten Zustand nach mehr als dreißigjähriger Trennung wiederzuerkennen, war schon bemerkenswert.

Die Kirche war weitgehend leer, abgesehen von Rudi, Beate und ihr. Ein Küster verteilte Gesangsbücher, der Pastor hielt eine einfache, aber gute Rede, die Lykke davon überzeugte, dass er die mystische Geschichte des Verstorbenen ein bisschen kannte. Es wurden ein paar Lieder gesungen, worauf die eigentliche Beerdigung die Zeremonie beschloss.

Die Sonne schien, als sie ins Freie kamen, aber es war noch immer kalt. Der Pastor – ein sympathischer Herr mittleren Alters mit grau werdenden Haaren und einer Brille – kam zu ihnen und gab jedem die Hand.

»Ich hoffe, Sie finden eine Erklärung für das, was Ihr Bruder durchgemacht hat, Herr Lehmann«, sagte er ernst.

Rudi war ergriffen, aber er weinte nicht.

»Dieter hinterließ einige wenige persönliche Habseligkeiten, die ich mir näher ansehen werde, wenn ich die Zeit dafür finde. Vielleicht finde ich dort eine Antwort«, antwortete er.

»Das hoffe ich von ganzem Herzen«, erwiderte der Pastor.

Er ging zurück in die Kirche.

»Und jetzt sollten wir ins Café gehen und eine Tasse Kaffee trinken«, erklärte Beate und drückte den Arm ihres Mannes. Sie war ganz in Schwarz und sah sehr hübsch aus in dem hellen Sonnenschein, fand Lykke.

»Ich hatte eigentlich vor, in die Direktion zu gehen«, murmelte Rudi. »Es gibt noch ein paar Details ...«

»Die gut warten können«, unterbrach ihn seine Ehefrau. »Es ist Lykkes letzter Tag in Flensburg. Wir wissen nicht, wann wir sie wiedersehen, aber hoffentlich vergeht nicht allzu viel Zeit.«

»Das hoffe ich schon«, sagte Rudi und hatte zu seinem bekannten Ton zurückgefunden. »Ihr zwei habt nämlich meinen ganzen Schnaps leer gesoffen.«

Beate lachte.

»So viel war es nun auch wieder nicht.«

»Bevor ich aus der Stadt geworfen werde, möchte ich mich gern für eure Gastfreundschaft mit einem Abendessen bedanken«, sagte Lykke.

»Dafür kenne ich den richtigen Ort«, rief der Kommissar und klatschte in die Hände, während sie zum Friedhofstor gingen. »Es ist sauteuer, aber dafür auch richtig gut.«

»Also Rudi«, sagte Beate.

»Lass ihn nur«, beruhigte sie Lykke. »Ich werde meinen Chef überreden, es zu bezahlen, anderenfalls habe ich noch etwas im Sparstrumpf.«

»Könntest du mir nicht ein paar Euro leihen, wenn du das Portemonnaie gerade gezückt hast?«

Beate versetzte ihrem Mann einen Stoß in die Rippen.

»Du verdienst genug, außerdem haben wir unser Erspartes.«

Rudi grinste und öffnete die Pforte. Er war wieder ganz der Alte, aber unter der Fassade spürte Lykke einen Schmerz, den sie nur allzu gut von sich selbst kannte.

72

Als Lykke eine Woche später im Kopenhagener Polizeihauptquartier zum Dienst erschien, lag ein Brief in A4-Größe auf ihrem Schreibtisch. Es war ein verstärkter Umschlag, der nicht geknickt werden sollte, so war es auf der Vorderseite vermerkt. Der Brief war mit Kurierpost gekommen, es gab keinen Absender, aber auf dem Umschlag klebte eine deutsche Briefmarke, abgestempelt in Flensburg.

Bevor sie den Umschlag öffnete, ließ sie an der Kaffeemaschine den zweiten Becher des Tages volllaufen. Den ersten hatte sie gerade getrunken, als Thomas zum dritten Mal in dieser Woche anrief. Er wollte hören, ob es etwas Neues bei der Fahndung nach dem Mann mit dem Pitbull gab. Lykke hatte ihm bereits zweimal erklärt, nach dem Betreffenden würde nicht gefahndet, aber Thomas' Beobachtung sei vermerkt worden und sie würde die Augen offen halten. Sie hatte ihn im Verdacht, dass er den Mann als Entschuldigung vorbrachte, um sie anrufen zu können. Als er vorschlug, sich zum Mittagessen zu verabreden, hatte sie das Gespräch beendet.

»Ich kümmere mich um den Kerl mit dem Pitbull, Thomas. Wenn etwas Entscheidendes geschieht, bist du der Erste, der es erfährt. Das verspreche ich, aber wenn wir das Gespräch jetzt nicht beenden, komme ich zu spät zum Dienst. Mal wieder.«

Sie hatte aufgelegt und an Rudi gedacht. Sie vermisste ihn jetzt schon.

Sie hatten am Abend nach der Beisetzung zusammen gegessen. Sie, Rudi und Beate. Es war ein wirklich gemütlicher Abend gewesen. Sie betrachtete die beiden inzwischen als richtig gute Freunde. Bevor sie sich trennten, waren sie noch einmal an der Polizeidirektion vorbeigegangen.

Als sie sich verabschiedeten, hielt auf der gegenüberliegenden Straßenseite ein Taxi. Lykke bemerkte einen dunkelhaarigen Mann, der sich auf den Rücksitz setzte. Kurz bevor er im Auto verschwand, schaute er zu ihnen hinüber. Lykke spürte ein kleines Flattern im Bauch.

»Ist etwas nicht in Ordnung?«, erkundigte sich Rudi, als das Taxi davonfuhr.

»Da war er wieder.«

»Wer?«

»Al Pacino. Ich meine den, der Al Pacino ähnlich sieht. Der

mich an dem Abend auf einen Drink eingeladen hat, an dem ich beinahe verbrannt bin. Ich habe ihn auch auf dem Bahnsteig in Hamburg gesehen, als ich im Zug auf dich gewartet habe.«

»Ich habe ihn nicht gesehen«, sagte Rudi und sah seine Frau an. »Du?«

Beate schüttelte den Kopf.

»Typisch«, seufzte der Kommissar kopfschüttelnd. »Ich bin immer woanders, wenn Berühmtheiten auftauchen.«

»Das ist richtig, Rudi. Erst war er in Flensburg, dann in Hamburg, und jetzt habe ich ihn in Flensburg wiedergesehen. Ist das nicht ein bisschen eigenartig?«

Der Kommissar hatte sie skeptisch angesehen.

»Meinst du nicht, dass du allmählich mal einen Freund brauchst? Einer meiner jüngeren Freunde ist Junggeselle. Er könnte eine Haushaltshilfe gebrauchen, die was im Kopf hat.«

»Wie sieht er aus?«

»Wie ein Junggeselle.«

»Danke. Ich komme als Single gut zurecht.«

»Dann hör auf, den armen Al Pacino zu jagen.«

Sie hatte gelacht und Rudi an die Schulter geboxt, aber als sie das letzte Stück allein zum Hotel ging, sah sie sich die Menschen genau an, die an ihr vorbeiliefen.

Nun drehte sie den Umschlag in den Händen. Sie riss ihn auf und zog eine Klarsichthülle heraus. Sie enthielt ein Foto, von einem Farbdrucker auf richtiges Fotopapier ausgedruckt. Signiert war es mit einem charakteristischen Schnörkel. Es lag ein »offizielles« *document of authenticity* bei, das bestätigte, dass es sich weder um eine Kopie noch um eine Fälschung handelte, sondern um ein Original. In der Ecke der Fotografie klebte ein gelber Post-it-Zettel mit Rudis Handschrift. Darauf stand:

Liebe Lykke,
hiermit sende ich Dir mein signiertes Foto. Und hör auf, mich zu stalken.

Liebe Grüße
Al Pacino

Mord kennt keine Grenzen

Es ist Lykke Teits erster eigener Fall – endlich darf sie die Ermittlungen in einem Mordfall leiten. Dass sie den toten Mann kannte und er sich verfolgt fühlte, verschweigt sie. Da die Leiche im Watt auf der Grenze zwischen Dänemark und Deutschland gefunden wurde, wird ihr Rudi Lehmann aus Flensburg zur Seite gestellt. Die Suche nach dem Täter beginnt und nach einem verschwundenen Jungen ...

Leseproben und mehr unter www.kiwi-verlag.de

Hochspannung und psychologische Finesse aus dem Land der Gletscher und Vulkane

In der Kleinstadt Akranes kennt jeder jeden und das Alltagsleben verläuft in scheinbar ruhigen Bahnen. Trotzdem gibt es für Polizistin Elma und ihr Team immer wieder viel zu tun.

Mehr zu dieser Krimi-Reihe und ihren Figuren erfahren Sie unter:
www.kiwi-verlag.de/island-krimis

Kiepenheuer & Witsch

Die Kommissarinnen Nyström und Forss ermitteln

Leseproben und mehr unter www.kiwi-verlag.de

»Viveca Sten macht süchtig und Lust auf mehr.« *Hannoversche Allgemeine*

Leseproben und mehr unter www.kiwi-verlag.de